CISNE

Biblioteca

Jacquie D'Alessandro

Jacque D'Alessandro

CASI UN CABALLERO

Traducción de
Alicia del Fresno

Título original: *Not Quite a Gentleman*
Diseño de la portada: Departamento de diseño de Random House Mondadori
Fotografía de la portada: Franco Accornero. © Thomas Schlück GmbH

Primera edición: enero, 2008

Printed in Spain – Impreso en España

ISBN: 978-84-8346-542-4 (vol. 64/3)
Depósito legal: B. 49.575-2007

Fotocomposición: Revertext, S. L.

Impreso en Liberdúplex, S. L. U.
Sant Llorenç d'Hortons (Barcelona)

M 8 6 5 4 2 4

Dedico este libro con todo mi amor y mi gratitud
a mi cuñada Brenda D'Alessandro
que no solo es la Mayor Compradora del Mundo,
sino también la Mejor Peluquera del Mundo.
Gracias por hacerme reír
y por cómo manejas esas mágicas tijeras.
Y también a Erika Tsang
por ser una editora tan maravillosa.
Gracias por ayudarme a dar vida a esta
historia y por el amor que le has mostrado.
Y gracias también por obligarme
a limpiar mi casa con tu visita
(mi familia también te da las gracias por eso).
Y, como siempre, a Joe,
mi maravilloso y alentador marido,
por ser mi perfecto caballero,
y a mi hijo Chris,
del que tan orgullosa me siento,
alias el Perfecto Caballero Junior,
que, como bien sé, terminará convirtiéndose
en la viva imagen del fabuloso caballero
que es su padre

AGRADECIMIENTOS

Querría dar las gracias a las personas que cito a continuación por su inestimable ayuda y apoyo.

A la gente maravillosa de Avon/Harper Collins por su amabilidad, sus ánimos y por hacer que mis sueños se conviertan en realidad, sobre todo a Michael Morrison, Mike Spradlin, Brian Grogan, Carrie Feron, Debbie Stier, Pamela-Spengler Jaffee y a Jamie Beckman.

A Damaris Rowland, mi agente, por su fe y sabiduría.

A Jenni Grizzle y a Wendy Etherington por alentarme a seguir y por estar siempre dispuestas a compartir conmigo una copa de champán y una porción de tarta de queso.

Gracias también a Sue Grimshaw, Kathy Baker, Kay y Jim Johnson, Kathy y Dick Guse, Lea y Art D'Alessandro, y a Michelle, Steve y Lindsey Grossman.

Un ciberabrazo a mis alocadas Connie Brockway, Marsha Canham, Virginia Henley, Jill Gregory, Sandy Hingston, Julia London, Kathleen Givens, Sherri Browning y Julie Ortolon, y también a las Tentadoras.

Un agradecimiento muy especial a los miembros del Georgia Romance Writers.

Y por último, gracias a todos/as los/as maravillosos/as lectores/as que os habéis tomado el tiempo de escribirme o de enviarme vuestros correos electrónicos. ¡Espero seguir recibiendo noticias vuestras!

PRÓLOGO

Cornwall, 1817

Nathan Oliver protegió contra su pecho la valija de cuero gastado llena de joyas robadas y se recostó contra la áspera corteza del inmenso olmo en un intento por recuperar el aliento. Un botín en toda regla... Ya casi he llegado. Ya casi lo he logrado, pensó. Solo tenía que cruzar el claro iluminado por la luz de la luna, entregar el botín al hombre que esperaba al otro lado del bosque y todo habría terminado. Por fin disfrutaría de seguridad económica durante el resto de sus días.

Inspiró lenta y profundamente, hasta que el aire llegó al fondo de sus ardientes pulmones, calmando así su pulso acelerado. El corazón le retumbaba en el pecho, y no le costó percibir sus latidos en los oídos y en la boca del estómago. A pesar de que todas eran reacciones ya conocidas, experimentadas durante las docenas de veces que había obrado así anteriormente, en esta ocasión las sensaciones fueron más acusadas... por motivos que Nathan no dudó en dejar despiadadamente a un lado. Maldición, su conciencia elegía sin duda el momento menos conveniente para censurarle. Aun así, y a pesar de todos sus esfuerzos por impedir su intrusión, las dudas y la culpa que le habían acosado desde que había accedido a llevar a cabo ese encargo en particular seguían persiguiéndole. Olvídalo. Lo hecho hecho está. Limítate a terminar con esto, se dijo.

Con suma cautela, echó un vistazo desde detrás del árbol, con todos los sentidos alerta. La luna se ocultó tras una nube, sumiéndole en la oscuridad. Una brisa fresca, preñada de aromas marinos, sacudió las hojas, mezclándose con el canto nocturno de los grillos y con el de un búho cercano. Aunque todo parecía en calma, Nathan notó que se le cerraba el estómago, alerta; un instinto que muy buen servicio le había hecho en el pasado. Se quedó totalmente quieto durante dos minutos más, escudriñando, aguzando el oído, pero no detectó nada extraño. Se colocó el bulto bajo el brazo, asegurándolo mejor contra el cuerpo, inspiró hondo una vez más y echó a correr.

Cuando casi había alcanzado ya la protección del bosquecillo del otro lado, se oyó un disparo. Nathan se echó al suelo, dándose un doloroso golpe en el costado. Se oyó un segundo disparo de pistola en rápida sucesión, seguido por un sorprendido grito de dolor.

—¡Cuidado! —exclamó alguien.

Se le heló la sangre en las venas. Demonios, había reconocido esa voz.

Se levantó, apoyándose en las manos, y corrió hacia el lugar de donde le pareció que procedía el grito. Tras un recodo del sendero, vio en el suelo una figura masculina. Con toda su atención puesta en el hombre derribado, no oyó el ruido a su espalda hasta que fue demasiado tarde. Antes de poder reaccionar, se vio empujado y a merced de un golpe que impactó directamente entre sus omóplatos y le hizo perder el equilibrio. La valija que contenía las joyas salió disparada de sus manos, pero otra mano, enfundada en un guante negro, se hizo con ella. Luego la oscura figura se desvaneció en la oscuridad, agarrando firmemente lo que segundos antes había pertenecido a Nathan. Sin apenas delación, espoleado por las afiladas garras del miedo, se levantó y corrió hasta el hombre que yacía en el suelo. Cayó de rodillas junto a él y miró los ojos colmados de dolor de su mejor amigo.

—Maldita sea, Gordon, ¿qué demonios estás haciendo

aquí? —preguntó con la voz empañada por el miedo mientras procedía a efectuarle un apresurado reconocimiento. Cuando tocó el hombro de Gordon, descubrió en él el pegajoso calor de la sangre.

—Estaba a punto de hacerte la misma pregunta —descubrió Gordon.

—¿Te han alcanzado solo una vez?

Gordon se estremeció y luego asintió con la cabeza.

—Me alcanzó el segundo disparo. Duele como un demonio, pero no es más que un rasguño. No sé si Colin ha tenido tanta suerte. Le he visto desplomarse con el primer disparo.

Nathan se quedó helado al oír el nombre de su hermano.

—¿Dónde está?

Gordon señaló a la izquierda con un brusco movimiento de cabeza. Al volverse, Nathan vio un par de botas que asomaban debajo de un arbusto. La visión le sacudió como un golpe físico y tuvo que apretar con fuerza las mandíbulas para reprimir el agónico ¡Nooo! que brotó de su garganta. Se quitó el pañuelo con rapidez, lo aplicó a la herida de Gordon y colocó sobre ella la mano de su amigo.

—Apriétalo lo más fuerte que puedas.

Entonces se levantó de un brinco y tiró de las botas con la mayor suavidad, hasta que el cuerpo apareció en el fangoso sendero, al tiempo que en su cabeza se repetía el eco de una única plegaria: «No permitas que muera. No permitas que mi codicia le haya matado».

En cuanto Colin emergió de entre los arbustos, Nathan se arrodilló a su lado. Colin alzó la mirada hacia él, soltó un gemido y Nathan por fin dejó escapar el aliento que había contenido. Su hermano estaba vivo. Ahora tenía que concentrarse en mantenerle así.

—¿Puedes oírme, Colin? ¿Dónde te han dado? —dijo entre dientes al tiempo que sus conocimientos de medicina se abrían paso a cuchilladas entre el pánico, obligándole a mantener la calma y a concentrarse en la labor que tenía entre manos.

—Pierna —jadeó Colin.

Nathan localizó la sangrante herida en el muslo de Colin y, tras un breve examen, dijo secamente:

—No hay herida que indique la salida de la bala. —Se desató la corbata y aplicó presión para contener el flujo sanguíneo—. Tengo que sacarte la bala lo antes posible. Luego hay que coser a Gordon. Debemos volver a casa. ¿Tenéis caballos?

—No —dijo Gordon, directamente a su espalda—. ¿Y qué diantre te hace pensar que voy a dejar que me cosas?

Nathan lanzó una mirada por encima del hombro y vio a Gordon de pie, mirándole con furia. Su amigo seguía presionándose la parte superior del brazo con la mano, pero incluso en la penumbra Nathan pudo ver cómo goteaba la sangre entre sus dedos. Como también pudo ver la ira brillando en los ojos de Gordon.

—Quizá porque soy el único médico que hay en los alrededores y porque ambos necesitáis cuidados médicos inmediatos.

—Diría que esta noche no ejerces solamente de médico, Nathan. —La mirada de Gordon se desvió hacia Colin—. Ya te había dicho que algo sucio se tramaba. —Volvió entonces a fijar la mirada en Nathan—. ¿Por qué? Maldita sea, ¿por qué lo has hecho?

La mentira cuidadosamente tejida y alojada en la garganta de Nathan que supuestamente debía protegerle se deshizo como una tela pobremente confeccionada a la vista de la debacle acontecida esa noche. Su mente, normalmente ágil, se sentía incapaz de pensar a la vista de su mejor amigo ensangrentado y de su hermano víctima de un disparo de pistola. Sin duda, Gordon le creía culpable de algo... y tenía buenas razones para ello. Sin embargo, a juzgar por el tono de voz y por la mirada glacial de su amigo, también sospechaba lo peor.

Nathan se volvió lentamente a mirar a Colin y se quedó de piedra. Por mucho que las palabras de Gordon le hubieran dolido, fue la mirada que alcanzó a ver en los ojos de su hermano lo que le golpeó como un puñetazo en el estómago. Y en el corazón. Las miradas de ambos se encontraron, enfrentadas, y las entrañas de Nathan se encogieron ante la duda y la acusación tan elocuentemente evidentes que vio en ojos de Colin.

—¿Nathan?

Solo una palabra. Pero el modo en que la dijo, la mirada que delataban sus ojos, bastó para clavar una estaca en el corazón de Nathan.

1

La mujer moderna actual no debería bajo ningún concepto permitir que un caballero se aproveche de ella, juegue con sus afectos o la considere un simple entretenimiento a arrinconar tras un interludio de placer. Si un caballero comete el error de actuar así, ella debería responder tratándole de un modo igualmente despreciativo. Una gesta vengada en su momento puede, de ese modo, quedar enterrada en el pasado.

Guía femenina para la consecución
de la felicidad personal y la satisfacción íntima
CHARLES BRIGHTMORE

—¿Qué es eso que lees con tanta atención, Victoria?

Sin poder reprimir un sobresalto culpable, lady Victoria Wexhall cerró bruscamente el delgado ejemplar forrado en piel de la *Guía femenina* que descansaba sobre sus rodillas y levantó los ojos para fijar la mirada en tía Delia, que iba sentada frente a ella en el carruaje y que, durante la última hora, había estado echando una cabezadita, pero que en ese instante la miraba desde unos ojos violáceos iluminados por la curiosidad.

El calor se adueñó de las mejillas de Victoria, que rezó para no revelarse tan arrebolada como le parecía estarlo. Dejó el libro sobre el asiento de terciopelo gris y rápidamente lo cubrió bajo su chaquetilla de color verde oscuro. Sin duda tía Delia se quedaría horrorizada si llegaba a sorprenderla leyendo el libro cuyo explícito y provocativo contenido había provocado un tornado de escándalo en Londres. Y no le cabía duda de que a su tía le horrorizaría saber lo que planeaba llevar a cabo en cuanto llegaran a Cornwall, gracias a haber leído el libro.

—No es más que uno de los libros que compré en la librería Wittnower's antes de salir de Londres. —Y antes de que su tía pudiera seguir cuestionándola, añadió apresuradamente—: ¿Te encuentras mejor después de tu siesta?

—Sí. —Tía Delia acompañó su respuesta con una mueca resignada y estiró el cuello a uno y otro lado—. Aunque me alivia saber que por fin llegaremos hoy a Cornwall y dejaremos de estar confinadas en este coche.

—Estoy de acuerdo contigo.

El viaje desde Londres había resultado largo y arduo, un viaje que Victoria no habría realizado en circunstancias normales. Si alguien le hubiera sugerido que iba a renunciar por propia voluntad a la comodidad, al glamour y al torbellino social de la sociedad londinense —sobre todo en el momento en que la temporada estaba a punto de dar comienzo— para trasladarse a las remotas e incivilizadas tierras de Cornwall, le habría dado un ataque de risa. Aunque bien es cierto que poco podía imaginar que dispondría de la oportunidad idónea para vengarse merecidamente del hombre que la había agraviado en el pasado. Armada con su ejemplar de la *Guía femenina*, que había leído con suma atención, y con un plan de ataque claramente diseñado, estaba preparada. Aun así, seguía incómoda ante lo poco oportuno del viaje.

—Todavía no puedo creer que papá haya insistido en que hagamos este viaje justo ahora. Sin duda podríamos haber esperado unas semanas.

—Con el tiempo aprenderás, querida mía, que hasta los hombres más joviales son, en el fondo, irritantes criaturas.

—Como irritante es lo inoportuno de este viaje —dijo Victoria.

La irritación que llevaba burbujeando bajo su piel desde que había sido incapaz de convencer a su padre para que retrasara el viaje volvió una vez más a superarla. Por motivos que no era capaz de descifrar, no había logrado convencer a su padre, un hombre normalmente indulgente. Cuando quedó patente que él no pensaba dar su brazo a torcer, Victoria por fin había accedido a doblegarse a su calendario. No era su intención molestar ni desilusionar indebidamente a su padre, quien en raras ocasiones le pedía algo. Y tampoco estaba dispuesta a dejar escapar la ocasión de poner en su sitio el pasado, puesto que esa sería sin duda la última oportunidad. Si todo salía según el plan de vida que con tanto esmero había diseñado, al año siguiente por esas fechas sería una mujer casada y con un futuro asegurado. Quizá incluso se convertiría en madre.

—Cuando pienso en todas las veladas que me estoy perdiendo... no alcanzo a entender en qué estaría pensando papá.

Tía Delia arqueó las cejas.

—¿Ah, no? Me sorprende oír hablar así a alguien con una mente tan brillante. No hay duda de que tu padre desea verte casada.

Victoria parpadeó.

—Sin duda. Y esa es también mi intención. Pero ese no puede ser el motivo de que me mande a Cornwall. Sobre todo ahora. Solo en el último mes, tanto el barón de Branripple como el barón de Dravensby han iniciado con papá conversaciones en relación al matrimonio. Con la temporada a punto de dar comienzo en Londres, y con las numerosas oportunidades de afianzar mi relación con uno de los barones que eso supone, o incluso de conocer a más caballeros casaderos, papá se habría beneficiado mucho más de la situación si yo me hubiera quedado en la ciudad.

—No si el caballero al que desea que conozcas está en Cornwall, querida mía. —Tía Delia frunció los labios—. Me gustaría saber por cuál de los Oliver se decanta tu padre... si por el barón viudo o por Colin, su heredero, el vizconde de Sutton. ¿O quizá sea por el hijo menor, el doctor Nathan Oliver?

Victoria logró mantenerse impasible ante la mención de aquel nombre.

—Seguro que no se trata de ninguno de ellos. A lord Sutton le conocí brevemente... en una ocasión, hace ya tres años... Y en cuanto al barón, no creo que papá me anime a casarme con un hombre tan viejo como lord Rutledge.

—Según creo, el viejo lord Rutledge es un año menor que yo —dijo tía Delia en un tono seco como el polvo. Antes de que Victoria pudiera disculparse por su desacierto, su tía prosiguió—: Pero te olvidas del doctor Oliver.

Ojalá lo hubiera hecho ya... ojalá hubiera podido... pero lo haré. Después de esta visita, lograré exorcizarle de mi mente, pensó.

—No, no me olvido de él. Es solo que no me parece necesario sacar a colación su nombre, puesto que ni papá ni yo consideraríamos jamás las posibilidades de un candidato tan humilde, sobre todo cuando dos barones han manifestado ya su interés.

—No recuerdo haberte oído mencionar ni un solo *tendre* por Branripple ni por Dravensby, querida.

Victoria se encogió de hombros.

—Ambos son caballeros distinguidos y muy codiciados, procedentes de familias muy respetadas. Cualquiera de ellos sería un excelente partido.

—Es bien sabido que ambos pretenden desposar a una heredera.

—Como es el caso de muchos otros con nobles títulos y bolsillos vacíos. Siempre he sabido que se me querría por mi fortuna. Del mismo modo que siempre he sabido que tendría que hacer un buen matrimonio para asegurar mi fortuna. Ni que decir tiene que no puedo contar con que Edward será generoso una vez papá ya no esté entre nosotros.

Victoria reprimió un suspiro ante la mención de su hermano mayor. Por mucho que le doliera, era innegable que Edward, que en ese momento se encontraba en el continente haciendo solo Dios sabía qué, era un mujeriego irresponsable, jugador, pendenciero y borracho que a buen seguro se desharía de ella en cuanto su padre falleciera. Naturalmente, lord Wexhall la dejaría económicamente acomodada, pero

Victoria deseaba formar una familia. Hijos. Y una firme situación en la sociedad.

—¿No tienes la menor preferencia entre Branripple y Dravensby?

—En realidad no. Son de edad y temperamento similares. Había planeado pasar más tiempo en su compañía durante la temporada para así poder decidirme por uno de los dos.

—Entonces ¿estás segura de que te casarás con uno de ellos?

—Sí. —¿Por qué no echaba a volar su corazón ante semejante perspectiva? El matrimonio con cualquiera de esos dos hombres se traduciría para ella en una vida de lujos en la cúspide de la sociedad. Sin duda su mente estaba preocupada por la tarea que se había propuesto llevar a cabo en Cornwall. A buen seguro, el entusiasmo que debía sentir por sus pretendientes se haría manifiesto en cuanto completara su objetivo.

Tía Delia suspiró.

—Lo lamento mucho, querida.

—¿Que lo lamentas? ¿Qué es lo que lamentas?

—Que no te hayas enamorado.

—¿Enamorada?

Victoria rompió a reír. Sin embargo, incluso entonces, una punzada interna la sacudió. A menudo albergaba esa clase de estúpidas fantasías, como era propio de la mayoría de esas muchachas. No obstante, había madurado y, en un alarde de buen tino, había dejado a un lado tamaña estupidez.

—Sabes tan bien como yo que el amor es una pobre base para el matrimonio —dijo—. Sobre todo cuando hay implícitos apellidos, títulos, fortunas y propiedades familiares. El matrimonio de papá y mamá no estuvo basado en el amor. —La imagen del rostro de su madre se dibujó en su mente: era la imagen que Victoria llevaba en el corazón, en la que aparecía su madre sonriente y hermosa, antes de que la enfermedad le robara la vitalidad primero y luego la vida.

—Quizá no, pero llegó el día en que el afecto que sentían el uno por el otro floreció hasta convertirse en amor —dijo tía Delia—. No todas las parejas son tan afortunadas. Yo no lo fui.

Victoria dio un suave apretón a la mano de su tía en una muestra de compasión. La década que había durado el matrimonio de su tía viuda no había sido una época feliz en la vida de la señora.

—Tal como yo lo veo —prosiguió tía Delia—, la razón de que tu padre insistiera en que vinieras a Cornwall era ampliar tus horizontes. Que vieras otras partes del país, además de tus lugares predilectos de Londres, Kent y Bath. Que abrieras la mente, y el corazón, a nuevas experiencias y a otras gentes.

—Supongo que tienes razón. Aunque no creo que papá espere encontrarme un pretendiente en Cornwall. Sin duda me lo habría dicho.

—¿Tú crees? No comparto tu opinión, querida. Como no tardarás en saber, los hombres son a menudo criaturas irritantemente reservadas.

Victoria no pudo discutirlo, sobre todo en lo que a su padre se refería.

—¿Y por qué no iba a decírmelo? —Aun así, en cuanto la pregunta escapó de entre sus labios, supo la respuesta—. No me lo diría porque sabe que yo jamás aceptaría vivir tan lejos de la ciudad. Tan lejos de… —Agitó la mano para abarcar con ella toda la nada verde que tenía ante sus ojos—. Lejos de la civilización. ¿Cómo iba yo a no vivir en la ciudad durante la temporada? Y durante el verano, sin duda a no más de unas pocas horas de Londres, lo suficientemente lejos para disfrutar de una conveniente tranquilidad rural, y lo bastante cerca para gozar del torbellino social de la ciudad, las tiendas, y mantenerme al día de las últimas modas y de los últimos chismes.

Irguió la espalda contra el respaldo del asiento. ¿Podía tía Delia estar en lo cierto? De ser así, su padre estaba condenado a ser víctima de una dolorosa decepción, pues por muy encantadores que fueran el barón y el vizconde, Victoria nunca aceptaría un matrimonio que la atara, por ley, a un hombre que pudiera relegarla —y que sin duda la relegaría— a los desolados y remotos parajes de Cornwall. Un escalofrío la recorrió en cuanto lo pensó.

—Recuerdo que conocimos al vizconde Sutton en Londres hace unos años —dijo tía Delia—. Un joven apuesto.

—Sí. —Excepcionalmente apuesto, pensó Victoria. Aunque era el hermano menor de lord Sutton quien tanto la había turbado—. Pero, en lo que a mí respecta, daría igual que se tratara del hombre más bello del planeta. No estoy interesada en él.

—En esa ocasión también conocimos a su hermano menor —dijo tía Delia, arrugando la frente—. El doctor Oliver. A primera vista no costaba adivinar que brillaba en él la chispa del mismísimo demonio.

La imagen que Victoria tantos esfuerzos había hecho por intentar apartar de su memoria se materializó al instante en su mente. Un joven alto, ancho de hombros y de pelo ondulado y castaño, dotado de unos intrigantes y juguetones ojos de color avellana y de una sonrisa traviesa que inexplicablemente —e innegablemente— la había fascinado desde el instante en que ambos se habían conocido en Londres hacía tres años en casa de los Wexhall. Incluso en ese instante, el corazón pareció darle un vuelco... sin duda el resultado de la severa irritación provocada por el simple recuerdo del doctor Oliver.

Con la imagen de él firmemente instalada en su cabeza, la asaltaron los inquietantes recuerdos de aquella noche vivida hacía ya tres años. Victoria acababa de celebrar entonces su décimo octavo cumpleaños y se había visto arrebolada de seguridad femenina ante su fabulosamente exitosa primera temporada, una seguridad a la que había dado alas el incuestionable interés que había despertado en los ojos del pecaminosamente atractivo invitado de su padre. La imaginación de Victoria había catalogado de inmediato al doctor Oliver como un aventurero, un disoluto pirata que se fugaría con ella y que se la llevaría a su barco para besarla y... en fin, no sabía con total seguridad qué más, pero sin duda, fuera lo que fuese, era lo mismo que arrebolaba ferozmente las mejillas de su doncella Winifred cuando la joven mencionaba a Paul, el apuesto lacayo nuevo.

La instantánea atracción que el doctor Oliver despertó en ella había sido embriagadora y sobrecogedora, en absoluto comparable a nada de lo que lady Victoria había experimentado con anterioridad, a pesar de que francamente la había confundido pues bien era cierto que había visto a otros apuestos caballeros antes... incluso más apuestos que el guapo joven. El propio hermano del doctor, lord Sutton, que se encontraba a menos de tres metros de donde ella estaba, era sin duda el más apuesto de los dos, y parecía mucho más caballeroso y correcto.

Sin embargo, nadie podría haber negado que Victoria era incapaz de explicar su reacción ante el doctor Oliver. Había algo en él... quizá fueran sus cabellos, un poco demasiado largos, o la corbata ligeramente arrugada, o los destellos traviesos que rondaban su mirada y las comisuras de sus deliciosos labios lo que había capturado su fantasía. Lo que la llevó a desear tocarle el pelo, alisarle la corbata y preguntarle qué era lo que le resultaba tan divertido.

Pero era, sobre todo, su forma de mirarla lo que le había acelerado el corazón, produciéndole acaloradas punzadas de placer de la cabeza a los pies. Nathan había posado en ella la mirada con una combinación de cálida diversión y un imperturbable flirteo que orillaba los límites del decoro. Y aunque Victoria debería haberse sentido horrorizada, lo cierto es que se mostró encantada. El doctor Oliver no se parecía a nadie ni a nada de lo que había experimentado hasta el momento, y cuando él le sugirió que le llevara a dar una vuelta por la galería de los retratos, ella había accedido de inmediato, decidiendo que no había nada de indecoroso en ello. Su tía y lord Sutton estarían en la habitación contigua. La puerta que unía ambas salas estaría abierta de par en par...

Sin embargo, en cuanto estuvo a solas con él, el aplomo que normalmente caracterizaba a Victoria la abandonó. Horrorizada, vio como sus esfuerzos por impresionar al doctor Oliver con su madurez, su vestido nuevo y su conversación no llegaron a buen puerto. Se vio parloteando sin aliento y dando muestra de una incontinencia verbal que no era capaz de controlar. Todo lo que había aprendido sobre modales pareció abandonarla y se limitó a balbucear, incapaz de poner freno al nervioso torrente de palabras que borbotaban de sus labios. Aunque la cabeza le ordenaba callar, que levantara el mentón y que se limitara a obsequiar a su acompañante con una larga y fría mirada, por motivos que no alcanzó a comprender, sus labios siguieron moviéndose y las palabras derramándose de ellos. Hasta que por fin él la silenció con un beso.

Una oleada de calor la abrasó al recordar aquel beso... aquel increíble beso con el que él la había dejado sin aliento, confundiéndole los sentidos, deteniéndole el corazón en el pecho y debilitándole las rodillas. Fue un beso tan breve... Demasiado. Victoria había abierto los ojos y se había encontrado con la mirada de él y con una sonrisa maliciosa en sus labios.

—Así que ha funcionado —murmuró entonces Nathan con un ronco suspiro. Al ver que ella se quedaba muda, él arqueó una ceja y dijo—: ¿No tiene nada más que decir?

Ella logró susurrar dos palabras como única respuesta:

—Otra vez.

Algo oscuro y delicioso había asomado a los ojos de Nathan, quien la deleitó con un tipo de beso distinto: una lenta, profunda y lujuriosa fusión de bocas y alientos, un apareamiento asombrosamente íntimo de lenguas que despertó todas y cada una de las terminaciones nerviosas del cuerpo de Victoria. Se pegó a él, colmada de una desesperación y de un deseo que no alcanzaba a comprender. Tan solo alcanzaba a saber que quería más, que deseaba que él no dejara de besarla. Pero no fue así y, con un gemido, él la tomó de los brazos y, retirándolos de alrededor de su cuello, la separó con firmeza de él.

Se miraron fijamente durante largos segundos y, a pesar de que Victoria se vio obligada a interpretar la intensa expresión que leyó en el rostro de él, tan aturdida estaba que le resultó del todo imposible. Luego los labios de Nathan se curvaron hasta esbozar una maliciosa sonrisa y tendió los brazos hacia ella. Con un pequeño movimiento de sus dedos largos y fuertes, le ajustó el cuerpo del vestido, que, a pesar de que ella ni siquiera había reparado en ello, estaba asombrosamente torcido, y a continuación le pasó la yema del pulgar por sus labios aún hormigueantes. El doctor pareció a punto de decir algo cuando su hermano le llamó desde la habitación contigua. Se llevó entonces la mano de Victoria a la boca y pegó los labios a sus dedos.

—Un interludio del todo inesperado y placentero, mi señora —susurró, tras lo cual, después de despedirse de ella con un guiño disoluto, salió apresuradamente de la habitación.

Temerosa de enfrentarse a su tía antes de recuperar el juicio, Victoria corrió a su habitación. De pie, delante de su espejo de cuerpo entero, se quedó perpleja al ver en él su reflejo. El perfecto peinado estaba salvajemente desordenado, el vestido arrugado, la piel encendida y los labios rojos e inflamados. Sin embargo, aun sin esas manifestaciones externas del apasionado intercambio con el doctor Oliver, la expresión de asombro y de descubrimiento que iluminaba sus ojos la habría delatado de inmediato.

El sentido común la conminaba a horrorizarse ante su más que sorprendente comportamiento, ante las libertades que le había concedido al doctor, pero su corazón se negó en redondo. ¿Cómo podía esperarse de ella que pensara con claridad cuando, por primera vez en su vida, lo único que deseaba era sentir? No había permitido a ninguno de los numerosos caballeros que habían intentado ganarse su favor durante la temporada que la besaran. Había soñado con su primer beso. Sin duda había planeado la escena al detalle, como lo hacía con todo en la vida: tendría lugar en los sobrios jardines, después de que el caballero en cuestión se lo hubiera solicitado y hubiera recibido su permiso. Sin embargo, en apenas un instante todos sus planes se habían desvanecido en una nube de vapor. Ni en sus más atrevidas fantasías habría osado conjurar nada semejante a los increíbles y mágicos momentos que había compartido con el doctor Oliver. No veía la hora de volver a verle, y después de lo que habían compartido, sabía que él se pondría en contacto con ella.

Pero Victoria no había estado tan equivocada en toda su vida. Nunca volvió a verle ni a saber de él.

Ahora, al contemplar desde la ventanilla del carruaje las interminables colinas verdes salpicadas de pequeñas casas de campo con sus techos de paja que marcaban la presencia de una nueva aldea, Victoria cerró los ojos y se avergonzó en silencio al darse cuenta de lo estúpida que había sido, ante la idiota expectación esperanzada que había regido su vida durante las semanas siguientes a aquel encuentro. Había buscado a Nathan en cada velada, esperando impaciente día tras día la llegada del cartero, sobresaltándose cada vez que oía el repiqueteo del llamador de bronce contra la puerta principal, anunciando alguna visita. No cayó ante la verdad a la que tan ciega había estado hasta una mañana a la hora del desayuno, seis semanas después de que el doctor Oliver le hubiera robado ese beso, cuando, sin darle mayor importancia, mencionó el nombre del joven a su padre. Con una sola frase, su padre había hecho añicos todas sus esperanzas. El doctor Oliver había regresado a Cornwall la mañana siguiente de su visita a la casa y no tenía intención de regresar a Londres.

Victoria recordaba aún la fiebre de humillación que la había abrasado. ¡Menuda estúpida había sido! ¡Había atribuido todos esos ideales románticos y heroicos a un hombre que no era más que un rufián! Un hombre que la había besado hasta hacerle perder el sentido sin la menor intención de volver a hablar con ella. Un hombre que le había robado su primer beso, un beso que hasta la fecha no había podido borrar de su cabeza cuando sin duda él ni siquiera debía de acordarse del encuentro. Era la primera vez en la vida que Victoria se había visto tan sumariamente despreciada, tratada con tanta mezquindad, y no le había gustado ni un ápice. Qué hombre tan grosero e insufrible. Quizá fuera un caballero por nacimiento, pero no había duda de que su educación y su moral brillaban claramente por su ausencia, puesto que no poseía un mínimo de modales.

Muy bien, cuando llegara la hora de marcharse de Cornwall, Nathan se acordaría de ella. Había sido joven e impresionable, y él era lo suficientemente experimentado para saber que se estaba aprovechando de su inocencia. Había jugado con ella de un modo que sin duda Victoria habría olvidado y por el que podría haberse reconocido culpable de haber podido olvidarle. La idea de la venganza jamás se le había pasado por la cabeza hasta que, accediendo a las demandas de su padre, se había visto obligada a emprender ese viaje no deseado, hecho al que se sumaba la reciente adquisición de la *Guía femenina*. Aun así, gracias a ambos factores, se encargaría de que el doctor Oliver cayera por fin en el olvido. La *Guía femenina* aconsejaba vengar a esa clase de rufianes y enterrarlos en el pasado al que pertenecían, y Victoria estaba totalmente decidida a hacerlo. Flirtearía con él y le besaría tan despiadadamente como él lo había hecho con ella para luego marcharse, dejándole con recuerdos que atormentaran sus largas y oscuras horas entre el crepúsculo y el amanecer. Regresaría alegremente a Londres y se casaría con uno de sus barones, dejando por completo el episodio con el doctor Oliver tras ella. Sí, era un plan excelente.

La voz de tía Delia desvió su atención del paisaje.

—Según tu padre, el doctor Oliver es un gran médico, afirmación que estoy segura es correcta.

—¿Por qué lo dices?

Los ojos de su tía centellearon.

—Era obvio que tenía muy buena mano para el trato con los enfermos. Tu padre también mencionó el interés del doctor Oliver por los temas científicos.

Victoria apenas logró contener la mueca que luchaba por tensarle los labios. Sin duda, Nathan disfrutaba clavando alas de insectos a plafones y esas cosas. Y, en cuanto a su profesión

Bah. Una prueba más de que no era un auténtico caballero, pues ningún caballero que se preciara se dedicaría a un oficio.

El carruaje aminoró la marcha hasta avanzar lentamente, y sonó entonces la voz atronadora y profunda del cochero:

—Pueden ver desde aquí la panorámica lateral de Creston Manor, detrás de esos altos árboles de la derecha, señoras. Ya solo nos queda seguir este camino para rodear la propiedad y llegar a la parte delantera. Estaremos allí en un cuarto de hora.

Los caballos retomaron un paso más alegre, y Victoria y su tía estiraron el cuello para mirar por la ventanilla. En cuanto dejaron atrás los árboles, una impresionante casa solariega quedó a la vista. La fachada de ladrillo, despintado hasta un delicado rosa pálido, parecía refulgir en el suave reflejo de la tardía y dorada luz del sol de la tarde. Acurrucado entre árboles altísimos y pastos de color verde esmeralda, Creston Manor resultaba a la vez imponente y tentador. Desde su ventajosa panorámica lateral, Victoria pudo ver los elegantes jardines y establos emplazados en la parte posterior, y un reluciente estanque de aguas azules en la parte delantera que reflejaban a la vez los árboles circundantes y la casa, al tiempo que el austero diseño del edificio quedaba claramente suavizado por las ondulaciones del agua.

Un movimiento junto a los establos llamó la atención de Victoria, quien se inclinó hacia delante. Había dos hombres junto a las puertas abiertas de los establos. Uno de ellos era un caballero de oscuros cabellos con ropa de montar. Parecía estar hablando con el otro, que sin duda era un criado, pues no llevaba camisa y sujetaba con la mano lo que parecía ser un martillo.

La mirada de Victoria quedó prendida de la espalda desnuda del hombre que, incluso desde la distancia, podía apreciar ancha y cubierta de una brillante capa de sudor. Sintió que el calor le arrebolaba las mejillas y, a pesar de que intentó apartar los ojos, su mirada, repentinamente testaruda, se negó a retirarse. Aunque sin duda su reacción se debiera simplemente a que se sentía escandalizada. Por supuesto. Los sirvientes de la propiedad que su familia tenía en el campo jamás se dedicarían al cumplimiento de sus tareas semidesnudos. No pudo evitar preguntarse qué aspecto tendría el hombre visto por delante, dado lo... cautivadora que resultaba la panorámica posterior.

Tía Delia levantó su monóculo.

—Creo que el caballero del pelo oscuro es lord Sutton.

Victoria se obligó a desviar la mirada al otro hombre y asintió.

—Sí, creo que así es.

—Y el otro... —Tía Delia se acercó tanto a la ventanilla que casi llegó a pegar la nariz al cristal—. Dios del cielo, ninguno de mis criados tiene semejante aspecto. Basta para que una desee dedicarse a inventar excusas para llamar al querido muchacho descamisado.

Los labios de Victoria se fruncieron levemente ante el escandaloso comentario de la señora.

—Esa es una de las cosas que más me gustan de ti, tía Delia. Siempre dices lo que piensas... incluso cuando lo que piensas es...

—¿Atrevido? Querida, es entonces cuando más divertido resulta expresar lo que una piensa.

—Estoy segura de que se pondrá una camisa antes de entrar en la casa —dijo Victoria, todavía intentando fisgonear la escena y ocultar la nota de tristeza de su voz.

—Una lástima. Aunque supongo que tienes razón.

El carruaje giró al llegar a la esquina y el hombre se perdió de vista. En cuanto las dos mujeres volvieron a recostarse contra el respaldo de sus asientos, tía Delia volvió a hablar:

—Apuesto a que ese hombre habrá dejado un reguero de corazones rotos a su paso.

—Imagino que sí —murmuró Victoria, compadeciéndose al instante de esas mujeres, pues sabía perfectamente cómo se sentían. No obstante, gracias a la *Guía femenina* y a su cuidadoso plan, iba a encargarse personalmente de que ni su corazón ni su orgullo siguieran enterrados en el fango.

2

La mujer moderna actual debe admitir que, en cuanto se imponga, hará frente a muchas tentaciones. A veces la tentación adopta la forma de un apetecible vestido o de una deliciosa confección, a los que, dependiendo de su situación económica, quizá debería resistirse. Sin embargo, a veces la tentación adopta la forma de un apetecible y delicioso caballero, en cuyo caso no debería resistirse.

Guía femenina para la consecución
de la felicidad personal y la satisfacción íntima
CHARLES BRIGHTMORE

Nathan clavó otro clavo, aporreando la pequeña cabeza de metal con un jadeo satisfecho.

—¿Dando rienda suelta a tus frustraciones? —preguntó una voz grave a su espalda.

Nathan se tensó ante el comentario de su hermano. Luego inspiró hondo y se obligó a relajar los hombros, preguntándose cuándo la incomodidad que se había instalado entre Colin y él terminaría por disiparse. Eso, claro, en caso de que llegara a disiparse algún día. Soltó un jadeo, sacudió el clavo con un golpe final que acompañó con un gruñido y miró por encima del hombro. Impecablemente vestido con su traje de montar, inmaculadamente uniformado y rezumando la imagen del perfecto caballero que Nathan había dejado de emular hacía ya tiempo, su hermano le observaba con esa expresión tan habitualmente inescrutable en él.

Nathan se volvió y cogió la camisa arrugada que había dejado apartada en el suelo para secarse la frente mojada. El sol le calentaba la espalda desnuda y agradeció la brisa fresca y perfumada que le acarició la piel caliente.

—Dando rienda suelta a mis frustraciones —repitió—. Sí, de hecho eso es exactamente.

—A juzgar por la cantidad de martillazos que llevo oyendo toda la mañana debes de estar realmente frustrado. —Colin señaló con la barbilla la obra de Nathan—. Menudo corral les estás construyendo a los animales.

—Por si no te habías dado cuenta, he llegado a casa con un buen número de animales.

—Habría resultado condenadamente difícil no reparar en ellos, con todos esos mugidos, balidos, cloqueos, ladridos, maullidos, graznidos, gruñidos y… ¿qué clase de sonido es el que hace esa cabra?

—Esa cabra tiene un nombre. Petunia.

Colin se pellizcó el puente de la nariz y negó con la cabeza.

—Se me antoja prácticamente imposible entender por qué te empeñas en mantener semejante colección de animales, y aún más imposible comprender qué necesidad tenías de traerlos a Cornwall. Pero lo que realmente no llego a entender es lo que te ha llevado a condenar a esa pobre bestia poniéndole un nombre como el de Petunia.

—No fui yo quien se lo puso. Fue la señora Fitzharbinger, la paciente que me la regaló, quien la llamó Petunia.

—Bien, está claro que la señora Fitzharbinger no posee el menor sentido del olfato porque en mi vida he olido nada menos parecido a la fragancia de una flor que esa bestia mugrienta.

—Yo en tu caso mediría mis palabras, Colin. Petunia es muy sensible a los insultos y muy dada a arremeter contra el trasero de todo aquel que habla mal de ella. —Lanzó una mirada a la cabra que, al oír su nombre, levantó su cabeza amarronada del parterre de flores donde rumiaba y le miró con sus ojos negros como la obsidiana. Un revelador manojo de flores violetas y de tallos asomaba por las comisuras de la boca de Petunia al tiempo que su desordenada barbilla no dejaba de moverse—. Siente especial predilección por las petunias. De ahí su nombre.

Colin alzó la mirada al cielo.

—Si realmente se le hubiera dado el nombre atendiendo a su manjar favorito, fácilmente podrías haberla llamado Pañuelo, Botón, Vitela...

—Sí, le encanta comer papel.

—Bien lo he visto esta mañana cuando se ha comido una nota que había dejado en el bolsillo de mi chaleco. Momento en el cual también perdí un botón. —Dedicó una mirada furibunda y glacial a Petunia. La cabra siguió masticando sin alterarse en lo más mínimo.

—¿Qué pasó con tu pañuelo?

Colin entrecerró los ojos.

—Eso fue ayer. ¿Es que esta bestia no sabe que es hierba lo que supuestamente debe comer?

—De hecho, las cabras prefieren los matojos, los arbustos, las hojas y las anlagas.

—Diría más bien que prefiere comerse todo lo que no esté clavado al suelo. Y a la menor oportunidad.

—Quizá. Pero no creas que valora tus palabras. Yo en tu lugar pondría a salvo el trasero. —Nathan arqueó una ceja—. Tu nota debía de ser de alguna dama. Petunia muestra un gran apetito por las cartas de amor.

—Porque también sabe leer, por supuesto.

—Lo cierto es que no me sorprendería descubrir que así es. Los animales son mucho más inteligentes de lo que imaginamos. He descubierto que Reginald puede diferenciar entre las manzanas y las fresas. No le gustan las fresas.

—Estoy seguro de que Lars y el resto de los jardineros respirarán aliviados cuando se enteren de la noticia, sobre todo dado el triste estado de las petunias. ¿Y cuál de los miembros de tu prole es Reginald? ¿La oca?

—No, el cerdo.

Colin desvió la mirada al lugar donde Reginald estaba tumbado sobre el costado en la mayor muestra de felicidad porcina, a la sombra de un olmo cercano.

—Ah, sí. El cerdo. ¿Otro regalo de un paciente agradecido?

—De hecho, fue el pago de un paciente agradecido.

—Paciente que sin duda creyó proveerte con un festín de cerdo, jamón y beicon.

—Probablemente. Qué suerte para Reginald que no me guste demasiado el beicon.

—Ni tampoco la carne de res, a juzgar por el aspecto de esa vaca.

—Margarita. Se llama Margarita. —Nathan señaló con un movimiento de cabeza al bovino negro y blanco que pacía junto a Reginald—. Sé que disfrutas considerándote un hombre insensible, pero obsérvala. Una mirada de esos enormes y líquidos ojos marrones y ni siquiera tú podrías pensar en ella como una simple fuente de leche fresca.

Colin negó con la cabeza.

—Dios del cielo, eres un claro candidato a dar con tus huesos en el manicomio. Petunia. Margarita —mascculló—. ¿Todas tus mascotas tienen nombre de flor?

—No todas. El nombre del mastín es R. B.

—A juzgar por el tamaño del animal, supongo que viene de Rompe Bancos, ¿no?

—No. De Rompe Botas. Date por advertido.

—Gracias. —No hubo ninguna duda sobre el tono sarcástico empleado por Colin—. ¿Y R. B. es también el pago de algún otro paciente agradecido?

—Sí.

—Como supongo que también lo son los patos, las ocas, el gato y el cordero.

—Correcto.

—¿Eres consciente de que el dinero es la compensación habitual por los servicios de un médico?

—También lo recibo. De vez en cuando.

—A la vista de esta colección de animales, debo suponer que muy de vez en cuando.

Nathan se encogió de hombros. Nunca había logrado convencer a Colin ni al padre de ambos de que estaba plenamente satisfecho viviendo en una casa de campo que podía caber sobradamente en el salón de Creston Manor, ni de que sus mal emparejados animales eran sus amigos. Su familia. Y como tal, los necesitaba allí para que le ayudaran a bregar con el calvario que, según sospechaba, le esperaba a la vuelta de la esquina.

—Me siento pagado con creces teniendo un techo sobre mi cabeza y manteniendo alimentados a mis amigos peludos y emplumados.

—Mucho más domesticado que en los viejos tiempos —dijo Colin.

Al instante, el muro que se levantaba entre ambos y que habían estado sorteando desde la llegada de Nathan el día anterior no pudo seguir siendo ignorado. Aun así, Nathan no deseaba hablar del pasado.

—Mucho más, sí. Y así es como me gusta.

—Esta era tu casa, Nathan. No tenías por qué haberte marchado.

¿Cómo era posible que unas palabras pronunciadas con tanta dulzura pudieran golpearle con semejante fuerza?

—¿Ah, no? —Nathan no consiguió borrar del todo la amargura que impregnaba sus palabras.

Colin le observó atentamente durante largos segundos desde unos ojos verdes tan semejantes a los de su madre que inspiraron en Nathan una nueva oleada de recuerdos contra los que tuvo que debatirse. Por fin Colin volvió la cabeza y fijó la mirada en la distancia.

—Podrías haber elegido de forma distinta.

—No veo cómo. Aunque hubiera querido quedarme, papá me había ordenado que me marchara.

—Habló presa de la rabia. Como tú. Desde entonces, te ha escrito varias veces, invitándote a volver a casa.

—Cierto. Pero para entonces yo ya me había instalado en Little Longstone. —Se pasó la mano por los cabellos—. A pesar de que mantenemos una relación civilizada, siguen existiendo ciertas... asperezas entre papá y yo que no estoy seguro de que vayan a limarse en algún momento. —No le hizo falta añadir: «Como las que existen entre tú y yo». Las palabras quedaron suspendidas entre ambos como una niebla húmeda.

Colin asintió despacio.

—Tampoco tenías intención de volver.

Nathan fijó sin querer la mirada en la zona boscosa situada detrás de Colin. Sacudió la cabeza con un tenso gesto.

—No.

—Y sin embargo, aquí estás.

—La carta de lord Wexhall no me dejó mucha elección.

—Me pareció que aprovecharías la oportunidad para limpiar tu nombre.

—Créeme si te digo que la oportunidad de hacerlo es la única razón por la que estoy aquí. —Una punzada de culpa pellizcó a Nathan cuando vio que Colin apretaba la mandíbula, pero le pareció que decir la verdad sin ambages era su mejor opción. Ya había bastantes mentiras entre ambos.

—Evidenciada por el hecho de que hace tres años que no has estado en casa —murmuró Colin.

Sí, tres años. Tres años desde que su vida había cambiado drásticamente. Tres años enterrando recuerdos y luchando denodadamente por encontrar la paz. Por encontrar un lugar donde sentirse en casa, donde el pasado no le acechara desde todos los rincones.

—Os he escrito.

—Rara vez…

—He dedicado todo mi tiempo a encontrar un lugar donde instalarme. Donde asentarme.

—Y tuvo que ser a quinientos kilómetros de aquí.

—Sí. En un lugar donde nadie me conociera. Donde nadie estuviera al corriente de lo ocurrido.

—Marchándote así solo conseguiste parecer aún más culpable.

—En cualquier caso, todos me creían culpable, de modo que no veo que eso importase.

Los dos hermanos se dirigieron una larga y apreciativa mirada. Luego Colin dijo:

—Me sorprendió que tiraras la toalla tan fácilmente. Que no lucharas por limpiar tu nombre. Nunca fuiste de los que se rinden.

—Bueno, supongo que no me conocías tan bien como creías.

—Eso parece.

—O yo a ti. —Otra mirada se cruzó entre ambos y Nathan dijo entonces—: Por lo menos, a una distancia de quinientos kilómetros no estoy sometido a las miradas ni a los comadreos. Esa es una de las razones por las que mis «bestias», como tú los llamas, sean para mí tan importantes. Les tiene sin cuidado mi pasado. No me juzgan. No pueden hacerme daño.

—¿Y es así como deseas vivir? ¿Sin sentir nada?

—Evitar el rechazo y el dolor no es lo mismo que no sentir nada.

—Han pasado tres años, Nathan. Ya es hora de que cambies.

—Ya lo he hecho.

—Hablaba en términos más geográficos.

—Te repito que ya lo he hecho. Es solo que este lugar... verme aquí es... difícil. —Su mirada descendió hasta la pierna de Colin, que como bien sabía estaba salpicada de cicatrices—. ¿Tan fácil te ha resultado a ti olvidar?

—Por supuesto que no. Ni a Gordon tampoco. Pero ni él ni yo hemos dejado que lo ocurrido pueda con nosotros.

Nathan casi se estremeció al oír mencionar aquel nombre. Gordon... barón de Alwyck... vecino y amigo de la infancia. Otro hombre que a punto había estado de perder la vida y tenía cicatrices en todo el cuerpo por culpa de esa desastrosa y última misión para la Corona. «Por culpa mía...»

—A ninguno de los dos se os acusó de haber robado las joyas. Ninguno de vosotros perdió el honor. Ni la reputación. Yo lo perdí todo. Ninguno fue responsable de... —La voz de Nathan se apagó y apretó la mandíbula con tanta fuerza que le dolieron las encías.

—Me salvaste la vida, Nathan. También a Gordon.

Un amargo suspiro surgió de las entrañas de Nathan. Sí, había reparado con éxito el daño físico ocasionado, pero había fracasado en muchos otros frentes. Frentes en los que no tenía la menor intención de pensar, que no deseaba revivir. No había conseguido olvidar la duda acusadora que había visto en los ojos de Colin. Y no era menos de lo que merecía.

Decidido a guiar de nuevo la conversación hacia temas menos dolorosos, dijo:

—Supongo que nuestras invitadas llegarán hoy.

Colin le miró durante varios segundos y asintió despacio, captando el mensaje con claridad. Excelente. Nathan había soportado todos los recuerdos que era capaz de soportar por un día.

—Sí. Se espera que lady Victoria y su tía lleguen hoy —asintió Colin—. Lady Victoria... Mentiría si dijera que me acuerdo muy bien de ella. Tan solo recuerdo de manera vaga que era extraordinariamente hermosa.

Años de práctica habían enseñado a Nathan a mantener sus rasgos perfectamente impasibles. Recordaba demasiado bien a lady Victoria.

—A buen seguro no te acuerdas de ella porque la vez que estuvimos juntos dejaste a la chiquilla conmigo mientras tú te dedicabas a conversar con su tía, la hermana de lord Wexhall.

—Hum, sí. Sin duda tienes razón. Según creo recordar, lady Delia era un personaje de lo más divertido.

—No sabría decirte —apuntó Nathan con una mirada intencionada—, pues fui yo quien tuvo que cargar con lady Victoria.

—¿Cargar, dices? Qué curioso. Si mal no recuerdo, más bien la requisaste y le pediste que te mostrara sus espantosos retratos familiares. —Colin asintió despacio, y Nathan reconoció sin dificultad el brillo en los ojos de su hermano. De pronto le sorprendió admitir cuánto había echado de menos ese brillo—. Recuerdo también que apareciste bastante nervioso tras tu, ejem... conversación con la deliciosa lady Victoria.

Nathan dio un portazo a la marea de recuerdos que pugnaban por hacer su entrada.

—Nada de eso. Es solo que no disfruté conversando con esa chiquilla altanera. —Se maravilló desapasionadamente ante la capacidad que todavía poseía de mentir sin el menor esfuerzo. Sin duda había cosas que no cambiaban. Aun así, el dolor sordo que sintió en las entrañas le indicó que quizá, y después de todo, la mentira sí había requerido en esa ocasión cierta dosis de esfuerzo.

—¿Conversando? ¿Es eso lo que estuvisteis haciendo en aquella habitación tenuemente iluminada de la que regresaste despeinado por completo? Y, a los dieciocho años, Victoria no era ya ninguna niña —dijo Colin, en cuyos ojos el brillo parecía haberse acentuado.

—Pues te aseguro que se comportó como tal, parloteando neciamente sobre el tiempo y la moda.

—Bien, ahora que ha cumplido ya los veintiuno, ni siquiera tú me negarás que ya ha dejado de ser una niña. Y lord Wexhall la envía aquí. Según decía en su carta, espera que cuides de ella. Qué interesante.

—¿Y cómo sabes tú con tanta precisión lo que contenía la carta que me ha enviado lord Wexhall?

—Porque la he leído.

—No recuerdo haberte dado permiso para que lo hicieras.

—Estoy seguro de que esa era tu intención. De no ser así, no la habrías dejado en una de las mesas de la biblioteca.

—Te aseguro que no he hecho nada semejante. —Maldito Colin y sus magníficas habilidades de ratero. Bien, quizá fuera ágil con los dedos, pero sin duda no era un experto en la lectura de códigos. Por mucho que hubiera estudiado en profundidad la misiva de lord Wexhall, jamás habría podido descifrar el mensaje secreto que contenía. Nathan sintió una punzada de culpa por no haber compartido el contenido oculto de la carta de lord Wexhall con su hermano, pero quería esperar a recibir más información para hacerlo. No tenía sentido arrastrar a su hermano a una situación que potencialmente podía resultar peligrosa hasta saber con exactitud cuál era la situación.

Colin agitó la mano en un gesto despreciativo.

—Aunque quizá fuera en una mesa del salón. ¿Cómo decía lord Wexhall en su carta? Ah, sí. «Espero que cuides de Victoria y que te ocupes de que no sufra ningún daño» —recitó con voz sonora—. Me pregunto qué clase de daño cree lord Wexhall que puede sufrir su hija.

—Probablemente tema que Victoria se pierda y se caiga por un acantilado. O que gaste en demasía en las tiendas del pueblo.

Colin arqueó una ceja de lo más elocuente.

—Quizá. Pero fíjate que se dirige a ti. En ningún momento me menciona. La chiquilla es responsabilidad tuya. Naturalmente, si es tan encantadora como la recuerdo, quizá podría dejarme convencer para ayudarte a cuidar de ella.

Nathan culpó al calor que le abrasaba en esa extraña tarde de calor. Demonios, la conversación estaba provocándole dolor de cabeza.

—Excelente. Deja que te convenza. Te daré cien libras si cuidas de ella —le ofreció Nathan empleando un tono despreocupado totalmente reñido con la tensión que le consumía.

—No.

—Quinientas.

—No.

—Mil libras.

—Ni hablar. —Colin sonrió—. Para empezar, y teniendo en cuenta que habitualmente tus clientes te pagan con animales de granja, dudo que tengas mil libras, y, a diferencia de ti, no tengo el menor deseo de que se me pague con cosas que mugen. Por otro lado, ni por todo el oro del mundo renunciaría a verte hacer algo que con tanta claridad detestas, como ocuparte de cuidar a una mujer a la que consideras una idiota mimada e irritante.

—Ah, sí, los motivos que me han llevado a estar tres años lejos de aquí vuelven a caer sobre mí de un plumazo.

—De hecho —prosiguió Colin como si Nathan nada hubiera dicho—, te daré cien libras, en moneda en curso, si logras cumplir con tu deber con lady Victoria sin que te vea pelearte con ella.

Acostumbrado como estaba a la naturaleza bromista de Colin, Nathan dijo:

—Define «pelear».

—Discutir. Intercambio acalorado de palabras. Altercados verbales. Doy por hecho que no caeréis en ninguna muestra de altercados físicos.

—No tengo intención de acercarme a menos de tres metros de ella —dijo Nathan, convencido de cada una de sus palabras.

—Probablemente sea mejor así. Está soltera, ¿lo sabías?

Nathan guardó silencio. No, no lo sabía. Aunque poco importaba. Se encogió de hombros.

En su mente se dibujó una imagen de negros y sedosos cabellos, risueños ojos azules y una boca lujuriosa y deliciosa. A pesar de ser plenamente consciente de que ella puso a prueba con él sus artimañas femeninas recientemente acuñadas, Nathan había quedado encantado con semejante combinación de inocencia, flirteo y nervios que ella demostró en su presencia, y había sido incapaz de resistirse a la tentación de robarle un beso. Lo cierto es que tan solo buscaba con ello dar con un modo burlón de poner fin a la nerviosa cháchara de Victoria, pero el beso provocó un incendio que lo aturdió. Las virginales jovencitas de buena familia recién salidas del colegio no habían sido nunca plato de su gusto, y Nathan no había contado con su reacción a aquel beso. Ni con la de ella. Ambas le habían pillado por sorpresa y no era amigo de las sorpresas.

No obstante, aquellos breves instantes robados habían quedado en el pasado y, como bien sabía, los recuerdos y los lamentos estaban mejor enterrados en la más profunda grieta que uno pudiera encontrar. Durante los últimos tres años se había convencido de que lady Victoria había madurado hasta convertirse poco más que en la típica hija bobalicona de cualquier noble, incapaz de mantener una conversación que no versara sobre la moda y el tiempo. Una engreída flor de invernadero que apestaba a altanería y a modales afectados. Una mujer que se enfurruñaba y hacía pucheros para salirse con la suya... En suma, Nathan la había catalogado exactamente como la clase de mujer a la que no aguantaba.

Y ahora se vería obligado a soportar su compañía. A protegerla. Pero ¿de qué? ¿De quién? ¿Y por cuánto tiempo? Según la carta codificada de lord Wexhall, este había ocultado cierta información en el equipaje de lady Victoria, información que respondería a esas preguntas y que podría ayudarle a resolver el misterio de las joyas desaparecidas que le había acosado, a él y a su conciencia, durante los últimos tres años. Recuperar las joyas. Y recuperar todo lo que había perdido.

—Incluso aunque crea que Victoria corre peligro, resulta extraño que Wexhall mande a su hija a Cornwall —dijo Colin—. Creo que lo que intenta es alejarla de algún pretendiente poco deseable. Probablemente tenga la esperanza de casar bien a la muchacha, en cuyo caso parece haberte elegido a ti como víctima, ejem... es decir, como afortunado.

Nathan se limitó a fijar en él la mirada.

—Imposible. Lord Wexhall desearía para su hija a un heredero, no a un segundón. —Y menos que nadie a un segundón con una reputación tan mancillada como la mía, pensó. Se preguntó cuánto sabría lady Victoria sobre su pasado... cuánto le habría contado su padre o si habría sido blanco de chismorreos en Londres—. Y no me imagino a lady Victoria deseando para sí nada por debajo de eso. —Las cejas de Nathan se arquearon al tiempo que lanzaba a su hermano una mirada especulativa—. Sí, es cierto, quizá lord Wexhall espere librarse de la chiquilla, en cuyo caso, y sin lugar a duda, serías tú la víctima deseada, ejem... quiero decir el afortunado.

—Aun así, sus deseos apuntan a que seas tú quien cuide de ella. Y no tengo la menor intención de permitir que termines endosándomela a mí.

—Dada tu condición de heredero y la mía de pobre segundón que se cobra en animales de granja sus servicios médicos, no me cabe duda de que no voy a tener la menor necesidad de endosársela a nadie. Sospecho que lady Victoria correrá directamente en tu dirección.

—No sabes cuánto me alegra ser tan ligero de pies.

—Y no sabes tú lo afortunado que me siento de no ser dueño del título ni de las propiedades que bien podrían seducir a una heredera, o incluso convertir el matrimonio en algo perentorio, pues no tengo ninguna necesidad de dar un heredero. Me temo que todas las esperanzas matrimoniales de la familia recaen en ti, lord Sutton.

—Deberías casarte si el título fuera tuyo.

—A Dios gracias, no lo es.

—Pero lo sería si yo no lograra dar un heredero a la familia.

—Solo si murieras, y pareces gozar de una salud excelente. Y si eso cambia, afortunadamente soy un médico magnífico y me encargaré de que vivas hasta la vejez. Y de que te cases. Y de que tengas muchos hijos. —Nathan sonrió—. Y todo eso mientras yo sigo manteniendo mi condición de despreocupada soltería.

—¿Te acuerdas de cuando te tiraba al lago, hermanito?

—Desde luego. Así aprendí a nadar. —Dedicó a Colin una intencionada mirada de la cabeza a los pies—. Como verás, ya no soy tan pequeño. Te las verías y te las desearías para tirarme ahora al lago.

—Quizá. —Colin asintió, señalando al corral con la cabeza—. ¿Te falta mucho para terminar?

—Necesitaré aproximadamente una hora más. —Miró la inmaculada camisa blanca de Colin, el chaleco de brocado, la chaqueta marrón de Devonshire, los pantalones abombados y las botas lustrosas. —¿Supongo que no me echarías una mano con esto?

—Supones bien. Me voy a Penzance al encuentro de una dama. Una dama encantadora que, a diferencia de tu lady Victoria, en ningún caso merecería ser descrita como una chiquilla altanera.

—No es mi lady Victoria.

Colin se limitó a reír.

—Estaré de vuelta a tiempo para reunirme con vosotros para la cena. —Luego, con un gesto de la mano, entró en las cuadras, dejando a Nathan mirándole fijamente tras él, con un extraño nudo en la garganta.

Dios, cuánto había echado de menos a su hermano. A pesar de que hasta entonces en ningún momento se había permitido pensarlo, ver de nuevo a Colin había vuelto a resucitarlo todo en una dolorosa oleada. Esas pequeñas muestras de camaradería que habían compartido antaño le abrían en dos el pecho ante el peso de la pérdida, aunque también le daban un rayo de esperanza por cuanto apuntaban a que con su visita quizá lograra poner fin a las desavenencias con la familia.

Cogió otro clavo con un suspiro, lo colocó en su lugar y lo golpeó con precisión con el martillo. La vibración reverberó en todo su brazo y repitió la acción mientras especulaba sobre lo que cabía esperar de las siguientes semanas.

Cuando, tres años atrás, abandonó su puesto al servicio de la Corona bajo una oscura nube de sospecha y con la reputación hecha añicos, se había jurado que bajo ningún concepto volvería al redil... salvo en el caso de poder contar con la oportunidad de limpiar su nombre. Aun así, en el momento de hacerse aquel juramento no sospechaba que llegaría el día en que esa oportunidad se le presentaría. Había enterrado el pasado, se había construido una nueva vida en un nuevo lugar y vivía en paz... una gran diferencia con la vida que había dejado atrás. Sin embargo, cuando de pronto había surgido la oportunidad de poder recuperar las joyas y de reestablecer su reputación, los sentimientos que le embargaban eran más que ambivalentes. Alguien le había aconsejado en una ocasión que tuviera cuidado con lo que deseaba porque los deseos podían hacerse realidad. No había alcanzado a captar del todo la dimensión del consejo hasta ese momento. Y al repentino revés que acababa de sufrir su pacífica existencia se unía ahora el hecho de tener que volver a ver a lady Victoria.

En cualquier caso, su relación con ella sería mínima. No en vano había planeado la situación al detalle. Se haría con la información que la chiquilla llevaba con ella y luego, lo antes posible, volvería a mandarla a Londres. Con suerte reestablecería el honor de su nombre, volvería entonces a su tranquila casa de campo de Little Longstone y retomaría su pacífica existencia. Sí, sin duda era un plan excelente.

3

La mujer moderna actual debería en primer lugar dar muestra de una actitud distante hacia el caballero al que desea atrapar. Los hombres disfrutan de la caza, del desafío que supone para ellos ganarse el favor de una dama. Si está interesado, ni una manada de caballos salvajes le impedirá perseguirla. Sin embargo, en cuanto esté firmemente atrapado, deja de ser necesario y deseable seguir mostrando la misma actitud distante.

Guía femenina para la consecución
de la felicidad personal y la satisfacción íntima
CHARLES BRIGHTMORE

Después de haber terminado por fin con el corral, Nathan presentó a su colección de animales su nuevo hogar temporal. Dio unas palmaditas de ánimo a la sólida redondez de Reginald y fue recompensado con una ristra de aspirados gruñidos. Petunia le golpeó con suavidad el muslo y Nathan le dio de comer un puñado de sus flores favoritas.

—Ni se te ocurra decírselo al jardinero —le advirtió, acariciando el pelo ocre de la cabra. Después de asegurarse de que sus amigos estaban cómodos, Nathan se puso la camisa y cruzó los parterres de césped que le separaban de Creston Manor. Tenía los brazos y los hombros doloridos y cansados, aunque era una sensación de la que disfrutaba, pues con ella impedía que su mente vagara por zonas que deseaba a toda costa evitar.

Mientras andaba bajo la larga y fresca sombra de Creston Manor dibujada por el sol menguante, oyó el inconfundible sonido de una voz femenina. A medida que se acercaba a la casa, pudo por fin distinguir con claridad las palabras.

—Las lluvias han dejado los caminos en un estado sencillamente espantoso.

Nathan se detuvo junto a la esquina de la casa. Apoyó la espalda contra la fachada de ladrillo y contuvo un gemido. A pesar de que habían pasado tres años desde que la había oído por primera vez, no había forma posible de confundir esa voz.

Lady Victoria había llegado.

El corazón de Nathan ejecutó un vuelco inusitadamente ridículo y sus cejas se unieron al instante en un profundo ceño. ¿Qué demonios le ocurría? Algo, sin duda. Quizá fuera la falta de sueño. Sí, eso debía de ser. Pues no había otra explicación para una reacción tan idiota. Cerró los ojos y golpeó la parte posterior de la cabeza contra la piedra de la pared dos veces... con suavidad, porque, por muy tentador que resultara caer inconsciente, no tenía ningún sentido prolongar lo inevitable. Cuanto antes descubriera lo que necesitaba saber sobre ella, antes podría enviarla de regreso a Londres.

Bajó la mirada y una sonrisa tiró de las comisuras de sus labios. Lady Victoria sin duda se desharía al verle con sus pantalones manchados, la camisa mojada y por fuera de los pantalones, y las botas gastadas. Se animó considerablemente. Eso la empujaría a marcharse de Cornwall lo antes posible. Nathan supuso que debía rodear la casa hasta la parte trasera del edificio y cambiarse de ropa, pero dado que Colin y su padre estaban de visita en el pueblo, el deber de dar la bienvenida a las invitadas recaía sobre sus hombros.

Se separó de la pared y volvió a la esquina con paso firme. Un coche bien equipado, de color negro lustroso y que lucía el blasón de la familia del barón de Wexhall, se había detenido en el camino curvo que daba acceso a la casa. Un par de sirvientas con aspecto desfallecido, que sin lugar a duda eran las criadas de las señoras, esperaban junto a un segundo carruaje que transportaba más equipaje. El exterior y las ruedas del coche, profusamente salpicados de barro, daban fe del espantoso estado del camino. Dos filas de caballos de idéntico gris esperaban pacientemente mientras Langston y la señora Henshaw, el mayordomo y el ama de llaves de Creston Manor, dirigían al servicio en las labores de descarga de los baúles. Mientras se aproximaba, Nathan estudió el grupo con atención.

Una mujer que reconoció como lady Delia, hermana de lord Wexhall, estaba hablando con la señora Henshaw. Lady Delia, que vestía una chaquetilla azul marino encima de un vestido de muselina de color crema salpicado de las arrugas que había dejado en él el viaje, y con un tocado de encaje, parecía no haber cambiado nada en los últimos tres años, la última vez que ella y Nathan se habían visto. Veinte años antes, habría sido descrita como una bella mujer. En ese momento, y aunque la palabra todavía le hacía justicia, su madurez exigía un término más próximo a «hermosa».

Nathan siguió adelante, estirando el cuello, y vislumbró la parte posterior de un tocado amarfilado con volantes. Su dueña estaba casi oculta entre el tropel de criados que deambulaban por la escena. En ese preciso instante, lady Delia se apartó a un lado, dejando a la vista el perfil de lady Victoria. Nathan aminoró el paso y la estudió.

Con un vestido de muselina de un tono rosa pálido y una chaquetilla de color rosa fucsia, lady Victoria aparecía bañada en un refulgente y dorado halo de sol, como una delicada flor de primavera. Una enérgica brisa con olor a mar, cortesía de Mount's Bay, amenazaba con arrancarle el tocado. La joven se llevó una mano cubierta por un guante de encaje color crema para mantener en su sitio la ridícula bagatela, que supuestamente era la última moda francesa. A pesar de sus esfuerzos, varios rizos oscuros emergieron del tocado y, a merced de la brisa, le acariciaron la mejilla. A Nathan se le ocurrió la ridícula idea de compararla con un retrato de Gainsborough, capturada como estaba por la brisa y el sol y con los rasgos parcialmente ensombrecidos por el tocado y el brazo levantado. Lo único que le faltaba a lady Victoria para completar la imagen era un campo de flores silvestres. Y quizá también un cachorro retozando a sus pies. Justo en ese momento, ella se volvió y las miradas de ambos se cruzaron.

Nathan sintió vacilar sus pasos hasta detenerse por completo al tiempo que sentía como si hubiera recibido un puñetazo en el estómago, algo que ya había experimentado la primera vez que había posado la mirada en ella, tres años antes. La brisa pegaba el vestido de Victoria a su cuerpo hasta sugerir que la forma curva y femenina que se había encajado tan perfectamente en la suya sin duda seguiría haciéndolo. Un dorado rayo de sol la enmarcaba en un halo de resplandor que le daba todo el aspecto de un ángel, aunque Nathan recordaba vívidamente la maldad que había visto danzar en su sonrisa.

Un inconfundible brillo resplandeció en los ojos de Victoria, seguido por un destello de otra cosa que Nathan no logró a descifrar del todo pero que borró cualquier duda de que ella recordara el apasionado beso que ambos habían compartido. Luego sus rasgos quedaron desprovistos de toda expresión y sus ojos se colmaron de una fría indiferencia que ascendió por sus cejas. Indudablemente, Nathan no había dejado una impresión favorable en lady Victoria. Aunque no estaba seguro de si eso le resultaba más molesto que divertido o viceversa.

La mirada de la joven dio un rápido repaso a la ropa de Nathan. A continuación frunció los labios con firmeza y arqueó una ceja, dando muestras de una elocuencia que indicaba que el aspecto de él le resultaba casi tan atractivo como algo que bien pudiera haber arrancado del fondo de uno de sus delicados zapatos. Excelente. Llevaba allí menos de dos minutos y Nathan había conseguido alterarla. Odiaba ser el único en verse pillado desprevenido.

Contuvo una sonrisa y se adelantó hacia ella.

—Saludos, señoras —dijo al unirse al grupo—. Me complace ver que han llegado sin sufrir ningún contratiempo. ¿Han tenido un viaje agradable?

Lady Delia se llevó al ojo un adornado monóculo y le miró con atención.

—Es un placer volver a verle después de todos estos años, doctor Oliver.

—El placer es mío, lady Delia —dijo Nathan, ofreciéndole una sonrisa y una formal reverencia.

La mirada afilada de lady Delia no pasó por alto el aspecto descuidado de Nathan.

—Al parecer ha sido usted víctima de alguna clase de catástrofe.

—En absoluto. Esto no es más que el resultado de un proyecto junto a los establos que ha resultado ser un trabajo sucio. En este momento volvía a casa a fin de ponerme presentable para su llegada, aunque me temo que ya es demasiado tarde.

—¿Junto a los establos? —Los ojos de lady Delia se abrieron de par en par—. ¿Estaba allí hace un cuarto de hora? ¿Utilizando un martillo?

—Así es. De haber sabido que su llegada era tan inminente...

—Bobadas, querido joven. No nos habríamos perdonado que hubiera abandonado su proyecto por nosotras. —Lady Delia le dedicó una sonrisa deslumbrante y añadió—: Me pregunto si recuerda a mi sobrina, lady Victoria...

—Por supuesto que recuerdo a lady Victoria. Me enorgullezco de no olvidar jamás un rostro. —Ni un beso apasionado, pensó. Se volvió hacia ella y se encontró siendo el blanco de la sosa mirada de lady Victoria. Desde luego no era esa la cálida bienvenida que él había recibido la última vez que se habían visto. Probablemente, después de cierta reflexión, la joven le habría relegado a la categoría de rufián por haberle robado aquel beso y lamentaba no haberle abofeteado. Bien, perfecto. Eso abreviaría aún más sus interacciones.

Nathan saludó a lady Victoria con una formal reverencia y volvió a erguirse cuan alto era. Recordaba que ella era ligeramente más alta que la media, aunque bien era cierto que la coronilla de la joven apenas le llegaba al hombro. Ahora que estaba más cerca de ella, pudo apreciar su cutis perfecto, tan solo matizado por un favorecedor tono rosado. Lo cierto es que se la veía muy sonrojada. Probablemente a causa del excesivo calor reinante en el interior del carruaje. Sorprendentemente, y a pesar de lo que, como él bien sabía, debía de haber sido un arduo viaje, Victoria no mostraba el menor indicio de cansancio. No, se la veía fresca y preciosa. Remilgada, dotada de una fría elegancia y convertida en una verdadera dama. Aun así, a Nathan no le cupo la menor duda de que la muchacha no tardaría en caer en alguna depresión como la mayoría de las señoras de su rango y acabaría por recostarse en todas y cada una de las tumbonas de Creston Manor a la primera ocasión.

La mirada de Nathan estudió con atención los ojos de Victoria, reparando en su vívida tonalidad azul, que resultaba aún más destacable por la media luna trazada por las pestañas oscuras que los coronaban. La última vez que los había visto, esos ojos estaban semicerrados y velados de pura excitación. Y luego estaba esa boca... tan lujuriosa y carnosa. Aunque todo en el comportamiento y en el atuendo de Victoria resultaba perfectamente remilgado, nada había de remilgado en sus labios. Nathan recordó al instante el delicioso sabor de esos labios, y cuán aterciopelados los había sentido bajo los suyos. En los últimos tres años, la joven se había transformado en una preciosidad mayúscula. Pero Nathan ya no percibía ese brillo travieso en sus ojos, esa juguetona curva en sus labios, y distraídamente se preguntó cuál podía ser la causa de semejante cambio. A buen seguro habría decidido acertadamente que besar a desconocidos en la galería no era una buena idea. Aunque poco le importaba a él. No, en absoluto. Victoria ya le había dejado fuera de combate en una ocasión... no pensaba darle la oportunidad de repetirlo. Prefería mil veces a una mujer sencilla, afectuosa y dulce que una de esas bellezas engreídas y frías de invernadero.

—¿Cómo está, lady Victoria?

Ella alzó la cabeza y, aun a pesar de la diferencia de altura entre ambos, se las ingenió para lanzarle una mirada despectiva, como si fuera una princesa y él el más humilde de sus servidores.

—Doctor Oliver... —La mirada de Victoria volvió a recorrer su sucio atuendo y arrugó la nariz, sin duda percibiendo el ofensivo olor de Reginald y de Petunia. Cuando las miradas de ambos volvieron a cruzarse, ella añadió—: Sigue usted exactamente tal como le recuerdo.

Aunque Nathan debería haberse sentido insultado ante la insinuación lanzada por ella que apuntaba a que la última vez que se habían visto él estaba sucio, desaliñado y olía como un demonio, se sintió sorprendentemente divertido por el comentario.

—Me honra que se acuerde usted de mí, señora mía. Nuestro encuentro fue... breve.

Ella masculló algo que sonó sospechosamente a «no lo suficientemente breve» y luego dijo:

—Esperaba que serían su hermano o su padre quienes nos recibieran.

—Ninguno de los dos está en casa en este momento, aunque regresarán a cenar esta noche. Mientras tanto, Langston y la señora Henshaw lo tienen todo preparado para su visita.

—Excelente. Ni que decir tiene que estamos ansiosas de poder instalarnos y refrescarnos un poco después del viaje.

—Naturalmente. —Aunque, a juzgar por el aspecto de absoluta frescura que percibió en ella, Nathan no fue capaz siquiera de imaginar qué necesidad tenía Victoria de refrescarse. Extendió el brazo hacia la casa—. Síganme, se lo ruego.

Victoria se sujetó con la mano la falda del vestido, echó a andar tras el doctor Oliver y dejó escapar un suspiro de alivio al no tener que seguir obligada a mirar esos intrigantes ojos salpicados de pequeñas motas doradas que veían demasiado, que sabían demasiado; a no tener que ver esa deliciosa boca que con tanto detalle la había iniciado en las maravillas del arte de besar. Diantre, estaba extremadamente acalorada y sin duda le faltaba el aliento, y, por mucho que se empeñara en querer culpar de ello a la fatiga provocada por el viaje, lo más extenuante que había hecho había sido permanecer sentada y su conciencia no le permitía dar vida a una mentira tan flagrante.

No. El doctor Oliver era sin duda la fuente de su incomodidad, y bien era cierto que no lograba recordar haber vivido una situación más vejatoria que esa. ¿Qué demonios le ocurría? Ese hombre tenía un aspecto espantoso. Sucio. Desaliñado. Era la completa antítesis de la imagen del caballero. Y olía como si hubiera pasado el día limpiando los establos y sometido a una ardua labor. Sin la camisa...

La mirada de Victoria se posó en la espalda ancha del doctor y al instante notó cómo una oleada de calor le ascendía desde el pecho. Sabía por fin lo que ocultaba su camisa sucia y arrugada, o al menos lo que había podido ver desde la distancia. Ojalá esa distancia no hubiera sido tan enorme...

Puso fin a tan perturbadora cavilación antes de que pudiera echar raíz y colmarle la cabeza de imágenes que no deseaba... imaginar. Al parecer, desde que había leído la *Guía femenina* (cosa que había hecho en media docena de ocasiones) sus cavilaciones habían ido decantándose cada vez más hacia cosas de esa índole. Aunque, naturalmente, esa era la misión del libro: animar a las mujeres a cambiar el modo en que se veían a sí mismas y también a los hombres. Animar a la mujer moderna actual a tomar las riendas de su destino y no permitir que este quedara determinado exclusivamente en función de su sexo. Victoria se había tomado las enseñanzas del libro muy a pecho. Y hasta la fecha estaba merecidamente orgullosa de su actuación. Había logrado impedir que sus labios enloquecieran atacando a los demás de forma indiscriminada, aunque eso había requerido esfuerzo, pues tenía cierta tendencia a balbucear cuando se ponía nerviosa, y, maldición, ese hombre la ponía realmente nerviosa.

Alzó la barbilla e irguió los hombros. Era una mujer moderna. Y, como tal, aunaría su fortaleza, no olvidaría en ningún momento con quién estaba lidiando, y pondría su plan en acción. No era la misma chiquilla inocente que el doctor

Oliver había conocido hacía tres años. Su voz interior la advirtió de que, para su desgracia, él seguía siendo el mismo hombre devastadoramente atractivo que ella había conocido. Pero Victoria podía resistirse con facilidad a sus encantos. Sabía muy bien la clase de rufián que era. Y muy pronto le haría saber que no era una mujer con la que podía jugar a su antojo. La consoló el hecho de que se presentaba a la batalla bien armada con su *Guía femenina* y con un plan infalible.

El sendero de grava crujió bajo sus zapatos, arrancándola de sus cavilaciones. Apartó bruscamente la mirada de la espalda del doctor Oliver para abarcar con ella la majestuosidad de Creston Manor, y no pudo negar el sorprendido placer que experimentó ante la magnificencia de la casa. Dos impresionantes escaleras de piedra ascendían en graciosa curva, perfilándose como dos brazos en actitud de bienvenida, prestos a abrazar a todo aquel que se aproximara a la imponente doble puerta de roble. Las ventanas resplandecían, reflejando la dorada luz del sol, y las vetustas y altísimas columnas de ladrillo concedían a la estructura una atmósfera del encanto del viejo mundo que encandiló el sentido de la proporción de Victoria.

Posó la mano sobre la negra y brillante barandilla de hierro forjado y siguió escalera arriba tras los pasos del doctor Oliver. Alzó la mirada y se encontró mirándole la espalda. Había que estar ciega (y ella tenía una vista excepcionalmente aguda) para no percatarse del modo en que los pantalones se adaptaban a sus musculosas piernas. En cómo esos músculos se flexionaban con cada escalón. En la firmeza de sus caderas. En la anchura de la espalda. La fascinante forma de su... trasero.

Qué terriblemente exasperante resultaba que Nathan tuviera un aspecto tan maravilloso por detrás como por delante. Cuán increíblemente irritante que, a pesar de lo sucio que estaba, del sudor y de oler como si hubiera estado retozando el día entero en un granero sucio, Victoria tuviera que agarrarse con fuerza a la barandilla para dominar el abrumador deseo de estirar la mano y tocarle.

Y cuán absolutamente turbador y frustrante que el corazón le hubiera dado un vuelco en el pecho en cuanto había visto a Nathan. Exactamente como le había ocurrido tres años atrás, la primera vez que sus ojos habían reparado en él. Diantre. ¿Qué demonios le ocurría? Sin duda el largo viaje le había mermado el juicio, pues simplemente el descuidado aspecto del doctor Oliver era ya prueba fehaciente de que seguía siendo tan poco caballero como el día en que se habían visto por vez primera. Bien, en cuanto se hubiera dado un baño, se hubiera cambiado de ropa y hubiera disfrutado de una comida caliente y de una buena noche de descanso en una cama decente volvería a recuperar el juicio.

Aun así, era innegable que el doctor Oliver seguía siendo demoníacamente atractivo. Quizá aún más. Por fortuna, Victoria sabía la clase de grosero que era y eso le impediría perder la cabeza. Sin embargo, durante los breves segundos en que ambos se habían estudiado, había notado que había en él algo distinto... algo en sus ojos en lo que no había reparado hasta entonces. Sombras... de dolor, quizá. O de secretos. De haberse tratado de otra persona, Victoria se habría compadecido de él. Bien era cierto que una fisura de compasión a punto había estado de colarse en su corazón antes de que la aplastara como a una cucaracha. Si el doctor tenía heridas, sin duda las merecía. Y, en cuanto a los secretos... bien, no había de qué preocuparse. También ella tenía los suyos.

Levantó la mirada y de nuevo se deleitó con la panorámica que le ofrecía la espalda del doctor Oliver. Izquierda, derecha, izquierda, derecha, flexión, flexión... Cielos, ¿cuántos escalones había? Logró apartar la mirada de aquel trasero exageradamente fascinante y se dio cuenta, aliviada, que solo quedaban cinco escalones. Cuando llegó a lo alto de la escalera, el doctor Oliver se volvió y se detuvo a esperar a tía Delia, que ejecutaba su ascenso a paso más lento. Victoria también se detuvo. Se notó desconcertada al verse de pie a menos de un metro de él. Y el hecho de percibirse desconcertada no hizo sino aumentar su irritación. ¿Cómo podía ser que, a pesar del aspecto desaliñado de Nathan, no pudiera apartar los ojos de él? Sin duda, de haber sido ella la que hubiera estado sucia y con la ropa arrugada, y de haber olido como si acabara de revolcarse en un granero, nadie se habría atrevido jamás a calificarla de atractiva.

—¿Está usted bien, lady Victoria? —preguntó el doctor—. La noto sofocada.

Victoria le regaló una de esas miradas distantes y frías que tan diligentemente había estado practicando para la ocasión en el espejo de cuerpo entero de su cuarto.

—Estoy perfectamente, doctor Oliver.

—Espero que no se haya fatigado demasiado subiendo la escalera. —La comisura de los labios del doctor experimentó una ligera sacudida, y Victoria se dio cuenta de que se estaba burlando de ella. Obviamente, la consideraba poco más que una simple flor de invernadero. El muy arrogante...

—Por supuesto que no. Estoy en perfecta forma. De hecho, me atrevería a decir que podría subir esta escalera sin perder el aliento. —Contuvo la premura por taparse la boca con la mano. Maldición, su intención había sido limitarse a responder con un simple «por supuesto que no».

El doctor arqueó una ceja oscura y pareció realmente divertido.

—Una gesta que ansío presenciar, mi señora.

—Hablaba metafóricamente, doctor Oliver. Puesto que soy incapaz de imaginar una situación que me obligara a correr a ningún sitio, y menos aún escaleras arriba, me temo que no será usted testigo de ello.

—Quizá tendría que correr si se viera perseguida.

—¿Por quién? ¿Por el mismísimo diablo?

—Quizá. O puede que por un ardiente admirador.

Victoria rió. Y no dudó en aplaudir mentalmente el despreocupado sonido de su risa.

—Ninguno de mis admiradores se comportaría de un modo tan indigno y tan poco caballeresco. Sin embargo, incluso si, por alguna extraña razón, así lo hicieran, estoy convencida de que correría más que ellos, pues soy muy ágil y rápida en la carrera.

—¿Y si no lo deseara?

—¿Si no deseara qué?

—¿Correr más que él?

—Bien, en ese caso supongo que dejaría que...

—¿La atrapara?

Victoria guardó silencio ante la intensa expresión que colmó los ojos del doctor, expresión que nada tenía que ver con el tono alegre y despreocupado que empleaba al hablar. Pegó con firmeza los labios para contener el torrente de palabras nerviosas que se le arremolinaron en la garganta y notó cómo la mirada de Nathan se posaba en su boca. Una oleada de calor serpenteó en su interior y tuvo que tragar saliva para recuperar la voz.

—Que me atrapara, quizá —concedió, agradecida de poder responder con voz firme—. Que me capturara, jamás.

—Vaya. Eso casi suena a desafío.

Sintió que la recorría una sensación. «Atorméntale con un desafío...» ¡Excelente! El primer paso de su plan estaba ya en marcha y apenas acababa de llegar. A ese ritmo, conseguiría su objetivo en un tiempo récord. Quizá incluso podría estar de regreso en Londres antes de que finalizara la temporada.

Alzando apenas la barbilla, dijo:

—Tómeselo usted como prefiera, doctor Oliver.

Fuera cual fuese la posible respuesta de doctor, quedó silenciada por la llegada de tía Delia.

—Por aquí, señoras —murmuró Nathan, conduciéndolas hacia la puerta.

Aunque usted, doctor Oliver, puede guiarme al interior de la casa, pensó, dé por seguro que soy yo quien tiene intención de guiarle a una divertida cacería. Luego desapareceré alegremente, como lo hizo usted hace ahora tres años, se dijo.

4

La mujer moderna actual debe rebelarse contra la noción de que una dama está obligada a ocultar su inteligencia a los hombres. Debe, asimismo, dar la bienvenida al conocimiento y luchar por aprender algo nuevo cada día; disfrutar de su inteligencia y no mantenerla en el secreto. Solo un hombre estúpido desearía a una mujer estúpida.

Guía femenina para la consecución de la felicidad personal y la satisfacción íntima
CHARLES BRIGHTMORE

Nathan estaba sentado a la mesa de caoba del comedor sintiéndose casi como el hijo pródigo. De hecho, se sentía exactamente como el experimento científico del hijo pródigo que moraba bajo un microscopio con cinco pares de pupilas fijas en él. Cada vez que miraba a alguien, descubría sobre él la mirada del comensal en cuestión. Y mientras tanto tenía que seguir atado como un ganso cebado en el formal atuendo que exigía la cena que tenía lugar en el comedor. En cuanto la comida tocara a su fin, pensaba arrancarse el agobiante pañuelo del cuello y echar al fuego de la chimenea el maldito cuello de la camisa. Aunque, naturalmente, primero tendría que soportar esa interminable e inoportuna cena.

Un lacayo le llenó la copa de vino y él tomó un agradecido sorbo, apenas conteniendo las ganas de beberse la copa entera en una sucesión de largos sorbos. Se atrevió a echar una mirada a su alrededor y notó aliviado que, por vez primera desde que había tomado asiento, había dejado de ser blanco de todas las miradas. Lady Delia, que estaba sentada a su derecha, se hallaba sumida en una animada discusión con su padre, que a su vez ocupaba la silla colocada a la derecha de la dama, a la cabecera de la mesa.

La mirada de Nathan se posó en el trío sentado delante de él: Colin, lady Victoria y Gordon Remming, quien había heredado su título desde la última vez que Nathan le había visto en el curso de aquella fatídica noche, tres años antes, y que se había convertido en el barón de Alwyck. La cabeza de resplandecientes cabellos dorados de Gordon estaba inclinada muy próxima a lady Victoria, como si la joven estuviera mostrando alguna perla de sabiduría que Gordon no soportara perderse. Lady Victoria, sentada entre Gordon y Colin, parecía estar disfrutando inmensamente, sonriendo, charlando y riendo. Sin duda gracias a que ambos hombres la colmaban de cumplidos y atenciones. Maldición, cualquiera diría que ninguno de los dos había visto en su vida a una mujer atractiva. Y todo eso por la mujer de la que supuestamente él debía cuidar. Bien, en cuanto hubiera cumplido con el compromiso adquirido con el padre de la muchacha, Colin y Gordon podían muy bien quedarse con ella.

La mirada de Nathan se fijó entonces en Gordon, y la culpa y el arrepentimiento que tanto se había empeñado en enterrar fueron catapultados a la superficie. A pesar de que el saludo que Gordon le había dispensado había sido reservado, cuando Nathan le había tendido la mano, Gordon había aceptado el gesto, sí bien tras una breve vacilación. Y aunque Nathan leyó con claridad la sospecha que aún asomaba a los ojos de su amigo, lo cierto es que no había esperado menos.

—He visto el corral que has construido —dijo su padre, desviando su atención del trío que seguía riéndose al otro lado de la mesa—. Una obra francamente impresionante.

—Gracias —respondió Nathan, sorprendido y complacido por el halago.

—Ni que decir tiene que no necesitarías ensuciarte las manos de ese modo si te pagaran adecuadamente por tus servicios.

Nathan se limitó a hacer caso omiso de la indirecta que acompañaba el cumplido de su padre.

—Me encanta trabajar con las manos. Me mantiene los dedos ágiles.

—No creo que aguanten ágiles mucho tiempo si te los aplastas con un martillo —dijo su padre—, o si una de esas bestias te muerde.

—¿Un corral? —canturreó lady Delia con los ojos iluminados por la curiosidad—. ¿Bestias?

—Desde que me instalé en Little Longstone, he ido acumulando una pequeña colección de animales —explicó Nathan. La conversación que tenía lugar en el otro extremo de la mesa cesó y de nuevo Nathan volvió a sentir el peso de todas las miradas. Sobre todo fue especialmente consciente de la de unos vívidos ojos azules.

—¿Gatos y perros? —preguntó lady Delia.

—Más bien cerdos y gallinas, aunque tengo también un perro...

—Del tamaño de un poni —interrumpió Colin.

—Y un gato...

—Un cachorro al que ya hemos tenido que rescatar de un árbol —añadió Colin—. Por no mencionar una vaca, una oveja y un par de patos. No estoy seguro de cuántas ocas hay, y tiene también una incorregible cabra aficionada a comer botones. La mayoría de ellos tienen nombres de flores. Son ruidosos, malolientes, y sienten especial predilección por perseguir a la gente por el jardín... cuando no se dedican a comerse nuestros botones o a mutilar los parterres de flores... y Nathan los adora como si fueran sus propios hijos.

—Gracias por tu edificante descripción... tío Colin.

Colin negó con la cabeza.

—Me niego a ser el tío de esa cabra atroz.

—Petunia te tiene mucho cariño.

Colin saludó el comentario con una mirada glacial.

—Se me comió un botón. Y también mi correspondencia personal.

—Eso es solo porque te quiere —dijo Nathan muy serio—. Y no te he oído quejarte esta mañana cuando te has dado un buen festín a base de los huevos cortesía de Narciso, Tulipán y Ginebra.

Colin arqueó una ceja.

—¿Ginebra? ¿Debo suponer que tienes también un gallo llamado Lancelot?

—No, pero me parece una excelente sugerencia que pienso seguir en cuanto vuelva a Little Longstone y así aumentar mi rebaño. Tres gallinas producirán una media de dos huevos diarios. Eso significa que para obtener seis huevos al día, necesitaría...

—Dieciocho gallinas —dijo lady Victoria. Todos se volvieron a mirarla pero ella, que pareció totalmente ajena a sus miradas de sorpresa, siguió con los ojos fijos en Nathan—. Deben de gustarle mucho los huevos, doctor Oliver.

¿Era sarcasmo lo que adornaba su voz? Nathan le devolvió una mirada igualmente firme.

—Lo cierto es que sí, aunque ni siquiera yo podría soñar con consumir la cantidad de huevos que produciría en un año.

Lady Victoria parpadeó dos veces y dijo:

—Cuatro mil trescientos ochenta.

Todos se rieron entre dientes ante el ingenio del que había hecho gala Victoria lanzando una cifra al azar... todos salvo tía Delia, quien, como Nathan no tardó en ver por el rabillo del ojo, asentía con gesto aprobador. Hizo un rápido cálculo y cuál fue su sorpresa cuando se dio cuenta de que lady Victoria había acertado en su cálculo.

—Al ritmo en que Nathan colecciona animales, lo más probable es que reúna todas esas gallinas antes de que termine el año —dijo Colin, negando con la cabeza.

—¿Y para qué podría usted querer tantos huevos, doctor Oliver? —preguntó lady Victoria.

—Sin duda, para tirarlos desde la ventana a inocentes transeúntes —intervino secamente Colin—. Yo mismo fui víctima suya en un par de ocasiones cuando éramos unos chiquillos.

Nathan tenía una puntería condenadamente certera. —Se frotó la coronilla y parpadeó, como reviviendo lo ocurrido.

—Todavía la tengo —dijo Nathan a su hermano, aunque no apartó en ningún momento la mirada de lady Victoria—. Y nunca te acribillé a menos que lo tuvieras bien merecido.

—Yo nunca te tiré un solo huevo.

—Porque no pudiste. —Apartó la mirada de lady Victoria y sonrió a su hermano desdeñosamente—. Con tu puntería, no le darías al agua ni aun cayéndote de un barco. Por cierto, ese es el motivo de que te acribillara a huevazos en una ocasión... haberme empujado al agua desde el bote de remos.

—¿Y caíste al agua?

—Obviamente.

—Ah. Lo cual prueba sin duda que puedo darle al agua.

—Sí... cuando me caí del bote... yo, que no solo tengo una puntería infalible, sino que soy además dueño de un trío de gallinas ponedoras.

La sombra de una sonrisa curvó en ascendente la comisura de los labios de Colin, y una mirada que bebía de un gran cúmulo de recuerdos compartidos se cruzó entre ambos.

—*Touché* —murmuró Colin—. Lo pensaré dos veces antes de volver a tirarte al agua desde el bote —dijo con una sonrisa—. De hecho, lo pensé dos veces la última vez que lo hice, y en las dos ocasiones me pareció una idea genial.

Los presentes soltaron una risilla y lady Victoria dijo:

—En cualquier caso, todavía no nos ha explicado para qué querría tantos huevos, doctor Oliver.

Nathan se encogió de hombros.

—Tengo un buen número de vecinos con familias numerosas que sin duda les darían buen uso.

—¿Por qué diantre te empeñas en mantener semejante corte de animales? —preguntó Gordon—. ¿Y para qué los has traído?

—Esa es la pregunta que todos le hemos hecho, se lo aseguro —masculló el padre de Nathan.

—No sabía con certeza cuánto tiempo estaría fuera y no

quería imponer semejante responsabilidad a mis vecinos. Tampoco deseaba separar a los animales, enviando a algunos a casa de un vecino y al resto a casa de otro. Están muy acostumbrados a estar juntos. Además, en realidad los animales no dan problemas. Lo cierto es que me encanta su compañía.

—Huelen —dijo Colin. Se volvió hacia lady Victoria—. Haría bien en mantenerse a distancia de esos bichos, lady Victoria, sobre todo de la cabra. Si ve a esa bestia, le recomiendo que eche a correr en la dirección contraria.

—De hecho, echando a correr no haría más que tentarla a que fuera tras usted —dijo Nathan, mirando a lady Victoria por encima del borde de su copa—. A pesar de que, si la memoria no me engaña, ha manifestado usted ser una corredora capaz, mucho me temo que no conseguiría dar esquinazo a una cabra con la misma facilidad con la que lo haría con un persistente pretendiente.

—Imagino que debe de tener usted docenas de pretendientes de los que escapar —dijo Gordon a lady Victoria con una cálida sonrisa que, por alguna razón, irritó a Nathan.

Una sonrisa traviesa que provocó en ella un torrente de recuerdos curvó los labios de lady Victoria.

—Fue así como me convertí en tan competente corredora, mi señor.

Todos se rieron entre dientes, aunque la risa de Nathan resultó ligeramente forzada. Recordaba vívidamente cómo ella le había mirado justo de ese modo hacía tres años. Era una mirada que había llevado a aquel beso que, hasta la fecha, él no había podido borrar de su mente.

—Aunque el correr está a punto de tocar a su fin, ¿no es así, querida? —preguntó lady Delia.

El rubor afloró a las mejillas de lady Victoria. Sin embargo, antes de que pudiera responder, Gordon se llevó la mano al pecho como si acabaran de herirle de muerte.

—Por favor, no irá a decirme que está usted prometida —dijo en un guasón tono dramático.

—No lo estoy...

—Qué excelente noticia —dijo Gordon, sonriente.

—Todavía…

—Vaya… —Gordon chasqueó los dedos—. La noticia no resulta tan excelente. Díganos, pues, ¿quién es el afortunado caballero con el que no está usted comprometida… todavía?

—Lord Branripple o lord Dravensby.

La ceja de Nathan se arqueó.

—Dios mío. ¿Branripple y Dravensby? Pero ¿siguen vivos?

Lady Victoria le lanzó una mirada asesina.

—Debe de referirse usted a sus padres, pues creo que lord Branripple es de hecho un año menor que usted, doctor Oliver. Y lord Dravensby solo unos años mayor.

—Ah. De modo que ambos le han expresado su interés por usted, ¿me equivoco?

—Ambos se han dirigido a mi padre al respecto, sí.

—Bien, por muy dignos que puedan ser ambos caballeros, puesto que no está usted prometida —dijo Gordon— debería considerar que hay aquí mismo, en Cornwall, nobles perfectamente elegibles.

Nathan apenas logró reprimir las ganas de poner los ojos en blanco. Maldición, Gordon podría muy bien haber dicho: «Hay nobles perfectamente elegibles aquí mismo, en Cornwall; aquí mismo, en esta habitación, sentados a su lado». Un favorecedor acaloramiento tiñó de color las mejillas de lady Victoria, y Nathan decidió que sabía precisamente cómo se sentía un gato cuando se le acariciaba de forma equivocada. Justo después de que le hubieran metido en una bañera llena de agua.

—Sí —añadió Colin, con un inconfundible destello en la mirada—, hay aquí mismo, en Cornwall, hombres perfectamente elegibles.

Diantre. Sin duda tanto Gordon como Colin debían de haber caído presas del hechizo que lady Victoria había pergeñado. Menudos idiotas… Aunque sin duda no le resultaría difícil endosarles a lady Victoria. Lo cierto es que la idea debería haberle complacido inmensamente. En cambio, al pensarlo se vio embargado por una inquietante sensación parecida a un calambre. De pronto se dio cuenta por segunda vez en lo que iba de día de que un hombre debía tener cuidado con lo que deseaba porque sus deseos podían cumplirse.

Cogió su copa, centró toda su atención en el suave clarete y apartó con firmeza a un lado la imagen inexplicablemente irritante de Colin y de Gordon pugnando por la atención de lady Victoria. La invitada estaba en posesión de una información que él necesitaba. Había llegado el momento de recuperarla y determinar así qué era exactamente aquello con lo que lidiaba... obviando, claro está, a la irritante flor de invernadero que estaba supuestamente en peligro.

Cuando la cena tocó a su fin, los presentes pasaron al salón para jugar a las cartas y disfrutar de los licores. Tras asegurarse de que todos estaban confortablemente instalados y ocupados, Nathan alegó una jaqueca y se retiró. Cierto es que le dolía la cabeza después de haber visto a Gordon y a Colin disputarse el favor de lady Victoria... y de haber sido testigo de la coqueta respuesta que la joven había dispensado a ambos.

Avanzó por el pasillo profusamente alfombrado, pasó por delante de su habitación y la rebasó apresuradamente. Cuando estuvo delante del dormitorio de lady Victoria, pegó la oreja a la puerta. Satisfecho al comprobar el silencio que certificaba que la criada de la joven no estaba en el interior, entró en la habitación. Tras cerrar la puerta silenciosamente, apoyó la espalda contra el panel de roble y dejó vagar la mirada por la estancia. La señora Henshaw había dado a lady Victoria la habitación azul de invitados que siempre había sido la favorita de Nathan, pues el color le recordaba el mar, sobre todo durante el verano, cuando el pálido aguamarina de los bajíos junto a la playa adquiría una tonalidad casi añil junto al horizonte.

A pesar de haber llegado a la casa hacía solo unas horas, lady Victoria había ya dado clara prueba de su presencia en la espaciosa estancia. Una media docena de libros estaban amontonados sobre la mesita de noche. Había un ornamentado joyero encima del tocador de caoba junto a un lustroso cepillo de plata y un delicado vial de cristal, sin duda lleno de perfume. Nathan inspiró hondo ante el recuerdo de la fragancia de la joven, un aroma tentador y esquivo que impregnaba todavía el aire y bastó para invocar una vívida imagen de ella en su mente. Rosas. Lady Victoria olía a rosas, aunque el suyo era el más sutil y delicado de los aromas, como si en vez de aplicarse el perfume se hubiera limitado a frotar los aterciopelados pétalos de la flor sobre su suave piel.

La mirada del doctor Oliver quedó fascinada al reparar en los enseres femeninos que tenía ante sí y, como sumido en un trance, cruzó la alfombra Axminster hacia el tocador. Incapaz de reprimirse, levantó con sumo cuidado el cepillo y despacio, muy despacio, pasó la yema del pulgar por las púas. Varios largos oscuros cabellos de Victoria seguían enredados entre las ásperas púas, y Nathan fijó en ellos la mirada, recordando al instante la sensación de tener esos lustrosos bucles deslizándose entre sus dedos mientras su boca exploraba la de ella.

Tras volver a dejar el cepillo en su sitio, levantó despacio el vial de cristal. En cuanto retiró el tapón, la delicada esencia de lady Victoria le colmó los sentidos. Un gemido trepó por su garganta y cerró con fuerza los ojos, aunque resultó una débil defensa contra el intenso recuerdo que le embargó: volvió a deslizar sus labios sobre la suave piel satinada de Victoria, aspirando ese sutil aroma únicamente detectable cuando la distancia que les separaba era de apenas unos centímetros. Desde aquella noche vivida tres años atrás, cada vez que olía a rosas pensaba de inmediato en ella. Cada maldita y condenada vez. Para su mayor fastidio, no tardó en descubrir que aparentemente Inglaterra entera estaba infestada de rosas.

Cuando volvió a aspirar una vez más el aroma del vial, no logró reprimir el gemido. Lujuriosas curvas pegándose a él... los frágiles dedos de lady Victoria deslizándose entre sus cabellos hasta la nuca... su sabor delicioso y seductor contra su lengua...

Tras mascullar una obscenidad a la que en raras ocasiones permitía salir de sus labios, Nathan abrió de pronto los ojos y volvió a colocar el tapón en el vial. Dejó el frasco encima del tocador como si se hubiera quemado con él y rápidamente utilizó su pañuelo para desprenderse de cualquier vestigio de fragancia que pudiera haber quedado impregnada en él como lo estaban el recuerdo de ella y de su beso.

Lanzó una mirada ceñuda al ofensivo vial y, tras volver a guardarse el pañuelo, regresó resueltamente hacia el armario dispuesto a empezar a buscar la nota que, por lo que lord Wexhall le había escrito, debía de estar oculta en el equipaje de lady Victoria. Aunque reparó en los dos baúles dispuestos en un rincón, no cambió de rumbo. Wexhall había indicado en la carta codificada que utilizaría la maleta de lady Victoria para ocultar su nota.

Al pasar junto a la mesita de noche, Nathan se detuvo a mirar los libros, incapaz de resistirse a la tentación de descubrir la clase de material de lectura que prefería lady Victoria. Cogió los dos ejemplares que estaban encima del montón y leyó por encima los títulos. *Carta a las mujeres de Inglaterra sobre la injusticia de la subordinación mental*, de Mary Robinson, y *Vindicación de los derechos de la mujer*, de Mary Wollstonecraft. Arqueó las cejas. Aparte de las extenuantes novelas de la señora Radcliffe, poco era lo que había esperado encontrar. Al parecer, lady Victoria albergaba ciertas tendencias intelectualoides. Cogió los tres libros restantes y vio, sonriendo para sus adentros, que dos de ellos eran en efecto novelas de la señora Radcliffe, y que el tercero era *La fierecilla domada* de Shakespeare. Arrugó los labios. Qué propio.

Dejó los libros en su sitio, intrigado a pesar de todo por los eclécticos gustos de lady Victoria en cuanto a su material de lectura. Había supuesto que la joven no era capaz de pensar en nada más profundo que en el vestido que se pondría para su siguiente compromiso social. Apartando la idea de su cabeza, cruzó la estancia hacia el armario.

Asió con firmeza las manillas de bronce del armario y abrió las puertas de roble de un tirón. Al instante, sus sentidos quedaron atrapados por la delicada esencia a rosas que desprendía el vestuario de Victoria. Apretó los dientes, se dijo con voz firme que detestaba las rosas y se arrodilló. Apartó a un lado el colorido surtido de vestidos. En el rincón posterior izquierdo vislumbró una maleta. Tiró de la bolsa de viaje con paneles laterales de suave piel y la abrió sin dilación, escudriñando el borde superior. Al instante vio el punto en que unas torpes puntadas habían reparado el relleno y sus cejas se unieron en un ceño inmediato. Wexhall debía de estar perdiendo facultades, a la vista del trabajo tan chapucero que había dejado tras él. Sin molestarse en actuar con cuidado, pues un desgarrón siempre podía explicarse con facilidad, Nathan arrancó el rellano de satén marrón y metió la mano por la abertura. El detallado examen del hueco abierto en el cuero de la maleta resultó del todo infructuoso.

Maldición, ¿dónde estaba la maldita nota? Volvió a palpar el hueco, pero no encontró nada. Sacó la mano, frustrado, y la introdujo en el interior de la maleta. Sus dedos encontraron lo que, a juzgar por el tacto, debía de ser un libro, y rápidamente lo sacó de la maleta. Inclinando el delgado volumen hacia la luz que proyectaba el fuego que ardía en la chimenea, leyó el título: *Guía femenina para la consecución de la felicidad personal y la satisfacción íntima*, de Charles Brightmore.

Sus cejas volvieron a arquearse. Incluso viviendo en la pequeña y recluida aldea de Little Longstone, estaba al corriente del escándalo que ese explícito tratado sobre el comportamiento femenino estaba provocando. Le resultó fascinante descubrir un libro como aquel oculto en el equipaje de lady Victoria. Fascinante y excitante.

Hojeó el ejemplar para asegurarse de que la nota de lord Wexhall no estuviera insertada entre sus páginas, y no le sorprendió descubrir que no era así. Volvió a hojear el libro y se detuvo cuando su mirada tropezó con la expresión «hacer el amor». Abrió el libro por la página y leyó con atención el párrafo.

> La mujer moderna actual ha de ser consciente de que hacer el amor no es algo que deban disfrutar solo los hombres y que las mujeres simplemente hayan de soportar. Debe ser una participante activa. Decirle a su compañero cuáles son sus deseos. Lo que le gusta. No dudar de que él estará encantado de complacerla. Y no temer tocarle... sobre todo del modo en que a ella le gustaría que la tocaran. Y el mejor modo de determinar cómo nos gusta que nos toquen es tocarnos para descubrir lo que nos resulta placentero. De obrar así, la mujer moderna actual sin duda diría a su caballero lo que había aprendido. O mejor aún, se lo mostraría.

Una oleada de calor devoró a Nathan, y, antes de poder controlar su desbocada imaginación, su mente se colmó de una fantasía erótica en la que aparecía Victoria desnuda, de pie delante de un espejo y acariciando despacio su esbelto cuerpo. Sin dejar de observar su reflejo en el cristal del espejo, él se acercaba a ella por detrás, deslizaba las manos por su cintura y ascendía hasta cerrarlas sobre la plenitud de sus senos. Victoria entornaba los párpados y posaba las manos sobre las de él. Apoyándose entonces contra Nathan, susurraba: «Deja que te muestre lo que me gusta...».

Maldición. Por mucho que sacudió la cabeza para deshacerse del hechizo de semejante espejismo, sus efectos no desaparecieron. Le dolía el cuerpo entero y sentía como si alguien hubiera prendido fuego a sus pantalones. Con una exclamación de fastidio, se arrancó el pañuelo, que parecía estar estrangulándole. Sin embargo, eso no era más que una ligera incomodidad en comparación con el estrangulamiento que tenía lugar en sus pantalones. Volvió a meter el libro en la maleta, negándose a admitir que Victoria hubiera leído semejantes palabras. Negándose a preguntarse qué efecto habrían tenido sobre ella. No importaba. Lo único que importaba era encontrar la condenada nota de Wexhall… y, puesto que no estaba en esa maleta, debía de haber alguna otra maleta. De nuevo apartó a un lado los metros de tela que conformaban los vestidos de la joven y buscó en los rincones más recónditos del armario. Tenía que estar ahí…

—No veo el momento de que me explique qué hace usted registrando mi equipaje, doctor Oliver.

5

La mujer moderna actual sabe que a menudo media un gran abismo entre lo que debería y lo que desea hacer. Naturalmente, hay ocasiones en que los dictados del deber exigen atención preferente. No obstante, hay otras, en especial aquellas en las que se halla implicado un atractivo caballero, en que debería olvidarse de la cautela y hacer lo que le dicte el deseo.

Guía femenina para la consecución de la felicidad personal y la satisfacción íntima
CHARLES BRIGHTMORE

Victoria se plantó las manos en las caderas y clavó la mirada en el doctor Oliver, que parecía petrificado y cuya expresión resultaba absolutamente indescifrable... aunque lo cierto es que no detectaba en ella ni un atisbo de la culpa que cualquier persona decente habría sentido de haber sido sorprendida en semejante situación.

Arqueando una desdeñosa ceja, la joven dijo:

—No negaré que en más de una ocasión he deseado verle de rodillas. Sin embargo, en mi imaginación siempre le he visto arrodillarse ante mí... y no ante mi maleta.

Sin apartar la mirada de ella, Nathan se levantó lentamente. En lugar de mostrar un ápice de vergüenza, tuvo la audacia de saludarla con un guiño.

—Vaya, así que ha estado pensando en mí.

—Le aseguro que sin el menor afecto.

Nathan respondió al comentario con una mueca de dolor.

—Me hiere usted, señora.

—No, aún no. —La mirada de lady Victoria se posó con inconfundible elocuencia en el atizador de la chimenea—. Aunque eso podría arreglarse.

Él negó con la cabeza y chasqueó la lengua.

—No tenía la menor idea de que abrigara usted tan violentas tendencias, mi señora. En cuanto a arrodillarme ante usted, me temo que eso es algo que sus ojos jamás verán.

—Nunca diga de este agua no beberé, doctor Oliver.

Nathan respondió con un ademán despreciativo.

—Estoy convencido de que no es una gran pérdida, ya que sin duda está usted muy acostumbrada a que los hombres desempeñen el papel de sus adoradores esclavos.

Victoria oyó un sonido amortiguado y se dio cuenta de que era su zapato repiqueteando contra la alfombra. Se obligó a mantener quieto el pie y fijó en el doctor su mirada más glacial.

—Mis admiradores no son asunto suyo. Y no piense ni por un momento que su transparente táctica para desviar mi atención de su ultrajante comportamiento ha surtido efecto. ¿Qué hacía revolviendo mis cosas?

—No estaba revolviéndolas.

—¿Ah, no? ¿Y cómo lo llamaría usted?

—Simplemente buscaba.

—¿Qué es lo que buscaba?

Por respuesta, el insufrible rufián se limitó a lanzar una significativa mirada a la maleta de lady Victoria, que descansaba a los pies de su dueña.

—Interesante material de lectura el que esconde en su equipaje, lady Victoria.

El calor bañó el rostro de Victoria hasta que no le cupo duda de que se había sonrojado. Antes de poder recuperarse e inflingirle el correctivo que Nathan se merecía con creces, él se le adelantó:

—Creía que las jovencitas como usted leían solo tórridas novelas y poesía bobalicona —dijo con voz sedosa.

De nuevo Victoria tuvo que obligarse a mantener inmóvil el pie, aunque esta vez para no propinar un raudo puntapié a Nathan.

—¿Las jovencitas como yo, dice? Vaya, vaya... así que no

solo ladrón, sino además encantador. Y, en caso de que no haya reparado en ello, cosa en absoluto sorprendente, dado que sus poderes de observación dejan mucho que desear, ya no soy ninguna jovencita. Soy una mujer.

Algo destelló en los ojos de Nathan. La mirada del médico cayó a los pies de Victoria y desde allí ascendió trazando una lenta y evaluadora lectura como la que ningún caballero decente osaría prestar a una dama. Una hormigueante sensación de calidez que sin duda era ultraje se encendió en los pies de Victoria, y fue abriéndose camino cuerpo arriba conjuntamente con la mirada de Nathan hasta que casi sintió el calor en las raíces de sus cabellos. Cuando él terminó de recorrerla con los ojos, las miradas de ambos se encontraron. El brillo encendido que iluminaba los ojos del doctor la dejó sin aliento.

—Mis poderes de observación están en perfecto estado, lady Victoria. Sin embargo, he terminado ya con estos juegos. —Entrecerró los ojos—. ¿Dónde está?

—¿A qué se refiere?

—Deje de hacerse la tímida. Sabe muy bien de lo que estoy hablando. La nota que lleva oculta en el relleno de la maleta. La correspondencia me pertenece. Démela. Ahora. —Tendió la mano con gesto imperioso y ella cerró los dedos sobre la suave tela de su vestido para evitar apartársela de un manotazo.

—Habrase visto semejante descaro. No solo entra a hurtadillas en mi habitación…

—La puerta estaba abierta.

—… y toca mis enseres personales…

—Solo muy brevemente.

—… ¡sino que me acusa de robarle algo! ¿Por qué no se llevó la nota que según dice es propiedad suya la primera vez que registró mi habitación?

La mirada de Nathan se afiló al instante y bajó la mano.

—¿La primera vez? ¿De qué me habla?

Victoria puso los ojos en blanco.

—Creía que había dicho que se habían terminado los juegos. ¿Acaso no me he explicado con suficiente claridad?

Nathan salvó la distancia que les separaba con una larga zancada y la agarró de los antebrazos.

—Esto no es ningún juego. ¿Me está diciendo que alguien ha registrado hoy su habitación?

El calor que desprendían sus dedos pareció quemarla a través de la fina tela del vestido. Victoria se liberó de un tirón de las manos de Nathan y dio un paso atrás.

—Sí, eso es precisamente lo que estoy diciendo. Como si usted no lo supiera. —La ira que la embargaba casi le hizo olvidar la sensación de calor que la impronta de los dedos del médico había dejado en ella. O casi—. Dígame, ¿se impone usted a todos sus invitados de este modo tan impropio, o soy yo la única afortunada?

—¿Cómo sabe que alguien ha registrado su habitación? —preguntó Nathan, haciendo caso omiso del sarcasmo de lady Victoria, así como de su pregunta.

—Tengo la costumbre de ser muy precisa sobre dónde y cómo dejo mis pertenencias. Obviamente alguien había tocado mis cosas, y mi querida Winifred no tuvo nada que ver en ello. Supuse que habría sido alguna de las criadas de Creston Manor... hasta que le he pillado con las manos en la masa.

—Si sospechaba de alguna de las criadas de Creston Manor, ¿por qué no ha dado cuenta del incidente?

—Porque no he echado nada en falta. No me ha parecido motivo para instigar una investigación que sin duda terminaría con alguna acción disciplinaria contra alguien cuya única falta habría sido dejarse llevar por la curiosidad.

Aunque la expresión de Nathan no varió, Victoria percibió en ella la sorpresa al oír sus palabras. Decidida a sacar el mayor partido de su pequeña ventaja, alzó la barbilla.

—He respondido a sus preguntas y exijo la misma muestra de cortesía por su parte... aunque sospecho que la palabra «cortesía» y usted poco tienen en común.

—Ni siquiera ha empezado todavía a responder a mis preguntas. —Nathan señaló con la cabeza el armario de lady Victoria—. Esa maleta… ¿es la única que tiene?

—Por supuesto que no. Tengo una docena.

—¿Dónde están?

Fingiendo dar al asunto seria consideración, lady Victoria se dio unos golpecitos en el mentón y frunció el ceño.

—Dos están en la casa de Londres y tres en Wexhall Manor. ¿O quizá haya tres en Londres y solo dos en el campo…?

Nathan dejó escapar un sonido grave que sonó como un gruñido.

—Aquí. ¿Tiene otras con usted aquí, en Cornwall?

Victoria apenas logró reprimir una sonrisa al ver la frustración del médico y abrió los ojos de par en par en un gesto de fingida inocencia.

—Oh, no. Esta es la única que he traído a Cornwall.

Sin apartar de ella la mirada, Nathan bajó la mano y buscó tras él. Con la maleta abierta contra su pecho, señaló el relleno desgarrado.

—¿Cómo ha ocurrido esto?

—Sin duda eso es algo que debería explicarme usted.

Nathan avanzó un paso y Victoria tuvo que contenerse para no retroceder. Los ojos de él destellaron a la luz del fuego y un músculo se le contrajo en la mejilla.

—Lady Victoria —dijo empleando una voz engañosamente suave y sedosa—, está usted poniendo severamente a prueba mi paciencia.

—Excelente. Odiaría pensar que soy la única irritada.

Nathan frunció los labios y Victoria casi pudo oírle contar hasta diez.

—Cuando he llegado, este relleno estaba ya desgarrado y había sido torpemente reparado. —Habló despacio, pronunciando cada sílaba con esmerada precisión, como si se estuviera dirigiendo a una niña, un hecho que enfureció aún más a Victoria—. ¿Tiene usted idea de cómo sucedió eso?

—De hecho, sí.

Nathan clavó en ella la mirada, esperando a que Victoria

elaborara su respuesta al tiempo que su paciencia, normalmente tan equilibrada y fiable, se acercaba peligrosamente a su tenue fin. Ella siguió plantada delante de él con el mentón alzado, las cejas arqueadas y los labios fruncidos, aparentemente tan impaciente como lo estaba él, cosa que por supuesto era del todo imposible, puesto que en ese instante Nathan habría apostado a que era el individuo más impaciente en todo el condenado país. Y eso no hizo sino fastidiarle aún más, puesto que no se consideraba un hombre impaciente en ninguna de las facetas de su vida. Aun así, había algo en esa mujer que sacaba lo peor de él.

Tras espirar despacio y profundamente, dijo en un tono de voz perfectamente calmo:

—Cuénteme lo que sabe.

—Me temo que no se me da bien responder a órdenes imperiosas, doctor Oliver —objetó Victoria con tono altanero—. Quizá si formulara su petición de forma más cortés...

Las palabras de lady Victoria cayeron en el silencio, y Nathan se juró que antes de que la entrevista hubiera concluido sus dientes habrían quedado reducidos a simples trocitos.

—Se lo ruego —logró mascullar.

—Mucho mejor así —dijo ella con tono remilgado—. Aunque no estoy segura de que merezca una explicación después de haber insultado como lo ha hecho mis habilidades con la aguja.

—¿Fue usted quien cosió el relleno?

—Así es.

—¿Cuándo?

—Esta misma tarde. —Victoria volvió a guardar silencio, aunque sin duda lo que vio reflejado en la mirada de Nathan la empujó a proseguir sin necesidad de ningún otro aviso—. Después de refrescarme del viaje, mi tía y yo hemos salido a dar un paseo por los jardines... que, por cierto, son preciosos.

—Gracias. Prosiga.

—Ejem... Cierta cortesía, aunque bastante brusca. Como le decía, hemos dado un paseo por los jardines. Al volver a mi habitación para prepararme para la cena, me he dado cuenta de que alguien había estado en mi habitación. Las alteraciones que he observado en mis cosas eran apenas sutiles: una arruga en el edredón, mi frasco de perfume que no estaba exactamente donde yo lo había puesto, la puerta del armario cerrada en vez de unos centímetros abierta para ayudar a ventilar los vestidos, la cerradura del baúl abierta. Si hubiera encontrado manipulada una sola cosa o solo una parte de la habitación, habría atribuido lo sucedido a mi criada, pero había señales de lo ocurrido en toda la estancia. Me he encargado de deshacer y ordenar mi equipaje antes de salir a pasear por los jardines, de modo que no había razón alguna para que nadie tocara mi armario ni mi baúl.

—Así que llevó usted a cabo una investigación para ver si faltaba algo.

—Sí. Y no eché nada en falta. Ni siquiera algún objeto de mi joyero. Sin embargo, durante mi registro descubrí una costura desgarrada en mi bolsa de viaje, cosa que me afligió sobremanera, pues la bolsa había pertenecido a mi madre y es una de mis favoritas. Al examinar la bolsa con más detalle, me di cuenta de que las puntadas eran sin duda obra de una mano extremadamente aficionada y no la de un reputado sastre ni la de mi madre, cuya mano era extremadamente competente con la aguja y el hilo. Lo cierto es que sentí curiosidad y deshice las puntadas. Al terminar, registré el espacio que había tras el relleno.

—Y descubrió una carta. —No fue una pregunta.

—Cierto.

«Maldita sea.»

—¿La leyó? —Tampoco es que importara, pues naturalmente Wexhall la habría escrito en código.

—Vamos, doctor Oliver, creo que aquí la pregunta pertinente es: ¿Cómo sabía usted que había una carta escondida en el relleno de mi equipaje?

Nathan la observó atentamente durante unos largos segundos. Maldición, esa era una complicación que no necesitaba. Ni deseaba. A decir verdad, no deseaba ni necesitaba nada de todo aquello. Tendría que haber estado en Little Longstone, atendiendo a sus pacientes, cuidando de sus animales, disfrutando de la pacífica existencia que tanto trabajo le había costado construir. Pero ahí estaba, enfrentándose a una auténtica arpía que tenía su nota y que, a juzgar por su expresión testaruda, no pensaba dársela fácilmente.

Media docena de mentiras asomaron a sus labios, pero de pronto se vio embargado por una repentina y abrumadora fatiga. Dios, estaba cansado de mentir. ¿Y por qué iba a mentir? El servicio que había prestado a la Corona había concluido. Ya no tenía por qué seguir fiel a su juramento de silencio. Qué fácil y liberador sería simplemente decir la verdad.

Sin dejar de observarla con suma cautela, dijo entonces:

—Sé que la carta estaba allí porque iba dirigida a mí.

—¿Y por qué una carta dirigida a usted iba a estar escondida en mi bolsa de viaje?

—Porque, como viajaba usted a Cornwall, era la vía más rápida para hacérmela llegar.

—Si eso es cierto, ¿por qué estaba oculta? ¿Por qué no simplemente se me dio la nota con instrucciones para que se la entregara a mi llegada?

—Porque contiene información altamente secreta que solo debe ser leída por mí.

—¿Altamente secreta? Por sus palabras, cualquiera diría que se trata de una aventura de espías.

Al ver que Nathan no hacía nada por negar o confirmar su afirmación, Victoria entrecerró los ojos y escudriñó al médico.

—¿Insinúa que es usted una especie de... espía?

—No insinúo nada. Lo afirmo.

Ella parpadeó.

—Que es un espía.

—Que era un espía —la corrigió Nathan, manteniéndose fiel a su nueva política de honradez—. Dejé el servicio en activo hace tres años, aunque me han reincorporado a él temporalmente.

Victoria le miró fijamente durante diez largos segundos. Luego arrugó los labios.

—Debe de estar de broma —dijo, intentando sin éxito disfrazar su risa.

—Le aseguro que no —fue la envarada respuesta de Nathan.

Victoria se rió sin ambages.

—No esperará que me crea un cuento como ese.

—De hecho, no imagino por qué no iba a creerme.

—En primer lugar, porque está claro que es usted duro de oído. ¿Dónde se ha visto un espía con problemas de audición?

—Mis oídos están en perfecto estado.

Victoria dejó escapar un sonido claramente burlón.

—He entrado en la habitación y me he acercado a usted, y ni aun entonces se ha dado cuenta de mi presencia hasta que he hablado.

Maldición. Por culpa de la condenada *Guía* y de las imágenes eróticas que esta le había inspirado.

—Estaba… ejem… distraído. —Y antes de que ella procediera a enumerar más razones, dijo—: Hace tres años me vi implicado en una misión que fracasó y que provocó mi dimisión. La nota contiene información que podría proporcionarme la posibilidad de invertir el fracaso de la misión. —Y de recuperar lo que perdí, pensó.

Sin duda todavía divertida, Victoria asintió alentadoramente e hizo girar su mano.

—Continúe, se lo ruego. Esto es más entretenido que cualquiera de esas tórridas novelas que una jovencita como yo pueda leer.

A Nathan le llevó apenas un segundo preguntarse si hasta la fecha había conocido a alguna mujer más exasperante y supo sin ninguna duda que no. Con los ojos entrecerrados, depositó la bolsa de viaje de Victoria en el suelo y dio un paso hacia ella, deleitándose perversamente en la repentina chispa de incertidumbre que vio brillar en sus ojos.

—¿Quiere entonces el relato tórrido? —preguntó, empleando un tono de voz sedoso—. Estaré encantado de contárselo. Desde una perspectiva tanto militar como contrabandística, esta propiedad está situada en un enclave muy privilegiado. Durante la guerra, fui reclutado por la Corona para llevar a cabo varias misiones, que incluían espiar a los franceses y recuperar objetos que salían de contrabando de Inglaterra. Hace tres años se me asignó la misión de recuperar una valija llena de joyas, pero la misión no... salió como estaba planeado y las joyas se perdieron. Dejé el servicio a la Corona poco después. Recientemente ha salido a la luz nueva información referente al posible paradero de las joyas. Dado que yo era quien estaba más familiarizado con el caso, se me ha pedido que regrese a Cornwall para ayudar a recuperarlas. La nueva información en relación a las joyas está en la nota que usted ha encontrado... una nota que, como a buen seguro entenderá, me pertenece. —Se cruzó de brazos, gratificado al ver que Victoria había dejado de parecer divertida. Sin embargo, tampoco parecía del todo convencida—. Y puesto que creo haber satisfecho su curiosidad, le estaría sumamente agradecido si ahora me devolviera la nota.

—De hecho, lo único que ha conseguido es espolear mi curiosidad, doctor Oliver.

—Una lástima, puesto que esa es toda la explicación que estoy dispuesto a darle. —Tendió la mano—. Mi carta, se lo ruego, lady Victoria.

En vez de acceder a su ruego, Victoria empezó a pasearse delante de él. Nathan casi pudo oír los engranajes girando en su cabeza mientras consideraba todo lo que él le había dicho. Con un suspiro de resignación, bajó la mano y la observó. La luz del fuego la envolvía en un suave y dorado resplandor, reflejándose en su reluciente cabello. El vestido, una seda en tono bronce bruñido que realzaba sus ojos azules al tiempo que favorecía su tez de piel clara, se arremolinaba alrededor de sus tobillos al girar.

La mirada de Nathan se posó en la delicada curva del esbelto cuello de la joven, que había quedado tentadoramente al descubierto por el recogido griego que peinaba sus cabellos. Se sorprendió fascinado por el punto donde el cuello se encontraba con la suave pendiente de su hombro... por esa delicada hondonada situada en la unión de la base del cuello y la clavícula. Los dedos y los labios del médico fueron presas de un repentino deseo de tocarla allí. De saborearla allí. De experimentar la sedosa suavidad de ese punto vulnerable. De aspirar la esquiva fragancia a rosas que, como bien sabía, ella llevaría prendida a su piel.

Victoria se volvió de nuevo y frunció los labios, atrayendo la atención de Nathan a su rosada carnosidad. A pesar de los tres años transcurridos, Nathan recordaba todos y cada uno de los detalles exactos de esos labios. Su suave textura. La lujuriosa carnosidad. El delicioso sabor. Su sensual modo de deslizarse contra su boca y su lengua. Había besado a un buen número de mujeres antes de vivir ese instante robado con lady Victoria, pero aquellos breves minutos con ella en la galería sin duda habían borrado de su memoria todos los encuentros anteriores.

También había besado a un buen número de mujeres después de aquel instante robado con lady Victoria. Para su profunda confusión y fastidio, había descubierto que, por muy agradables que otros labios pudieran parecerle y por grato que fuera su sabor, ninguno le había provocado las mismas sensaciones que los de ella. En ninguno había encontrado ese sabor. Cierto era que la necesidad de probarse que se equivocaba al respecto se había convertido en una especie de búsqueda... hasta que había empezado a sentirse como el príncipe del cuento de la Cenicienta, aunque con la diferencia de que, en vez de intentar descubrir el pie que encajaba en el zapato de cristal, él intentaba encontrar un par de labios que se adecuaran a los suyos como lo habían conseguido los de ella. El príncipe había salido airoso de su búsqueda. Desgraciadamente, él todavía no había sido tan afortunado.

«Quizá porque has estado buscando en los lugares equivocados», susurró su voz interior. «Besando a las mujeres equivocadas. Quizá deberías limitar tu búsqueda a esta habitación...»

Nathan mandó al demonio a su voz interior y se clavó con firmeza los dedos a los costados para evitar tender las manos y agarrar a lady Victoria en el momento en que ella volvía a pasearse por delante de él para luego estrecharla entre sus brazos y besarla. Probarse de ese modo que, efectivamente, le había dado demasiada importancia a un beso insignificante. No podía haber sido tan maravilloso. Sí, sin duda había dado al episodio unas proporciones inmerecidas. Y solo había un modo de comprobarlo.

Pero antes de que Nathan pudiera moverse, lady Victoria se detuvo y se volvió a mirarle.

—Si la historia que me ha contado es cierta —anunció, mirándole con esa clase de sospecha alerta con la que un ratón observaría a un gato hambriento—, mi padre debe de estar implicado de algún modo.

Maldición. Nathan estaba seguro de que Victoria sumaría dos más dos y daría con el resultado correcto. Había esperado que no fuera así, confiando en que, como muchas mujeres de su posición, tendría la cabeza llena únicamente de chismes y de modas. Estaba claro que lady Victoria no era ninguna estúpida. A pesar de que una negación asomó a sus labios, no fue capaz de darle voz. En vez en eso, se sorprendió esperando fascinado qué diría ella a continuación.

Victoria no le defraudó y prosiguió irrefrenablemente.

—Incluso aunque papá no fuera la persona que ocultó la nota en mi bolsa, debe de haber estado al corriente de su existencia. De ahí que insistiera tanto en que viajara a Cornwall. Demasiada insistencia la suya, ahora que lo pienso. —Negó lentamente con la cabeza al tiempo que en su frente se dibujaba un ceño cada vez más pronunciado y su mirada se posaba en las llamas que danzaban en la chimenea—. Eso explicaría muchas cosas... —murmuró.

Nathan mantuvo sus rasgos totalmente impasibles —un talento heredado de sus días como espía— y se limitó a observarla. Tras casi un minuto de silencio, la mirada de Victoria giró hasta clavarse en él.

—Mi padre trabaja para la Corona.

Más que una pregunta, sus palabras fueron una afirmación, y Victoria las pronunció en un tono totalmente inexpresivo.

Nathan descartó de inmediato cualquier intento de andarse por las ramas.

—Sí.

De labios de ella escapó un sonido desprovisto del menor asomo de humor.

—Ahora lo veo todo muy claro... las reuniones clandestinas en su estudio a última hora de la noche, sus frecuentes ausencias, la expresión preocupada en sus ojos cuando se creía ajeno a cualquier mirada... —Dejó escapar un largo suspiro y negó con la cabeza—. En el fondo yo sabía que no era sincero, que había algo más tras el juego y la frivolidad masculina que empleaba como excusas, pero nunca quise presionarle. —La expresión de su rostro cambió hasta adoptar un aire de profundo dolor y esa expresión desolada estremeció el corazón de Nathan—. Creí que tenía una amante y que simplemente se mostraba evasivo y discreto para no herir mi sensibilidad.

—Me temo que el secreto es inherente a la labor de cualquier espía.

—¿El secreto? Querrá decir usted la mentira.

A Nathan no le costó ver que Victoria se debatía en un mar de emociones, intentando asimilar sus sentimientos, y ver ese debate le afectó de un modo al que no supo poner nombre. Se acercó a ella y la tomó con suavidad de los brazos.

—Me refiero a decir y a hacer lo que sea necesario para mantener oculta nuestro vínculo con la Corona y así poder llevar a cabo nuestro cometido y proteger los intereses del país. Mantenernos a salvo a nosotros, a nuestros amigos y a nuestra familia.

La mirada de Victoria buscó la de él.

—La noche que vino usted a casa a ver a mi padre... ¿su

visita estaba relacionada con la misión referente a las joyas? —preguntó.

Un músculo se contrajo en la mandíbula de Nathan.

—Sí.

—¿Mi padre estaba involucrado?

Hasta su condenado cuello, pensó Nathan.

—Así es. —La soltó y entonces, tras librar un breve debate consigo mismo, decidió que no tenía sentido no hablar claro—. Su padre coordinaba la misión. Él fue el encargado de reclutarnos.

Victoria asimiló sus palabras y dijo:

—Entonces, papá es más que un simple espía. ¿Es un... jefe de otros espías?

—En efecto.

—¿Y quién, además de usted, está incluido en ese «nosotros» que mi padre reclutó?

—Mi hermano y lord Alwyck.

Victoria asintió despacio sin apartar en ningún momento los ojos de los de Nathan.

—Entonces, esta noche, durante la cena, he estado sentada entre dos espías y delante de un tercero.

—Antiguos espías. Sí.

—¿También lo fue su padre?

—No.

—¿Su mayordomo? ¿El ama de llaves? ¿El lacayo?

Una de las comisuras de los labios de Nathan se curvó ligeramente hacia arriba.

—No, que yo sepa.

—No sabe cuánto me alivia saberlo. Pero no nos olvidemos de mi genial y distraído padre, al que está claro que no conozco en absoluto. —La voz de Victoria tembló al pronunciar la última palabra y bajó la cabeza para mirar al suelo.

Nathan volvió a experimentar esa sensación de vacío en el pecho. Puso un dedo bajo el mentón de la joven y con suavidad la obligó a levantar la cabeza hasta que sus miradas se encontraron de nuevo.

—El hecho de que se le considere un hombre despistado y genial jugaba en gran medida a nuestro favor. El trabajo que coordinaba salvó la vida de cientos de soldados británicos. Y, para que pudiera hacerlo, había aspectos de su vida que no podía compartir con usted, ni con nadie.

Victoria tragó saliva, contrayendo su esbelta garganta y con los ojos preñados de preguntas.

—Eso lo entiendo —dijo por fin—. Lo que no entiendo es por qué le ha enviado esta nota conmigo. ¿Por qué no enviar a alguno de sus espías? ¿O reunirse con usted en Londres?

Antes de darle una respuesta, Nathan apartó el dedo del mentón de Victoria, dejando deslizar la yema por su piel durante una mínima fracción de segundo. Tanta suavidad... Maldición, qué piel tan delicada la de Victoria. Se le contrajeron las manos ante la necesidad de volver a tocarla. Tan intenso era el deseo que tuvo que alejarse de ella para asegurarse de no ceder a la imperiosa necesidad.

Tras acercarse a la repisa de la chimenea, fijó la mirada en el fulgor de las llamas y se sumió en un breve debate interno. Luego se volvió a mirarla.

—Su padre la envió a Cornwall porque cree que usted está en peligro. Quería sacarla de Londres y quería también traer la información a Cornwall, de modo que con un solo viaje vio satisfechos ambos cometidos.

—¿En peligro? —repitió Victoria, cuyo tono expresaba a la vez duda y sorpresa—. ¿Qué clase de peligro? ¿Y por qué iba él a pensar algo semejante?

—No ha sido tan específico al respecto, pero sin duda cree que puede sufrir usted algún daño. En cuanto al porqué, me atrevería a aventurar que o bien ha recibido alguna amenaza contra usted o contra él mismo y por ello teme que usted pueda resultar herida en la refriega. Quizá ambas cosas.

Victoria palideció.

—¿Cree usted que mi padre corre algún peligro?

—No lo sé. —Nathan le dedicó una mirada significativa—. Estoy convencido de que la carta que me envió en su bolsa de viaje contiene la respuesta a su pregunta.

—He leído la carta. No había en ella ninguna mención a ningún peligro. Lo cierto es que solo hablaba de... —Frunció los labios. Después de una pausa, dijo—: No mencionaba ningún peligro.

—No del modo en que ni usted ni ningún otro profano podría discernirlo. Su padre me habría escrito en código.

Un largo y tenso silencio se abrió entre ambos. Por fin, Victoria alzó la barbilla, mostrando unos ojos turbados.

—¿Y si papá resulta herido... o algo peor... mientras yo estoy lejos de él?

La preocupación que reflejaban sus ojos inquietó a Nathan de un modo que no se vio capaz de explicar. Lo único que sabía es que deseaba como nada en el mundo ver desaparecer esa expresión.

—Su padre es un hombre extremadamente inteligente y dotado de incontables recursos —dijo con voz queda—. No tengo la menor duda de que será más listo que quienquiera que se atreva a desafiarle.

Un grito ahogado emergió de labios de Victoria.

—No me parece que esté hablando usted de mi padre, aunque es obvio que le conoce mucho mejor que yo. —Parte de la preocupación pareció desvanecerse de su mirada, reemplazada ahora por la especulación—. Indudablemente, es usted algo más que el sencillo médico de pueblo que finge ser.

—Nunca he fingido ser médico. Lo soy. Y condenadamente bueno. —Inclinó la cabeza—. Indudablemente, es usted algo más que la bobalicona heredera que finge ser.

—Nunca he fingido ser una heredera. Lo soy. Y tampoco he sido jamás una bobalicona... eso no es más que una muestra de su arrogancia y de sus infundadas suposiciones.

—Quiero esa nota, lady Victoria.

—Sí, lo sé. Qué mala suerte para usted que obre en mi poder.

—No puedo pretender protegerla sin estar al corriente del peligro que su padre teme inminente.

—¿Usted? ¿Protegerme? —se burló Victoria—. ¿Usted, que está sordo como una tapia? ¿Cuál es su plan para protegerme... ordenar a sus gallinas y a sus patos que reduzcan a picotazos a todo aquel que amenace mi seguridad?

Buen Dios. ¿En algún momento había considerado a lady Victoria una mujer atractiva? Debía de haber perdido el juicio. Era una joven exasperante. Y sin duda estaba jugando con él. Maldición, pero si no era más que una... una exasperante niña mimada. Y su paciencia se encontraba oficialmente al borde de sus límites.

Con su mirada entornada firmemente sobre la de ella, Nathan preguntó:

—¿Por qué se niega a devolverme la nota?

—No me he negado a devolvérsela.

—Entonces ¿accederá a mi petición?

—No... al menos, no todavía.

—No soy la clase de hombre al que pueda hacer bailar al son que prefiera, lady Victoria.

—Nunca he dicho que sea ese mi propósito.

—Bien. Aunque es obvio que algo quiere.

—Cierto.

—Gracias a Dios, no soy propenso a derrumbarme al oír declaraciones sorprendentes. ¿Qué es lo que quiere?

—Quiero que me incluya. Quiero ayudarle.

—¿Ayudarme a qué?

—A llevar a cabo la misión que mi padre le ha asignado. A recuperar las joyas.

Afortunadamente, Nathan tenía la mandíbula tensa, de lo contrario habría ido a estrellarse contra sus botas. Aun así, no logró reprimir una risotada de incredulidad.

—Ni hablar.

Ella se encogió de hombros.

—Bien, en ese caso mucho me temo que no puedo hacerle entrega de su carta.

—¿Por qué iba usted a desear involucrarse en algo que no solo no es de su incumbencia sino que podría resultar potencialmente peligroso?

—Teniendo en cuenta que tanto mi padre como yo podemos estar en peligro, y que esa carta es la razón por la que se me ha despachado hasta este rincón apartado del mundo, creo que eso es sin duda de mi incumbencia. Veo ahora con absoluta claridad que he sido víctima de mentiras y secretos durante más años de los que puedo llegar a imaginar. Me niego a seguir sujeta a ellos. —Su expresión se endureció, tornándose enojada. Y resuelta. Dos expresiones que pondrían a cualquier hombre de inmediato en guardia—. ¿Sabe usted lo que se siente al ser víctima de la mentira, doctor Oliver?

Lo sabía, sí. Y no había disfrutado de la experiencia. Inclinó la cabeza al reconocer que Victoria le había ganado el tanto.

—Pero no puede ser tan estúpida como para albergar rencor simplemente porque su padre no le dijo aquello que podría haber comprometido la seguridad de este país.

—No, aunque no niego que me siento como una estúpida... y resentida también... al darme cuenta de lo poco que conozco al hombre con el que me crié, al que creía conocer y comprender extremadamente bien. Estoy, sin embargo, muy enojada por el hecho de que no me haya informado de que podía correr peligro.

—Ya se lo he dicho... sabe cuidar de sí mismo. Y de modo más eficaz si se ve libre de tener que preocuparse por la seguridad de su hija. Su padre quería, necesitaba, que usted se marchara de Londres. Obviamente creía que usted no lo haría si en algún momento llegaba a conocer la verdad.

—No me ha dejado elección —dijo lady Victoria, encendida—. Merecía saberlo. Tener la oportunidad de ayudarle. Ser partícipe del auténtico motivo por el que se me enviaba fuera de la ciudad. Saber que quizá también yo podía correr peligro. —Soltó un bufido—. Al menos así habría dispuesto de la oportunidad de prepararme. De ponerme en guardia.

Pero, no, en vez de eso se me ha acariciado la cabeza y se me ha empujado al desierto, al cuidado de un hombre al que apenas conozco y al que hace tres años que no veo, como si por el mero hecho de ser mujer estuviera indefensa. —Todo su comportamiento rezumaba testaruda determinación—. Pues bien, ha cometido un error. Soy una mujer moderna. No permitiré que se me aparte a un lado ni que se me trate como si fuera una pobre imbécil. He diseñado un plan, y, a diferencia de usted y de mi padre, estoy más que dispuesta a ser franca y compartirlo con ambos. Es un plan sencillo, un plan que incluso usted será capaz de comprender. Tengo su nota. Se la devolveré si accede a incluirme en su misión.

—¿Y si me niego a acceder?

Una radiante sonrisa asomó a labios de lady Victoria.

—En ese caso, no se la devolveré. ¿Lo ve? Ya le he dicho que es muy sencillo.

Nathan se apartó de la chimenea y se acercó despacio a ella como un gato salvaje que acechara a su presa. La sonrisa de Victoria se desvaneció y, lentamente, se apartó de él. Nathan siguió avanzando al ritmo de su retirada, desplazándose para acorralarla en el rincón… exactamente donde la quería, tanto física como estratégicamente. Victoria dio un nuevo paso atrás y sus hombros golpearon contra el ángulo donde las dos paredes se encontraban. Un destello de sorpresa le iluminó los ojos y a continuación irguió la espalda y alzó una pizca más el mentón, con los ojos desorbitados pero enfrentándose a la mirada de Nathan sin el menor titubeo. Si Nathan no hubiera estado tan irritado con ella, habría admirado su valor al verse atrapada y luchando por salir airosa de la situación. Victoria podía ser para él una indudable molestia, pero no era ninguna cobarde. Una gran sorpresa, pues Nathan habría apostado que ante la simple mención de la palabra «peligro» la habría visto correr en busca de sus sales.

—No logrará intimidarme para que le entregue la nota —dijo Victoria, empleando un tono de voz que no desvelaba el menor ápice de temor.

Nathan plantó una mano en cada una de las dos paredes, encerrándola en el paréntesis de sus brazos.

—Nunca he tenido que intimidar a una mujer para que me dé lo que quiero, lady Victoria.

La mirada de ella se posó en sus brazos, posicionados junto a su cabeza, antes de volver a su rostro.

—Nunca la encontrará.

—Le aseguró que se equivoca.

—No. Está escondida en un lugar donde jamás podrá localizarla.

Nathan ocultó su victoria ante la inadvertida admisión de ella de que la nota seguía intacta y de que no la había destruido. Dejó descender lentamente la mirada y volvió a elevarla trazando con ella el contorno de sus formas femeninas. Cuando su mirada volvió a encontrarse con la de ella, dijo con suavidad:

—La lleva usted encima. La cuestión es averiguar si la lleva metida en una de sus ligas, o si… —Volvió a bajar la mirada hacia la elevación de piel clara que se elevaba desde el cuerpo del vestido color bronce de Victoria—. ¿Quizá la oculta entre sus pechos?

La expresión de perplejidad de la joven, sumada a su furioso acaloramiento, confirmó la exactitud de la suposición.

—Jamás había sido sometida a un escrutinio tan poco digno de un caballero —dijo, jadeante como si acabara de subir apresuradamente un tramo de escalera.

Nathan le acarició despacio la mejilla con la yema del dedo, memorizando la sedosa textura de su cálida piel y el sonido de su presurosa respiración.

—Si piensa que va a convencerme de que el sonrojo carmesí que tiñe su piel es el simple resultado del ultraje propio de una doncella, me subestima usted, lady Victoria, y eso, sin duda, sería un error.

Victoria tragó saliva.

—Por supuesto que me siento ultrajada —reconoció—. Y, ya que es obvio que no se da usted por enterado, le recuerdo que un caballero pide permiso para tocar a una dama.

—Jamás he afirmado ser un caballero. —Incapaz de resistirse, Nathan acarició de nuevo ese tentador rubor con la yema del pulgar antes de volver a apoyar la mano contra la pared—. Prefiero pedir perdón después... siempre que sea necesario... que pedir permiso antes.

—Qué cómodo para su conciencia... aunque mucho me temo que usted carece de ella.

—Todo lo contrario. De hecho, en este preciso instante es mi conciencia la que me está invitando a preguntarle si me daría permiso para que la tocara.

—Por supuesto que no.

—Ah, ya ve usted por qué mi método es mucho más preferible.

—Sí... para usted.

—En ese caso, deberé pedir disculpas.

—Denegadas.

Nathan soltó un suspiro largamente contenido y negó con la cabeza.

—Al parecer, está usted decidida a negármelo todo esta noche. —Se acercó un paso más y se inclinó sobre ella de modo que sus labios quedaron a escasos centímetros de la oreja de la joven. La sutil fragancia de rosas embotó los sentidos y sus manos se cerraron contra el papel de seda que cubría las paredes—. En algún momento tendrá que quitarse la ropa, mi señora. Y ahora acaba de darme un magnífico incentivo para asegurarme de estar presente cuando lo haga.

Victoria inspiró un siseante jadeo. Nathan retiró la cabeza, maldiciendo la tentadora fragancia de la joven, ahora grabada en su mente.

—Eso jamás ocurrirá, se lo aseguro.

—No diga nunca de este agua no beberé.

6

La mujer moderna actual debe ser consciente de que el conocimiento equivale a poder. Por tanto, le resultará esencial descubrir cuanto pueda sobre un caballero, sea amigo, enemigo o amante. Cuanto más sepa de él, mayor será el poder que podrá ejercer en la relación y menores devendrán las posibilidades de que se aprovechen de ella.

Guía femenina para la consecución
de la felicidad personal y la satisfacción íntima
CHARLES BRIGHTMORE

Con los ojos hinchados tras una noche agitada resumida en mucho pensar, un deambular agotador y poco sueño, Victoria pidió que le subieran la bandeja del desayuno a la habitación. Después de un ligero tentempié compuesto por té, tostadas y huevos —en los que clavó una mirada glacial, preguntándose si procederían de las gallinas de Nathan—, se levantó. No llamó a su criada, deseosa como estaba de quedarse a solas con sus cavilaciones, y se puso su traje de montar favorito de color verde oscuro. Tras cerciorarse de que la tan disputada carta estaba perfectamente escondida, se dirigió a las cuadras. Un enérgico paseo a caballo siempre ayudaba a aclararle las ideas y a mejorar su estado de ánimo. Y bien sabía Dios que necesitaba ambas cosas.

Y todo por culpa de él. De ese médico que se fingía espía que a su vez se fingía médico. No era de extrañar que Nathan no hubiera vuelto a pensar en ella en el encuentro que había tenido lugar entre ambos tres años antes. Sin duda, tenía una mujer en cada ciudad, pueblo y aldea. Ella no había sido más que una diversión momentánea para un experto rufián. Al recordar cómo había flirteado con él durante su primer encuentro, Victoria se estremeció. Indudablemente, él debía de haberse divertido de lo lindo. Pues bien, no tenía el menor deseo de volver a divertirle.

Después de que el doctor Oliver se había marchado de su habitación la noche anterior, Victoria había cerrado la puerta con llave y había colocado una silla contra la manilla para más seguridad. Luego había pasado las horas examinando la carta, intentando encontrar en ella algún significado secreto, aunque sin éxito. ¿Cómo iba a descifrarse una carta que solo hablaba de arte, de museos y del tiempo en un relato de peligros y de joyas? Por fin reconoció su derrota cuando, presa del cansancio, las palabras empezaron a difuminarse ante sus ojos. Aun así, volvería a intentarlo a la vuelta de su paseo, renovada y fresca.

Sin embargo, más frustrante aún que su fracaso a la hora de descifrar la nota era el familiar desasosiego que la embargaba. No recordaba haberse sentido tan bombardeada con sentimientos tan encontrados. Cierto era que, hasta ese viaje en que había descubierto la nota en su equipaje y luego al doctor Oliver en su habitación, su vida había consistido en una agradable aunque rutinaria sucesión de temporadas en la ciudad, veranos en el campo y vacaciones anuales en Bath. Con la excepción de ese único beso robado hacía tres años, nada extraordinario le había ocurrido jamás y su vida había transcurrido exactamente en la dirección que ella misma se había trazado.

No obstante, tenía en ese momento la sensación de verse zarandeada a merced de aguas tormentosas, inmersa en un torbellino de emociones. La preocupación por la seguridad de su padre estaba en clara confrontación con una sensación de confusión, descrédito y traición al haber tenido noticia de la auténtica naturaleza de su vida secreta. Sumada a la rabiosa tempestad de sus emociones estaba la ira contra su padre por haberla tratado como a una niña. Docenas de preguntas zumbaban en su mente, y, por Dios, estaba decidida a exigirle las respuestas en cuanto regresara a Londres. ¿Cuánto tiempo llevaba involucrado con la Corona? ¿Lo había sabido su madre? A buen seguro que no. Victoria imaginaba que una revelación semejante habría sido recibida con una sesión de sales que bien podría haberse prolongado unos cuantos meses.

Sin embargo, subyacente a todo eso estaba el innegable orgullo y excitación que sentía tras haberse impuesto y haber hecho frente al doctor Oliver. Las enseñanzas que había asimilado de la *Guía femenina* le habían sido de gran ayuda y, aunque había tenido que alterar sus planes para adaptarse al nuevo giro que habían dado los acontecimientos, se las había ingeniado para tender un desafío al doctor Oliver sin dejar de disponer de la oportunidad perfecta para arrancarle su venganza. Al obligarle a aceptar su ayuda en su misión tendrían que pasar mucho tiempo juntos y podría así tentarle para que volviera a besarla. Entonces regresaría a Londres, se casaría con uno de los barones y ocuparía su sitio en la sociedad como siempre había planeado. Esta vez, sin embargo, se aseguraría de que fuera un beso, un encuentro, que el doctor Oliver no olvidara fácilmente.

Durante un breve y angustioso instante en el curso de la noche anterior, Victoria había creído que Nathan deseaba besarla. El modo en que la había arrinconado contra la pared... esos brazos fuertes, ese pecho ancho y firme ante ella. Había sido presa de esa sensación de cálida vertiginosidad que no había vuelto a experimentar desde aquella noche acontecida tres años antes. El corazón le había latido con fuerza, aunque no de miedo, sino de pura excitación ante su proximidad. La fragancia limpia que desprendía el doctor, un olor a ropa blanca, a almidón y a algo más que Victoria no alcanzaba a definir pero que le resultaba agradable y embriagador, le había embotado los sentidos. El cuerpo de Nathan emanaba un calor intoxicante que la había forzado a pegar la espalda firmemente contra la pared para evitar acercarse más a él y absorber de una vez ese calor. Se había sentido total y absolutamente rodeada por él, por su dúctil fortaleza. Todo ello, sumado a la convincente expresión de su mirada, había logrado cautivarla mucho más que sus brazos.

Y el contacto de su piel... La suave caricia del dedo de Nathan sobre su rostro encendido la había obligado a tensar las rodillas para no desmayarse. Y esa ultrajante sugerencia de que se desnudara delante de él... Una segunda oleada de calor la recorrió por entero. Eso no ocurrirá jamás, doctor Oliver, se dijo. Aunque me ocuparé personalmente de que lo desee.

Llegados a ese punto, Victoria llevaba ventaja en el trato forjado entre ambos, como si de un juego de ajedrez en el que ella tuviera en jaque al rey de Nathan se tratara. Ahora necesitaba superarle estratégicamente y ratificar el jaque antes de que él pudiera reagruparse y planificar una defensa. Victoria necesitaba información: sobre él y sobre su fallida misión. La noche anterior había mantenido los ojos bien abiertos, colmándose de una determinación que hasta entonces jamás había sentido. No volvería a permitir que nadie la tratara como a una niña a la que podían tranquilizar con una caricia en la cabeza y mandarla luego con viento fresco. Lady Victoria Wexhall era una mujer moderna y alguien a tener en cuenta. «Prepárese, doctor Oliver. Su ciudadela está a punto de ser tomada.»

Victoria salió de la casa por la terraza posterior, supervisando el terreno desde su posición ventajosa mientras cruzaba el espacioso patio de piedra. Los jardines se extendían hacia la izquierda: una serie de setos perfectamente recortados y de flores coloridas. Parecían como mínimo tan grandes como los jardines de Wexhall Manor... una agradable sorpresa. Más allá de los jardines se evidenciaba una gran extensión de verde césped, refulgente bajo un argentino manto de rocío matinal. El césped dejaba paso a unos árboles de gran altura que se elevaban apuntando a un cielo todavía salpicado con los trazos cada vez más apagados del alba.

Se detuvo durante un instante antes de descender los escalones de la amplia y curva terraza. Una ligera brisa jugueteó con los zarcillos de cabello que enmarcaban su rostro, acariciándole la piel con un aire fresco y bienvenido. Alzó el rostro, cerró los ojos e inspiró hondo varias veces. El aire tenía allí un olor distinto; limpio y fresco como solo podía oler el aire del campo, aunque con un ligero e intrigante toque de fuerte aroma a sal procedente del mar. Se había asegurado de que el paseo de la mañana incluyera una panorámica del agua.

Después de decidir que lo mejor sería salir antes de que los demás habitantes de la casa despertaran, a punto estaba de bajar la escalera cuando un suave maullido la detuvo. Cuando bajó la mirada, vio un diminuto gatito que se frotaba contra el dobladillo de su falda.

—Vaya, hola —canturreó, agachándose para rascar la bola de pelusa acumulada tras las minúsculas orejas del animal—. ¿Qué haces aquí tan solo? ¿Dónde está tu mamá?

Por única respuesta el gatito dejó escapar el maullido más lastimero que Victoria había oído en su vida.

—Oh, Dios, eso es tristísimo.

Cogió al gatito y lo acunó contra su pecho, donde el animalito rompió a ronronear de inmediato.

—Menudo adulador estás hecho.

Sonrió y acarició con las yemas de los dedos la suave barbilla del gatito. Era totalmente negro, salvo por las patas, de un blanco níveo.

—Cualquiera diría que te has caído en un cubo de pintura —le dijo entre risas. Un ronroneo encantado surgió del diminuto pecho del cachorro, que a su vez tendió una de las patas delanteras sobre la manga de Victoria—. Me pregunto si eres tú el pequeño diablillo que no podía bajar del árbol.

—Sí, así es —dijo una voz conocida y grave procedente de un punto situado exactamente a su espalda.

Victoria se volvió apresuradamente. El doctor Oliver estaba a menos de dos metros de ella, cruzado de brazos con aire despreocupado. A Victoria el corazón le dio un vuelco, sin duda a causa de la inesperada compañía del médico, al tiempo que se le encogía el estómago... indudablemente, por culpa de los huevos. Paseó la mirada por él, reparando en sus cabellos desordenados, como si se hubiera peinado los lustrosos mechones con los dedos, dejando caer varios rizos sobre la frente. Bajó un poco más la mirada y al instante quedó fascinada por la camisa, o para ser más exactos por el modo en que Nathan llevaba la prenda. Ningún pañuelo le adornaba el cuello, permitiéndole una visión libre del bronceado cuello y un tentador atisbo del musculoso pecho antes de que la tela blanca de la camisa le frustrara el espectáculo. Nathan se había remangado, dejando a la vista unos fuertes y musculosos antebrazos y cubiertos por una sombra de vello negro. Estaba casi tan irresistible con aquella camisa como lo había estado el día anterior sin ella.

Unos pantalones de color camello se ajustaban de tal modo a sus largas y musculosas piernas que Victoria lamentó no poder detener el tiempo durante unos instantes para gozar de la oportunidad de estudiar sus fascinantes piernas minuciosamente. Las botas negras eran sin lugar a duda viejas favoritas, pues se habría dicho que el doctor había recorrido Inglaterra entera con ellas. ¿Cómo se las había ingeniado para cruzar toda la terraza de piedra sin ser oído? Debía de moverse como un fantasma. Un irritante, fastidioso y arrogante fantasma. Aun así, e independientemente de qué otras cosas pudiera pensar de él, Victoria no podía negar que era un hombre atractivo. De un modo grosero y en absoluto caballeroso. Con un gran esfuerzo, volvió a alzar la vista. La mirada escrutadora reflejada en los ojos de Nathan indicaba que había sido sorprendida observándole, y sintió cómo una oleada de calor le encendía el rostro. A Dios gracias los espías no podían leer las mentes.

Nathan la saludó con una inclinación de cabeza y en cierto modo logró incluso parecer cortés y burlón a la vez.

—Buenos días, lady Victoria.

Ella inclinó la cabeza dando muestra de su estilo más remilgado y regio.

—¿Ha dormido usted bien?

—Maravillosamente.

Nathan arqueó una ceja.

—¿Es cierto eso? A juzgar por las sombras que tiene bajo los ojos, se diría que ha estado despierta toda la noche, probablemente intentando descifrar mi carta.

Victoria no habría sabido decir qué era lo que más la irritaba: si la suposición espeluznantemente acertada o el hecho de que el doctor hubiera dado a entender que parecía cansada.

—Oh, gracias. Sin duda no recuerdo haber sido jamás blanco de tan florido cumplido.

En vez de mostrarse avergonzado, Nathan sonrió, mostrando su reluciente y blanca dentadura.

—¿Iba usted a los establos?

—Sí. Me gusta dar un paseo a caballo por las mañanas.

—Yo también me dirijo hacia allí. ¿Vamos juntos? A pesar de nuestro encuentro de anoche, estoy seguro de que podremos llegar a las cuadras sin iniciar ninguna discusión.

—Sí... siempre que ambos guardemos silencio.

Destelló una nueva sonrisa y Nathan señaló los escalones con una floritura.

—¿Vamos?

Dado que aquella era una perfecta, aunque sin duda inesperada, oportunidad para saber más cosas sobre él, Victoria asintió.

—Por supuesto —dijo.

Descendieron la amplia y curva escalera y cruzaron luego el césped inmaculadamente cortado. En vez de guardar silencio, el doctor Oliver señaló con la cabeza al gatito que se había sumido en un sueño ronroneante.

—Al parecer, se ha ganado usted una amiga. Mírela, dormida como un ángel. —Negó con la cabeza y rió—. A punto he estado de partirme el cuello mientras rescataba a esta diablilla. ¿Y cree usted que ha dado a cambio la menor muestra de agradecimiento?

—Naturalmente que no —dijo Victoria, acariciando el pelo de la gatita con la yema del índice—. Le ha arruinado su diversión. Seguro que ha olisqueado el aire y se ha alejado con aire ofendido.

Una lenta sonrisa asomó a los labios del doctor y dibujó un intrigante hoyuelo en su mejilla.

—Muy propio de las mujeres —murmuró.

Optando por hacer caso omiso del comentario y evitar así una discusión, Victoria preguntó:

—¿Cómo se llama?

—Botas.

Victoria no pudo reprimir una sonrisa.

—Botas... *El gato con botas... Le Chat Botté.* Un nombre de lo más adecuado. Y uno de mis cuentos favoritos.

La sorpresa destelló en los ojos de Nathan.

—También el mío.

Victoria arqueó las cejas.

—¿Cuentos? ¿Un espía aterrador como usted?

—Lo crea o no, fui niño en una época. El día de mi octavo cumpleaños, recibí un ejemplar de las *Histoires ou contes du temps passé, avec des moralités: Contes de ma mère l'Oye* de Perrault. Al instante se convirtió en mi libro de cabecera. Y sigue siéndolo a fecha de hoy.

—*Historias o cuentos de pasado con moraleja: Cuentos de Mamá Oca* —tradujo Victoria—. Su francés es perfecto.

—Gracias. Un talento de gran utilidad cuando uno se dedica a espiar a los franceses.

—Tengo dos ediciones recientes del libro, una en francés y la otra traducida al inglés, que atesoro, aunque me encantaría poder disponer de un original.

—El mío es una primera edición.

Victoria se volvió a mirarle.

—¿Una edición de mil seiscientos noventa y siete?

—No tengo noticia de que haya una primera edición anterior a ese año.

—Oh, me muero de envidia. Llevo años queriendo tener una, pero es imposible encontrarla. ¿Quizá estaría dispuesto a vender la suya?

—Me temo que no.

—¿Y si le hiciera una oferta escandalosa?

Los ojos de Nathan se colmaron de una expresión indescifrable que, según alcanzó a suponer Victoria, le había ayudado enormemente durante su carrera como espía, pero que a ella le resultó absolutamente molesta.

—¿Cuando dice una oferta escandalosa se refiere a una gran cantidad de dinero, lady Victoria? ¿O escandalosa en un sentido totalmente distinto?

El calor la abrasó hasta el nacimiento del pelo.

—Al dinero, naturalmente.

Nathan negó con la cabeza.

—No estoy interesado en venderla por ninguna cantidad. Fue el último regalo que recibí de mi madre antes de su muerte. El cariño que le tengo a ese libro nada tiene que ver con su valor pecuniario. —Miró a Victoria a la cara—. ¿Eso le sorprende?

—A decir verdad, sí. No creía que los hombres fueran tan sentimentales.

—¿Se refiere a los hombres en general o a mí en particular?

Victoria se encogió de hombros.

—A ambos, supongo.

Entre los dos se hizo el silencio y Victoria se sorprendió innegablemente curiosa por conocer más sobre ese hombre al que, a juzgar por las palabras que su propio hermano había empleado para referirse a él, no le sobraba el dinero y que, a pesar de eso, ni se planteaba vender un libro de gran valor porque había sido un regalo de su madre. Diantre, cuando se había propuesto descubrir más sobre él no había imaginado descubrir nada que resultara… en fin, agradable.

—Me intriga que *El gato con botas* sea su cuento favorito de la colección de Perrault —dijo el doctor Oliver—. Habría dicho que *La cenicienta* era más su estilo.

—¿Ah, sí? ¿Y por qué?

—Un apuesto príncipe, un deslumbrante baile… parecen ser las cosas preferidas por la mayoría de las damas.

—Oh, me gustó la historia, sobre todo el aspecto mágico del hada madrina y el romanticismo con que el príncipe emprende la búsqueda de la mujer que le ha robado el corazón. Pero el endiabladamente listo *Gato con botas* me encantó. Su ingenuidad me hizo desear que estuviera vivo para poder competir con él en ingenio. Incluso intenté hacerle un par de botas a mi gato.

—Después de haber visto no hace mucho un claro ejemplo de sus habilidades con la aguja, creo no equivocarme al suponer que las botas no fueron un éxito abrumador.

Victoria le lanzó una mirada burlona.

—Desgraciadamente, no. Aunque gran parte de la culpa la tiene Ranúnculo, que simplemente se negó a ponérselas.

—¿Su gato se llamaba Ranúnculo? —Nathan torció el gesto en una cómica expresión.

—Por lo que he oído, es usted una de las personas menos indicadas para cuestionar los nombres de las mascotas ajenas.

—Supongo que tiene razón, aunque, en mi defensa, debo alegar que mío es solo el nombre de Botas y el de mi perro. Los demás animales ya me llegaron con el nombre puesto.

—Sabe muy bien que podría habérselos cambiado.

—¿Le gustaría que alguien le cambiara el nombre?

—No, aunque no soy ningún animal de granja.

Nathan se llevó el índice a los labios.

—Chist. Ellos no saben que son animales de granja —dijo con un susurro a todas luces exagerado—. Creen que son dignatarios reales de visita.

Victoria intentó contener una sonrisa ante semejante bobada.

—Reconozco que entiendo su postura. Yo soy propiedad de Ranúnculo. Es ella la que me permite vivir en su casa.

—Sí, lo mismo ocurrió con Botas en cuando la llevé a casa. Se instaló enseguida y se adueñó de mi sillón favorito. Alguien me dijo una vez que los perros tienen dueños y que los gatos tienen...

—Sirvientes —concluyó Victoria entre risas—. Totalmente cierto. ¿Botas fue un regalo?

—Un paciente me ofreció como pago un cachorro de la última camada de su gata. Aunque observé detenidamente al grupo entero, supe enseguida que esta pequeña diablilla era la elegida.

Victoria bajó los ojos para mirar a Botas.

—No me sorprende que haya sido un amor a primera vista. Es un encanto. Me recuerda a mi Ranúnculo.

—¿Ranúnculo es blanca y negra?

—Oh, no. Es atigrada, aunque tiene el pelo de color dorado.

—Ah, ya. Entiendo ahora que pueda recordarle a Botas. El parecido es cuando menos sorprendente.

Victoria no pudo evitar la risa ante el tono mordaz empleado por Nathan.

—Me refería a que a Ranúnculo le encanta que la tengan cogida así, y se queda dormida minutos después de que empiece a rascarle detrás de las orejas.

—Eso es algo con lo que disfrutan muchos animales, porque para ellos es un punto de difícil acceso.

—Dígame, doctor Oliver, ¿por qué era *El gato con botas* su cuento favorito?

—Como usted, también yo admiraba en gran mesura la inteligencia del gato. Mi parte favorita era cuando este convence a su dueño para que se bañe en el río y le esconde la ropa bajo la roca y le cuenta al rey no solo que su dueño se está ahogando, sino que unos ladrones le han robado la ropa.

Victoria se rió entre dientes.

—Menudo espectáculo para el rey y para su hija.

—Sin duda. Y una forma inteligente de cerciorarse de que la andrajosa ropa de su dueño no fuera vista por los hombres del rey. Aunque siempre me he preguntado si la princesa se enamoró del dueño del gato porque estaba muy guapo con los ricos ropajes que el padre de ella le había prestado... o porque le había visto desnudo.

Victoria intentó contener una carcajada, pero no lo logró del todo. Levantó la mirada hacia él y vio en sus ojos un destello de picardía. Antes de que pudiera ocurrírsele una respuesta adecuada, Nathan dijo:

—Y siempre me he sentido muy identificado con la moraleja de la historia.

Victoria se quedó unos segundos pensativa y luego citó:

—«Aunque recibir una cuantiosa herencia encierra una gran ventaja, la diligencia y la ingenuidad valen más que la riqueza adquirida de los demás.»

Nathan pareció un tanto sorprendido ante la recitación de Victoria y no tardó en asentir.

—Además, encajaba a la perfección con mi condición de segundón —murmuró—. Esas palabras me resultaban... inspiradoras.

Una extraña sensación, que no consiguió identificar, recorrió a Victoria. Antes de que pudiera definirla, Nathan añadió:

—Reconozco, sin embargo, que la otra moraleja me resulta muy superficial: que la ropa, el aspecto y la juventud desempeñan un papel importante en los asuntos del corazón.

—Superficial, puede ser —concedió Victoria—, aunque cierta. Estoy convencida de que forma parte de la naturaleza humana sentirnos atraídos por aquello que es bello. A fin de cuentas, no solo el dueño de la ropa era decididamente apuesto, sino que la princesa aparece descrita como la joven más hermosa de mundo.

—Cierto. Aun así, la belleza está en el ojo de quien mira. ¿Se habría enamorado la princesa del apuesto héroe si le hubiera visto con su ropa de hombre pobre?

—No lo sé. —Un diablo interno la empujó a añadir—: Aunque si su teoría es cierta, la princesa se enamoró de él porque lo vio desnudo.

Nathan rió.

—Sí, y eso plantea la siguiente pregunta: Si nos deshiciéramos de toda la impedimenta que proporcionan riqueza y privilegio, dejando solamente expuesta a la auténtica persona,

¿seguiría siendo amada esa persona? ¿Admirada? ¿Solicitada? No lo creo.

—Una visión muy cínica.

—No, simplemente realista. Tómese usted misma como ejemplo, lady Victoria. Su padre está actualmente estudiando ofertas no de uno, sino de dos barones. Si cualquiera de ellos quedara de pronto desprovisto de su riqueza, posición y título, ¿seguiría planteándose la posibilidad de casarse con él?

El desafío que asomó a su mirada era inconfundible, y una fisura de irritación serpenteó por el cuerpo de Victoria.

—Escuchándole, cualquiera diría que hay algo malo en que una mujer desee hacer un buen matrimonio.

—En absoluto. Simplemente estoy desafiando la definición de «buen matrimonio». ¿Tiene más que ver con el título, con la riqueza y con la posición del candidato o con su carácter, honor e integridad?

—Sin duda esas cosas no son autoexcluyentes. Se puede poseer un título y patrimonio y aun así ser una persona honorable e íntegra.

—En efecto. Pero si tuviera que escoger entre lo uno o lo otro... interesante dilema. En mi opinión, si la princesa de cuento más hermosa del mundo hubiera visto al dueño del gato con sus harapos y no la hubieran engañado para convencerla de que era un hombre rico, jamás habría reparado en él.

—Resulta difícil culpar a una princesa por ello.

—Supongo que sí. Aun así, es el aspecto externo del dueño del gato de lo que ella se enamoró... y no del hombre en sí. De ello se desprende que el cuento no hace sino probar que las apariencias desempeñan un papel importante en las cuestiones del corazón.

Había algo en su tono que avivó la curiosidad de Victoria, quien de pronto se preguntó si habría alguna mujer que era dueña del corazón de Nathan. La idea la inquietó de un modo que fue incapaz de definir. Un ceño se dibujó entre sus cejas. Si el doctor estaba comprometido con alguien, eso podría arruinar sus planes.

—Entiendo que eso significa que cuando escoja esposa lo hará con una venda en los ojos —apuntó alegremente, observándole con atención—. ¿O acaso ya ha elegido a alguien?

Nathan negó con la cabeza y sonrió.

—Nada de venda en los ojos... podría muy bien elegir una maceta de gardenias, creyendo que la dama en cuestión olía bien y se mostraba encantadoramente reservada. Y no, no he elegido esposa. Ni siquiera sé si me casaré algún día. Dado que no soy el primogénito ni que tampoco tengo necesidad de encontrar a una heredera que me ayude a pagar deudas de juego o cosas semejantes, no tengo razón para casarme... salvo por amor.

A pesar del alivio que sintió al ser conocedora de su estatus de soltero, Victoria arqueó las cejas.

—¿Por amor? Jamás habría creído que los espías fueran tan... sentimentales.

—No sé de dónde saca usted esas ideas sobre los espías, lady Victoria. ¿De sus tórridas novelas, quizá? Mi razón tiene tanto que ver con la lógica como con el sentimiento. Puesto que no tengo necesidad de dar un heredero al apellido ni de engrosar las arcas de la familia, ¿por qué iba a plantearme empeñar mi vida a una mujer a menos que la amara?

—Qué... anticuado.

—En los elevados círculos que usted frecuenta, sí, estoy seguro de que lo es. Aun así, es práctica bastante común cuando nos apartamos del brillo de las clases altas. Además, me traen sin cuidado los dictados de la moda. Nunca me han importado. Jamás permitiré que las caprichosas reglas de la sociedad dicten con quién paso el resto de mi vida. —Negó con la cabeza—. De hecho, compadezco a Colin por verse sometido a las responsabilidades maritales que le impone su condición de heredero. Yo disfruto de libertades que él jamás conocerá.

Victoria digirió sus palabras no sin una buena dosis de sorpresa. Hasta la fecha jamás se había planteado que un hijo menor no envidiara al heredero por su título y su posición.

Antes de poder considerar en profundidad el asunto, sin embargo, se dio cuenta de que estaban ya cerca de las cuadras. Su mirada quedó prendida en la estructura que Nathan había levantado alrededor de los establos para sus animales. Y sus ojos se abrieron de par en par.

Una pareja de patos salió aleteando por la puerta abierta del recinto. Contoneándose, se dirigieron hacia ellos. Iban seguidos de una vaca, un cerdo enorme y una cabra... una cabra que llevaba sobre el lomo lo que parecía una paloma. El grupo al completo rompió a trotar. Victoria se detuvo a mirar. El doctor Oliver siguió andando y poco después se volvió a mirarla y se echó a reír.

—Daría lo que fuera por que pudiera verse la cara, lady Victoria. Su expresión no tiene precio.

—Cualquiera diría que van a atacarle.

—En absoluto. Simplemente me dan los buenos días... con entusiasmo, como si fuera yo quien les da de comer.

Victoria siguió exactamente donde estaba, prefiriendo observar desde la distancia sin dejar de acunar a Botas. Observó, perpleja, cómo el doctor Oliver era «saludado» por el grupo de animales. Los patos graznaban ruidosamente, picoteándole las botas, mientras el cerdo se frotaba contra sus piernas como un gato. La vaca soltó un lastimero mugido y luego lamió la mano del doctor Oliver con una lengua enorme, una escena a la que Victoria saludó arrugando la nariz. La cabra empujó suavemente por la espalda al doctor hacia el establo mientras el pájaro que iba sentado sobre su lomo, y que, según Victoria pudo apreciar, se trataba efectivamente de una paloma enormemente gorda, arrulló y ahuecó sus plumas.

El doctor Oliver los acarició a todos, hablándoles como si fueran niños y no animales... animales que, a juzgar por el fuerte olor que flotó hasta ella, necesitaban con urgencia un baño.

—Venid —dijo Nathan al grupo, llevándolos hacia Victoria—. Permitidme que os presente a lady Victoria...

—Esto no es necesario —dijo ella apresuradamente, retrocediendo y mirando desconfiada a la cabra que mostraba un gran interés por los crespones de encaje que adornaban sus muñecas.

El doctor Oliver se detuvo y, maldición, a Victoria no le pasó desapercibido que se estaba divirtiendo de lo lindo a expensas de ella.

—Después de la impresionante actuación con la que me deleitó anoche, jamás habría pensado en usted como en una mujer cobarde, lady Victoria.

Victoria levantó la cabeza y se vio obligada a tomar aire por la boca debido al espantoso olor que impregnaba el aire.

—No soy ninguna cobarde. Simplemente no me gustan los animales que… pesan más que yo. Y que tienen un olor tan… peculiar. —Levantó un poco a Botas—. Es solo que prefiero los gatos a las cabras.

—¿Le gustan los perros?

—De hecho, sí.

—Excelente, pues está a punto de conocer a R. B.

—¿Quién es…? ¡Ay!

Victoria dio un traspies hacia delante al verse firmemente empujada por el centro mismo de su trasero. En cuanto recuperó el equilibrio, se volvió de espaldas para encontrarse cara a cara con el perro más enorme que había visto en su vida. De color marrón claro, con manchas más oscuras y un hocico negro y mofletudo, el monstruo se erguía regiamente, observándola desde unos ojos separados de color castaño oscuro a los que asomaba una expresión alerta aunque con suerte también amable. La parte superior de la cabeza del gigante le llegaba al pecho. Victoria se obligó a quedarse totalmente inmóvil mientras la bestia levantaba la cabeza para olisquear el aire sin dejar de mover el hocico.

—Lady Victoria, permítame presentarle a R. B.

—¿Qué quieren decir las siglas R. B.? —preguntó, suponiendo que la B hacía referencia a «bestia» o a «batacazo».

—Rompe Botas. Considérese avisada, aunque debo decir que es su única mala costumbre.

—En... encantada —murmuró Victoria, retrocediendo despacio unos cuantos pasos, alarmada al ver que R. B. avanzaba a su vez con ella. De pronto, se golpeó contra algo sólido y se detuvo. Unas manos grandes la tomaron por los brazos desde atrás y Victoria fue entonces consciente de que ese algo sólido contra lo que se había golpeado era el mismísimo doctor Oliver.

—Creía que había dicho que le gustaban los perros —oyó decir a la voz ligeramente divertida del doctor directamente junto a su oreja.

El calor que desprendían las manos de Nathan se extendió por sus brazos en un pasmoso contraste con la hormigueante sensación invocada por la voz profunda e intensa al acariciarle el oído.

—Me gustan los perros —dijo Victoria sin apartar en ningún momento los ojos de la enorme bestia que tenía delante—. Pero esto no es un perro. Es casi un... oso.

Nathan se rió entre dientes y su cálido aliento acarició el cuello de Victoria, despertando las sensibles terminaciones nerviosas en su piel desnuda. Luego la soltó y se movió hasta quedar de pie a su lado. A pesar de que había dejado de tocarla, el calor de sus manos seguía impreso sobre su piel y Victoria dio gracias a que todavía tenía a Botas en brazos, de lo contrario habría recorrido con los dedos el cálido punto del que él la había agarrado. R. B. se acercó trotando de inmediato a su dueño, meneando el rabo.

Tras acariciar la enorme cabeza del perro, el doctor Oliver dijo:

—Hagámoslo como corresponde, ¿te parece, muchacho? Siéntate. —El perro levantó una pata delantera del tamaño de un plato—. Desea serle presentado formalmente.

Victoria miró al perro, recelosa.

—¿Es manso?

—Como un cordero.

—Desgraciadamente, no tengo la suficiente experiencia con los corderos para saber si son mansos. Oh, lo parecen, pero quién me dice a mí que no son unas bestias gruñonas e irritables...

—R. B. es extremadamente manso.

—Por su aspecto, diría que podría comerse mi pecho como entrante. Dígame, ¿todos sus animales son tan grandes? ¿No tiene nada más pequeño?

Nathan chasqueó la lengua.

—Me temo que no en forma de perro.

Decidida a borrar la mueca divertida de esa boca sonriente, Victoria contuvo su nerviosismo y tendió la mano para estrechar la enorme pata que el animal le ofrecía. En cuanto la soltó, R. B. volvió a apoyarla en el suelo, dejándole la mano totalmente intacta. Lo cierto es que era un hermoso animal y que parecía realmente amistoso... quizá un poco demasiado, a juzgar por el golpe en el trasero que le había propinado... aunque debido a su exagerado tamaño resultaba intimidatorio.

Un nuevo olorcillo a animal de granja la sacó de su inmovilidad. Después de decidir que había acumulado suficiente información en lo que iba de mañana, se dirigió lentamente hacia las cuadras con la mirada fija en el rebaño del doctor Oliver.

—Si me disculpa, voy a dar mi paseo matinal.

—¿No olvida usted algo, lady Victoria?

Dios del cielo, la cabra volvía a mirarla. Aceleró el paso.

—Ejem... no lo creo. —Para su consternación, el doctor Oliver se acercó a ella con una maliciosa sonrisa arrugando su hermoso rostro. Y como si eso no resultara en sí bastante alarmante, su apestoso rebaño no tardó en seguirle.

—Botas —dijo él.

La mirada de Victoria descendió hasta el despellejado calzado de Nathan.

—Son... preciosas. Necesitan un poco de lustre, pero...

—Me refiero a mi gata, lady Victoria. —Siguió acercándose a ella, con sus animales tras él... con excepción de la vaca, que se había detenido a comer un poco de hierba.

—Ah, Botas —dijo ella, deteniéndose a regañadientes y

sintiéndose como una idiota. Bajó los ojos hacia la pequeña durmiente, que seguía dulcemente acurrucada en el hueco de su brazo, y fue presa de un arrebato de irrazonable y ridícula posesión.

El doctor Oliver se detuvo directamente delante de ella y le lanzó una mirada de total comprensión.

—Le roban a uno el corazón, ¿verdad?

—Eso me temo.

Nathan tendió el brazo y con sumo cuidado acomodó a la pequeña en sus manos. Los dedos de Victoria rozaron los suyos, acelerándole el pulso de un modo absolutamente ridículo. En cuanto se aseguró de que Botas había sido transferida sana y salva, Victoria apartó las manos bruscamente. Nathan acurrucó al diminuto animal contra su pecho y señaló con la cabeza a las cuadras.

—¿Vamos?

—¿Vamos adónde?

—A dar un paseo a caballo, naturalmente. Tengo que dar de comer a los animales, pero puedo hacerlo mientras Hopkins ensilla a nuestros caballos.

—No recuerdo haberle extendido una invitación para que me acompañe, doctor Oliver.

—Un descuido accidental, sin duda.

—A decir verdad, no. Preferiría montar sola.

—Una verdadera lástima, pues voy a acompañarla.

—Me temo que eso es del todo imposible dado que no está presente mi dama de compañía.

Nathan se limitó a desestimar las palabras de Victoria con un simple gesto de la mano.

—No tema. No compartiremos un carruaje cerrado ni nada parecido, lady Victoria. Estaremos al aire libre, cada uno a lomos de su caballo, a la vista de todos, eso si hay alguien a quien le importe... un comportamiento totalmente respetable aquí, en Cornwall. Y ahora dígame —prosiguió, empleando un tono declaradamente coloquial—, ¿ha pensado en devolverme mi nota?

—Ya le dije anoche cuáles eran las condiciones. Condiciones que no han variado. ¿Ha tomado alguna decisión respecto a mi propuesta?

—Le comuniqué mi decisión anoche, lady Victoria.

—¿Y no piensa reconsiderarla?

Nathan negó con la cabeza y sonrió de oreja a oreja.

—Preferiría aguardar a que se desnudara.

Victoria apretó los labios y deseó con todas sus fuerzas poder disimular el sarpullido de calor que le abrasó el rostro.

—Si me disculpa... —Intentó rodear a Nathan y seguir su camino, pero él se movió a un lado para bloquearle el paso.

—No discutamos —dijo él—. Hace una mañana deliciosa para dar un paseo a caballo. Haré las veces de encantador anfitrión y le mostraré un sendero que lleva a la playa.

—¿Encantador? —Victoria dejó escapar un bufido rebosante de descrédito—. No, gracias.

—Me temo que no tiene usted elección, lady Victoria. Su padre me ha dado instrucciones para que la proteja. Puesto que se niega a hacerme entrega de la nota y, por ello, no puedo saber con exactitud cuál es su preocupación, no me deja otra opción que la de seguirla día y noche. Desde el amanecer hasta el anochecer. Todos y cada uno de los minutos del día, desde que despierte... —Se acercó un paso más a ella y, con una sonrisa, añadió—: hasta que duerma entre sus sábanas por la noche.

7

La mujer moderna actual debería aplicar las sencillas reglas de la pesca a la captura de su caballero. Primero, dotar el anzuelo de un cebo tentador, como un vestido escotado. Luego, desplegar su poder de fascinación en la forma de una conversación coqueta y de miradas sugerentes. Recoger a la presa rozando «accidentalmente» su cuerpo con el de él y, acto seguido, atraerle a la orilla y dejarle sin aliento con un beso sensual, lento y profundo.

Guía femenina para la consecución de la felicidad personal y la satisfacción íntima
CHARLES BRIGHTMORE

Nathan observó cómo el acaloramiento teñía de rubor el blanco y suave cutis de lady Victoria y tuvo que obligarse a no alargar la mano para tocar ese color hechizante. Los ojos azules de ella se cerraron, indignados, al tiempo que se encolerizaba por el inadecuado comentario del doctor. Victoria era la viva imagen de un fuego de artificio a punto de explotar.

—Si tal disposición no le satisface, señora mía, no tiene más que entregarme la nota. De lo contrario, me temo que me veré obligado a ser para usted como el verde para la lechuga, o el amarillo para el narciso; como el rojo para el tomate o el...

—Creo que he captado el mensaje. —Lady Victoria frunció los labios y Nathan se sorprendió clavando la mirada en la boca de la joven, anticipándose al momento en que relajaría la presión y los labios recuperarían de nuevo su carnosa voluptuosidad—. Sin duda cree usted que haciéndose pesado, gesta en absoluto difícil, por cierto, su constante compañía me resultará tan absolutamente odiosa que terminaré por entregarle encantada la nota.

—Ese es mi mayor deseo, sí.

—En tal caso me subestima usted, a mí y mi determinación.

—Al contrario, me doy cuenta de lo testaruda que es.

—Hay una gran diferencia entre la determinación y la testarudez.

—Estoy seguro de que así lo cree. Y estaría encantado de poder oír su teoría sobre la cuestión durante nuestro paseo. —Arqueó las cejas—. Y yo que creía que desearía disfrutar de mi compañía para asegurarse con ello que no estoy registrando su habitación durante su ausencia. —Recorrió con la mirada la figura de Victoria. A continuación volvió a mirarla a los ojos y en sus labios se dibujó una lenta sonrisa—. A menos, claro, que tema que pueda encontrar la nota en su persona.

Victoria alzó el mentón dando muestra de esa actitud obstinada, remilgada, altanera y despreciativa que, por alguna estúpida razón, él encontraba intensamente excitante.

—Por supuesto que no.

—Excelente. Entonces está decidido. Sígame. —Se dirigió a las cuadras y Victoria se apresuró tras él. Observándola de reojo, Nathan contuvo una sonrisa ante las miradas furtivas que ella iba lanzando por encima del hombro a sus animales, que iban directamente detrás de ellos.

Entraron a las cuadras y Nathan gritó:

—Hopkins, ¿está usted aquí?

—Aquí estoy —respondió una voz apagada. La puerta del primer establo situado a la izquierda se abrió de par en par y un hombre recio con una encendida mata de pelo rojo y barba del mismo color se abrió paso a golpe de hombro por la portezuela con un cubo grande en cada mano.

—Buenas, mi señora, doctor Nathan. —Levanto los cubos en el aire—. A punto estaba de llenar los comederos de su prole. Las gallinas han dejado un regalo de tres hermosos huevos.

Nathan sonrió.

—Gracias, Hopkins. Llévelos a la cocina y que la cocinera se los prepare.

—Gracias. —Echó una mirada de ojos entrecerrados a la cabra, el cerdo, la vaca y los patos que merodeaban junto a la puerta—. Vamos, fuera de aquí. Ya llega la manduca. —Miró entonces a Nathan—. ¿Necesitará que le ensille los caballos, doctor Nathan?

—Si se encarga usted de dar de comer a los animales, yo me encargo de ensillar a los caballos para lady Victoria y para mí.

Hopkins saludó la propuesta asintiendo con la cabeza y salió, seguido muy de cerca por el rebaño. En cuanto desapareció, su voz volvió a colarse en el interior de la cuadra.

—Aparta de mi trasero ese maldito hocico, maldita bestia impaciente.

Fingiendo no haber oído nada, Nathan dijo:

—Permítame que acomode a Botas. —Dejó a la gatita dormida en el primer establo y cerró la puerta con pestillo. Al volver, preguntó a lady Victoria—: ¿Es usted una buena amazona?

—Sí.

—Bien. Creo que Miel será una buena montura para usted. Es enérgica, aunque muy dulce. —Abrió la marcha hasta el último establo, donde la yegua, bautizada por su crin de color dorado claro, relinchó al verle.

—Es preciosa —exclamó lady Victoria cuando él sacó a la yegua del establo. Nathan la vio entonces acariciar el cuello y el aterciopelado hocico del animal.

Mientras lady Victoria y Miel se conocían, él ensilló a la yegua con una silla de mujer al tiempo que oía a Victoria susurrar al caballo palabras suaves y halagüeñas. Ensilló después para él a Medianoche, un castrado purasangre negro.

Tras acomodar a lady Victoria en su silla, Nathan montó de un salto a lomos de Medianoche y abrió la marcha al exterior. Curioso por saber si ella era en realidad una amazona experimentada, no tardó en emprender un enérgico trote hacia el inmenso bosquecillo de olmos situado en el extremo más alejado de los parterres de césped, evitando a propósito la dirección opuesta, donde los tormentosos recuerdos de la noche acontecida tres años antes esperaban para abatirse sobre él en despiadada emboscada. Cuando se acercaban ya a los árboles, Nathan aflojó el paso, vagando despacio por los senderos impregnados de olor a madera, salpicados de los primeros rayos del pálido sol de la mañana. Los pájaros gorjeaban, las hojas crujían bajo los cascos de los animales y una suave brisa marina le colmaba los sentidos. Desde todas direcciones le asaltaban los recuerdos. Había cabalgado, caminado y corrido por esos caminos innumerables veces durante su juventud, e incluso, a pesar de tan prolongada ausencia, tenía la sensación de no haberse marchado de allí nunca.

No sabía con seguridad cuánto tiempo llevaban avanzando en silencio cuando ella dijo:

—El paisaje es precioso. ¿Visita a menudo Creston Manor?

Nathan se preguntó si Victoria habría visto algo reflejado en su rostro que la hubiera llevado a hacer esa pregunta.

—Hacía tres años que no venía.

Victoria arqueó las cejas.

—¿Es decir desde su última misión?

—Sí.

—¿Por qué no ha regresado desde entonces?

Nathan se volvió y la miró directamente a los ojos. El sol destellaba en el castaño oscuro de los rizos que enmarcaban el rostro de lady Victoria, lanzando al aire reflejos color canela. Su traje de montar de color verde oscuro armonizaba con su blanco cutis. Y los labios... diantre, los labios parecían forjados en un par de melocotones carnosos, jugosos y suculentos. Quizá haberla acompañado en su paseo a caballo no había sido a fin de cuentas una buena idea.

—¿Lord Nathan? ¿Por qué no ha regresado desde entonces?

Demonios, había perdido por completo del hilo de la conversación. Se planteó durante un instante si decirle la verdad y pensó que por qué no iba hacerlo. En cualquier caso, poco importaba la opinión que ella tuviera de él.

—Después de que fracasara la misión, tuve una discusión con mi padre y con mi hermano. Lo mejor para todos los implicados era que me marchara.

La mirada de Victoria buscó la suya y dijo entonces dulcemente:

—Debe de haber sido muy duro para usted.

Sin duda era lo último que Nathan esperaba oír de labios de ella. Había esperado notarla curiosa, burlona, quizá entrometida. En cambio, le había ofrecido su compasión, como si entendiera el peso de esa separación. Semejante reacción lo confundió. Y le inquietó. No tenía el menor deseo de descubrir nada agradable en ella.

—Supongo que el regreso habrá despertado en usted muchos recuerdos —dijo ella, de nuevo desarmándole con su extraña capacidad para comprender precisamente lo que él estaba pensando.

—Sí. El sendero por el que pasamos ahora fue siempre mi favorito. Se bifurca dentro de medio kilómetro. El camino de la derecha lleva a la playa y el de la izquierda a un pequeño lago privado enclavado en el extremo más alejado de la propiedad.

—¿Así que este lugar en particular está plagado de recuerdos felices?

Nathan asintió despacio al tiempo que una sonrisa tironeaba de sus labios mientras algunos de esos recuerdos volvían a dibujarse en su mente.

—Sí, así es.

—¿Por qué no comparte algunos conmigo?

Nathan le lanzó una mirada. La expresión de lady Victoria revelaba tan solo interés.

—¿Es usted consciente de que, si conversamos, corremos el riesgo de discutir?

—No conversaremos —respondió ella con una sonrisa—. Puede hablar usted y yo me limitaré a escuchar las historias de su malograda juventud. Dígame, ¿por qué era este su rincón favorito?

Nathan vaciló varios segundos antes de responder, dejando que el ambiente que destilaba el entorno le infundiera un halo de nostalgia. El gorjeo de los pájaros, los inmensos árboles que les proporcionaban ondulantes lazos de sombra y dorados rayos de sol. El aroma de la tierra húmeda, el aire limpio, y siempre ese fuerte olor a mar que le hacía pensar en su casa y en los suyos.

—Mis dos rincones favoritos de la propiedad son el lago y el mar. Todos los días, independientemente del clima, recorría este sendero, decidiendo durante el trayecto qué porción de agua visitaría ese día. —Rió al recordarlo—. La decisión era realmente agónica.

—¿Por qué agónica? ¿Por qué no simplemente resolver el dilema alternando destinos a diario? ¿O mejor aún, visitando ambos?

—Excelentes sugerencias. Sin embargo, nunca me pareció viable visitar los dos, pues no soy amigo de las prisas, y en cuanto llegaba a una de las ubicaciones odiaba marcharme, de modo que era mucho lo que tenía que considerar a la hora de elegir mi destino diario. El clima, sin ir más lejos.

—¿Qué tenía que ver el clima con su elección?

—Siempre elegía la ruta hacia el mar si había tormenta. El espectáculo de las olas rompiendo contra la orilla, el rugido de las aguas agitadas salpicando los accidentados acantilados me embelesaba. También elegía el camino que llevaba al mar directamente después de una tormenta, pues la orilla siempre mostraba una nueva selección de despojos a observar y de conchas que coger.

—Me encanta coleccionar conchas —dijo lady Victoria con los ojos brillantes—. Las guardo en un enorme jarrón de cristal en Wexhall Manor, y añado más todos los años después de nuestras vacaciones en Bath.

—En ese caso, sin duda disfrutará de la playa que tenemos aquí.

—¿Debo entender entonces que optaba por la ruta que lleva al lago los días de buen tiempo?

—Normalmente sí, pues me gusta nadar en el lago. A veces venía solo, disfrutando de la soledad de flotar en el agua, mirando el cielo y viendo pasar las nubes. Sin embargo, casi siempre Colin, Gordon y yo íbamos juntos, metidos en alguna travesura, jugando a los piratas o a algo por el estilo.

—Gordon… ¿se refiere a lord Alwyck?

—Sí. Nos conocemos desde que éramos niños —dijo. Y éramos inseparables, pensó. Nathan apartó esa idea de su cabeza y prosiguió—: Naturalmente, los miércoles estaban siempre dedicados al lago, independientemente del día que hiciera.

—¿Por qué?

—Porque es el día en que Hopkins se baña en el lago. Nos escondíamos en la orilla y esperábamos a que se hubiera sumergido del todo en el agua para robarle la ropa.

Victoria abrió mucho los ojos y se llevó los dedos enguantados a los labios para ocultar su sonrisa.

—¿Y le hacían eso al pobre hombre todos los miércoles?

—Sin falta.

—¿Y él no tomaba represalias?

—Oh, ya lo creo. Aquello se convirtió en una batalla por saber quién era más ingenioso. Hopkins empezó a esconder su ropa en lugares distintos y nosotros la encontrábamos. Él se llevaba una muda adicional, pero también caímos en la cuenta de eso. Escondía una toalla entre los arbustos y nosotros dábamos con ella. Siempre le dejábamos la ropa en el establo, pulcramente doblada, con una nota que decía: «Hasta la semana que viene, el Ladrón Que Te Deja Con El Trasero Al Aire». —Una sonrisa asomó a los labios de Nathan—. Cuando estaba en nuestra compañía, Hopkins fingía que no sabía que éramos nosotros los responsables de los robos. Pero nos ocultábamos en los bosques y le observábamos salir del lago, chorreando, lanzando maldiciones y juramentos, prometiendo venganza contra aquellos «jóvenes gamberros»… aunque el tono de las palabras que utilizaba era decididamente más elevado que eso y desde luego no eran palabras que yo vaya a repetir ante una dama.

Lady Victoria intentó mostrarse severa, pero la diversión que revelaba su mirada no dejaba lugar a dudas.

—¿Y pudo alguna vez Hopkins con ustedes?

—Oh, ya lo creo. Una vez nos llenó las botas con estiércol de caballo. —Hizo una mueca y se echó a reír—. Jamás olvidaré la expresión que asomó al rostro de Colin cuando metió el pie en su bota. En otra ocasión, Hopkins se largó con nuestra ropa, algo que no puedo decir que no nos tuviéramos bien merecido. Y aunque casi logramos entrar en casa por la puerta de servicio sin ser vistos, desafortunadamente nos tropezamos con dos criadas que en ese momento se dirigían a las habitaciones a cambiar la ropa de cama. Y cuando digo tropezamos, quiero decir que literalmente tropezamos con ellas. Sábanas y fundas de almohadas por los aires, unos chiquillos desnudos y sonrojados, y un par de criadas boquiabiertas y jadeantes. Y, para terminar de empeorar las cosas, mi padre se cruzó con nosotros... Fue todo un espectáculo. Recibimos un buen tirón de orejas por parte de mi padre, que además nos prohibió volver a nadar en el lago.

—¿Y le hicieron caso?

—Por supuesto que no. —Sonrió de oreja a oreja—. ¿Qué tiene eso de divertido? —Tiró de las riendas de Medianoche hasta detenerlo por completo y señaló—: Ahí está la bifurcación. ¿Qué dirección elige?

Al ver que Victoria se llevaba el dedo a sus labios fruncidos y meditaba su respuesta, Nathan dijo:

—Ahora entiende usted la agonía que supone tal decisión. Imagine, si puede, que sus dos tiendas favoritas de Londres hubieran decidido regalar su mercancía, pero solo durante una tarde, y a la misma hora. ¿A cuál elegiría ir?

—No elegiría ni la una ni la otra. Iría a una de las dos y enviaría a la otra a un criado que actuara en mi nombre.

Nathan no pudo contener la risa.

—Pero se perdería la excitación de poder elegir las prendas personalmente.

—Cierto, pero tendría las prendas de las dos tiendas

—afirmó con una sonrisa—. Y, dado que hoy es miércoles, y que no deseo interrumpir el baño rutinario de Hopkins, prefiero la playa y poder coger algunas conchas.

Nathan saludó su elección con una profunda reverencia.

—Como desee.

Iniciaron el descenso por el sendero que no tardó en estrecharse, obligándoles a avanzar en fila de a uno. Nathan abría la marcha, permitiendo que las visiones del pasado fluyeran a su alrededor. Aquellos eran los senderos de su niñez, preñados de incontables recuerdos, conspirando ahora para resucitar el dolor sordo de la añoranza que creía finalmente enterrada. En un esfuerzo por mantener esa emoción a raya, dijo:

—Ahí delante está el mar. —Mantuvo a Medianoche al paso, incrementando así la sensación de anticipación, conocedor como lo era de la exquisita vista que les esperaba.

En cuanto llegó al final de la curva que dibujaba el sendero, tiró de las riendas de Medianoche e hizo un alto en el camino al tiempo que la panorámica que ofrecía a la vista el punto estratégico donde se encontraban le golpeaba sin compasión. Un cielo cerúleo, salpicado de nubes algodonosas y fundidas en el horizonte con el agua moteada de sol y del blanco de las crestas de las olas, cuyo azul se desgranaba del zafiro más profundo al más pálido celeste en las zonas menos profundas de la playa que se abría bajo sus pies. Los oscuros acantilados se elevaban mayestáticos, a un tiempo misteriosos y austeros, y, como bien sabía Nathan, un tesoro escondido de escondrijos para los contrabandistas.

Una brisa enérgica y salada le refrescó la piel. Nathan alzó el rostro, cerrando brevemente los ojos e inspirando hondo el aroma que desde siempre le había proporcionado una sensación de paz y un anhelo de aventura. Los chillidos de las gaviotas captaron su atención y, al abrir de nuevo los ojos, vio a un grupo de aves grises y blancas flotando al viento, suspendidas durantes varios segundos con las alas completamente extendidas antes de lanzarse en picado para capturar un bocado en el mar.

—Oh, Dios… esto es espectacular.

Nathan se volvió a mirar a lady Victoria, cuyos ojos brillaban, sumidos en complacido asombro, mientras su mirada escudriñaba lentamente el panorama que se extendía ante ella. Pensó en ese instante que los ojos de Victoria eran del mismo tono de azul idénticamente intrigante que el de la línea donde el cielo y el mar se encontraban. La vio alzar el rostro hacia el sol, cerrar los ojos e inspirar hondo, exactamente como él acababa de hacer. Luego ella volvió a abrir los ojos y le miró con expresión perpleja.

—No sé con certeza lo que esperaba ver —dijo casi sin aliento—. Pero desde luego no era… esto.

Nathan la miró fascinado, mientras una sonrisa asomaba lentamente al precioso rostro de lady Victoria. Era preciosa hasta cuando fruncía el ceño, pero su sonrisa le hechizaba por completo. El mismo arrebato de atracción que había experimentado la primera vez que había puesto los ojos en ella volvió a sacudirle con pasmosa fuerza.

—Jamás había visto nada semejante —dijo ella con voz queda, trazando un amplio arco con la mano—. La absoluta belleza de los colores, la majestad de los acantilados y del mar desde esta altura… absolutamente magnífico. Debería haberme preparado para lo que estaba a punto de ver, pues la vista me ha dejado sin aliento.

La mirada de Nathan quedó brevemente suspendida en los labios húmedos de la joven.

—Soy de la opinión que hay cosas para las que no podemos prepararnos, lady Victoria. Simplemente… ocurren. Y nos dejan sin aliento. —Se obligó a fijar de nuevo la mirada en sus ojos—. A pesar de las incontables veces que he girado por esa curva y he visto esta misma panorámica, cada vez me quedo maravillado de lo que tengo ante mis ojos. Y no solo porque sea hermoso, sino porque es del todo inesperado.

Ella asintió despacio.

—Sí, eso lo describe a la perfección. Ante un espectáculo así no puedo por menos que lamentar no haber traído conmigo mis acuarelas, aunque esta es sin duda una escena cuya espectacularidad y vibrantes colores son más adecuados para el óleo.

—¿Pinta usted?

Una mancha rosada le tiñó las mejillas, como si acabaran de recibir la pincelada de un pintor invisible.

—Me temo que no lo hago bien, aunque disfruto enormemente del pasatiempo. Nunca he intentado pintar al óleo, pero he traído a Cornwall mis acuarelas.

—En ese caso, debe intentar plasmar esta escena antes de su regreso a Londres.

La mirada de Victoria se desplazó hacia la extensión de arena dorada que tenían debajo.

—¿Cómo se accede a la playa?

—Hay un sendero a un poco más de un kilómetro de aquí. Sígame.

Victoria a punto estuvo de decir algo y apartó luego a regañadientes la mirada de la vista panorámica para centrar su atención en el sendero que se abría ante ella. Sus ojos quedaron sin embargo prendidos en la ancha espalda del doctor Oliver. La camisa de algodón blanco se tensaba sobre la extensión de piel dorada y lustrosos músculos que tan vívidamente recordaba haber visto el día anterior desde la ventanilla del carruaje. Los rayos de sol atravesaban por entre las hojas y las ramas de los árboles, brillando entre los oscuros mechones de sus cabellos. Manejaba su montura con mano experta, y un escalofrío de alarma la recorrió por entero ante el espectáculo de esas poderosas piernas a horcajadas sobre la silla. Su forma de moverse… desde la fluida facilidad con la que montaba hasta sus andares suaves y casi rapaces… la obligaron a tragar saliva a fin de aliviar la repentina sequedad que le atenazaba la garganta. Cielos, el viejo doctor Peabody, que había sido el médico de la familia durante años, no tenía ese aspecto ni se movía así. No, se movía por la casa con la gracia de un elefante.

Sin embargo, no había nada de desagradable en el doctor

Oliver. Con gran esfuerzo, lady Victoria apartó de él la mirada, concentrándose en la belleza del entorno, el sonido de las gaviotas y de la espuma, la enérgica frescura del aire preñado de olor a mar, los atisbos del azul salpicado de blanco entre los árboles. Aun así, mirara donde mirada, era plenamente consciente de la presencia de Nathan a lomos de su caballo delante de ella, y se preguntó en qué estaría pensando él.

Siguieron avanzando durante un cuarto de hora antes de que Nathan se detuviera y desmontara cerca de un pequeño estanque.

—El sendero que lleva a la playa está ahí delante. Podemos dejar aquí a los caballos para que beban y descansen mientras nosotros exploramos.

Medianoche se dirigió de inmediato a beber al estanque mientras el doctor Oliver se acercaba a Victoria. Cuando llegó junto a Miel, levantó los brazos sin decir una palabra para ayudarla a desmontar.

El corazón de Victoria ejecutó en su pecho la más ridícula de las volteretas ante la que no pudo reprimir un reproche interno. Varios habían sido los caballeros que la habían ayudado a desmontar en el pasado sin provocar en ella reacción semejante. No obstante, el hecho de pensar en las enormes manos de doctor Oliver agarrándola por la cintura, un hombre cuyas manos la habían acariciado en una ocasión de un modo que había dejado patente que no era del todo un caballero, la turbó de tal manera que no pudo por menos que reconocer que la...

Excitaba.

A pesar de que su lado más sensato la advertía de que no debía permitir bajo ningún concepto que Nathan se acercara a menos de un metro de ella, nada pudo hacer contra el poder abrumador de su emergente yo más osado, que tanto deseaba su roce.

Miró a Nathan desde las alturas y leyó fácilmente la diversión y el desafío impreso en los ojos del médico.

—No muerdo, lady Victoria. Al menos, no muy a menudo.

—Todo un alivio, sin duda —respondió ella despreocupadamente—. Sin embargo, ¿está usted seguro de que yo tampoco muerdo, doctor Oliver?

Los ojos de Nathan parecieron oscurecerse y su mirada descendió suavemente hasta la boca de la joven.

—Según creo recordar. Aun así, es un riesgo que estoy dispuesto a correr.

El significado de sus palabras no dejaba lugar a falsas interpretaciones y Victoria apenas puedo resistirse al impulso de abanicarse con su mano enguantada. Sin duda él recordaba el beso que habían compartido, probablemente con más detalle de lo que ella había sospechado. Bien, si esa información era cierta, excelente. Eso no haría sino ayudar a su causa, algo que había perdido de vista durante unos instantes.

Victoria tendió las manos hacia abajo hasta apoyarlas en los hombros del médico. Él la tomó de la cintura y la bajó al suelo, aunque no con la rapidez y la eficacia que ya habían demostrado antes otros caballeros. No. Victoria se vio descendiendo al suelo entre sus manos con una deliberada falta de prisa que arrastró su talle a lo largo del musculoso pecho del doctor. La picardía y algo más, algo que le aceleró el corazón, destelló en los ojos de Nathan. Cuando sus pies por fin tocaron el suelo, Victoria sintió el rostro encendido y la respiración entrecortada.

En vez de soltarla, las manos del médico se tensaron alrededor de la cintura de Victoria, cuyos dedos respondieron flexionándose sobre sus anchos hombros. La joven inspiró bruscamente y su cabeza se colmó con la fragancia de él: ropa limpia, piel cálida por el sol, todo ello mezclado con un ligero olor a sándalo. Apenas unos centímetros separaban sus cuerpos. La última vez que Victoria había estado tan cerca de él, la habitación se hallaba sumida en la penumbra. Sin embargo, esa mañana los envolvía un entramado de lazos de sol. Victoria alzó la mirada y admiró las motas de oscuro dorado que salpicaban los ojos de Nathan, unos ojos que, incluso desde tan cerca, seguían resultando enloquecedoramente inexcrutables. Reparó entonces en la fina maraña de arrugas que se extendían desde el extremo de sus ojos, como si Nathan fuera un hombre habituado a la risa. La textura dorada de la piel, suavemente afeitada, se tensaba sobre los pómulos y sobre el firme mentón. Y además estaba la boca...

Sus labios, como todo lo demás en él, la habían fascinado desde el momento en que los había visto. Supuestamente no había hombres bendecidos con bocas tan hermosas como aquella. Los labios de Nathan parecían a la vez firmes y suaves, tan capaces a la vez de proferir bruscas órdenes como de ceder dulcemente. Quizá la respuesta estuviera en la línea precisa y perfecta del labio superior, que contrastaba de forma inesperada con la sensual carnosidad del inferior. Era sin duda una boca que exigía atención, y Victoria sabía que no podía ser la única mujer que sintiera semejante fascinación por ella. Como bien recordaba, Nathan sabía utilizar esa boca.

Y de pronto descubrió que deseaba que él la besara de nuevo. Deseaba saber si la magia que había experimentado tres años antes había sido real o solo un producto de su hiperactiva y juvenil imaginación. Había llegado a Cornwall armada con la intención de compartir con él otro beso, pero en ningún momento se le había pasado por la cabeza la posibilidad de llegar realmente a desear besarle por otra razón que no fuera la venganza. Un ceño se dibujó entre sus cejas. Diantre, desear a Nathan, en cualquiera de sus variantes, no formaba en absoluto parte de su plan. Era él quien debía desearla.

Desvió bruscamente su atención hacia arriba y las miradas de ambos se encontraron. Victoria gimió para sus adentros. Obviamente, él la había sorprendido mirándole. Por si eso fuera poco, peor aún fue la ausencia del menor atisbo de deseo en los ojos del doctor. No, Nathan se limitaba a mirarla con una expresión de absoluto desinterés. Definitivamente, las cosas no apuntaban bien para su plan de venganza.

A juzgar por lo poco... dispuesto a ser seducido que vio a Nathan, Victoria comprendió que no era el momento óptimo para intentar actuar. Bien, no importaba. Tendría muchas oportunidades durante su visita, aunque no podía negar que le irritaba ver que él había logrado turbarla de ese modo mientras que su proximidad obviamente no había conseguido afectar ni un ápice al doctor. Retiró las manos de los hombros de Nathan y retrocedió varios pasos, más molesta aún al notar que las rodillas casi no la sujetaban. Las manos de él se retiraron de su cintura y, a pesar de que había dejado de tocarla, Victoria habría jurado que seguía sintiendo las huellas de sus manos en el talle.

Varios segundos de silencio se alargaron entre ambos y Nathan se aclaró la garganta antes de hablar.

—¿Seguimos hasta la playa?

—Por favor.

Victoria echó a andar junto a él, y tuvo que admitir a regañadientes que Nathan era la personificación misma de la cortesía, pues le ofreció la mano allí donde el sendero se empinaba un poco, apartó las ramas del camino para que ella pudiera pasar sin sufrir daño alguno y hasta la tomó del brazo al verla tropezar en una ocasión. Huelga decir que estaba en la obligación de agarrarla, dado que era el único culpable de su tropiezo. Si Victoria hubiera estado concentrada en el sendero en vez de haberlo estado en cómo su hombro rozaba el brazo del médico, nunca habría perdido pie.

Sin embargo, cualquier expresión de fastidio resultó del todo imposible en cuanto se acercaron a la playa. Una franja de arena dorada se extendió ante sus ojos, y al instante la embargó el deseo de extender los brazos y echar a correr sobre sus intactos granos. La brisa marina le zarandeó el sombrero y Victoria se llevó una mano a la cabeza.

—Una causa perdida, sin duda —dijo el doctor Oliver, señalando el sombrero con el mentón—. Estamos a punto de abandonar la protección de los árboles y el viento puede soplar con fuerza.

Victoria siguió con la mano firmemente pegada a la cabeza al tiempo que se adentraban en la arena. Al ver que el viento parecía haber remitido, bajó la mano. Casi de inmediato, una ráfaga impregnada en sal le arrebató el sombrero de la cabeza.

—¡Oh!

El doctor Oliver le dedicó una breve sonrisa y dijo con voz clara:

—Ya se lo había dicho. —Luego echó a correr hacia el agua en busca del sombrero huido. Ver a Nathan cruzando la arena a la carrera la colmó con el abrumador deseo de imitarle. Se agarró las faldas y tiró de ellas hasta sujetarlas por encima de los tobillos, y echó a correr tras él.

Los botines de piel que se había puesto para montar se hundieron en la blanda arena, frenando su progreso, pero el viento le azotó el cabello y el vestido, el sol brillaba en las aguas celestes y el olor a salado frescor le llenó los pulmones, insuflándole una vertiginosa sensación de libertad en nada comparable a ninguna sensación conocida. Una carcajada encantada escapó de sus labios, luego otra, y corrió más deprisa, levantando arcos de granos de arena dorada a su paso.

Siguió corriendo hacia el agua mientras veía cómo el doctor Oliver se agachaba en dos ocasiones a coger su sombrero, aunque ambas tentativas fueron en vano, hasta que por fin logró hacerse con el esquivo objeto por uno de sus largos lazos de satén de color verde oscuro. Nathan la vio correr hacia él cuando estaba sacudiendo la arena del sombrero. Se paró a mirarla mientras ella seguía acercándose. Victoria se detuvo a escasos metros de él, riendo sofocada por la carrera.

—Así que ha recuperado mi sombrero —dijo, hablando en entrecortados jadeos al tiempo que la respiración le inflamaba el pecho—. Gracias.

Nathan le hizo entrega del sombrero.

—De nada. Aunque yo se lo habría dado. No había necesidad de que se agotara de ese modo.

—No estoy agotada. ¡Estoy llena de energía! —Victoria abrió del todo los brazos y giró sobre sí misma un par de veces—. Nunca había estado en un sitio tan vigorizante como esta playa. Diríase que la energía vibra en el aire. Sin embargo, de algún modo me siento... serena. —Hizo un gesto despreciativo con la mano y se echó a reír—. Me temo no poder explicar exactamente cómo me siento.

Él la envolvió en la intensidad de su mirada.

—No es necesario que lo haga, pues entiendo a la perfección lo que dice. Es un lugar que inspira excitación y que infunde paz en el alma.

—¡Sí! Eso es exactamente.

Una lenta sonrisa que curvó los labios de Nathan aceleró el corazón de Victoria de un modo totalmente distinto a como lo había hecho su improvisada carrera. Se sintió hechizada por la mirada del médico, cautivada por el modo en que la brisa le alborotaba el cabello y por cómo la luz del sol le bañaba en un halo de calidez dorada. Logró obligarse a bajar la mirada y la paralizó reparar en cómo la brisa pegaba la camisa de algodón a su pecho y a su torso, ofreciendo un burlón atisbo de su silueta masculina que resultaba a la vez absolutamente exagerado y casi insuficiente.

Decidida a no volver a verse sorprendida mirando, Victoria volvió la cabeza y sus ojos tropezaron con una concha en la arena. Rápidamente se quitó los guantes y se agachó.

—Mi primer tesoro —dijo al levantarse, sosteniendo en las manos la delicada y nacarada concha blanca.

—Preciosa —murmuró Nathan.

Ella le miró y pudo ver que él no miraba la concha sino a ella con esa misma expresión inescrutable. ¿Qué podría borrar esa expresión de sus ojos y colmarlos de algo fácilmente descifrable como... el deseo?

Aunque no estaba segura de tener la respuesta a esa pregunta, se dio cuenta de pronto de que ardía en deseos por encontrarla.

8

La mujer moderna actual debe dominar el arte del beso, sobre todo el beso de saludo y el de despedida. El de saludo porque marca el tono de su encuentro con un caballero, esencial cuando se trata de seducirlo y fascinarlo. Y el beso de despedida porque ella desea dejarle con algo en lo que pensar... es decir, en ella.

Guía femenina para la consecución
de la felicidad personal y la satisfacción íntima
CHARLES BRIGHTMORE

Tras atar los lazos del sombrero y formar con él un improvisado cesto, Victoria depositó en él su concha y se lo colgó del hombro como si de un bolso se tratara. Acto seguido, vio otra concha a unos metros de ella. Se abalanzó sobre el tesoro, exclamando al tener en sus manos el inusual hallazgo.

—Nunca había visto conchas semejantes —dijo, cogiendo varias más.

—Y todavía no hemos llegado al mejor lugar que ofrece la playa —apuntó el doctor Oliver.

Victoria se protegió los ojos del sol con una mano de dedos cubiertos de arena y, todavía agachada, miró a Nathan.

—¿No irá a decirme que hay un lugar mejor que este?

Nathan rió.

—Del mismo modo que, como dueño que soy de dos patos, puedo dar fe de que graznan. A menudo, a primera hora de la mañana, cuando menos apetece oírlos. —Le tendió la mano—. Vamos. Le enseñaré el lugar mágico y podrá ir llenando su sombrero durante el camino.

Victoria depositó su mano en la de él y le permitió ayudarla a ponerse en pie. Las palmas de ambos solo se tocaron durante varios segundos antes de que él la soltara, pero el impacto del contacto reverberó por todo su cuerpo. La mano de Nathan era grande, fuerte y cálida. Victoria había podido detectar en ella la rasposa dureza de los callos de la palma, una intrigante textura que hasta entonces jamás había sentido, pues ninguno de los caballeros de su círculo habría construido jamás un corral para animales ni tampoco habría montado sin guantes.

A pesar de que avanzaban despacio, pues Victoria se agachaba cada pocos segundos a coger otra concha, aunque ella no hubiera estado añadiendo piezas a su colección, tampoco habría podido apresurarse más. El fragor de las olas al romper contra la arena y contra los acantilados ofrecía un hipnótico marco al dramático escenario que les rodeaba. Tras recrearse en el sonido durante varios minutos, Victoria dijo por fin:

—¿Puedo hacerle una pregunta?

—Sí, aunque, a juzgar por su tono, he de suponer que se trata de un asunto que quizá suscite una discusión... Una lástima, pues hasta el momento todo estaba saliendo estupendamente.

—No, no se trata de una discusión. Sin embargo, se trata de una cuestión... personal.

—Ah. Bien, pregunte y yo haré lo posible por satisfacer su curiosidad.

—Antes ha dicho que cuando su misión fracasó, tuvo un enfrentamiento con su padre y con su hermano y que lo mejor para los implicados fue que se marchara.

Nathan miró al frente y un músculo se le contrajo en la mandíbula.

—Sí. —Se volvió a mirarla y sus ojos se clavaron en los de ella—. Supongo que lo que quiere saber es qué fue lo que provocó nuestra separación.

—No le negaré que siento cierta curiosidad, aunque lo que en realidad me preguntaba era si su regreso significa que las diferencias entre ustedes han quedado resueltas. —Al ver que él se limitaba a mirarla, Victoria cayó en su odiosa costumbre de balbucear cuando se sentía desconcertada—. Solo me lo preguntaba porque sé muy bien lo doloroso que puede resultar la ruptura de los lazos familiares. Mi madre rompió los vínculos con su hermana y yo fui testigo de primera mano de lo dañina que la situación fue para ambas antes de que mamá muriera. Simplemente esperaba que su situación hubiera quedado resuelta.

Pronunció las palabras apresuradamente y tuvo que apretar físicamente los labios para poner fin al torrente que amenazaba con desbordarla.

Un ceño tiró de las cejas de Nathan hacia abajo, que de nuevo se volvió y miró al frente.

—La herida sigue abierta, aunque todos maniobramos cuidadosamente a su alrededor, como si se tratara de un montón de algo que hubiéramos limpiado de los establos y no deseáramos pisar. No sé con certeza si llegará a sanar algún día. Cuesta reparar la confianza, una vez rota. Y las palabras, una vez dichas, no pueden ya ignorarse.

—Cierto, pero hay un gran poder en el perdón, tanto para quien lo otorga como para quien lo recibe.

—En ese caso, espero que algún día mi hermano y mi padre lleguen a perdonarme.

«Perdonarle por qué», quiso preguntar Victoria. Aun así, logró contenerse y abrigó la esperanza de que él le ofreciera la información voluntariamente. Pasó casi un minuto de silencio entre los dos antes de que Nathan volviera a hablar.

—El fracaso de esa misión sigue pesando sobre mis hombros. Colin y Gordon recibieron sendos disparos y a punto estuvieron de morir. Las joyas desaparecieron. Creyeron que había sido yo quien había traicionado la misión a fin de quedarme con las joyas.

—¿Quién lo creyó?

—Todos los que importaban. —Las palabras de Nathan sonaron amargas—. Aunque no llegó a probarse nada contra mí, los rumores fueron muy dañinos.

—¿Lo hizo usted?

Nathan se volvió a mirarla y Victoria se vio de pronto paralizada por el intenso escrutinio del doctor.

—¿Cree que lo hice?

—Apenas le conozco lo suficiente para saber si es cierto.

—Y yo apenas la conozco lo suficiente para reconocer haber cometido un crimen.

Victoria asintió despacio, consciente de no haberle oído proclamar su inocencia.

—Así que la nota de mi padre contiene información sobre esas joyas, información que o bien podría reunirle con su botín obtenido de un modo supuestamente poco lícito... cuyo valor intuyo cuantioso...

—Un auténtico tesoro —concedió Nathan.

—...o proporcionarle un modo de limpiar su nombre de toda sospecha... una posibilidad igualmente valiosa.

Nathan arqueó una ceja.

—O mejor aún: quizá sea un modo de llevar a cabo ambas tareas.

—Dado que mi padre le ha enviado esa información, me parece evidente que le considera inocente.

—¿Ah, sí? Una deducción harto ingenua, lady Victoria. Es igualmente posible que tenga otros motivos.

—¿Como por ejemplo?

—Como que haya planeado tenderme una trampa. O quizá quiera recuperar las joyas para su propio beneficio económico o político.

Nathan leyó claramente la indignación que arreboló las mejillas de Victoria, pues antes de que ella hablara, añadió:

—No se trata de ninguna acusación, ni siquiera una sugerencia. Me limito simplemente a subrayar que las cosas no siempre son lo que parecen y que a menudo hay más de una explicación o motivo para cualquier circunstancia.

—Eso apesta a excusas, cosa que me hace pensar en algún método más que conveniente para justificar cualquier indiscreción pasada.

En vez de mostrarse ofendido, un brillo malvado asomó a los ojos de Nathan.

—Sin duda algo de lo que todos somos culpables en algún momento u otro de nuestra vida. Hasta usted, lady Victoria.

—No he hecho nada por lo que tenga que expresar mis excusas.

—¿Nunca? ¿Una mujer hermosa como usted? Oh, vamos. Seguro que en alguna velada algún impertinente rufián quedó fascinado por sus encantos y la convenció para que le concediera un beso. —Se golpeó el mentón con el dedo—. Hum. ¿Quizá sus pretendientes, lord Bransby o Dravenripple?

—Branripple y Dravensby —le corrigió Victoria con una voz fría que nada tenía en común con la oleada de vergüenza que sintió trepar por su cuello—. Y eso no es asunto suyo.

—Y seguro que después —prosiguió Nathan, haciendo caso omiso del tono glacial de la joven— justificó su comportamiento recurriendo a cualquier excusa en vez de aceptar el verdadero motivo de su forma de actuar.

—¿Y cuál podría ser ese motivo?

—Que encontró tan atractivo al caballero en cuestión como él a usted. Que sentía tanta curiosidad por conocer el sabor y el contacto de su beso como él por conocer el suyo.

Victoria a menudo maldecía su incapacidad para pensar en una respuesta adecuada hasta horas o días después del hecho que la merecía, aunque nunca tanto como en ese momento. El desconsuelo le ardió en las mejillas, pues era plenamente consciente de que él se refería al apasionado beso que habían compartido. Y el hecho de que él hubiera adivinado con semejante certeza que ella no había dudado a la hora de excusar su escandaloso comportamiento no hizo sino confundirla aún más. Nathan se detuvo a coger de la arena una pequeña concha perfectamente formada que sostuvo en alto para proceder a su examen.

—¿Quiere que la añadamos a su colección?

Aprovechando la oportunidad para cambiar de tema, Victoria tendió su sombrero.

—Es preciosa —dijo—. Gracias.

—Algo por lo que recordarme —dijo él, depositando el tesoro en el sombrero.

Lo último que Victoria deseaba era ser poseedora de algo que le recordara al doctor Oliver cuando su único propósito al ir a Cornwall era borrarle de su memoria. Aunque por supuesto no tenía la menor intención de hacerle partícipe de sus intenciones. En vez de eso, miró el inmenso acantilado de roca que se elevaba ante ellos.

—Ya casi hemos llegado al final de la playa —observó—. ¿Estamos cerca de ese lugar mágico que ha mencionado?

—Sí. De hecho, está situado directamente sobre nosotros.

—¿El acantilado?

En vez de responder, Nathan sonrió y le tendió la mano.

—Vamos. Deje que le muestre la magia.

Incapaz de resistirse a la intrigante invitación, Victoria colocó su mano en la de él. Los dedos largos y fuertes del médico se cerraron sobre los suyos, ocasionándole un cálido hormigueo brazo arriba. Cuando, un instante después, se acercaron al prominente acantilado rocoso, todo pareció indicar que Nathan pretendía adentrarse directamente en la tosca superficie de la roca. Para asombro de Victoria, la llevó al interior de una estrecha grieta inteligentemente disimulada en la piedra, tan estrecha que tuvieron que avanzar de costado para poder recorrerla.

—Con cuidado —dijo él, moviéndose despacio—. En algunos lugares las rocas pueden estar afiladas.

Victoria siguió su ejemplo, deteniéndose cuidadosamente sobre la arena apelmazada, evitando rozar contra la roca negra y escarpada. El aire en el estrecho pasadizo era frío y quieto y, cuanto más se adentraban en la grieta, menor era la intensidad de la luz. El sonido de las olas remitió hasta quedar reducido a un eco lejano. El pasadizo se ensanchó lo suficiente para permitirles caminar en fila de a uno, pero entonces fueron engullidos por una total oscuridad. Aunque Nathan iba a no más de medio metro por delante de ella, Victoria no podía verle.

El médico debió de sentir su aprensión porque susurró:

—No se alarme. Ya casi hemos llegado.

Victoria notó que doblaban una esquina y, aliviada, vislumbró ante ellos lo que parecía un pálido retazo de luz. Doblaron una segunda esquina y de pronto se encontró en una caverna circular de aproximadamente unos cuatro metros de diámetro. Un pálido halo de luz iluminaba débilmente la zona, y Victoria levantó los ojos. Un pequeño fragmento de cielo azul quedaba visible a través de una abertura rectangular en la piedra a muchos, muchos metros por encima de su cabeza.

—¿Qué lugar es este? —preguntó, dejando el sombrero en el suelo y girando despacio sobre sí misma.

—Uno de mis lugares predilectos. Lo descubrí por casualidad cuando era niño durante una de mis eternas exploraciones. La bauticé la Cueva de Cristal.

—¿Por qué la Cueva de Cristal? No veo ningún cristal.

—Eso es solo porque obviamente una nube tapa el sol. Pase el dedo por la pared.

Extraña petición, aunque Victoria pasó ligeramente la yema de un dedo por la tosca superficie de la roca. Él le tomó la mano y se la acercó a los labios.

—Saboréelo —dijo con voz queda.

Una petición aún más peculiar. Sin embargo, sin apartar los ojos de los de él, Victoria se llevó a la lengua la yema del dedo.

—Salado —dijo.

Nathan asintió.

—Esta caverna se llena de agua con la marea alta… algo que descubrí por las malas y que casi no viví para contar. Pero es así durante la marea baja. Cuando el sol incide en los cristales de sal seca acumulados…

Su voz enmudeció en el momento en que un resplandeciente rayo de sol iluminó la cueva. Victoria contuvo una exclamación cuando de pronto las oscuras paredes destellaron en un mar de chispas de luz.

—Es como estar rodeada de resplandecientes diamantes —dijo, encantada y maravillada ante el espectáculo. De nuevo giró despacio sobre sí misma—. Jamás había visto algo semejante. Es… deslumbrante.

—Sí. Casi había olvidado hasta qué punto.

Victoria dejó de girar y le miró. Entonces se quedó inmóvil cuando descubrió que Nathan también la miraba. El corazón le dio uno de esos ridículos vuelcos que parecía ejecutar cada vez que se encontraba junto a él.

—Supongo que su hermano, lord Alwyck, y usted vivieron aquí muchas aventuras.

Nathan negó con la cabeza.

—Nunca les hablé de este lugar. —Apoyó los hombros contra la pared y la miró con una enigmática expresión—. Jamás había traído aquí a nadie. Hasta ahora.

Sus suaves palabras parecieron resonar en las deslumbrantes paredes. Apoyado contra la roca, en sombrío contraste contra los deslumbrantes cristales, parecía oscuro, ligeramente peligroso… muy semejante al disoluto pirata en el que ella le había imaginado convertido en una ocasión… y sumamente delicioso. El corazón le latía con tanta fuerza contra el pecho que se maravilló de que el sonido no reverberara contra las deslumbrantes paredes.

—Supongo entonces que debería halagarme el hecho de que me haya traído con usted —dijo Victoria, orgullosa del tono despreocupado que había logrado emplear. Aun así, la curiosidad la llevó a preguntar—: ¿Por qué lo ha hecho?

Nathan observó brillar el mar de destellos de luz alrededor de Victoria, envolviéndola en lazos de chispas, y cualquier buena intención que pudiera haber albergado le abandonó en ese mismo instante. Parecía una princesa bañada en diamantes, con sus sedosos rizos en glorioso desorden por obra del viento y esos labios carnosos brillando a la luz, tentándole como el canto de una sirena. Se apartó de la pared con un ligero empujón y se acercó a ella despacio.

—Podría darle un buen número de motivos plausibles,

como que deseaba desempeñar el papel de cortés anfitrión y que creí que le gustaría. O que de repente me embargó un irresistible deseo de visitar la cueva y, como no podía dejarla sola en la playa, la traje conmigo. Y, a pesar de que ambos motivos son ciertos, si los empleara como respuesta, estaría exculpando mi comportamiento en lugar de admitir el verdadero motivo.

Cuando apenas les separaba medio metro, Nathan extendió el brazo y tomó la mano de Victoria, cuyos ojos se dilataron ligeramente, aunque no hizo ademán de detenerle. Por el contrario, se humedeció los labios con la punta de la lengua, sin duda en un gesto inconsciente, aunque bastó para lanzar un torrente de calor líquido a la entrepierna del médico. Demonios, pocas posibilidades tenía Nathan de ser inmune al beso de Victoria si ella conseguía provocar en él tan dolorosa excitación antes incluso de que los labios de ambos se hubieran unido.

—¿Cuál es el verdadero motivo? —susurró Victoria.

—¿Está segura de que desea saberlo? —Y, al verla asentir, dijo—: Siento curiosidad por saber si el beso que compartimos en su momento resultaría tan delicioso en una segunda ocasión. —Colocó entonces la mano de ella sobre su pecho, justo sobre el punto donde su corazón palpitaba como si acabara de correr en una carrera, la tomó suavemente de la cintura y la atrajo lentamente hacia él. Cuando entre ambos hubo apenas unos centímetros, preguntó—: ¿Está dispuesta a admitir que desea lo mismo?

Nathan se quedó totalmente inmóvil, esperando una respuesta, preguntándose si Victoria haría alarde del mismo valor que ya había mostrado la noche anterior o si, por el contrario, se ocultaría tras una falsa cortina de reserva remilgada y doncellesca. Victoria se apoyó contra él, levantó la cabeza y susurró:

—Deseo lo mismo.

«Gracias a Dios.» Nathan logró a duras penas reprimir el deseo primitivo y casi abrumador de atraerla bruscamente hacia él y devorarla, y se limitó a inclinar lentamente la cabeza hacia esos labios tentadores que tanto le habían atormentado durante incontables horas. Por fin descubriría si simplemente había imaginado lo maravilloso que había sido el beso compartido en un pasado ya remoto.

Rozó con suavidad los labios de Victoria con los suyos en una tentadora y susurrante caricia. Ella dejó escapar un jadeo ahogado y Nathan volvió a acariciarle los labios con los suyos, tentador, buscando, saboreando. Recorrió el carnoso labio inferior con la punta de la lengua, una invitación que ella aceptó abriendo ligeramente la boca. Con un gemido que no logró contener, la estrechó con fuerza contra él y pegó su boca a la de Victoria. Supo sin dilación lo que había pasado por la cabeza del príncipe del cuento de la Cenicienta cuando por fin dio con el pie que encajaba en la zapatilla de cristal: «Ya era hora, demonios».

El deseo le abrasó con la intensidad de una llamarada y, como la última vez que había estrechado a esa mujer en sus brazos y la había besado, perdió toda noción del tiempo y del espacio. No había nada más que ella, el apetitoso sabor de esa boca sedosa, el erótico roce de sus labios, el satén de sus cabellos deslizándose entre sus dedos, el delicado aroma a rosas que desprendía su piel, el lujurioso contacto de sus femeninas curvas pegándose a él, la excitante sensación de sus manos deslizándose arriba y abajo por su espalda.

Maldición, Nathan se sentía liberado. Desesperado. En cierto modo, eso le habría horrorizado si hubiera tenido algún control sobre su reacción ante ella. La última vez que la había tenido entre sus brazos, había sido perfectamente consciente de que su hermano y la tía de Victoria estaban en la habitación contigua. Pero en aquel momento allí no había nadie más...

Tirando de ella hacia él, retrocedió unos pasos hasta que sus hombros golpearon contra la pared. Con un profundo gemido, separó las piernas, plantó firmemente las botas en la arena y la encajó contra el ángulo de sus muslos.

Perdido... Nathan estaba total, absolutamente perdido. No había conocido a ninguna mujer que le hiciera sentirse de ese modo, en la que encontrar un sabor semejante. Aun así, no se trataba únicamente de cómo Victoria encajaba perfectamente en sus brazos ni de su delicioso sabor lo que le afectaba de forma tan intensa. Era también la ardiente respuesta de ella a su beso, a su contacto. No pudo sino poner en duda sus posibilidades de resistirse a los encantos de Victoria bajo ningún concepto, pero ante el hecho de que ella le besara y le tocara con un fervor comparable al suyo no pudo por menos que caer de rodillas a sus pies.

Victoria dejó escapar un gemido y se movió inquieta contra él, y las manos de Nathan deambularon por su espalda hasta cubrir la tentadora curva de sus nalgas. La colocó entonces con mayor firmeza contra él y despacio se frotó contra ella. La erección que sintió le hizo saber entonces que corría un peligro real de perder el control. Desesperado por calmar el ritmo de las cosas antes de desprestigiarse como no lo había hecho desde que era un chiquillo, aunque a la vez incapaz de poner freno a esa locura, logró encontrar la fortaleza para abandonar las delicias sedosas de la boca de Victoria y deslizar los labios por su suave mejilla primero, y por la línea del mentón después.

Sin embargo, no encontró en ello ningún alivio, pues la piel de lady Victoria embotó sus sentidos con la esquiva fragancia de las rosas. Pasó la punta de la lengua por la delicada concha de la oreja de la joven, absorbiendo su brusco jadeo, que no tardó en fundirse en un ronco gemido cuando los dientes del doctor le mordisquearon el lóbulo con suavidad. Le rozó la piel sensible oculta tras la oreja, y Victoria arqueó el cuello para permitirle mejor acceso al tiempo que sus manos se posaban sobre sus hombros y sobre su pecho. Nathan rozó con la lengua el palpitante hueco situado en la base del cuello, absorbiendo el frenético palpitar.

Basta... Tenía que detenerse... pero todo pensamiento desganadamente racional que hubiera podido albergar se desvaneció cuando ella cerró los puños alrededor de sus cabellos y tiró de su cabeza hacia arriba.

—Otra vez —susurró contra su boca. Más que una súplica fue una orden, pero una orden preñada de impaciencia. Si Nathan hubiera sido capaz de ello, se habría reído ante una orden tan autocrática como aquella, que era la misma que Victoria había empleado tres años antes. En aquel entonces, Nathan no se había negado a cumplirla, y estaba plenamente seguro de que tampoco podría negarse en ese momento.

Las bocas de ambos se fundieron en un beso profundo y exuberante, al tiempo que la lengua de él acariciaba en clara imitación del acto que su cuerpo anhelaba compartir con ella. Una avidez salvaje, comparable a nada de lo que había experimentado hasta entonces, le recorrió sus venas. Sus manos se deslizaron por la espalda de Victoria para cubrirle luego los pechos. El turgente pezón le rozó la mano a través de la tela del vestido de montar... una tela que sin duda tenía que desaparecer. Nathan le quitó el volado de encaje y deslizó entonces los dedos por los satinados promontorios de sus inflamados pechos. Maldición, qué suavidad. La cálida piel de Victoria tembló bajo sus manos, y sus dedos se introdujeron bajo el borde del cuerpo del vestido.

Victoria se retiró hacia atrás, interrumpiendo el beso.

—¿Qué... hace? —jadeó contra sus labios.

¿Preguntas? ¿Esperaba que fuera capaz de responder a sus preguntas? Los dedos de Nathan le acariciaron el pezón y dejó escapar un gemido.

—¿Qué hace?

Nathan tuvo que tragar saliva para encontrarse la voz.

—Me parece obvio.

Por toda respuesta, Victoria le propinó un empujón, se deshizo de su abrazo y retrocedió varios pasos. Jadeante, con el cabello revuelto y el corpiño torcido, arrebolada y con los labios húmedos e hinchados, parecía excitada como si acabara de separarse de los brazos de su amante. Hasta que miró a

Nathan a los ojos. Entonces fue la personificación de la centelleante Furia a punto de fulminarle allí mismo con el poder del rayo.

—Sí, es obvio —dijo con unos ojos que escupían rabia al tiempo que se sujetaba el corpiño—. Está buscando su carta.

9

La mujer moderna actual, en su búsqueda de la satisfacción íntima, sin duda encontrará a un caballero que sea capaz de excitarla y de debilitarle las rodillas con una simple mirada. Si bien es siempre maravilloso dar con un hombre así, ella deberá mantenerse en guardia en todo momento pues él, haciendo uso de la atracción que suscita en ella, ejercerá un gran poder.

Guía femenina para la consecución
de la felicidad personal y la satisfacción íntima
CHARLES BRIGHTMORE

Nathan la miró fijamente, perplejo, durante varios segundos al tiempo que una sucesión de jadeos entrecortados escapaba de sus labios. Luego meneó la cabeza y rió.

—Demonios. Eso es exactamente lo que debería haber estado haciendo. Por desgracia, no se me había ocurrido.

Victoria le lanzó una mirada fulminante.

—No esperará que crea algo así de un experto espía.

—Después de tres años sin utilizar mis habilidades como espía, me temo que las tengo un poco oxidadas. Y subestima usted el poder de sus encantos. En ningún momento he pensado en la carta —dijo, pero pensó que de todos modos no habría podido pensar en ella. Maldición, incluso si Victoria le hubiera pedido que le dijera su nombre, habría tenido serios problemas para recordarlo. Inspiró hondo y se mesó los cabellos con manos todavía no demasiado firmes—. Sin embargo, y ya que lo menciona, desearía que me devolviera mi nota. —Se dio un pequeño impulso para separarse de la pared y se acercó a ella.

Victoria abrió expresivamente los ojos, aunque al instante

siguiente irguió los hombros, alzó el mentón y se mantuvo firme. Cuando apenas les separaba medio metro, Nathan alargó el brazo y acarició con suavidad la mejilla encendida de la joven con el anverso de los dedos.

—Por favor, Victoria... —El nombre de ella se deslizó por su lengua, y Nathan supo entonces que después de lo que acababan de compartir, jamás desearía dirigirse a ella formalmente—. Dame la nota. Después de todo lo que te he contado hoy, sin duda te das cuenta de que para mí es importante.

Victoria parpadeó y entrecerró los ojos.

—Doctor Oliver...

—Nathan. Creo que deberíamos dejar a un lado tanta formalidad, ¿no te parece?

—Nathan... no sabría decir si estás siendo sincero o simplemente te burlas de mí. Bien es sabido que los espías sois muy habilidosos.

—No negaré que puedo ser muy hábil cuando la ocasión lo requiere. Pero en este caso soy sincero.

Victoria le observó durante varios segundos.

—Quiero darte la nota —dijo—, pero insisto en hacerlo según mis condiciones. Quiero ayudar en la búsqueda de las joyas. —Apartándose de él, se paseó hasta los estrechos confines de la cueva y se detuvo a mirarle. Sus rasgos siguieron revelándose resolutos, pero sus ojos... esos enormes ojos azules que a Nathan le recordaban al mar... le suplicaron—. Nathan, a pesar de haber sido mimada y consentida toda mi vida, últimamente se me trata como si no fuera más que un objeto decorativo. Soy a la vez admirada e ignorada. Los hombres me oyen cuando hablo, pero no me escuchan. ¿Tienes idea de lo frustrante que eso puede llegar a ser? Y aunque casi siempre me las he ingeniado para reprimir estos sentimientos, últimamente...

Dejó escapar un largo suspiro y su actitud bravucona pareció menguar visiblemente.

—Últimamente he experimentado una inquietante y desconocida sensación de descontento que me obliga a dejar de aceptar aquello que no es de mi agrado. Las cosas que no me parecen justas. Y estos sentimientos han llegado a un punto crítico con el descubrimiento de la ocupación secreta de mi padre. Durante años él ha llevado una vida de aventura mientras a mí se me mentía y se me relegaba a una existencia tan excitante como ver secarse una gota de pintura. —Bajó la barbilla y miró al suelo—. Hasta que me has traído a esta cueva, el momento más excitante de mi vida fue el día en que me besaste en la galería.

Esa admisión, apenas susurrada, se estampó contra Nathan con la fuerza de un puñetazo en el pecho. Tensó los dedos que seguían bajo el mentón de Victoria, apremiándola a levantarlo suavemente hasta que las miradas de ambos se encontraron. Para su alarma y desconsuelo, los ojos de ella brillaban, llorosos.

—No irás a llorar, ¿verdad?

—Por supuesto que no. No soy ninguna llorona.

—Bien. Porque no soy la clase de hombre que se deje persuadir por las lágrimas femeninas. —Su conciencia le sacudió en pleno trasero al ser testigo de semejante mentira. Maldición, si Victoria le hubiera reñido, exigiendo salirse con la suya, él podría haberse enfrentado a ella, pero esa muestra de vulnerabilidad lo dejó desarmado. Por supuesto, antes muerto que permitir que ella lo notara.

Una chispa de rabia destelló en los ojos de Victoria, que se apartó de él.

—Y yo no soy la clase de mujer que recurra a las falsas lágrimas y a engatusar con ellas a un hombre para que me dé lo que quiero.

—No. Ya veo que eres más de las que prefieren apalear a un hombre con tus exigencias.

—Simplemente estoy harta de que se me trate como a una bobalicona cabeza hueca por ser mujer.

—No me pareces una bobalicona cabeza hueca. Es más, estoy convencido de que eres incluso demasiado lista.

Victoria pareció recuperarse.

—Ejem... gracias. Demasiado lista para darte la nota sin que accedas a respetar mis condiciones.

—De acuerdo.

—No pienso transigir en esto.

—Muy bien.

—Y no pienses ni por un momento en que seré víctima de... —Le miró con los ojos entornados—. ¿Cómo dices?

—Que acepto tus condiciones.

—¿Que ayudaré en la búsqueda de las joyas?

—A cambio de mi carta. Sí. Sin embargo, también yo tengo mis condiciones.

—¿Que son...?

—Puesto que tengo experiencia en estos asuntos y tú no la tienes, espero que sigas mi consejo.

—Siempre que accedas a no desestimar mis ideas terminantemente, me parece aceptable. ¿Algo más?

—Sí. Existe la posibilidad de que haya algún peligro implícito en todo este asunto. Tu padre te ha enviado aquí por razones de seguridad y es mi deber ocuparme de que nada te ocurra. Insisto en que me des tu palabra de que no correrás ningún riesgo ni te aventurarás sola en ningún momento.

Victoria asintió.

—No tengo el menor deseo de correr ningún peligro. Tienes mi palabra. Entonces... ¿hemos llegado a un acuerdo?

—Sí. Bueno, salvo por el último detalle.

—¿A qué te refieres? —preguntó Victoria con un tono preñado de recelo.

—Debemos sellar nuestro acuerdo como lo hacen todos los espías.

—Ah, muy bien. —Le tendió la mano.

—Con un beso.

Ella retiró bruscamente la mano y entrecerró los ojos sin dejar de mirarle.

—¿Qué bobada es esta?

—Los espías sellan sus acuerdos con un beso. —Cuando Nathan dio un paso hacia ella y Victoria retrocedió apresuradamente, él chasqueó la lengua—. Henos aquí, apenas unos segundos después de nuestro acuerdo, y ya lo estás incumpliendo, Victoria. Hemos acordado que, como el experto en cuestiones relacionadas con el espionaje soy yo, seguirías mi consejo. —Dio otro paso hacia ella, al que Victoria respondió con otro paso atrás.

—Y yo estaré encantada de seguir tu consejo cuando dejes de soltarme semejantes bobadas. ¿Un beso para sellar un acuerdo, dices? Y ahora supongo que esperarás que crea que sellaste acuerdos con mi padre, tu hermano y con lord Alwyck con un beso.

Otro paso adelante por parte de Nathan, otro paso atrás por parte de ella.

—Por supuesto que no. Los hombres espías se estrechan la mano empleando un código secreto. Solo los acuerdos entre los y las espías se sellan con besos. Está todo escrito en el Manual Oficial del Espía.

—¿El Manual Oficial del Espía? —Victoria soltó un bufido de incredulidad—. Estás de broma.

—Hablo totalmente en serio. Como sabrás, el espionaje cuenta con reglas muy precisas, y tienen que estar escritas en alguna parte. De ahí la existencia del manual.

—¿Y tienes un ejemplar?

—Por supuesto.

—¿Me lo enseñarás?

Nathan sonrió y dio otro paso hacia ella.

—Mi querida Victoria, estaría encantado de enseñarte cualquier cosa que desees ver.

Victoria tragó saliva, retrocedió un paso más y su espalda fue a dar contra la refulgente pared. Alzó el mentón.

—Tengo la sensación de que eso de «sellar el acuerdo con un beso» no es más que una treta para volver a deslizar tu mano en el interior de mi corpiño.

—Aunque reconozco que la idea no deja de resultar tentadora, te demostraré mi sinceridad. —Nathan volvió a dar un paso adelante, deteniéndose cuando apenas les separaban unos centímetros. Alargó entonces los brazos, y, despacio, posó las manos en la pared de piedra a ambos lados de la cabeza de Victoria—. ¿Lo ves? Ni siquiera te tocaré. Mis manos seguirán exactamente donde están. Y ahora, ¿podemos sellar nuestro acuerdo?

Victoria siguió con la espalda pegada a la tosca pared de piedra, e intentó desesperadamente reunir la indignación que debería estar sintiendo contra él por haber vuelto a engañarla así una segunda vez. Sin embargo, en vez de indignación, un profundo anhelo y un estremecimiento puramente femeninos la sacudieron. ¿Había pasado menos de una hora desde que se había preguntado cómo serían los ojos de Nathan colmados de deseo? Bien, pues ya lo sabía. Brillaban con una combinación de avidez y de excitación ante la que sintió como si sus faldas hubieran prendido fuego. A pesar de que él no la tocaba, podía sentir el calor que manaba de todo su ser. Oler su cálida piel, la sutil fragancia del sándalo, del algodón almidonado, todo ello mezclado con la fresca y húmeda brisa marina. Todavía tenía que recuperarse del último beso devastador de Nathan. Lo cierto es que no estaba del todo segura de que las piernas la sostuvieran con un segundo beso. Pero sin duda la mujer moderna actual desearía descubrirlo...

La cabeza morena de Nathan descendió sobre la de ella. Los ojos de Victoria se cerraron y pegó sus puños cerrados contra la pared, preparándose para la frenética embestida.

Embestida que nunca llegó. En vez de eso, Nathan depositó unos besos ligeros y aéreos, tan suaves como alas de mariposa, en su frente. En la sien y en los labios. En los párpados cerrados, en la línea del mentón, en las comisuras de la boca. El cálido aliento de Nathan, perfumado con algo especiado que a Victoria le recordó a la canela, le acarició la piel con el mismo toque suave que sus labios. Cuando la boca de él rozó con suavidad la suya, el corazón de Victoria palpitaba ya con tanta fuerza que pudo incluso sentir el frenético latir por todo el cuerpo... En las sienes. En la base del cuello. Entre las piernas.

Ansiosa de pura impaciencia, Victoria se preparó para la exigente embestida del beso de Nathan, pero él volvió a sorprenderla apenas rozándole los labios. Fue un contacto lento y suave, seguido de un pausado roce de su lengua a lo largo de su labio inferior. Los labios de Victoria se abrieron y Nathan la besó lenta y suavemente, con una total falta de prisa que la derritió y la enloqueció a la vez. El cuerpo de ella anhelaba sentirse uno con el de Nathan. Sentir sus manos deslizándose sobre ella y pasar a su vez las suyas sobre él. El calor la inundó, concentrándose en el vientre. Juntó las temblorosas piernas en un esfuerzo por aliviar la hormigueante presión que se abría paso entre sus muslos, aunque la fricción no hizo sino frustrarla aún más. Deseaba, necesitaba más. Sin embargo, en cuanto deslizó la mano alrededor de la cintura de Nathan para atraerlo hacia ella, él dio un paso atrás. Un gemido de protesta surgió de labios de Victoria y sus manos cayeron inertes a sus costados. Agradeció la sólida pared que protegía su espalda y que le impidió deslizarse a la arena del suelo convertida en un ser jadeante y gelatinoso.

Victoria abrió con sumo esfuerzo los ojos y reparó, presa de un arrebato de despecho, que Nathan no estaba en absoluto alterado, cuando ella se sentía totalmente fuera de sí. Mientras seguía apoyada contra la pared, intentando recobrar el aliento y calmar su pulso enloquecido, Nathan recogió del suelo su fular. Sin pedirle permiso, le colocó el delicado pañuelo de encaje de blonda al cuello, fijándoselo con dedos ágiles a la parte superior del vestido. Después le ajustó el corpiño con un diestro tirón, dando muestra de una facilidad sin duda fruto de la práctica que indicaba que estaba muy familiarizado con los entresijos del vestuario de las damas. Una oleada de calor la recorrió por entero, y Victoria se preguntó si Nathan se mostraría tan experto a la hora de desnudar a una mujer.

Nathan posó de nuevo en ella una mirada inexcrutable.

—Nuestro acuerdo ha quedado sellado, Victoria. Mi nota, te lo ruego.

Victoria no tuvo más remedio que apretar con firmeza los labios ante la voz áspera y profunda que Nathan empleó para pronunciar su nombre a fin de contenerse y no pedirle que volviera a pronunciarlo.

—Te la daré en cuanto volvamos a la casa.

Una ceja oscura se arqueó bruscamente.

—Si es tu modestia la que intentas proteger, permite que te recuerde que estoy ya familiarizado con lo que oculta tu corpiño.

El fuego abrasó las mejillas de Victoria. Aun así, agradeció las palabras de Nathan, pues vio en ellas un recordatorio más que necesitado de que aquel hombre arrogante era un peligro para su paz interior.

—La nota no está escondida en mi corpiño. Te la daré cuando lleguemos a Creston Manor.

Nathan la observó con atención durante varios segundos, y Victoria respondió a su escrutadora mirada con una frialdad semejante. Por fin, él asintió.

—Muy bien. En ese caso, volvamos.

Nathan cogió el sombrero lleno de conchas de Victoria, se lo acomodó bajo el brazo y le tendió la mano. Sin pronunciar palabra, ella deslizó su mano en la de él y le permitió sacarla de la cueva. En cuando emergieron del estrecho pasadizo oculto entre las rocas, Nathan la soltó y Victoria se deshizo de la absurda sensación de decepción que la invadía. No había motivo para sentirse desilusionada. En realidad, debería estar pletórica. Hacía menos de veinticuatro horas que había llegado a Cornwall y ya había conseguido su objetivo: dar a Nathan un beso que él tardaría en olvidar. No obstante, tenía que hacer frente al hecho indiscutiblemente molesto de que también él le había dado un beso que ella tardaría en olvidar. Diantre, eso no había entrado en sus planes.

Fue entonces consciente de otra molesta consideración. ¿Realmente le había dado un beso que él tardaría en olvidar? A pesar de que no había la menor duda de que él se había mostrado físicamente excitado ante el encuentro, ¿cómo podía estar segura de que no olvidaría aquel beso pasados cinco minutos? Quizá ya lo habría olvidado.

Miró a Nathan con el rabillo del ojo mientras cruzaban la playa y apretó los labios con firmeza en una combinación de desconsuelo y de fastidio. Él caminaba tranquilamente a su lado como si no tuviera ninguna preocupación, con el rostro vuelto hacia el sol y el viento alborotándole los oscuros cabellos. Nathan se agachó y cogió de la arena una concha pequeña de perfecto nacar. Una sonrisa asomó a las comisuras de sus labios. Parecía a la vez imperturbado, despreocupado y sin duda en absoluto dedicado a darle vueltas al rato que habían pasado juntos en la cueva.

Incapaz de reprimir sus deseos por saber, Victoria dijo:

—¿Puedo preguntarte qué estás pensando?

Nathan se frotó la mano contra el estómago.

—Me preguntaba lo que la cocinera habrá preparado para el almuerzo. Espero que sea abundante. Estoy muerto de hambre.

Comida. El muy puñetero estaba pensando en comida. Apretando la mandíbula para prohibirse así hacerle cualquier otra pregunta cuya respuesta no estuviera dispuesta a oír, Victoria siguió en silencio durante el resto del camino de regreso a la casa. Cuando se acercaban a las cuadras, vio a lord Sutton y a lord Alwyck de pie en la amplia entrada. Ambos la miraban atentamente, y Victoria reparó en el desastre en que debían de haber quedado convertidos sus cabellos a causa de la enérgica brisa. «Y de los largos dedos de las manos de Nathan», añadió su ladina voz interior.

«Bah.» El viento le había deshecho el peinado mucho antes que Nathan la tocara. Lo cierto es que le estaba agradecida al viento racheado pues sin él no habría tenido ninguna otra explicación que justificara su aspecto despeinado.

Sentado a horcajadas sobre Medianoche, Nathan observaba en qué modo su hermano y Gordon miraban acercarse a Victoria y decidió que no le gustaba lo que veía. Gordon la miraba como si Victoria fuera un deleitable confite y él hubiera adquirido de pronto una gran afición a los dulces. La expresión de Colin era igualmente absorta. Por lo que vio, a Nathan no le cupo duda de que ninguno de los dos hombres manifestaría la menor objeción ante la posibilidad de asumir su obligación de proteger a Victoria. Una sensación decididamente desagradable, que, según se dijo, no era otra cosa que hambre, le atenazó las entrañas.

La mandíbula de Nathan se tensó al ver que Victoria apenas había tenido tiempo de refrenar a Miel cuando Gordon la saludaba ya con una amplia sonrisa.

—Qué atractiva está usted, lady Victoria.

Ella rió.

—Es usted galante en exceso o espantosamente miope, lord Alwyck, pues bien sé que debo de estar horrible. El viento que soplaba en la playa me arrebató el sombrero y me temo que también el peinado.

—Pues yo tengo una visión perfecta —dijo Colin, uniéndose a ellos y sonriendo a Victoria—, y estoy de acuerdo con lord Alwyck. Está usted muy atractiva. ¿Ha disfrutado de su visita a la playa?

—Mucho. El paisaje era impresionante y he llenado mi sombrero con las conchas más preciosas.

—Yo también he disfrutado del paseo —dijo Nathan secamente, acercando a Medianoche a la montura de Victoria.

—Pero ¿dónde está su acompañanta, lady Victoria? —preguntó Gordon, lanzando a Nathan una mirada desaprobatoria.

—¿Desde cuándo se requiere la presencia de una acompañanta para dar un paseo a caballo a plena luz del día? —interrumpió Nathan, mirando a Gordon con una expresión fría con la que le desafiaba a sugerir que lady Victoria o él podían haber actuado de un modo inadecuado—. El riguroso paseo a caballo y el no menos riguroso paseo por la playa habrían resultado sin duda agotadores para lady Delia.

Gordon y Colin volvieron a depositar toda su atención en Victoria. Gordon la ayudó a desmontar y Nathan reparó, tensándose, en que las manos de su amigo permanecían en la cintura de ella unas décimas de segundo más de lo estrictamente necesario. Y en que un favorecedor rubor teñía, como resultado, las mejillas de Victoria.

Nathan bajó del caballo de un salto. Colin, que sujetaba las riendas de Miel, se las entregó como si fuera un mozo de cuadras. Disgustado como no recordaba haberlo estado hasta entonces, Nathan condujo a los dos caballos a la cuadra, seguido al sombrío interior por el sonido de la risa de Victoria, que en ese momento disfrutaba de las atenciones de sus dos nuevos admiradores. Todo hacía pensar que tendría que arrebatársela a Colin y a Gordon para llevarla de regreso a la casa a buscar su nota. De pronto se le ocurrió que si Colin hubiera acompañado a Victoria a la cueva, con toda probabilidad los talentosos dedos de su hermano podrían a esas alturas haberla liberado de la nota, aunque, maldición, la idea de Colin poniendo las manos encima de Victoria no le sentó nada bien.

—¿Ha disfrutado del paseo, señor Nathan? —preguntó Hopkins, acercándose a saludarle desde el cuarto de los aperos.

—Ha sido... estimulante. E intrigante, pensó con estremecimiento. Y dolorosamente excitante, añadió para sí.

—Así que estimulante, ¿eh? —Hopkins asintió pensativo—. Un paseo en compañía de una mujer hermosa suele serlo. —Señaló con la cabeza hacia la entrada donde Colin, Gordon y Victoria estaban concentrados en una animada conversación—. Al parecer hay cierta competición por su atención.

Los hombros de Nathan se tensaron.

—Yo no participo en la competición por sus favores.

—Naturalmente que no. Ella solo tiene ojos para usted.

La cabeza de Nathan se volvió bruscamente para mirar a Hopkins.

—¿A qué se refiere?

Sin duda su voz había sonado más afilada de lo que pretendía, pues Hopkins le miraba entre dolido y sorprendido.

—Disculpe, señor Nathan. No era mi intención faltarle al respeto. Es solo que usted y yo solíamos hablarnos sin rodeos.

Nathan se pasó una mano por el cabello y en silencio maldijo su desconsideración. Hopkins llevaba con la familia desde antes de que él naciera, y él siempre había tenido a aquel hombre bondadoso que adoraba los caballos por un amigo.

—Aun podemos hablar sin rodeos —dijo Nathan, cerrando la mano sobre el hombro del anciano—. Perdóneme. Es solo que sus palabras me han sorprendido.

Hopkins aceptó las disculpas con un movimiento de cabeza y dijo:

—Soy yo el sorprendido. Normalmente es usted un gran observador. ¿No ha reparado en cómo le mira?

—De hecho, sí. Como si quisiera ensartarme en un espetón y asarme a fuego lento.

—Sí, esa era precisamente la mirada —dijo Hopkins con una risilla—. Está loca por usted, créame. —Miró a Nathan con ojos entrecerrados—. Me pregunto si ella se habrá dado cuenta de cómo la mira usted.

—¿Como si quisiera meterla en el primer carruaje que salga de Cornwall?

—No. Como si fuera un melocotón maduro que deseara arrancar del árbol. Y darse un banquete con él.

Maldición, ¿cuándo se había vuelto tan condenadamente transparente? Antes de que pudiera articular una negativa, Hopkins se rió entre dientes.

—Y tampoco me parece usted muy feliz al respecto. Y a mí no me lo niegue. Soy capaz de leerle las intenciones desde que era un chiquillo. —Entornó los ojos, volviendo la mirada hacia la salida, ahora vacía—. Una buena potranca esa lady Victoria. Enérgica... eso se ve. Y buena amazona. Aunque no deja de ser una jovencita malcriada de Londres... para nada el tipo de dama que a usted solía gustarle. Y algo me dice que usted tampoco es la clase de hombre en el que ella normalmente se fija.

—¿Ah, sí? ¿Y qué clase de hombre soy yo?

—Es más la clase de hombre que no es. No es uno de esos engreídos y elegantes londinenses que pasean su nariz fruncida de fiesta en fiesta. Usted es un hombre decente y trabajador. No pretendo ofender a la dama, pero dudo mucho que haya mirado dos veces a alguien de tan baja condición como pueda ser un médico. Comprensible. Aunque lo esté haciendo ahora. —Hopkins observó a Nathan—. Y usted le devuelve la mirada.

—Parece haber adivinado mucho en muy poco tiempo —dijo Nathan.

Hopkins se encogió de hombros.

—Está en mi naturaleza observar a la gente.

Antes de que Nathan pudiera articular otra respuesta se oyó una conmoción que provenía del exterior, seguida de un fuerte grito que sin duda alguna procedía de Victoria.

—¡Oh! ¿Qué haces? ¡Basta!

Nathan corrió hacia las puertas con Hopkins pegado a sus talones. Al salir, se detuvo de golpe y abarcó con la mirada el espectáculo que tenía ante sus ojos. Gordon y Colin, con aspecto apesadumbrado, estaban arrodillados junto a Victoria, que se había agachado y se agarraba el dobladillo del vestido. Su rostro estaba por completo desprovisto de color. Los tres miraban fijamente a Petunia, que estaba de pie junto a ellos y cuyo barbado mentón se movía de atrás adelante mientras masticaba.

Nathan se adelantó a grandes zancadas y se agachó junto a Victoria, alarmado ante su palidez. La tomó de los brazos.

—¿Estás bien? ¿Qué ha ocurrido?

—Esta cabra idiota tuya es lo que ha ocurrido —dijo Gordon, cuyo tono de voz rezumaba enojo—. No solo el animal le ha dado a lady Victoria un susto de muerte, sino que le ha hecho un agujero en su traje de montar. Este animal es una amenaza. Podría haberla mordido.

La mirada de Nathan se desvió hacia Petunia, que movió el rabo y a continuación se alejó tranquilamente hacia el corral. Nathan volvió entonces a concentrar su atención en Victoria y dijo:

—No te has hecho daño, ¿verdad?

Cuando ella respondió negando con la cabeza, él se puso en pie y la ayudó a levantarse.

—Te ruego que aceptes mis disculpas. Petunia es famosa por mordisquear lo que no debe. Me aseguraré de que te arreglen el traje de montar. Y, si no es posible, me encargaré de que te den uno nuevo.

—No es mi traje de montar lo que me preocupa —dijo ella con un hilo de voz. Alzó la mirada hacia él con ojos compungidos—. Es tu nota.

—¿Qué pasa con mi nota?

—Tu cabra acaba de comérsela.

10

La mujer moderna actual no debería bajo ningún concepto desaprovechar la oportunidad de ver a un espécimen masculino superior, sobre todo si este se encuentra en cierto estado de desnudez. Si debe enfrentarse a semejante golpe de buena fortuna, no debería permitir que la modestia la llevara a malgastar tan venturoso giro de los acontecimientos. Debe, pues, disfrutar del momento, aprovechar la ocasión al máximo y prepararse para lo que pueda venir a continuación.

Guía femenina para la consecución
de la felicidad personal y la satisfacción íntima
CHARLES BRIGHTMORE

Con el estómago encogido de incredulidad y de miedo, Victoria vio que Nathan entornaba los ojos. Esperó oírle gritar, aunque él se limitó a hablar con una calma silente y glacial.

—¿Cómo dices?

Victoria tragó saliva.

—Tu nota. Se la ha comido. Tu cabra.

—Por favor, dime que es una broma de mal gusto.

—Es de mal gusto, sí. Pero también es verdad.

Nathan bajó la mirada, clavándola en la deshilachada mancha del dobladillo de color verde oscuro que Victoria seguía agarrando aún entre sus blancos nudillos.

—Te la habías cosido al dobladillo.

—Sí.

Nathan le atravesó los ojos con la mirada, fulminándola.

—Me hiciste creer que la tenías en la casa.

—Nunca dije eso. Lo que dije es que te la devolvería en cuanto llegáramos.

—¿Y por qué no te limitaste a devolvérmela en la playa?

Conociendo tu mano con la aguja, no creo que hubiera sido demasiado difícil descoser un par de torpes puntadas.

Victoria dejó caer su estropeado dobladillo, se plantó las manos en la cintura y entrecerró los ojos para clavar en él la mirada.

—Si ciertas personas no tuvieran necesidad de ocultarme sus secretos ni de esconder cartas en mi equipaje, y si otros no se negaran a dejar que les ayudara...

—Si te refieres a tu padre y a mí...

—Por supuesto que me refiero a mi padre y a ti. Si no fuerais tan cabezotas, no me habría visto en la necesidad de coserme la nota al dobladillo. Donde, por cierto, estaba perfectamente a salvo, hasta que tu cabra se la ha comido.

—¿Así que es culpa mía que la nota haya desaparecido?

Victoria alzó el mentón.

—En parte sí. Aunque estoy dispuesta a asumir parte de la culpa.

—Cuán increíblemente generoso de tu parte.

Antes de que Victoria pudiera responder a su sarcástica respuesta, lord Alwyck intervino.

—¿Puede alguien explicarme de qué estáis hablando? ¿Qué nota?

Nathan lanzó a Victoria una mirada de advertencia, pero ella la pasó por alto y volvió su atención a lord Alwyck.

—Mi padre escondió una nota para el doctor Nathan en mi equipaje. Desgraciadamente para él, la encontré antes de que él pudiera rescatarla. Más desafortunadamente aún para él, su cabra acaba de comerse la nota del dobladillo de mi falda, donde yo la había escondido.

Lord Alwyck lanzó a Nathan una mirada penetrante.

—¿Por qué te enviaba Wexhall una nota secreta? —Al ver que la única respuesta de Nathan era una mirada fija e inescrutable, lord Alwyck dijo despacio—: Tu regreso aquí... una nota de Wexhall... esto tiene algo que ver con las joyas. —Las palabras sonaron a acusación—. ¿Por qué no me lo habías dicho?

La mirada de Nathan no vaciló ni un ápice.

—Si Wexhall hubiera querido que lo supierais, os lo habría dicho. O quizá yo mismo os lo habría dicho, dependiendo de las instrucciones que me diera en la nota. Pero ahora que esta ha desaparecido, supongo que no lo sabremos. Al menos hasta que pueda ponerme en contacto con él para contarle lo ocurrido. —Volvió la mirada hacia Victoria—. Lo cual, huelga decir, supone un retraso de lo más inconveniente.

Lord Alwyck se dirigió a lord Sutton.

—¿Estabas tú al corriente de esto, Colin?

Lord Sutton asintió.

—Sí. Tenía pensado contártelo durante el paseo a caballo de hoy. —Se volvió hacia Nathan—. Gordon estaba en todo su derecho de saberlo.

—Nunca he dicho lo contrario. Sin embargo, habría preferido disponer de toda la información contenida en la carta de Wexhall antes de decir nada a nadie.

—Al parecer, se te sigue dando bien guardar secretos —dijo lord Alwyck a Nathan. Aunque su voz sonó calma, a Victoria le resultó evidente que estaba muy enojado—. No tenías ningún derecho a mantenerme al margen.

Nathan arqueó una ceja.

—¿Y qué más te da a ti? No fue tu reputación la que se vio perjudicada.

—Quizá porque recibí un disparo durante la fracasada última misión. ¿O acaso ya lo has olvidado?

Un silencio preñado de tensión colmó el aire. Victoria apretó los labios con firmeza para no soltar cualquier balbuceo nervioso con el que llenar el vacío. Un músculo se contrajo en la mandíbula de Nathan, y Victoria reparó en que tenía las manos apretadas.

—No, no lo he olvidado —dijo el doctor en un tono rotundo. Se volvió a mirar a Victoria, que a su vez se quedó inmóvil al ver la expresión absolutamente sombría que delataban los ojos de Nathan. Una cortina pareció entonces caer sobre su expresión, dejando una completa inexpresividad allí donde segundos antes habían morado la tristeza, las penas y el dolor.

—Leíste la nota, la examinaste, ¿no es cierto? —le preguntó él secamente.

—Sí.

—Bien. Ahora vendrás conmigo a la casa y escribirás todo lo que seas capaz de recordar mientras yo escribo una carta a tu padre. Ahora. —Sin esperar una respuesta ni molestándose en dedicar una fugaz mirada a su hermano o a lord Alwyck, Nathan dio media vuelta y se dirigió a grandes zancadas hacia la casa.

Lord Alwyck balbuceó algo que incluía las palabras «grosero» y «autocrático» y luego dijo en voz alta:

—Al parecer, necesita usted compañía hasta la casa, lady Victoria. ¿Me concede el honor?

Victoria apartó a regañadientes la vista de la espalda en retirada de Nathan y reparó en que la ira seguía reflejándose en los ojos de lord Alwyck, al tiempo que lord Sutton miraba a su hermano con expresión turbada.

—Gracias, pero no deseo retrasar su paseo. Si me disculpan... —Se alejó apresuradamente antes de que alguno de los dos caballeros pudiera detenerla.

Caminando lo más deprisa que pudo sin llegar a echar a correr, Victoria intentó calmar sus confusas emociones antes de volver a enfrentarse a Nathan. Por una parte, se sentía espantosamente culpable de que sus actos hubieran llevado a la destrucción de la nota. Por la otra, la consumía una sensación de irritación contra Nathan por el modo dictatorial en que le había proferido sus órdenes. Dios del cielo, ese hombre la estaba besando hacía nada...

Atajó de inmediato ese pensamiento. No era el momento de recordar aquel beso. Un beso paralizador, glorioso y deslumbrante...

Basta. Más tarde. Pensaría en ello más tarde. En ese instante estaba molesta con él por las órdenes que había osado proferirle como si fuera un general y ella un simple soldado de infantería. Sin embargo, templando su fastidio estaba el profundo arrebato de compasión que le había llegado a lo más profundo de su ser cuando había sido testigo directo del destello de desolación que había asomado a los ojos de Nathan. La profundidad del crudo dolor que había visto en ellos la había sacudido, abrumándola con la necesidad de estrecharle entre sus brazos y ofrecerle consuelo de aquello que había sido el motivo de esa mirada. ¿Cómo se explicaba que deseara a la vez abrazarle y pegarle? El hombre agitaba sus emociones como nadie lo había hecho hasta entonces. Y Victoria estaba plenamente convencida de que la sensación no le gustaba lo más mínimo.

Al entrar a la casa por las grandes cristaleras que daban a la terraza, un lacayo salió a su encuentro.

—El doctor Nathan le pide, por favor, que se encuentre con él en la biblioteca, mi señora. —Se aclaró la garganta—. Tenía especial interés en que hiciera hincapié en la palabra «por favor».

Victoria no pudo evitar que sus labios esbozaran una sonrisa.

—Gracias.

—Ha dicho que sin duda desearía usted cambiarse antes, y que él mandaría que le sirvieran el almuerzo en su habitación.

Victoria no logró ocultar su sorpresa ante semejante muestra de consideración. Por supuesto que estaba decidida a cambiarse de ropa antes de reunirse con él, aunque un almuerzo en privado resultaba perfectamente bienvenido.

—Por favor, dígale al doctor Oliver que me reuniré con él en cuanto haya comido y esté presentable.

—Sí, mi señora.

Victoria se dirigió apresuradamente a su habitación. Cuando se miró en el espejo de cuerpo entero, se le escapó un gemido. Dios del cielo, tenía el pelo como un nido de pájaros. Aunque el descuidado aspecto de su peinado no la aturdió tanto como su rostro. Un fino velo rosado le teñía las mejillas y el puente de la nariz, consecuencia de no haberse puesto el sombrero en un día tan soleado, cosa que sin duda se traduciría en unas cuantas pecas. Sus ojos se le antojaron inmensos y... brillantes. Y los labios...

Se acercó un poco más al espejo y con gesto vacilante se llevó hasta ellos las yemas de los dedos. Solo había un modo de describir su boca enrojecida e inflamada: una boca profusamente besada. Sus ojos se cerraron y, en el curso de un pálpito, los pensamientos que había intentado reprimir invadieron su mente. El modo vertiginoso en que él la había abrazado y la había acariciado, la estremecedora dureza del cuerpo de Nathan pegándose a ella, la deliciosa sensación de pasar las manos por aquel fuerte torso y la no menos fuerte espalda. A pesar de todo lo que había aprendido de la *Guía femenina*, jamás había llegado a imaginar lo que había compartido con Nathan en la cueva. Él había dicho que sentía curiosidad por saber si una segunda vez podía resultar mejor que la primera. Victoria no creía posible que la magia a la que él la había introducido tres años antes pudiera verse superada. Pero así había sido. Y, Dios del cielo, cuánto había deseado que él no parara.

Irguió la espalda y lanzó una mirada ceñuda a su reflejo.

—Ten cuidado con este hombre y no lo subestimes —susurró a la mujer de ojos dilatados que la miraba desde el otro lado. El plan consistía en volverse inolvidable para él... y no al contrario. Si Nathan y ella iban a darse otro beso, Victoria se aseguraría de que fuera bajo sus condiciones.

Una vez tomada esa decisión, optó por no llamar a Winifred, sabiendo como sabía que aquella boba de mirada escrutadora notaría al instante su estado agitado y sus labios inflamados por los besos. En vez de eso, simplemente se quitó el traje de montar, utilizó la jofaina para refrescarse y procedió a desenmarañarse el pelo. Después de peinarse los rebeldes rizos en un sencillo recogido griego, se puso su vestido de día de muselina celeste, su favorito. Acababa de introducir los pies en las chinelas a juego cuando llamaron a la puerta.

En cuanto dio orden de pasar, una sonriente y joven criada entró en la habitación con una bandeja de plata que dejó sobre la mesa de cerezo situada junto a la cama. Un aroma tentador flotó desde las tapas que cubrían los platos y el estómago de Victoria rugió de anticipación.

—Huele fantásticamente.

—Es una de las especialidades de la cocinera, mi señora. Un jugoso y abundante estofado hecho con un surtido de mariscos de la zona. La cocinera lo ha preparado especialmente para el doctor Nathan porque es su plato favorito.

Teniendo en cuenta que Nathan se negaba en redondo a comerse a los animales que le regalaban como forma de pago, a Victoria no le sorprendió que su plato favorito fuera el pescado. En cuanto la criada se retiró, hundió la cuchara en la rica mezcla y extrajo un poco de caldo con una pequeña porción de desmenuzado pescado blanco. Tuvo que contenerse para no poner los ojos en blanco de puro éxtasis. Jamás había probado nada más delicioso. Dos blandos panecillos acompañaban el estofado y Victoria los empleó para dar cuenta de los restos del sabroso almuerzo. Sin duda el mar y el aire salado afectaban su apetito, pues no recordaba haber disfrutado tanto de una comida. Tanto era así, que miró el cuenco vacío y suspiró, desolada.

Dejando a un lado la servilleta de lino, se dirigió al vestíbulo, desde donde Langston la acompañó a la biblioteca.

Se quedó junto a la entrada y dejó vagar la mirada por la habitación perfectamente amueblada. El sol entraba a raudales por los enormes ventanales que ocupaban la mitad central de la pared posterior y el cristal reluciente estaba flanqueado por estanterías de madera oscura repletas de volúmenes forrados en cuero. Había un escritorio enorme, situado delante de las ventanas para aprovechar la luz natural. Otra pared tapizada de estanterías cubría los siete metros que separaban el suelo del techo, haciendo las delicias de Victoria y colmándola con la necesidad de explorar la maravillosa habitación. El alegre resplandor que ardía en la rejilla de una inmensa chimenea de mármol ocupaba la pared opuesta y bañaba la sala en un agradable calor. Una alfombra Axminster en tonos azules y marrones cubría el suelo y confortables grupos de sillas exageradamente mullidas se repartían por la habitación. El sofá de brocado colocado en ángulo delante de la chimenea invitaba a acurrucarse en él con un libro favorito. Victoria inspiró hondo y brevemente cerró los ojos ante las tan conocidas y queridas fragancias del cuero, pergamino viejo y cera de abeja. Cuando los abrió, se dio cuenta de que estaba sola. ¿Dónde estaba Nathan?

Cruzó la estancia hacia la chimenea, decidida a sentarse mientras esperaba. Al sortear el sofá, se detuvo en seco. R. B., el mastín de Nathan, estaba tumbado de costado sobre la alfombra junto al hogar. Su cuerpo ocupaba por completo la longitud de la chimenea al tiempo que su hocico no dejaba de emitir ronquidos caninos. ¿Qué había dicho Nathan que significaban las iniciales R. B.? ¿RompeBotas? Regia Bestia le resultó más acertado dada la visión que tenía ante sus ojos. Jamás había visto a un perro de semejantes proporciones.

Justo en ese instante, el hocico del animal se contrajo, como si hubiera percibido el olor de algo. Sus ojos se abrieron de golpe, y cielos, para un animal de ese tamaño, se movió con sorprendente rapidez, poniéndose en pie en cuestión de segundos sin dejar de mirarla fijamente... Victoria esperó que no estuviera viendo en ella a una sabrosa chuleta de cerdo.

—Buen chico —murmuró Victoria, dando un cauteloso paso atrás—. Eres un buen perro. Vuelve a dormirte.

Pero R. B. se acercó lentamente a ella. Victoria recordó haber oído en alguna lección recibida durante la infancia que no se debía echar a correr ante un perro porque con ello solo se conseguía que él echaran a correr detrás de ti, y, rezando para que Nathan se hubiera expresado correctamente al decir que se trataba de una bestia mansa, optó por quedarse totalmente inmóvil. R. B. se detuvo delante de ella. Después de olisquear detenidamente su vestido, se sentó sobre sus cuartos traseros y levantó una de sus enormes patas delanteras hacia ella.

Victoria parpadeó.

—¿Así que quieres que nos demos la mano? Pero, ejem... ya nos han presentado.

Claramente eso a R. B. le traía sin cuidado, pues seguía con la pata levantada. Rezando para que aquel gesto no anunciara la intención del perro de arrancarle el brazo de un mordisco, Victoria tendió la mano vacilantemente y le tomó de la pata. En cuanto lo soltó, R. B. se levantó y le dio un pequeño empujón en la cadera con el hocico. Luego pegó su nariz fría y húmeda a la muñeca de Victoria y le lamió el anverso de la mano con una lengua más larga que su zapato.

Victoria acarició la cabeza del animal con gesto indeciso y luego le rascó detrás de las oscuras orejas. Con eso provocó un inmediato meneo de cola que amenazó con barrer el jarrón Stafford que había sobre una mesilla auxiliar.

—Ah, así que es esto lo que te gusta —murmuró Victoria, que continuó rascando mientras sorteaba al animal para sentarse en el sofá en un esfuerzo por conservar la integridad del jarrón.

R. B. la siguió y, en cuanto Victoria tomó asiento empezó a rascarle tras las orejas con ambas manos. Ella sentada y él erguido, estaban prácticamente a la misma altura. Victoria le rascó entonces vigorosamente y se rió al ser testigo de la entusiasta reacción del perro. La cola de C. B. iba de un lado al otro, la lengua le colgaba entre los dientes y un jadeo de pura felicidad rugía en su garganta.

—Vaya, vaya... así que lo de perro enorme y feroz es pura apariencia —exclamó entre risas, pasando a rascar el pelo duro y tosco del grueso cuello de R. B.—. En el fondo, no eres más que un dulce cachorrillo.

R. B. gruñó y soltó luego un gemido, como diciendo: «Por fin... ¡alguien que me entiende!».

Tan absorta estaba Victoria acariciando al perro que no se dio cuenta de que ya no estaba sola hasta que una voz cuya gravedad le resultó claramente familiar dijo:

—Ya veo que has hecho un nuevo amigo.

Victoria se volvió. Nathan estaba en la entrada de la biblioteca con un hombro despreocupadamente apoyado contra el marco de la puerta y cruzado de brazos. La miraba con esa expresión indescifrable tan habitual en él.

—¿Me hablas a mí o al perro? —preguntó Victoria, sin dejar de acariciar a R. B. Sus palabras parecieron surgir ligeramente faltas de aliento... naturalmente, debido al ejercicio de sus caricias.

—A ti, aunque sin duda mi afirmación podría ser aplicable a cualquiera de los dos. —Se separó de la entrada empujándose contra el marco y caminó hacia Victoria—. Le gustas.

Victoria le lanzó una mirada pícara.

—No sé de qué te sorprendes.

—Pues, de hecho, lo estoy.

—Vaya, gracias. No recuerdo haber oído un cumplido más encantador. Sinceramente.

—Pues pretendía serlo. R. B. suele ser más reservado con los desconocidos.

—¿Quizá porque los desconocidos tienden a mostrarse reservados con él? Su tamaño resulta, cuando menos, intimidatorio, por si lo habías olvidado.

—Supongo que tienes razón. Espero que seas consciente de que, a partir de ahora, R. B. querrá que le rasques siempre que te vea. De hecho, apostaría a que podría estar así un par de semanas.

—¿Un par de semanas? —Victoria sonrió—. ¿Y luego qué?

—Oh, luego se volvería muy desagradable y probablemente te abrumaría con húmedos lametones. —Nathan se detuvo junto al sofá y alargó la mano para acariciar el lomo de R. B.—. Te gusta tanta atención, ¿eh, chico?

R. B. soltó un ladrido.

—Eso quiere decir que sí —tradujo Nathan. Su mirada se deslizó sobre Victoria y un calor que nada tenía que ver con las enérgicas caricias que prodigaba al perro le ascendió desde el pecho—. Veo que te has cambiado de ropa. Y que te has peinado.

—Me ha parecido lo más aconsejable. De lo contrario, quizá R. B. habría estado tentado de enterrarme en el jardín. Tal como estaba, creo que el penoso estado de mis cabellos por poco le cuesta cinco años de vida a tu lacayo.

—En absoluto. Todo el mundo tiene ese aspecto después de un día ventoso en la playa.

Victoria decidió no comentar que a él el viento no parecía haberle afectado en absoluto. Al contrario, tenía un aspecto absolutamente masculino y devastadoramente atractivo. Como un alto pirata de tosca belleza, con el pelo revuelto por el aire del mar. Victoria reparó en que también él se había cambiado de ropa y que lucía una camisa limpia de lino y unos pantalones de color azul marino. Una vez más, Nathan había renunciado al pañuelo, y la mirada de Victoria fue a fijarse en su poderoso y bronceado cuello. El atuendo de Nathan estaba totalmente pasado de moda... Sin duda, en algunos círculos se lo calificaría de escandaloso. Aun así, Victoria no podía negar que le encantaba sobremanera ese tentador atisbo de su piel.

—Por cierto, tu pelo no me parecía espantoso.

La voz de Nathan la sacó abruptamente de la ensimismada contemplación de su cuello, y su mirada voló en ascendente para verle estudiando su pelo. Una oleada de calor la sobrecogió y una risa temblorosa se abrió paso entre sus labios.

—Tienes razón. Horripilante quizá sea una descripción más adecuada.

Nathan negó con la cabeza.

—No. No es esa la palabra que yo emplearía.

Victoria inspiró exageradamente.

—De acuerdo, me doy por vencida. ¿Cuál es la palabra que utilizarías?

La mirada de Nathan se encontró con la de ella.

—Exquisito.

Esa simple palabra, pronunciada con suavidad, la aturdió. Antes incluso de que pudiera pensar en una respuesta, Nathan dio a R. B. una firme caricia última y se puso en pie.

A continuación, dirigiéndose a grandes zancadas al escritorio, dijo:

—Te he preparado papel vitela, una pluma y tinta.

—Gra… gracias —respondió Victoria, manteniendo su atención en el perro mientras intentaba recuperar el aplomo que Nathan había logrado arrebatarle de un plumazo—. Y gracias también por el almuerzo que has ordenado que me sirvieran en mi habitación.

—¿Te ha gustado el estofado?

—Estaba delicioso. Lo he engullido con vergonzoso deleite.

—No tienes por qué sentirte avergonzada conmigo, Victoria. Nunca.

Ante esas palabras pronunciadas con voz ronca la mirada de ella se elevó de pronto hasta que los ojos de ambos se encontraron.

—El mar y la brisa marina tienden a abrir el apetito —dijo él—. Personalmente, admiro a las mujeres que no temen satisfacer su apetito.

De pronto, Victoria ya no estaba tan segura de que estuvieran hablando de comida. Y, sin duda, en dos días de plazo podría ocurrírsele alguna respuesta ingeniosa. En ese momento, sin embargo, su mente se mantuvo tercamente en blanco.

—Supongo que es demasiado pedir que recuerdes todo lo que puedas del contenido de la carta, ¿verdad?

«¿Carta?» Victoria parpadeó y volvió en sí, aclarándose la garganta.

—De hecho, y dado que la estudié detalladamente, me creo capaz de reproducirla con bastante exactitud.

—Excelente. ¿Empezamos pues?

—Por supuesto.

Después de rascar por última vez a su nuevo amigo, Victoria se levantó y cruzó la biblioteca hacia el escritorio. No pudo evitar una sonrisa al ver a R. B. trotar tras sus talones.

—Nunca había visto un escritorio tan grande —dijo, pasando los dedos por la suave superficie de nogal y los accesorios de bronce pulido que adornaban el borde del mueble—. De hecho, parecen dos escritorios unidos por delante.

—Eso es, precisamente. Se llama escritorio asociado y está pensado para que dos personas trabajen mirándose. Es muy práctico para mi padre cuando repasa las cuentas con su secretario.

Nathan retiró una silla de cuero marrón. Victoria se sentó y murmuró un «gracias» mientras él le empujaba la silla hacia el escritorio, siendo en todo momento consciente de la proximidad del médico. Con una mano de Nathan en el respaldo de la silla y la otra en el brazo de cuero, Victoria se sintió rodeada por él. Volvió la cabeza con la clara intención de indicar que estaba cómodamente instalada y se encontró mirando directamente a la parte delantera de los pantalones de Nathan, que estaban a menos de medio metro de ella.

«Oh, Dios.» Clavó en ellos los ojos, transpuesta, al tiempo que su ávida mirada quedaba fascinada por las musculosas piernas y por su...

«Oh, Dios, Dios, Dios...»

El calor la invadió como si hubiera prendido fuego en su vestido, y su imaginación se desató, totalmente descontrolada. A pesar de que la *Guía* había descrito detalladamente lo que esos pantalones cubrían, Victoria no alcanzaba a dibujarlo del todo en su mente. Y ahí, literalmente delante de sus ojos, estaba lo que a todas luces se adivinaba como un perfecto ejemplo. Cuánto lamentó que aquellos malditos pantalones le frustraran el espectáculo...

—¿Estás preparada, Victoria?

Ella alzó bruscamente el mentón y se encontró con Nathan que la observaba con una mirada especulativa, una mirada con la que él delataba ser plenamente consciente de que ella había estado comiéndose con los ojos su... lo que cubrían sus pantalones. Más calor, esta vez fruto de la vergüenza, se le agolpó en el rostro.

—¿Preparada? —repitió ella, horrorizada al percibir el débil chillido al que había quedado reducido su voz.

—Para reproducir mi nota... a menos que haya alguna otra actividad a la que prefieras dedicarte.

Aunque su tono de voz era la personificación misma de la inocencia, sus ojos brillaban de tal modo que provocaron en ella un abrasador sonrojo que la cubrió hasta las suelas de los zapatos.

—Reproducir. Nota. Eso es. —Tomó la pluma como si se tratara de una cuerda de salvamento lanzada a una víctima que se estuviera ahogando y agachó la cabeza sobre el papel vitela.

Nathan dejó escapar un sonido que sonó sospechosamente parecido a una carcajada disfrazada de tos y ella apretó con firmeza los labios a fin de controlar la oleada de balbuceos nerviosos que se le acumularon en la garganta. Dios del cielo, aquello jamás funcionaría. ¿Qué diantre le ocurría? Se sentía como si se estuviera tambaleando sobre una cornisa resbaladiza, a punto de perder el equilibrio y caer al vacío. Jamás se había sentido tan falta de aplomo. Dado que no tenía el menor problema a la hora de hablar con otros caballeros, sin duda su inusual comportamiento era culpa de él. Bien, cuanto antes completara la labor que tenía ante ella, antes podría alejarse de la inquietante compañía de Nathan.

No obstante, en cuanto la idea cruzó su mente, Victoria se dio cuenta de que la mera posibilidad de separarse de su compañía no la tranquilizaba en lo más mínimo. Más bien la dejaba... desolada. Dios del cielo, había perdido el juicio. No se atrevió a dar voz a esas preocupaciones por temor a ser confinada a un manicomio.

Atisbando desde debajo de sus pestañas, vio a Nathan sentado en una silla de cuero idéntica a la suya en el lado opuesto del escritorio. Les separaban apenas un metro y medio de lustroso nogal, sin duda salvaguarda suficiente, y aun así ella seguía dolorosamente consciente de que solo tenía que estirar un poco el brazo para tocarle las manos.

Sus manos... Para una mujer que hasta entonces nunca había reparado especialmente en las manos de un hombre, se vio de pronto fascinada por las de Nathan. Grandes y de largos dedos, parecían capaces, firmes y fuertes. Victoria imaginó que debían de ser las manos perfectas para un médico. El sol les había bronceado la piel y a la vez había aclarado la fina capa de vello que las cubría, tiñéndola de un dorado leonado. Aunque no pudiera verle las palmas, sabía que mostraban las durezas propias de la labor física, cosa que no debería haberle resultado atractiva, aunque la verdad fuera bien distinta. A pesar de su tamaño y de su fuerza, Victoria sabía que las manos de Nathan podían ser tiernas... mágicamente tiernas, como bien lo había demostrado al pasarle lentamente los dedos por el pelo. Al rozarle los labios con las yemas. Y, aun así, podían también ser exigentes... excitantemente exigentes, como lo había demostrado cuando la había sujetado firmemente contra él, explorando sus curvas y...

Dios del cielo, la mente de Victoria había vuelto a enloquecer. Volviendo de nuevo a concentrar su atención en el marfileño papel vitela en blanco, sumergió la punta de la pluma en el pequeño receptáculo de tinta añil y se obligó a concentrarse en la carta que con tanto detalle había estudiado la noche anterior. El saludo se dibujó en su cabeza: «A mi gran amigo Nathan»... Y se puso entonces manos a la obra. Hizo alguna pausa ocasionalmente, cerrando los ojos para invocar la imagen de la carta cuando alguna palabra se empeñaba en eludirla. No tardó en darse cuenta de que Nathan frotaba su pluma contra su propio papel vitela.

Nathan dejó de escribir su carta al padre de Victoria para reflexionar sobre la siguiente frase. Sin embargo, cualquier palabra que pudiera habérsele ocurrido se desvaneció de su mente en cuanto dirigió la mirada hacia Victoria que, sentada al otro extremo del escritorio, tenía los ojos cerrados y fruncía el ceño. La mirada de Nathan quedó prendida en el modo en que ella se pellizcaba el labio inferior entre los dientes, y al instante recordó el hechizante contacto de esa boca carnosa la suya. Cuando la lengua de Victoria asomó para humedecerse los labios, él se sorprendió imitando el gesto, rememorando vívidamente el lujurioso sabor de ella y lamentando profundamente que aquel maldito escritorio les separara. Aun así, solo tenía que estirar el brazo para tocarle las manos, y de pronto se encontró rechinando los dientes en un esfuerzo por no hacerlo.

¿Cuándo se había sentido tan atraído por las manos de una mujer? La verdad era que nunca. Sin duda la obsesión que las de Victoria despertaban en él rozaba lo ridículo. Eran las manos blancas y delicadas de una aristócrata consentida. Pero esa piel pálida, esos finos dedos, le fascinaban, y no tuvo que buscar mucho para dar con la razón. Se debía a que sabía muy bien lo tiernas que podían ser esas manos, cuán dolorosamente temblorosas cuando ella le había tocado con gesto vacilante. Y cuán increíble era la sensación que esas manos habían provocado en él al acariciarle la piel. Y el olor a rosas que desprendían. Y cuán impacientes podían llegar a mostrarse de puro deseo, cerrándose sobre su pelo cuando Victoria volvía a pedirle que la besara.

Victoria volvió a su escritura y Nathan se sintió incapaz de hacer nada salvo mirarla, irracionalmente fascinado por la visión de esos dedos aferrados a la pluma. Cuando sus ojos vagaron por la mano de ella, reparó en una fina cicatriz apenas insinuada junto a la muñeca. Sin poder contenerse, estiró el brazo y acarició con la yema del dedo la diminuta señal. Victoria se quedó inmóvil y levantó bruscamente la cabeza. Los ojos de ambos se encontraron y una sombra rosada tiñó las mejillas de la joven. Nathan decidió que el tono de aquel rubor era de lo más apropiado para la piel de Victoria, pues ella olía exactamente a esa flor.

Volvió a recorrer la cicatriz con el dedo.

—¿Cómo te la hiciste?

La mirada de Victoria descendió hasta el lugar donde el dedo de Nathan la acariciaba y también él bajó los ojos. La mano pálida, fina y suave de la joven contrastaban crudamente con la piel más tosca y oscura de él. Demonios, el hecho de verse tocándola le excitó hasta el extremo de tener que cambiar de posición en la silla.

—Me corté —murmuró Victoria con voz ronca.

—¿Cómo? ¿Cuándo? —preguntó él, acariciándola despacio.

—Tenía... tenía doce años —respondió ella, y Nathan decidió entonces que le encantaba el modo suspirado de su respuesta—. Estaba cavando en el barro y desenterré una piedra afilada que me cortó la mano.

—¿Cavando en el barro? ¿Así que te gusta la jardinería?

—Sí, pero no estaba plantando nada cuando me hice esta herida.

—¿Qué estabas haciendo? ¿Buscando un tesoro enterrado?

—No. Estaba haciendo un pastel de barro.

Nathan apartó la mirada de las manos de ambos para mirarla a los ojos.

—¿Un pastel de barro?

—Sí.

—¿Por pastel de barro debo entender un pastel hecho de barro?

—Difícilmente podría ser un pastel de manzana y miel.

—¿Y qué podía saber la hija de un barón sobre pasteles de barro?

Victoria levantó el mentón.

—De hecho, mucho, puesto que solía hacerlos con frecuencia. El barro de los jardines inferiores de Wexhall Manor era muy superior al de los jardines superiores. Sin embargo, la tierra que estaba junto al estanque era la mejor.

Nathan meneó la cabeza.

—No puedo imaginarte jugando en el barro y... ensuciándote. ¿Por qué lo hacías?

Victoria vaciló un instante.

—Me encantaban los pasteles que preparaba nuestra cocinera y quería aprender a hornearlos —dijo—. Pero mamá me prohibió entrar en las cocinas. Así que no me quedaba otro remedio que fingir.

—¿No te permitían entrar en las cocinas pero sí jugar con el barro?

—No. A mamá le habría dado un vahído si se hubiera enterado. De hecho, el día que me hice el corte que me dejó esta cicatriz, se enteró. Después de que me vendaran adecuadamente, mamá me dio un interminable sermón sobre el correcto decoro que corresponde a las jóvenes damas... parte del cual es que nunca, nunca, preparan pasteles de barro.

—¿Y volviste a hacer alguno?

Los labios de Victoria se contrajeron y una sombra traviesa afloró en sus ojos.

—Hum...No estoy segura de que me convenga responder a esa pregunta.

—¿Por qué?

—Porque quizá te escandalice. Además, odiaría echar por tierra la elevada opinión que tienes de mí como la joven y delicada flor de invernadero e hija de barón que jamás se dignaría a ensuciarse las manos con el barro.

—Después de las cosas que he visto en mi profesión, te aseguro que ya nada puede escandalizarme. Y puesto que ya has logrado imprimir algunos cambios en el concepto que tengo de ti, en nada te perjudicará imprimir uno más.

—Muy bien. Sí. Preparé más pasteles de barro. Muchos más. Mamá nunca se enteró, y esas horas en las que fingí ser la mejor pastelera de toda Inglaterra fueron las más felices de mi infancia.

La imagen de Victoria preparando sus delicias culinarias de barro se dibujó en la mente de Nathan, provocando una cálida sensación a la que no supo dar nombre.

—¿Y aprendiste a preparar un pastel de verdad?

Victoria soltó una risilla.

—No. No era más que un estúpido anhelo de infancia.

Nathan la observó con atención durante unos segundos.

—Justo cuando creo haber adivinado la clase de persona que eres —dijo—, descubro algo nuevo sobre ti, como por ejemplo tu afición a los pasteles de barro, que... —Hizo una pausa y pensó: «Me encanta. Me hechiza y me seduce. Me intriga y me fascina». Pero solo dijo—: Me sorprende.

—Lo mismo podría decir yo de ti... salvo por los pasteles de barro, naturalmente. A menos que también a ti te gustaran.

—Me temo que no. Y no es que no disfrutara ensuciándome en cuanto tenía ocasión, pero al criarme junto al mar, lo mío fueron siempre los castillos de arena.

El interés asomó a los ojos de Victoria.

—¿Castillos de arena? ¿La clase de castillos en los que vivirían las princesas?

—Santo Dios, no. La clase de castillo en la que moraban los valientes guerreros mientras se preparaban para la batalla. —Miró al techo con un gesto de exagerada exasperación masculina—. Princesas... Que el cielo nos asista.

—Bueno, pues si yo construyera un castillo de arena —dijo Victoria con un altanero sorbido—, sería para una princesa.

Nathan no pudo reprimir una sonrisa.

—No me sorprende, teniendo en cuenta lo niña que en ocasiones llegas a ser.

—Supongo que eso es algo que no puedo evitar, pues, a pesar de que tu gran poder de observación parece no haber reparado en ello, soy una niña. —Meneó la cabeza y chasqueó la lengua—. Para ser un espía, resultas sorprendentemente poco observador.

Victoria bajó la mirada y Nathan fijó la suya en las manos de ella. Su dedo seguía acariciando suavemente la leve cicatriz. En ese instante no había nada que deseara más que levantar la mano de Victoria y acercar esa pequeña marca a sus labios. Algo realmente extraño le ocurrió a la zona alrededor de su corazón, una débil sensación que le llevó a pensar que quizá las amarras que lo sujetaban en el interior del pecho se hubieran desplazado. Maldición, naturalmente que se había dado cuenta de que Victoria era una niña. En el preciso instante en que, tres años antes, había puesto sus ojos en ella. Pero había pasado el tiempo y ella había dejado de ser una niña para convertirse en una mujer. Una hermosa y deseable mujer. Y todas y cada una de las terminaciones nerviosas y células de su cuerpo eran dolorosa y estridentemente conscientes de ello.

Victoria se aclaró la garganta y retiró suavemente su mano de la de Nathan para sumergir la punta de la pluma en la tinta.

—Dices que deseas que te escriba una réplica de tu carta, doctor Oliver, y aun así no haces sino distraer mi atención. Será mejor que vuelva a la tarea que me ocupa. —Inclinó la cabeza sobre el papel vitela.

¿Que él la había distraído? Demonios, pero si era ella la única fuente de distracción.

—Nathan —dijo él entonces con un leve tono de irritación en la voz.

Ella alzó la mirada, aunque solo levantó los ojos.

—¿Cómo dices?

—Me has llamado doctor Oliver. Prefiero que me llames simplemente Nathan.

Ella asintió.

—Muy bien. ¿Y ahora puedo volver a la tarea que me has impuesto?

—Sí —respondió él, presa de un inexplicable fastidio.

Victoria se aplicó a su tarea escrita, y Nathan se obligó a hacer lo propio y a fingir que no sabía que ella estaba lo bastante cerca para que pudiera tocarla.

11

La mujer moderna actual, dado que a la mayoría de los caballeros les gusta el juego, debería aprovechar o buscar oportunidad para lanzar una apuesta a su caballero con una recompensa para el ganador… recompensa que no será nunca dinero. No, un beso es sin duda un premio mucho más seductor. De ese modo, no solo ganan las dos partes, sino que el beso podría llevar a recompensas incluso aún más interesantes.

Guía femenina para la consecución
de la felicidad personal y la satisfacción íntima
CHARLES BRIGHTMORE

Después de releer por última vez la nota que había escrito, y satisfecha al comprobar que la había reproducido al pie de la letra, Victoria dejó la pluma sobre la mesa y alzó los ojos para descubrir sobre ella la intensa mirada de Nathan.

—He terminado —dijo, odiando el jadeante tono que su voz no supo ocultar. Deslizó el papel vitela hacia Nathan, quien alargó la mano e hizo girar la página para poder leerla.

—¿Cuán exacto te parece que es? —preguntó, escudriñando las palabras.

—Estoy segura de que es un duplicado exacto. Anoche leí el original docenas de veces, examinando atentamente cada frase. Pude memorizar las palabras porque su empleo me resultó… inusual. Forzado. De no haber sabido que la carta era de mi padre, jamás habría podido creerlo. A menudo le ayudaba a responder su correspondencia social, y jamás he leído nada semejante a esa carta. —Frunció el ceño—. Y el contenido era muy extraño. A pesar de que papá no tiene el menor interés en el arte, no para de hablar de un cuadro. Si me das otra hoja de papel vitela intentaré duplicar para ti el dibujo que aparecía bosquejado en el extremo inferior de la nota.

Nathan levantó bruscamente la cabeza.

—¿Un dibujo?

—Sí. Supuestamente se trata de una reproducción del cuadro sobre el que escribe. A juzgar por su boceto, el cuadro resulta absolutamente espantoso.

—¿Por qué no me lo habías dicho hasta ahora?

—Porque no me lo habías preguntado.

Mascullando algo entre dientes que sonó escasamente halagador, Nathan abrió uno de los cajones del escritorio y a continuación empujó hacia ella una nueva hoja de papel vitela.

—Gracias —dijo Victoria remilgadamente, tras lo cual se puso manos a la obra.

Media hora más tarde, y después de mucha reflexión, concentración y trabajo duro, volvió a empujar el papel vitela por encima de la mesa hacia él.

—Aquí está.

Nathan giró la hoja y la miró, ceñudo.

—¿Qué demonios se supone que es esto?

—Supongo que es el paisaje que él creía que quizá te interesaba adquirir, aunque lo cierto es que no alcanzo a imaginar por qué ibas tú a querer un cuadro tan horrible que consiste simplemente en un montón de garabatos desordenados.

Nathan alzó los ojos y la inmovilizó con la mirada.

—¿Era exactamente así? ¿El mismo tamaño, el mismo número de garabatos, todos de idéntica longitud?

—Es lo más parecido a lo que recuerdo. Me temo que no soy buena pintora.

—Por decirlo de algún modo, si me permites el comentario.

Victoria le lanzó una penetrante mirada.

—Aunque fuera el mismísimo DaVinci, me temo que no presté tanta atención al dibujo como al contenido de la carta. ¿Reconoces el cuadro?

—No, aunque no es de sorprender. Sin duda lo que tu padre dibujó, bajo la apariencia de un cuadro, era un mapa que presumiblemente señalaría la ubicación de las joyas.

—¿En serio? —Una sensación de excitación la recorrió de la cabeza a los pies—. ¿Lo supones simplemente porque los mapas ocultos son la clase de cosas que emplean los espías, o lo sabes con certeza?

—Los mapas ocultos son nuestra especialidad, por supuesto —dijo Nathan con tono seco—, pero lo sé a ciencia cierta a partir de lo que he podido descifrar de la carta de tu padre.

Ella se inclinó sobre el escritorio.

—¿Has descifrado la nota? ¿Tan rápido? ¿Cómo lo has conseguido? ¿Me enseñarás cómo lo has hecho? ¿Qué dice?

Los labios de Nathan se contrajeron ante semejante batería de preguntas.

—Sí, la he descifrado. Y lo he hecho tan deprisa no solo porque la descodificación era mi punto fuerte, sino porque además soy de una brillantez insobrepasable.

—Hum. Siento decirte que la palabra «insobrepasable» no existe, doctor Brillante.

Nathan desestimó el comentario con un gesto de la mano.

—Pues debería existir. En cuanto a enseñarte cómo lo he hecho, me temo que no va a ser posible, porque el Manual Oficial del Espía señala claramente que un espía no puede, bajo ningún concepto, por muy engatusado, torturado o besado que sea, revelar ninguno de los códigos empleados por la Corona.

—¿Engatusado, torturado o besado?

Nathan dejó escapar un profundo suspiro.

—Todo ello forma parte de nuestra línea de actuación, te lo aseguro. En cuanto a lo que decía la nota... —Su voz se apagó y su expresión se tornó sobria.

—¿Qué pasa? —preguntó Victoria al tiempo que una sensación de temor le recorría la espalda.

Por respuesta, Nathan empujó hacia ella una hoja de papel vitela.

—Aquí tienes el mensaje descodificado.

Victoria tiró de la nota hacia ella y leyó las palabras pulcramente escritas.

> Finalmente localizado Baylor. Los franceses le han encontrado primero, estaba casi muerto. Dio información inesperada sobre las joyas. Esa misma noche fui víctima de un intento de ataque. Creo que este conato está relacionado con otro caso. Estoy bien, pero quiero que Victoria se mantenga lejos de mí por su seguridad. Te la encomiendo. No permitas que se marche hasta que recibas indicaciones al respecto. Este es el mapa bosquejado por Baylor. Según dijo, una formación rocosa en tu propiedad indicaba la ubicación de las joyas. Encuentra las joyas, házmelas llegar y limpiaremos tu nombre de toda sospecha. Ve con cuidado, y cuida de mi hija.

El corazón de Victoria palpitó en lentos y dolorosos latidos y levantó los ojos hacia él.

—¿Sabes si mi padre está realmente ileso? —preguntó, orgullosa al reparar en la firmeza de su voz.

Nathan la observó durante unos segundos antes de responder.

—¿Realmente? No. Asegura estar bien, y conozco a tu padre, Victoria. De todos los hombres que conozco es sin duda el que cuenta con más recursos. Con los años ha logrado abortar varios ataques pergeñados contra él.

Victoria llegó a sentir que la sangre se le retiraba del rostro.

—Si lo que pretendes es tranquilizarme sobre su seguridad, no me parece que sea este el modo más acertado.

—Estoy siendo sincero contigo. Tu padre sabe cuidar de sí mismo. Dado que en la nota no indica que esté herido, estoy seguro de que no lo está.

—¿Cómo sé yo que es esto exactamente lo que mi padre codificó en la nota? ¿Que no has pasado nada por alto?

La mirada de Nathan pareció atravesarla.

—No tienes forma de saberlo. Si sigues empeñada en ayudarme, supongo que simplemente tendrás que confiar en mí.

¿Confiar en él? ¿En un espía? ¿Un hombre que se ganaba la vida contando elaboradas mentiras? ¿Un hombre que sin duda estaba buscando el modo de encontrar su valija de joyas sin ella? ¿Un hombre que podía afectar adversamente su autocontrol con una simple mirada? ¿Que se había mostrado capaz de aprovecharse del hecho de poder estar a solas con ella? Estaría loca si decidía confiar en él. Aun así... había en Nathan algo que le inspiraba confianza y fe. Y, en cuanto al hecho de estar a solas con ella, lo cierto es que su conciencia le exigía reconocer que se había aprovechado de la situación tanto como él. Y, al parecer, su padre consideraba a Nathan un hombre digno de confianza. De lo contrario jamás la habría dejado a su cuidado.

La intensa mirada de Nathan la sofocó y bajó la mirada hacia la nota.

—¿Cómo diantre has descifrado este mensaje a partir de la carta de papá?

—Ya te lo he dicho: soy de una brillantez insobrepasable.

—Querrás decir que nada sobrepasa a tu brillantez.

—Exactamente, gracias.

—¿Quién es el tal Baylor?

—Un hombre a sueldo, y lo cierto es que no le preocupaba demasiado quién le contratara... si nosotros o los franceses. Jugaba en ambos bandos y daba su información al mejor pagador. Era uno de los hombres más habilidosos y con menos escrúpulos con los que me haya podido encontrar en mi vida. Cuando dejé de prestar mis servicios a la Corona, Baylor era buscado tanto por los franceses como por los ingleses.

—¿Cómo consiguió información sobre las joyas? ¿Podría haber estado implicado en su desaparición?

Nathan se encogió de hombros.

—Es posible. Aunque Baylor era como una rata, ocultándose entre las grietas, descubriendo datos y vendiéndolos después a las partes interesadas. Quizá diera con la información accidentalmente e intentara venderla cuando tu padre le encontró.

Victoria miró el dibujo que ella misma había hecho.
—No se parece a ningún mapa que haya visto.
—¿No puedes recordar nada más?
Victoria negó despacio con la cabeza.
—No. Creía que era un cuadro de briznas de hierba, aunque según la nota descifrada, es una formación rocosa.
—Sí, pero ¿cuál? Hay docenas de ellas en esta finca.
—¿Por dónde empezamos entonces?
—Dibujaré un mapa cuadriculado de la propiedad y registraremos zona por zona. Y no te permito que hables de esto. Con nadie.
Victoria arqueó las cejas al oír el tono perentorio empleado por Nathan.
—¿Ni con tu hermano ni con lord Alwyck?
—Con nadie.
—Pero ¿por qué? Ya están al corriente de la existencia de la nota. Y saben que también yo sé de su existencia.
—Porque así lo ha pedido tu padre. —Señaló dos palabras escritas en el extremo inferior de la nota—. «Ve con cuidado» era un código secreto entre tu padre y yo. Significa que no debe hablarse del asunto con nadie. —Su mirada se clavó en la de ella—. Desafortunadamente, y dado el estado de las circunstancias, tú ya estás al corriente, algo con lo que tu padre no estaría en absoluto complacido, estoy seguro. Ni que decir tiene que también estoy seguro de que no le haría ninguna ilusión enterarse de que desde tu llegada a Cornwall has recurrido al secuestro y al chantaje.
—¡Jamás he hecho nada semejante!
—¿Ah, no? ¿Y cómo llamarías al hecho de retener mi carta como rehén y exigirme que aceptara tu ayuda antes de acceder a devolvérmela?
Victoria alzó el mentón.
—De no haberlo hecho, habría vuelto a verme relegada al rincón con una indulgente caricia en la cabeza. Como mujer moderna que soy, me niego a que se me siga tratando así.
—Unas palabras colmadas de valor, sin duda. Sin embar-

go, quizá desees no haberlas pronunciado cuando regreses a Londres. Dudo mucho que a tus potenciales prometidos les haga la menor gracia oírlas. De hecho, apuesto a que la perspectiva de tomar por esposa a una mujer moderna les aparte de la cacería.

Negándose a morder el anzuelo, Victoria preguntó:

—¿Por qué supones que papá exige mantener el asunto en secreto, incluso ante tu hermano y lord Alwyck?

Una curiosa expresión asomó al rostro de Nathan.

—No tengo la menor idea de lo que puede tener en mente. Quizá sospeche de que alguien de esta zona, incluido mi hermano o Gordon, o quizá ambos, estuvieron de algún modo implicados en la desaparición de las joyas.

Victoria le miró fijamente.

—¿De verdad crees que estuvieron implicados?

—No. —La palabra surgió abruptamente, y Nathan se mesó los cabellos—. No —repitió, esta vez empleando un tono más suave—, aunque lo que realmente importa es que no debo hablar de esto con nadie, de modo que ahora debes prometerme que tampoco tú lo harás.

—¿Y si lord Sutton o lord Alwyck me lo preguntan específicamente?

—Hum. Sí, eso podría representar un problema. Será mejor que evites su compañía en lo posible. Una lástima, sobre todo teniendo en cuenta que ambos parecen encantados contigo.

Victoria no supo decir si Nathan hablaba en broma o en serio.

—¿Evitar la compañía de dos hombres apuestos y buenos partidos, sobre todo cuando ambos, como bien dices, parecen encantados conmigo? Debo confesar que la idea no me entusiasma lo más mínimo. Y, aunque me entusiasmara, dado que soy una invitada en casa de tu familia y que lord Alwyck es a todas luces un visitante frecuente, no veo cómo podría evitarlos completamente.

—Pues si te preguntan, cambia de tema —dijo Nathan

con tono irascible—. Finge tener jaqueca. O un vahído. Llévate la mano a la frente y pide con voz débil que te traigan tus sales.

Qué hombre tan insufrible. Oh, a pesar de ser indudablemente atractivo y muy versado en el arte del beso, resultaba del todo insufrible. Antes de que Victoria pudiera informarle de que no era mujer con tendencia a sufrir jaquecas ni vahídos, oyeron voces que llegaban desde el pasillo.

—Cuento con tu palabra de que no mencionarás nada de esto, Victoria. —La voz de Nathan era una orden grave y profunda.

—Muy bien. Da mis labios por sellados.

La mirada de él descendió entonces hasta la boca de Victoria.

—Eso sería un desperdicio imperdonable —murmuró con voz tan queda que Victoria ni siquiera estuvo segura de haberle oído pronunciar esas palabras. Antes de poder decidirse, Nathan recogió los papeles y los retiró del escritorio. Segundos después una sonriente tía Delia apareció a toda vela por la entrada de la biblioteca, seguida por el padre de Nathan.

—No puedo creer que el duque dijera tan escandalosa...

Las animadas palabras de tía Delia quedaron bruscamente interrumpidas cuando la señora vio a Nathan y a Victoria.

—Aquí estabais —dijo, dirigiéndose directamente hacia el escritorio—. Traigo espléndidas noticias.

Eso explicaría la pátina rosácea que teñía sus mejillas, el brillo de sus ojos y su amplia sonrisa. No había nada que hiciera tanto las delicias de la señora como revelar buenas noticias.

—Mientras lord Rutledge y yo regresábamos de nuestro pequeño paseo por el jardín, nos hemos encontrado con lord Alwyck, que volvía a su finca —dijo tía Delia—. Nos ha invitado a todos a cenar esta noche a Alwyck Hall. ¿No es maravilloso? Tienes que ponerte tu vestido aguamarina, Victoria. Debes hacer lo posible por estar espléndida, y ese color te sienta exquisitamente. —Se volvió a mirar a Nathan—. Debería ver lo bien que le sienta el color aguamarina, doctor Oliver. Es un espectáculo digno de contemplarse.

El calor encendió las mejillas de Victoria. Dios del cielo, ¿qué diantre estaba diciendo tía Delia?

—Contaré las horas —dijo Nathan solemnemente—, aunque estoy seguro de que a lady Victoria todos los colores le sientan bien. Como a usted, lady Delia.

Un sonido que solo pudo ser descrito como una risilla infantil provino de tía Delia y Victoria miró a su tía, perpleja.

—Oh, gracias, doctor Oliver.

El padre de Nathan se aclaró la garganta.

—Hablando de ropa... —Arqueó una ceja desaprovatoria al ver la ausencia de chaqueta y de pañuelo en el atuendo de Nathan.

Nathan retiró su silla y se levantó.

—Si me disculpan, tengo cierta correspondencia que...

—Y también un pañuelo —entonó su padre.

—... que atender. Les veré esta noche. —Tras ejecutar una leve reverencia, se dirigió a grandes zancadas hacia la puerta con los papeles vitela doblados en una mano.

«¿Esta noche?» Victoria le vio marcharse con la carta y el mapa y se preguntó qué planearía hacer Nathan exactamente hasta entonces.

Después de cenar, Nathan se instaló en el salón de Gordon e intentó concentrarse en el tablero de ajedrez con incrustaciones que estaba colocado entre su padre y él, aunque su atención no lograba apartarse de aquello que lo había atraído durante toda la interminable velada.

Victoria.

La tortura había dado comienzo hacía tres horas y diecisiete minutos... en cuanto la había visto bajar la escalera hacia el vestíbulo donde él estaba, solo, esperando a que el resto del grupo se reuniera allí para trasladarse a la finca de Gordon. Con un vestido de muselina de color aguamarina claro de mangas cortas y ablusadas y un escote bajo y cuadrado, sus brillantes rizos recogidos con una cinta y dispuestos en un favorecedor moño griego, Victoria descendía despacio y elegantemente la escalera como deslizándose sobre el aire, como una arrebatadora ninfa marina de un cuadro de Boticelli. Era precisamente lo que su tía había anunciado. Un espectáculo digno de contemplarse.

Las miradas de ambos se encontraron, y Victoria vaciló en la escalera con una mano enguantada agarrada con elegancia a la barandilla de roble mientras se llevaba la otra mano al estómago, como en un intento por calmar un repentino estremecimiento. ¿Era esa sensación similar a la desconcertante conmoción que el estómago de Nathan había sufrido al verla? A pesar de que él jamás se había considerado un hombre extravagante, habría jurado que en ese instante algo pasó entre los dos. Algo cálido e íntimo, y desde luego por su parte rebosante de un deseo que no era capaz de explicar ni de negar.

La vio inspirar despacio y hondo al tiempo que fijaba la mirada en el delicado hueco perfilado en la base del cuello de Victoria, que pareció pronunciarse cuando ella inspiró... ese pequeño fragmento de piel vulnerable que, como bien sabía, era al tacto como una muestra de terciopelo y estaba impregnado con el leve aroma de las rosas. Victoria parpadeó varias veces, rompiendo el hechizo que parecía haberles embrujado. Reemprendió entonces el descenso, pero cuando todavía no había dado dos pasos, Colin habló suavemente a la espalda de Nathan.

—Exquisita, ¿verdad?

Nathan se obligó a mantener una postura despreocupada, pero no se molestó en volver la cabeza. No tenía el menor deseo de ver la cruda admiración que, como sabía, debía de ser más que evidente en la mirada de Colin. Y se negó a dar a su hermano la oportunidad de ver el anhelo que, según sospechaba, todavía asomaba a sus ojos.

—Exquisita —murmuró, manifestando así su acuerdo, pues era inútil negar una obviedad semejante.

—Lástima que tenga esos pretendientes en Londres —susurró Colin—. Naturalmente, yo no permitiría que eso supusiera ningún obstáculo.

Nathan se volvió al oír aquello. Colin tenía la mirada fija en lo alto de la escalera y en su rostro había una expresión de absorta fascinación.

—¿Un obstáculo para qué? —preguntó Nathan con los dientes apretados.

—Para ir tras lo que deseo. —Apartó los ojos de Victoria y clavó la mirada en Nathan—. Y asegurarme de que lo consigo. —Dicho eso, rodeó a Nathan y se dirigió al pie de la escalera. Y tendiéndole la mano a Victoria, que a punto estaba ya de llegar al último escalón, le dijo—: Lady Victoria, está usted preciosa.

La noche no había tenido un comienzo prometedor.

La tortura había continuado luego durante el trayecto en carruaje hacia la finca de Gordon. Victoria iba sentada entre su tía y Colin, mientras que Nathan y su padre habían ocupado los asientos situados delante del trío. Colin se pasó el viaje entreteniendo al grupo con una historia a la que Nathan no había prestado la menor atención, con excepción de que al parecer era bastante graciosa, a juzgar por las risas que provocaba. No, estaba demasiado ocupado intentando, sin éxito, evitar reparar en las sonrisas que Victoria dispensaba a Colin. Su risa melódica provocada por algún comentario de su hermano. La forma en que la pierna de Colin se pegaba contra la de ella en los íntimos confines del carruaje. El modo en que el hombro de su hermano rozaba el de Victoria con cada bache del camino.

A Nathan el estómago se le había encogido presa de una desagradable sensación que tan solo podía llamarse por el nombre que la definía: celos. Hacía tiempo que no experimentaba esa emoción, y no le alegró notar que en ese momento serpenteaba por él. Y lo que más le desagradó era que fuera su hermano quien le inspirara aquellos sentimientos de envidia. Aunque no podía negar que Colin y él habían competido a veces durante la infancia y la adolescencia, como acostumbraba pasar entre hermanos, raras eran las ocasiones en que lo habían hecho por algo que no fuera una carrera a caballo o una partida de backgammon, pues los intereses de ambos eran muy distintos. Jamás habían competido por ganarse el favor de una mujer, ya que los gustos de los dos diferían también enormemente en ese ámbito. Colin siempre había preferido a las mujeres aristocráticas, mientras que los gustos de Nathan se decantaban más por mujeres que no se daban aires de damas de la alta sociedad. Le atraían las mujeres cuyos intereses iban más allá de la moda, los chismes y el tiempo. Lo cierto es que siempre había preferido pasar una noche conversando con una feúcha marisabidilla que perder el tiempo hablando de naderías con la mujer más hermosa del salón.

Hasta entonces, o eso parecía.

Victoria, con la destacada posición que ocupaba en la sociedad y lo que eso conllevaba, su ropa cara, su belleza y los numerosos pretendientes que sin duda comían de sus manos, era el modelo exactamente opuesto al de la clase de mujer que él prefería. Aun así, Nathan no podía apartar los ojos de ella. No lograba reprimir el recuerdo de haberla besado. De haberla tocado. No conseguía controlar la profunda oleada de deseo y de lujuria que Victoria inspiraba en él.

La tortura no había remitido ni un ápice durante la cena. De hecho, había empeorado con la adición de Gordon, que se mostraba indudablemente embobado con Victoria. Y cierto era que también ella parecía extremadamente halagada por su mirada. Mientras Victoria se regodeaba en el halo de atenciones con el que tanto Colin como Gordon la abrumaban, el padre de Nathan y lady Delia mantenían una animada discusión, dejando a Nathan un buen margen de tiempo para observar a todos los presentes y disfrutar de una comida que suponía deliciosa pero que le sabía a serrín.

Y, naturalmente, la tortura había proseguido cuando, tras la interminable cena, el grupo se había retirado al salón de juegos. A pesar de que Nathan había estado enormemente tentado de elucubrar una excusa para marcharse, después de que Victoria, su tía, Colin y Gordon decidieron jugar al *whist*, el padre de Nathan le había invitado a tomar un brandy y a jugar con él una partida de ajedrez. Dada la tensión existente entre ambos, la invitación había complacido y sorprendido a Nathan, que no había dudado en aceptarla. Y, aunque no estaba de humor para jugar al ajedrez, el brandy se le había antojado extremadamente bienvenido, como también la oportunidad de limar quizá la incomodidad que existía entre su padre y él.

No obstante, en ese momento, disfrutando ya de su segundo brandy, y a pesar de que tenía la mirada fija en el tablero de ajedrez, toda su atención seguía puesta en el grupo que compartía risas en el otro extremo del salón. Nathan renunció a cualquier esperanza de poder concentrarse en el juego y movió su torre.

A juzgar por las cejas arqueadas de su padre, intuyó que acababa de cometer una torpeza, cosa que quedó harto probada segundos después, cuando su padre dijo:

—Pareces haber perdido tus dotes para este juego, Nathan.

—Ejem.. no, en absoluto. Estoy planeando una elaborada trampa de la que no escaparás.

La duda quedó patente en el rostro de su padre. Otro estallido de carcajadas llegó desde el extremo opuesto de la sala y la mirada de Nathan se desplazó de forma involuntaria a los alegres jugadores de *whist*. En cuanto volvió a fijar los ojos en la desastrosa partida que seguía librando sobre el tablero, se percató de que la atención de su padre seguía fija en la otra punta de la sala, acompañada de una expresión abiertamente especulativa.

—Una mujer admirable —dijo su padre con voz queda.

Nathan se quedó inmóvil y a continuación casi no logró controlar el apremiante deseo de poner los ojos en blanco. Al parecer, Victoria había hecho una conquista más. Qué condenada maravilla.

—¿Admirable? —repitió con fingida indiferencia—. Yo la encuentro bastante... cansina. —Una vez más, luchó contra el deseo de mirar al techo, esta vez para ver si un rayo lo partía en dos por haber soltado una mentira tan indignante.

La sorprendida mirada de su padre se posó en él durante apenas un parpadeo y volvió entonces a desplazarse hacia el otro extremo de la sala.

—No sabía que hubieras pasado tanto tiempo en su compañía como para haber podido formarte semejante opinión.

Por lo que hacía referencia a su tranquilidad mental, Nathan había pasado demasiado tiempo en compañía de Victoria, y antes de que la visita de ella a Cornwall concluyera, iba a verse obligado a pasar aún mucho más. Y, maldición, no veía el momento.

—No es necesario pasar días o semanas con una persona para formarnos una opinión sobre ella, papá. Las primeras impresiones tienden a ser bastante acertadas. —Un ceño tiró de su frente hacia abajo al tomar conciencia de que su primera impresión de Victoria había sido que le resultaba absolutamente... encantadora. Demasiado inocente para él, demasiado aristocrática, y aun así encantadora.

—Estoy totalmente de acuerdo contigo —dijo su padre, asintiendo.

Nathan se obligó a salir de su ensimismamiento.

—¿Estás de acuerdo? ¿Con qué?

—Con lo que acabas de decir. Que no es necesario conocer mucho a alguien para saber que se trata de un ser... especial.

—¿Yo he dicho eso? —Dios del cielo, tenía que dejar de tomar brandy. Inmediatamente.

—Quizá no hayas empleado esas palabras precisas, pero esa es la idea, sí.

—Puede que no sea necesario pasar mucho tiempo con la persona en cuestión, pero desde luego sí lo es al menos tener con ella una conversación en privado, papá.

—Una vez más, estoy de acuerdo contigo. Esta mañana hemos tenido una agradable charla en el jardín, y de nuevo hemos vuelto a tenerla durante el té. No recuerdo cuándo fue la última vez en que me sentí tan deliciosamente entretenido.

Las cejas de Nathan se arquearon aún más.

—Creía que habías pasado la mañana con lady Delia en el jardín.

—Y así es. Como te he dicho, es una mujer admirable.

Nathan parpadeó.

—¿Lady Delia te parece una mujer admirable?

Su padre le dedicó una extraña mirada.

—Sí. ¿Qué diantre creías que estaba diciendo? ¿Acaso no solo has perdido tus facultades en el juego del ajedrez sino también el oído?

No, pero estaba claro que las facultades mentales de Nathan no estaban funcionando como deberían.

—Creía que te referías a lady Victoria —masculló.

Su padre clavó en él una dura mirada que prolongó durante varios segundos.

—Entiendo. Hay que estar ciego para no reparar en que lady Victoria es hermosa.

—Nunca he dicho que no lo fuera.

—No. Lo que has dicho es que es cansina. A mí no me lo parece. Y creo que no me equivoco al pensar que ni tu hermano ni Alwyck la encuentran desagradable. —Observó atentamente a Nathan por encima del borde de su copa de cristal—. No me parece que sea la clase de mujer que solía atraerte.

Maldición, ¿cuándo se había convertido en un libro que su padre pudiera leer tan detalladamente?

—No sabía que «cansina» fuera sinónimo de «atractiva» —dijo Nathan, conservando el mismo tono despreocupado.

—Normalmente no lo es. Sin embargo, a veces... —La voz de su padre se apagó y luego añadió—: Una mujer de su clase es un partido mucho más conveniente para Colin. O para Alwyck.

La amargura que había estado conteniendo durante años torció los labios de Nathan.

—En lugar de serlo para un hijo menor desprovisto de título que no es más que un pobre médico de pueblo de dudosa reputación. Estoy absolutamente de acuerdo contigo.

La mirada de su padre se endureció.

—No tengo la menor objeción en lo que respecta a la profesión de tu elección. Sin duda, ser médico es una carrera respetable para un hombre de tu posición y mucho más preferible que ver cómo arriesgas tu vida y la de tu hermano como espía. Sin embargo, ni apruebo ni comprendo las decisiones que has tomado en lo que concierne adónde y cómo vives y al modo en que te marchaste de Cornwall.

Nathan arqueó una ceja.

—Little Longstone es un lugar tranquilo y encantador...

—Donde la gente te paga con animales de corral y donde vives en una barraca.

—Casa de campo. Es una casa de campo. Y no todo el mundo me paga con animales de corral. Y, por si ya lo has olvidado, me fui de aquí porque tú me ordenaste que me marchara.

Un silencio preñado de tensión siguió las palabras tersamente pronunciadas por Nathan. Un músculo se contrajo en la mandíbula de su padre, quien replicó con voz queda:

—No nos engañemos, Nathan. Por parte de ambos se dijeron palabras airadas. Sí, te pedí que te fueras, pero ambos sabemos que eres la clase de hombre que jamás harías nada que no desearas hacer.

—También soy la clase de hombre que no se queda donde no es bien recibido.

—Reconócelo. Querías irte. Y huir de la insostenible situación que habías provocado con tus actos. Quizá te dije que te marcharas de Creston Manor, pero la de huir fue una decisión enteramente tuya.

Un sonrojo incómodo encendió el rostro de Nathan.

—Jamás he huido de nada en toda mi vida.

—Lo sé. De ahí que me resultara, y que todavía me resulte, tan desconcertante que lo hicieras en esa ocasión. Aunque tu situación era difícil, en vez de luchar por lo que querías, optaste por irte.

—Me fui en busca de lo que quería. De lo que necesitaba. Un lugar tranquilo. Un lugar donde nadie murmurara a mis espaldas ni me mirara con duda ni sospecha.

Otro estallido de risas atrajo la atención de Nathan hacia el extremo opuesto de la habitación. Victoria sonreía a Gordon en ese momento de un modo que hizo que Nathan rechinara los dientes. Cuando logró volver a centrar la atención en su padre, se encontró de pronto siendo el centro de una airada mirada.

—Si crees que una mujer como lady Victoria optará por la rusticidad con la que vives cuando podría ser condesa y ser dueña de todo esto —dijo el padre de Nathan, abarcando con un ademán toda la estancia—, me temo que estás destinado a la más completa decepción.

—Dado que estoy de acuerdo en que no solo soy una elección en nada adecuada para una dama como ella sino que además sí que una chiquilla rica y malcriada como lady Victoria sería para mí una desastrosa elección, no temo sufrir la menor decepción. Y ahora que eso ha quedado claro, ¿retomamos la partida?

—Por supuesto. —El padre de Nathan alargó el brazo y movió su alfil—. Jaque mate.

Nathan clavó la mirada en el tablero y se dio cuenta de que acababan de derrotarle. Volvió a mirar hacia el extremo opuesto de la habitación y su mirada se cruzó con la de Victoria, quien le observaba por encima de sus cartas. Nathan sintió el impacto de esos ojos como si acabara recibir un puñetazo por sorpresa, y temió haber sido derrotado en más de un frente.

12

La mujer moderna actual debe ser consciente de la importancia que tiene la moda en su búsqueda de la satisfacción íntima. Hay ocasiones en las que debe lucir un elegante vestido de baile, otras en las que es conveniente que se cubra solo con un *negligé* y otras en las que no debe llevar nada en absoluto...

Guía femenina para la consecución de la felicidad personal y la satisfacción íntima
CHARLES BRIGHTMORE

La mañana siguiente, Victoria salió temprano de su habitación con paso firme y un plan claramente definido en su cabeza: encontrar a Nathan y asegurarse de que no escapara como lo había hecho de la biblioteca la tarde anterior y del salón de lord Alwyck al caer la noche. No había tenido ocasión de hablar con él en privado desde que el día antes Nathan había abandonado la biblioteca con las notas y el mapa, una situación sin duda molesta. El corazón le había dado un vuelco en el pecho y había notado cómo se le encogía el estómago cuando la noche previa había visto a Nathan de pie en el vestíbulo antes de que el grupo saliera hacia Alwyck Hall. Y, sin duda, no por lo apuesto y disolutamente guapo que le había visto vestido de noche, ni tampoco a causa de la mirada encendida y absorbente que había visto reflejada en sus ojos. No, era porque podía disfrutar de un momento a solas con él para descubrir qué había estado haciendo durante toda la tarde. Sí, ese era el único motivo.

Pero entonces había aparecido lord Sutton, seguido rápidamente por su tía y por el padre de Nathan. La oportunidad no se había presentado ni durante el multitudinario trayecto en carruaje ni tampoco durante la cena o la sesión de juegos que había tenido lugar en el salón, y durante todo ese tiempo ella no había dejado de fingir su entusiasmo ante las atenciones que le prodigaban tanto lord Alwyck como lord Sutton, cuando lo que en realidad anhelaba era llevarse a Nathan a alguna alcoba apartada y besarle. Es decir, interrogarle.

Nathan se había retirado de la residencia de lord Alwyck antes que el resto del grupo, alegando un principio de jaqueca y afirmando que prefería volver a casa andando pues un poco de aire fresco normalmente le aliviaba en ocasiones así. Una oleada de compasión recorrió a Victoria al conocer la noticia, como si hubiera visto a Nathan realmente bajo de ánimo, y se preguntó si la conversación del médico con su padre habría sido la causa de su indisposición. Su compasión, no obstante, no tardó en convertirse en sospecha. Quizá la repentina jaqueca no había sido más que una excusa y Nathan planeaba dedicar la noche a la búsqueda de las joyas. Perfectamente podía estar haciéndolo en aquel mismo instante. Sin ella. El muy condenado. Victoria avanzó pisando fuerte por el pasillo y entró al comedor. Entonces se detuvo en seco.

O quizá Nathan estaba en el comedor desayunando unos huevos y leyendo el *London Times*.

Nathan sostuvo el tenedor en el aire y arqueó una ceja.

—Ah, eres tú, Victoria. Al oír esos pasos he creído que quizá estábamos sufriendo una invasión de soldados en plena marcha.

Oh, qué gracioso. Qué gran sentido del humor. Y qué irritante que necesitara como poco una semana para dar con una réplica afilada con la que contrarrestar el comentario. Y más irritante aún era ser consciente de que Nathan estaba sencillamente divino. Con una camisa blanca inmaculada que adornaba un pañuelo anudado con evidente precipitación, chaleco de color crema y una chaqueta marrón de Devonshire que no ocultaba algunas arrugas; no debería haber estado tan... perfecto. Sobre todo porque se habría dicho que se había peinado limitándose a pasarse sus impacientes dedos por el pelo. Hum... ¿de qué color eran los pantalones? Victoria se sorprendió poniéndose de puntillas en un esfuerzo por dar respuesta a esa pregunta, pero la mesa de caoba le impidió la vista. Probablemente beige, decidió, imaginando las musculosas piernas de Nathan embutidas en la tela color crema. Apartando la imagen de su mente, volvió a apoyar los talones en el suelo de parquet.

—Al parecer somos los únicos madrugadores —dijo Nathan. Señaló con el mentón al aparador cubierto de escalfadores de plata—. Por favor, sírvete. ¿Prefieres café o té?

—Café, gracias. —En cuanto pronunció las palabras, un joven lacayo se adelantó para servirle la bebida. Después de llenarse el plato con huevos, jamón en finas lonchas y una esponjosa magdalena ante la que se le hizo la boca agua, se sentó delante de Nathan.

—¿Has dormido bien? —preguntó él, llevándose la taza de porcelana a los labios.

—Muy bien —mintió Victoria. Había pasado una noche espantosa, preocupada, dando vueltas en la cama y preguntándose unas veces si Nathan estaría buscando las joyas sin ella y otras recordando el sabor de su beso, el contacto de su fuerte cuerpo contra ella, envolviéndola. En un momento de desesperación había echado mano de la *Guía femenina* que guardaba todavía en su bolsa de viaje, pero el libro había resultado demasiado explícito sexualmente para servirle de algún solaz. Lo cierto es que las sensuales palabras de la *Guía* no habían hecho más que espolear su ya ardiente imaginación.

—¿Y tú? ¿Has dormido bien?

—No.

—¿Ah, no? ¿Por qué razón? —dijo, aunque en realidad pensó: Estarías por ahí escondido en los bosques buscando joyas, ¿no es así, Señor de los Espías?

—¿De verdad quieres saberlo, Victoria?

Algo en esa pregunta sedosamente formulada y en la firme mirada con la que Nathan la había desarmado sacudió con la reverberación de una advertencia las terminaciones nerviosas de Victoria. Arrancó un pequeño trozo de galleta y levantó la cabeza.

—Sí.

Nathan dedicó una leve inclinación al lacayo, ordenándole que los dejara a solas. Cuando la puerta se cerró tras el joven, el médico se inclinó hacia delante, apoyándose sobre los antebrazos y acunando la delicada taza de porcelana entre sus grandes manos.

—No he dormido bien esta noche porque tenía la cabeza demasiado ocupada.

—Entonces ¿estabas aquí? ¿En la casa?

—Naturalmente. Dónde si no iba a... —Se interrumpió bruscamente y recostó la espalda contra el respaldo de la silla—. Ya entiendo. Creías que había salido y andaba por ahí registrando los bosques, a la búsqueda de las joyas sin ti.

Las palabras de Nathan reflejaron con tanta exactitud los pensamientos de Victoria que un rubor culpable asomó a su rostro.

—¿Acaso no es ocultarse en los bosques lo que mejor hacen los espías?

—Aunque no te negaré que es algo que se me da bien, no es lo que hago mejor.

—¿Y qué es lo que haces mejor?

Nathan bajó la mirada hasta la boca de ella y esbozó una sonrisa maliciosa.

—Ah, interesante pregunta donde las haya. ¿Estás segura de que quieres conocer la respuesta, Victoria?

Una ráfaga de calor la invadió por completo y los dedos de los pies se le encogieron en los zapatos. Que Dios la asistiera. Sí, quería conocerla. Desesperadamente. Sobre todo al ver que el brillo que asomaba a los ojos de Nathan auguraba que su respuesta la dejaría a buen seguro sin aliento. Aunque no serviría de nada hacérselo saber. Sin duda, la mejor forma de lidiar con él era seguirle el juego. Le miró directamente a los ojos y preguntó con extrema suavidad:

—¿Te estás ofreciendo a decírmelo, Nathan?

—¿Siempre respondes a una pregunta con otra pregunta?

—¿Y tú?

Nathan rió.

—A veces. Normalmente cuando intento ganar tiempo. ¿Es eso lo que estás haciendo?

—Desde luego que no —respondió ella con una mueca desdeñosa.

—En cuanto a lo que hago mejor, me encantaría decírtelo. Y aún más me encantaría ofrecerte una demostración.

Cielos... Otra oleada de calor la envolvió. Victoria intentó recurrir a su expresión más remilgada, aunque no supo con certeza si había salido airosa del intento pues era difícil parecer remilgada mientras un cúmulo de imágenes sexuales le bailaban en la cabeza.

—¿Aquí? ¿En el comedor?

—No es, desde luego, el lugar más tradicional, pero si es ese tu deseo, estoy dispuesto a saltarme cualquier convencionalismo.

Un bufido muy poco propio de una dama escapó de entre sus labios.

—¿Tú? ¿Dispuesto a saltarte los convencionalismos? Gracias a Dios que no suelo sufrir vahídos a menudo, de lo contrario una afirmación semejante me habría afectado sobremanera.

Nathan agitó la mano en un gesto magnánimo.

—No te preocupes si sucumbes a la emoción. Recuerda que, siendo médico, podría hacer que recobrases el conocimiento de inmediato.

—¿De inmediato? Entonces es la práctica de la medicina lo que mejor se te da.

Una sonrisa que solo podía ser descrita como pícara asomó a los labios de Nathan.

—No. La práctica de la medicina es lo que hago cuando no estoy haciendo lo que mejor se me da.

«Ay, Dios.» No podía ser que se refiera a... Pero, oh, sí, a juzgar por esa sonrisa traviesa, estaba claro que así era. A pesar de los conocimientos que había adquirido leyendo la *Guía*, Victoria se sintió de pronto tristemente falta de preparación para continuar con la conversación. En un esfuerzo por recuperar el control, adoptó el gélido tono de voz con el que siempre conseguía poner a la gente en su sitio.

—¡Qué encantador de tu parte! Y ahora dime, ¿cuál es el plan para hoy?

—¿El plan?

—Para localizar las joyas.

—No tengo la menor idea.

Victoria dejó el tenedor en el plato.

—¿Que no tienes la menor idea, dices? ¿Después de haber estado toda la noche dándole vueltas?

—¿Qué te hace pensar que cavilar sobre la ubicación de las joyas es lo que ha llenado mis pensamientos durante la noche?

—Porque así debería haber sido. Si yo hubiera estado toda la noche despierta sin duda habría sido eso lo que habría ocupado mis pensamientos. —Su conciencia dio un respingo y soltó un chillido de indignación. ¡Mentirosa! Has estado del todo despierta y tanto los mapas como las joyas han sido lo último que se te ha pasado por la cabeza!, se dijo. De pronto se quedó inmóvil. ¿Acaso era posible que Nathan hubiera sido víctima de las mismas cavilaciones sensuales que le habían robado el sueño a ella? De ser así...

Ufff... Qué calor hacía en el comedor. Casi no pudo evitar abanicarse con la servilleta de algodón.

—En ese caso, es del todo desafortunado para nuestros planes de búsqueda que hayas dormido tan bien —dijo Nathan con voz seca—. A pesar de que he estudiado al detalle el dibujo y la carta, no he podido descubrir nada más. También he dibujado el mapa cuadriculado de la propiedad. Sugiero que empecemos por el rincón situado más al noreste y que actuemos desde allí. En la carta cifrada que ayer le envié a tu padre en la que le explicaba que habías perdido la nota...

—Querrás decir que tu cabra se comió la nota.

—... le pedí que me enviara otro dibujo. Desgraciadamente, y dadas las distancias implícitas, cuando la nota llegue a Londres y recibamos una respuesta, habrán pasado por lo menos dos semanas. Esperaba poder tener solucionado este asunto para entonces.

—¿Y así poder volver a tu casa en... cómo se llamaba? ¿Little Longstone?

—Sí. —Nathan terminó su café—. Estoy seguro de que también tú tienes ganas de que este asunto se resuelva y poder regresar a Londres. A tus fiestas, a tus compras y a tus pretendientes. De modo que puedas elegir marido y planear una extravagante boda.

—Sí, eso es exactamente lo que deseo —dijo Victoria. Un ceño se dibujó entre sus cejas al percibir la sensación de vacío que de pronto le atenazó el estómago. Alzó ligeramente el mentón—. Oyéndote, cualquiera diría que hay algo de malo en eso.

—En absoluto. Si es eso lo que quieres... —alegó, encogiéndose de hombros.

Una oleada de calor trepó por las mejillas de Victoria. ¿Cómo se las había ingeniado Nathan para hacer que se sintiera tan... hueca? ¿Tan superficial? Todas las jovencitas soñaban con fiestas elegantes, con salir de compras, con pretendientes y con su propia boda... ¿o no era así? Desde luego, era el caso de todas las muchachas de su entorno.

Sin embargo, antes de poder informar de ello a Nathan, él preguntó:

—Dime, ¿te interrogaron anoche mi hermano o Gordon sobre tu réplica de la nota?

—Sí. De hecho, ambos lo hicieron. Después de que te marcharas.

—¿Estabais los tres juntos?

—No. Lord Alwyck me lo preguntó cuando nos quedamos un momento a solas.

Los ojos de Nathan se entrecerraron.

—¿Y cómo llegasteis a quedaros unos instantes a solas?

Sintiéndose totalmente en control de la conversación, Victoria tomó otro bocado de huevos antes de responder.

—Me llevó a visitar la sala de música.

—¿Dónde estaban los demás durante esa visita?

—Mi tía y tu padre estaban jugando una partida de backgammon. Tu hermano había salido a la terraza.

—¿Qué fue lo que Gordon te preguntó?

—Hasta qué punto había sido capaz de recordar el contenido de la nota y hasta dónde habías sido tú capaz de descifrarla.

—¿Y tu respuesta?

—Como te prometí, no revelé nada. Adopté el papel de la mujer olvidadiza, boba y dada a la risa fácil.

—¿Te creyó?

—Sin duda. A buen seguro está acostumbrado a esa clase de mujeres.

—¿Y mi hermano? ¿Debo asumir que también te viste a solas con él?

—Brevemente. Cuando regresamos aquí, al venir hacia la casa. Utilicé el mismo ardid con él.

—¿Su reacción?

Victoria lo pensó durante varios segundos y luego dijo:

—No me cabe duda de que también él me creyó. Aunque debo decir que a la vez me pareció bastante… aliviado. No hará falta que te diga que ahora ambos caballeros me tienen por una cabeza de chorlito.

—Al contrario. Estoy seguro de que te tienen por una mujer femeninamente encantadora.

—Y por una cabeza de chorlito —masculló—. ¿Te interrogaron también a ti?

—Sí. Les dije que, como eres una olvidadiza, boba y risueña cabeza de chorlito, cualquier investigación quedaba pospuesta hasta que reciba noticias de tu padre.

Después de decidir que nada de lo que pudiera decir resultaría agradable, Victoria dedicó toda su atención al desayuno. Tras untar generosamente su galleta con mermelada de arándanos, le dio un mordisco, masticó y cerró los ojos, extasiada.

—Es la mermelada más deliciosa que he probado en mi vida —proclamó—, y es todo un cumplido, pues me considero una gran experta en el tema.

Siguió comiendo en silencio durante un instante. Entonces oyó a Nathan reírse entre dientes.

—Veo que no solo eres golosa, sino que además tienes buen apetito.

El calor le arreboló las mejillas al percatarse de que se había dejado llevar por un impulso. Normalmente desayunaba sola, pues su padre solía dormir hasta tarde, de ahí que estuviera habituada a copiosas comidas... algo que una dama no debía hacer delante de un caballero.

—Me temo que sí.

—No tienes de qué avergonzarte. No era una crítica. Lo cierto es que observarte comer me resulta muy... estimulante. Me ha inspirado una idea.

El tenedor cargado de jamón se detuvo a medio camino entre el plato y los labios de Victoria, quien miró a Nathan desde su extremo de la mesa. Él la observaba con una mirada especulativa en los ojos mientras se golpeaba despacio los labios con la yema del índice. A pesar de que Victoria no sabía con certeza cuál era la idea que había inspirado en él, el aspecto de los labios de Nathan, tan suaves y firmes bajo su dedo, sin duda inspiraban en ella una idea. De hecho, varias.

—¿Qué clase de idea? —preguntó, maldiciéndose por dentro al oírse tan falta de aliento.

—Un picnic. Le diré a la cocinera que nos prepare una comida que podamos llevarnos con nosotros para que así no nos veamos obligados a interrumpir nuestra búsqueda volviendo a comer a casa. ¿Qué te parece?

¿Pasar una mañana y una tarde explorando el campo en busca de una valija de joyas robadas con un hombre ante el que todo su ser se estremecía y temblaba al unísono? ¿Con un hombre que la excitaba, la frustraba y la desafiaba como ningún hombre lo había hecho jamás? Se le antojó estimulante. Excitante. Y, oh, definitivamente tentador. Su mente no tardó en enviarle un condenatorio mensaje de cautela ante la posibilidad de volver a estar a solas con él, pero su corazón silenció al instante cualquier objeción. Victoria deseaba una oportunidad para volver a besarle... bajo sus condiciones... y él acababa de ofrecérsela.

Y, a juzgar por la breve conversación que había tenido con tía Delia la noche anterior antes de retirarse a sus aposentos, sin duda no tenía que preocuparse de que la señora pusiera la menor objeción a que saliera a pasear a caballo a solas con Nathan. Lo cierto es que su tía la había apremiado, diciendo: «Cielos, querida, disfruta de este tiempo delicioso mientras puedas. Que a mí no me guste montar a caballo no significa que tú debas prescindir de ello. Aquí las cosas son mucho menos formales que en Londres. Los paseos a caballo por el campo a plena luz del día son perfectamente respetables».

—Me parece perfecta... mente aceptable.

—Excelente. Lo dispondré todo con la cocinera mientras subes a ponerte el traje de montar. Nos encontraremos en... ¿te parece dentro de media hora en las cuadras?

—Perfecto.

Nathan se llevó la servilleta a la boca y se levantó. Tras una ligera reverencia, salió de la habitación y Victoria dejó escapar un largo y femenino suspiro.

Los pantalones de Nathan eran ciertamente de color crema. Y... le quedaban maravillosamente.

Nathan estaba sentado en un taburete de madera en la enorme cocina, masticando una galleta todavía caliente y viendo cómo la cocinera iba metiendo las cosas en la gastada alforja de cuero marrón que él había bajado de su habitación. De pronto le embargaron recuerdos de otras ocasiones en que había estado sentado también en ese mismo lugar, disfrutando de algún dulce recién horneado. Durante su infancia, la cocina había sido uno de sus lugares favoritos a los que escapar, no solo debido a las deliciosas golosinas que allí conseguía, sino también a la excitación de lo prohibido... pues ni él ni Colin tenían permitido visitar la cocina. Según había decretado su padre, esa clase de visitas eran de lo más impropio. Sin embargo, como era precisamente en la cocina donde estaban todos los dulces, ni Colin ni él hacían el menor caso a ese dictado.

—Como en los viejos tiempos, ¿eh, doctor Nathan? —dijo la cocinera con una sonrisa de oreja a oreja que dividía en dos sus jubilosos rasgos y las redondas mejillas teñidas de rosa por el calor de la cocina.

Nathan sonrió a su vez. La cocinera se llamaba Gertrude, aunque durante los veinticinco años que llevaba al frente de la cocina de Creston Manor la habían bautizado con el simple apodo de la Cocinera.

—Eso mismo pensaba yo. —Nathan inspiró hondo—. Hum. Estoy convencido de que este es el lugar que mejor huele de toda Inglaterra.

No hubo duda del placer que experimentó la Cocinera ante el comentario.

—Por supuesto que lo es. Y debería darle vergüenza haberse ausentado durante tanto tiempo. Pero ahora ha vuelto y les he preparado, a usted y a su joven dama, un auténtico festín.

—No es mi joven dama —dijo él, ignorando el incómodo hormigueo que esas dos palabras habían provocado en él—. Es simplemente una invitada. A la que le gusta comer. Y mucho.

—Oh, pero esas son las mejores damas, doctor Nathan. Las que no tienen reparos en comer delante de los demás y las que no se las dan de nada. No soporto a esas damas que apenas tocan la comida en el comedor y se ceban en su habitación. —Agitó la mano y arrugó la nariz—. Bah. Unas falsas, eso es lo que son. Siempre se puede saber la clase de mujer con la que se trata por su forma de comer. ¿Dice que la tal lady Victoria tiene buen apetito? En ese caso, haría bien quedándose con ella, acuérdese de lo que le digo.

—Diría que no es una mujer con la que uno pueda «quedarse».

La Cocinera asintió, dando muestras de una comprensión inmediata.

—Tozuda la dama, ¿eh?

—Mucho. Y de fuerte carácter.

—Bendiciones ambas, sin duda. Seguro que se cansaría pronto de una muchacha que estuviera siempre de acuerdo con usted.

—Quizá. Aunque no me desagradaría que estuviera de acuerdo conmigo alguna vez —masculló.

La Cocinera rió.

—Vaya, así que le tiene disgustado...

—Porque es exageradamente irritante. —Y añadió para sí: Además de preciosa. Y divertida. Y encantadora. Y deseable.

La Cocinera rió entre dientes y meneó la cabeza.

—Eso es exactamente lo que pensábamos mi William y yo el uno del otro al principio. No sabíamos si aporrearnos o besarnos. Y puedo decir con toda sinceridad que, en los veintitrés años que llevamos juntos, ninguno de los dos se ha aburrido jamás.

—Y me alegro por usted —dijo Nathan, cogiendo un paño con el que limpiarse los dedos—. Pero, como ya le he dicho, lady Victoria no es mi dama. De hecho, cuanto antes se vaya de Cornwall, mejor para mí.

La Cocinera se encogió de hombros, aunque la especulación que asomó a sus perspicaces ojos oscuros no dejó lugar a dudas.

—Naturalmente, quién sino usted para saber qué es lo que más le conviene. —Cerró la solapa de la alforja y empujó el bulto hacia Nathan—. Aquí tiene. Y espero que me la devuelva vacía.

Nathan levantó la alforja y fingió tambalearse a causa de su peso.

—¿Vacía? Esto podría llevarnos una semana entera.

—Lo dudo mucho. Al parecer, montar a caballo siempre abre el apetito.

La voz y la expresión de la Cocinera eran la personificación de la inocencia, pero Nathan la conocía lo suficiente para saber que inocencia era precisamente lo que no había en ellas. Le dedicó un fingido ceño, que ella ignoró alegremente.

—Gracias por prepararnos la comida —dijo, colgándose la alforja al hombro y dirigiéndose hacia la puerta.

—De nada. Que tenga una tarde agradable.

—Lo dudo —gruñó Nathan por lo bajo al salir—. Aunque al menos no pasaré hambre.

Cruzó el césped a grandes zancadas hacia las cuadras con el ceño fruncido. Maldición, no estaba de buen talante, y la sensación no le gustó nada. La vida que llevaba en Little Longstone era tranquila. La que llevaba desde que había llegado a Cornwall era… exactamente lo opuesto a tranquila. Sentía como si tiraran de él en media docena de direcciones. A pesar de que su sensatez cuestionaba la sabiduría que encerraba la decisión de pasar el día con Victoria, el corazón se le aceleraba en el pecho ante semejante perspectiva. Aunque era plenamente consciente de que no debía desearla, lo cierto es que así era, presa de una creciente desesperación que amenazaba con abrumar su sentido común. A pesar del hecho de que las posibilidades de dar con las joyas y limpiar con ello su nombre eran escasas, seguía sintiéndose obligado a intentarlo. Y, aunque una parte de él deseara fervientemente regresar a Little Longstone, no podía negar que había echado de menos Creston Manor. No había sido consciente en qué medida le afectaría verse de nuevo cerca del mar, de los acantilados y las cuevas. Ni del arrebato de nostalgia que la visita provocaría en él.

Sacudiéndose de encima esas cavilaciones, miró al frente hacia las cuadras. Su sorpresa fue mayúscula al ver a Victoria junto al corral de los animales, de espaldas a él. Cuando, media hora antes, Nathan había sugerido que se encontraran en las cuadras, no se le había ocurrido que Victoria no solo acudiría a la cita puntualmente, sino que lo haría antes de la hora acordada. Como de costumbre, el corazón se le aceleró ridículamente en el pecho. Sus pasos hicieron lo propio.

Victoria se volvió en ese momento y los pasos de Nathan vacilaron al ver que no estaba sola. No, estaba con Petunia. Y Victoria y su cabra parecían estar enzarzadas en un conato de guerra a causa de lo que parecía ser un fragmento de material blanco. Sin duda se trataba del pañuelo de Victoria. Después de haber tenido varios altercados de ese orden con Petunia, Nathan bien sabía cuál de las dos saldría victoriosa del lance, y desde luego no sería la mujer que intentaba arrancar un retal de tela de una cabra claramente decidida a no dárselo.

Echó a correr al ver que ni Victoria ni Petunia cejaban en su empeño. Al acercarse, Nathan oyó a Victoria bufar y resoplar por el esfuerzo.

—Otra vez no —dijo entre dientes, tirando hacia atrás—. Me robaste la nota pero no pienso dejar que me robes mi pañuelo favorito. ¿Por qué no puedes comer arbustos como las cabras normales?

Nathan dejó la alforja en el suelo y se acercó. En cuanto Petunia lo vio, soltó la tela que tenía entre los dientes y salió trotando hacia él, sin duda a la espera de una golosina aún más apetecible. Afortunadamente, con ello soltó el pañuelo de Victoria. Pero, por desgracia, también soltó a Victoria. Con un grito de sorpresa, Victoria se tambaleó hacia atrás y cayó al suelo, aterrizando sonoramente sobre su trasero.

Nathan echó a correr hacia ella y se agachó, apoyando una rodilla en el suelo junto a ella.

—¿Estás bien?

Victoria se volvió a mirarle. Tenía las mejillas teñidas de carmesí y la piel brillante a causa del esfuerzo. Se le había ladeado el sombrero y un largo rizo moreno le dividía la frente en dos, tapándole el puente de la nariz. Jadeos entrecortados se abrían paso entre sus labios entreabiertos. El triunfo resplandecía en sus ojos.

—He ganado. —Levantó la mano enguantada, que agarraba un arrugado y no muy limpio pañuelo de lino al que le faltaba un trozo de encaje en uno de los bordes.

Aliviado al ver que obviamente ella estaba bien, Nathan dijo:

—No estoy seguro de poder declarar vencedora a la joven despeinada del sombrero inclinado que está sentada sobre su trasero en el fango. Aun así, me inclino ante su valoración de la situación.

Victoria resopló hacia arriba para apartar el rizo que le tapaba la nariz, pero el sedoso bucle volvió a posarse exactamente en el mismo lugar.

—Lo importante no es quién esté en el suelo, ya que el ganador es quien ostenta el botín de guerra. —Agitó el puño en el que tenía agarrado el pañuelo para hacer hincapié en su declaración.

—¿Te has hecho daño?

—Solo tengo herido el orgullo. —Lanzó una mirada afligida a su puño cerrado—. Aunque me temo que mi pañuelo está gravemente malherido.

—¿Qué diantre estabas haciendo?

Ella se volvió a mirarle y arqueó una ceja.

—¿Acaso no era evidente? Intentaba rescatar mi propiedad de esta cuadrúpeda ladrona de pañuelos.

—¿Y cómo ha conseguido cogerlo, me lo puedes explicar?

—Se ha acercado a mí sigilosamente por detrás. Estaba dando de comer a tus patos cuando he notado que algo me empujaba. En cuanto me he vuelto, tu cabra se estaba comiendo mi pañuelo.

—¿Y dices que un animal que pesa al menos sesenta kilos se ha acercado a ti sigilosamente?

Victoria levantó la barbilla y le lanzó una mirada altiva.

—Es sorprendentemente sigilosa para su tamaño.

—¿Por qué estabas dando de comer a los patos? Creía que no te gustaban las… ¿Cómo llamaste a mis animales? Ah, sí, bestias de corral.

—Nunca he dicho que no me gusten los patos. Lo que dije fue que no me gustaban los animales que pesan más que yo. Como verás, tus patos son considerablemente más pequeños que yo.

—¿De dónde has sacado el pan?

—Del comedor.

—Entiendo. O sea, que te dedicas a sustraer comida de la casa de mi familia para luego intentar engatusar a mis patos con material robado.

Un inconfundible sonrojo culpable tiñó las mejillas de Victoria, y Nathan sintió que algo cambiaba en su interior al darse cuenta de que ella había intentado ganarse la amistad de sus patos. Sin embargo, en lugar de parecer abatida, ella alzó aún más la barbilla y le miró directamente a los ojos sin inmutarse.

—Aunque sin duda podría encontrar un modo más delicado de describir lo acontecido, en una palabra, sí, eso es exactamente lo que ha ocurrido. Y quiero que sepas que los patos y yo nos estábamos llevando fantásticamente bien hasta que ya-sabes-quién se ha acercado a mí sigilosamente.

Al verla así, tan despeinada e indignada, Nathan tuvo que apretar los labios para reprimir una sonrisa. Los ojos de Victoria se entrecerraron al instante.

—No te estarás riendo, ¿verdad?

Nathan tosió para disimular una carcajada.

—Por supuesto que no.

—Porque, si fuera así, mucho me temo que un gesto semejante hablaría muy mal de ti. Espantosamente.

—¿Ah, sí? ¿Y qué harías? ¿Empujarme al suelo sobre mi trasero? ¿Aplastarme con tu pañuelo desprovisto de encaje?

—Ambas son posibilidades harto tentadoras. No obstante, no deben revelarse jamás los planes de venganza, especialmente a la persona a la que se desea convertir en destinatario de ella. Seguro que eso es algo que todo espía sabe.

—Oh, sí. Creo que se menciona en el Manual Oficial del Espía.

Tras mascullar algo que sonó sospechosamente parecido a «qué hombre tan exasperante», Victoria le lanzó una mirada airada que resultó considerablemente menos intensa debido al rizo que le dividía la nariz, e intentó levantarse. Nathan se puso en pie y le ofreció la mano, pero ella la apartó a un lado. En cuanto estuvo de pie, se plantó el puño cerrado en la cintura y levantó el otro brazo para señalar con un dedo imperioso a Petunia, que estaba sentada, perfectamente relajada, bajo un bosquecillo de olmos cercano.

—Esa cabra es una amenaza.

—De hecho, es muy dulce. Su único defecto es que tiene una curiosidad insaciable.

—Y que tristemente carece por completo de criterio en lo que a las golosinas se refiere.

—Sí, eso también.

Victoria se fijó en la ropa de Nathan.

—¿Cómo es que no parece faltarte ningún botón y que no tienes la marca de ningún mordisco en tu ropa?

—Aprendí muy deprisa, en cuanto perdí no uno sino dos botones del chaleco, que aunque a Petunia le gustan las golosinas que tengan algo que ver con la ropa, le encantan las zanahorias y las manzanas. El Manual Oficial del Espía explica con claridad que resulta más fácil lidiar con nuestros enemigos cuando les ofrecemos lo que desean.

—Es decir, que has salvaguardado tu ropa con…

—Zanahorias y manzanas. Sí.

Victoria se sacudió una mancha de polvo que le deslucía la falda.

—Podrías haber mencionado ese útil detalle un poco antes.

—No me lo habías preguntado hasta ahora. Además, no se me había ocurrido que fueras a llegar a las cuadras antes que yo.

—Quería asegurarme de que no intentarías salir a escondidas sin mí.

Las palabras de Victoria tuvieron sobre él el efecto de una jarra de agua fría y los hombros de Nathan se tensaron.

—Hemos hecho un trato. Soy un hombre de palabra —dijo con voz glacial.

El silencio se extendió entre ambos. Victoria levantó la mano, se ocultó el rizo rebelde bajo el sombrero y observó atentamente a Nathan.

—En ese caso, supongo que te debo disculpas.

Él se limitó a inclinar la cabeza y a esperar.

Siguió un nuevo silencio. Por fin, Victoria dijo:

—No estoy nada contenta con el estado de mi pañuelo.

Él la miró fijamente, perplejo, y meneó la cabeza.

—Vaya, ha sido la peor disculpa que me han ofrecido nunca.

—¿Qué quieres decir? He reconocido que te debía una disculpa.

—De hecho, lo que has dicho es que «suponías» que me la debías.

—Exacto. ¿Qué más quieres?

—Una disculpa no pronunciada no es tal, Victoria. —Nathan se cruzó de brazos y arqueó las cejas.

Una vez más, Victoria le estudió durante largos segundos con una extraña expresión en el rostro. Luego se aclaró la garganta.

—Lo siento, Nathan. Hicimos un trato y no me has dado ningún motivo para que dude de que eres un hombre de palabra. —Pegó firmemente los labios y él no pudo contener una carcajada.

—A punto has estado de ahogarte para no añadir las palabras «hasta ahora», ¿verdad?

—Ha requerido cierto esfuerzo, es cierto.

—Bueno, acepto tus disculpas. Y, en honor a la justicia, te ofrezco las mías. Siento que mi cabra te haya destrozado el pañuelo. Ya sé que es un pobre sustituto, pero... —Se llevó la mano al chaleco, sacó un cuadrado doblado de lino y se lo presentó a Victoria con una floritura—. Por favor, acepta el mío en su lugar.

—Esto no es necesario...

—Aun así, insisto —dijo él, depositando el pañuelo en la mano de ella—. Y demos gracias de que Petunia no te haya mordisqueado los zapatos en vez del pañuelo, pues mucho me temo que los míos son demasiado grandes para ofrecértelos como recambio.

Los labios de Victoria se contrajeron.

—Hum. Sí. Sobre todo teniendo en cuenta que ya tienes una mascota que, como su nombre indica, se caracteriza por destrozar el calzado. —Se metió el pañuelo de Nathan y el suyo, roto como estaba, en el bolsillo del traje de montar y le tendió la mano—. ¿Tregua?

Nathan estrechó su mano. Sin embargo, un instante después, un diablo interior le impulsó a llevarse la mano de Victoria a los labios. Aun así, no tuvo bastante con rozar con los labios los dedos enguantados de la joven, de modo que hizo girar la mano para dejar a la vista la delgada franja de muñeca desnuda que quedaba al descubierto entre el guante y la manga de su chaqueta de montar. Manteniendo la mirada clavada en la de ella, posó los labios en el suave atisbo de pálida piel. E inmediatamente lo lamentó.

Un esquivo olorcillo a rosas jugó con sus sentidos, colmándole al instante de una apremiante necesidad de hundir el rostro en la suave piel de Victoria e inspirarla por completo. Pero fue la reacción que observó en ella lo que le obligó a contener un gemido del más puro deseo. Un fugaz jadeo seguido de una larga y lenta exhalación. Ojos que se abrían ligeramente para entrecerrarse un instante después. La punta de la lengua humedeciendo unos labios ligeramente despegados. Victoria parecía enardecida, excitada y… demonios, el efecto que esa mujer tenía sobre él era totalmente absurdo. Había conseguido ponerle de rodillas ante ella con una simple mirada. Que Dios le asistiera si en algún momento decidía seducirle deliberadamente.

Maldición, tendría que haberla dejado seguir enojada con él, haber intentado mantener por todos los medios la pequeña distancia que había entre ambos. Le habría resultado mucho más fácil resistirse a ella si Victoria hubiera insistido en no hablarle. En no desafiarle. En no mirarle con esos enormes ojos azules. Pero no, había aceptado su oferta de tregua cuando lo que en realidad tendría que haber hecho era insistir para que ella se cubriera con un saco de yute.

Y ahora estaba a punto de disfrutar de su compañía toda una tarde. Una tarde durante la cual se vería obligado a visitar el lugar donde había vivido la peor noche de su vida. Que Dios le asistiera. Nathan no estaba seguro de lo que más le atemorizaba… si pensar en el comienzo de la tarde o en su final.

13

La mujer moderna actual merece experimentar una gran pasión en su vida, pero desgraciadamente no todas las mujeres tienen la bendición de encontrar a alguien que inspire en ellas tamaño deseo. Si por fortuna conocen al hombre que haga palpitar su corazón, temblar sus rodillas y estremecerse todo su ser, no deberían permitir que nada se interpusiera en su camino y les impidiera disfrutar a manos llenas de la felicidad.

Guía femenina para la consecución
de la felicidad personal y la satisfacción íntima
CHARLES BRIGHTMORE

Nathan ordenó a Medianoche aflojar el paso cuando se acercaron a la curva del sombrío sendero bordeado de árboles.

—¿Es este el sitio? —preguntó Victoria, que avanzaba junto a él a lomos de Miel.

—Justo al doblar la curva. —Inspiró hondo y se preparó para lo que estaba por venir, aunque no hizo nada por detener la embestida. En cuanto dobló la curva, le asaltaron los recuerdos que tanto había luchado por apartar de su cabeza, poniendo cerco a las fortificaciones que con tanto esmero había levantado para protegerse de la culpa, del remordimiento y de la autocondena que habían amenazado con consumirle desde lo más profundo de su ser. Aunque desde un buen principio era consciente de que tendría que volver a visitar ese lugar, había esperado, rogado, que las imágenes se hubieran desvanecido. Sin embargo, se le clavaron como un cuchillo en el vientre.

Tiró de las riendas de Medianoche hasta detener al caballo y bajó la mirada al punto exacto donde había encontrado a Gordon, desplazándose luego hasta el seto del que había sacado a Colin. Cerró con fuerza los ojos. Por su mente desfilaron vívidas imágenes y tajos de dolor que escocieron como un latigazo, abriendo aún más las cicatrices del arrepentimiento que ya marcaban su piel. Se le tensó el pecho y la garganta y, abriendo los ojos, escudriñó el terreno. La lluvia caída durante los últimos tres años había borrado cualquier resto de la sangre de Colin y de Gordon. Cuánto lamentaba no haber podido limpiar así su memoria.

Sintió que le tocaban el brazo y volvió la cabeza. Victoria había posado su mano enguantada sobre su manga y le miraba con una expresión de inconfundible preocupación.

—¿Estás bien, Nathan?

No. No estoy bien, pensó. Había perdido todo cuanto le importaba. Exactamente allí. Y él era el único culpable.

—Sí. Estoy bien.

—Tienes mal aspecto.

Nathan forzó un esbozo de sonrisa.

—Gracias, aunque debo advertirte que palabras tan edulcoradas suelen subírseme a la cabeza.

Ni un leve asomo de diversión iluminó los rasgos de Victoria mientras su mirada estudiaba la de él durante lo que se le antojó una eternidad. Por fin dijo con voz queda:

—Te resulta doloroso estar aquí.

Nathan se vio obligado a tragarse el sonido aciago que sintió ascender por su garganta y asintió, sin confiar demasiado en su propia voz.

—¿Quieres contarme lo que ocurrió?

Un inmediato «no» estuvo a punto de salir de labios de Nathan, pero la compasión que colmaba la voz y los ojos de Victoria pudo con él. De pronto no se le ocurrió un solo motivo convincente para no contárselo.

—A partir de ciertos datos que me facilitó un informador, me llevé la valija de las joyas de un barco anclado en Mount's Bay.

—¿Cómo te las llevaste?

Nathan se encogió de hombros.

—Digamos simplemente que soy buen nadador y que me manejo bien con el cuchillo. —Los ojos de Victoria se abrieron de par en par, pero antes de que pudiera seguir interrogándole, él prosiguió—. Esa noche debía hacer aquí entrega de las joyas, pero cuando llegué oí disparos. Descubrí a Gordon herido en el sendero. Cuando me acerqué a él, me golpearon por la espalda y solté las joyas. Antes de que pudiera recobrar el sentido, mi asaltante las cogió y desapareció en el bosque.

—¿No saliste tras él?

—No.

—¿Por qué?

Otro recuerdo preñado de culpa le golpeó con un visceral puñetazo.

—Porque me pareció más importante comprobar que Gordon estuviera vivo. Luego me di cuenta de que también a Colin le habían disparado.

—¿A quién se suponía que debías entregarle las joyas?

Nathan vaciló. Jamás se lo había dicho a nadie, a pesar de que no estaba ya en la obligación de permanecer en silencio. Sin embargo, y aunque el instinto le aconsejaba mantener la información en secreto, también le decía que podía confiar en esa mujer. Y que ella estaba en el derecho de saber.

—Tendrás que darme tu palabra de que jamás repetirás lo que estoy a punto de decirte.

—Muy bien.

—Supuestamente, debía entregar las joyas a tu padre.

La mano de Victoria se despegó lentamente de su manga y frunció el ceño.

—¿A mi padre? —repitió con tono confundido—. No entiendo. ¿Estaba aquí? ¿En Cornwall?

—Sí. Cuando oí los disparos, lo primero que pensé fue que habían atacado a tu padre. Sin embargo, cuál fue mi sorpresa cuando vi que eran Gordon y Colin los que estaban heridos.

—¿Por qué?

—Porque no sabían nada sobre la misión. Los únicos que estábamos al corriente de ella éramos tu padre y yo. A día de hoy, ni Gordon ni Colin saben que era tu padre la persona con la que yo debía encontrarme, y quiero que eso siga así. Al menos, por ahora.

—Pero ¿por qué no se les incluyó en la misión? Y, si no lo estaban, ¿qué hacían aquí esa noche?

—Tu padre estaba a cargo de la misión y solo quería implicar a un operativo. En cuanto a por qué me eligió a mí en vez de a Colin o a Gordon, fue simplemente una cuestión de dinero. Se ofrecía una gran recompensa por la recuperación de las joyas. Por su condición de herederos, Colin y Gordon tenían la vida resuelta. Yo, en cambio, no podía decir lo mismo. Al asignarme la misión, tu padre me ofreció la oportunidad de acceder a una situación de seguridad económica.

—Ya... veo —dijo ella, aunque sin duda todavía le rondaban algunas preguntas—. ¿Qué pasó con mi padre esa noche? ¿También él resultó herido?

—Naturalmente yo estaba muy preocupado por él. En cuanto acabé de curar a Colin y a Gordon recibí un mensaje codificado de tu padre en el que me informaba de que había sido asaltado poco después de haber salido de la posada donde se alojaba y en el que me preguntaba qué había ocurrido. Le escribí una explicación, a la que él respondió diciéndome que había decidido regresar a Londres y en la que me daba instrucciones de que dijera lo menos posible a Colin y a Gordon sobre la misión, al tiempo que insistía en que no mencionara su implicación en lo ocurrido. Logré evitar las preguntas de Colin y de Gordon mientras les curaba las heridas, aunque sabía que no podría seguir evitándolas durante mucho tiempo. Cuando finalmente exigieron respuestas, mis vagas explicaciones no lograron satisfacerles. Casi de inmediato estallaron los rumores sobre las joyas desaparecidas y mi implicación en el caso, sin duda gracias a los retazos de conversación oídos por el servicio. Lo siguiente que supe fue que se me interrogaba oficialmente. A pesar de que nunca se logró probar nada contra mí, fueron muy pocos los que me consideraban inocente. Cada día que pasaba surgían nuevos chismes. Las miradas y los susurros me seguían por el pueblo. Y también en casa.

—¿Tu familia te creyó culpable?

—Aunque ni Colin ni mi padre llegaron en ningún momento a acusarme abiertamente, tampoco proclamaron mi inocencia. Hasta un ciego habría podido leer la sombra de duda que velaba sus ojos. —La imagen de Colin que había quedado grabada en su mente y la de su amigo mirándole con los ojos preñados de duda y de sospecha destellaron en su mente, provocando de inmediato una afilada punzada de dolor. Nathan parpadeó en un afán por deshacerse del recuerdo y prosiguió—: En cuanto a Gordon, mi mejor amigo, me acusó abiertamente.

—¿Tenía alguna prueba que te inculpara?

—Ninguna. No había ninguna. Tan solo insinuaciones y mera especulación, aunque mucho me temo que eso es algo que puede resultar igualmente dañino. A Gordon, entre otros, le pareció muy conveniente que yo hubiera sido el único en escapar del incidente ileso.

—¿Cómo respondiste a semejante acusación?

—No respondí. Era obvio que nada de lo que yo pudiera decir le convencería de su error. —Y, maldición, cuánto había dolido eso. Casi tanto como que el propio Colin dudara de él. Volvió a centrar su atención en Victoria y casi pudo ver girar los mecanismos de su mente. ¿Cuánto tardaría en preguntarle si también su padre le creía culpable? ¿Cuánto en ser consciente de las implicaciones que suponía el hecho de que si él y su padre eran las únicas dos personas que estaban al corriente de la misión, y él no era culpable...?

—Dices que ni tu hermano ni tu padre proclamaron tu inocencia. ¿La proclamaste tú?

Nathan apartó los ojos de los de ella y echó una mirada a la espesura del bosque.

—Les dije que no había traicionado a mi país, aunque mis

palabras cayeron en oídos sordos. Colin se sentía engañado y sospechaba de mi continuo secretismo. Mi padre, perplejo al descubrir que sus hijos habían estado trabajando para la Corona, me acusó de ser el responsable de la herida de Colin. Según dijo, Colin podía haber muerto. Como si yo no lo supiera. Como si eso no fuera a carcomerme la conciencia durante el resto de mi vida. Tuvo lugar una terrible discusión. Se dijeron palabras enojadas e hirientes. Ellos se sentían traicionados y embaucados, y yo me sentía... —Su voz se apagó.

—¿Cómo te sentías? —preguntó Victoria con suavidad.

—Culpable. Presa del remordimiento. Destrozado. Mi padre me ordenó que me fuera y así lo hice.

—Debe de haber sido muy doloroso.

Nathan se volvió a mirarla, buscando en su rostro algún atisbo de condena. Sin embargo, en él tan solo pudo detectar un velo de compasión. De algún modo, eso le hizo sentirse aún peor que si Victoria le hubiera dedicado una mirada de censura.

—Por no decir... más. Después de ir de aquí para allí durante dos años, descubrí por fin Little Longstone. Allí todos me aceptan simplemente como el doctor Nathan Oliver. Nadie está al corriente de la elevada posición de mi familia, de mi pasado de espía ni de mi mancillada reputación. Me dedico en cuerpo y alma a la profesión que amo y vivo como siempre quise hacerlo. Del modo que siempre me ha hecho sentir más cómodo. Con toda sencillez. Y pacíficamente.

—Pacíficamente quizá, aunque no estés realmente en paz.

A pesar de que una inmediata negación asomó a labios de Nathan, las palabras murieron ante la cálida compasión y la gentil ternura que supo leer en la mirada de Victoria.

—Puedo verlo en tus ojos, Nathan —dijo ella con renovada suavidad—. Las sombras. El dolor. En cuanto volví a verte supe que no eras el mismo hombre que conocí hace tres años.

Maldición, ¿cómo se las ingeniaba esa mujer para deslizarse tras su guardia de ese modo? Victoria le hacía sentirse... vulnerable. Indefenso. Y eso no le gustaba.

—Estoy seguro de que lo dices en el mejor de los sentidos —dijo Nathan en un tono seco como la grava.

—Lo que quiero decir es que enseguida supe que algo te había cambiado. Ahora sé lo que es. Y lo siento por ti.

—Porque te resulté encantador la primera vez que nos vimos.

Aunque había una inconfundible dosis de sarcasmo en las palabras de Nathan, Victoria le sorprendió respondiendo en un tono de extrema seriedad:

—Sí. —Entonces sonrió—. Aunque sin duda eso debió de resultarle obvio a un maestro del espionaje como tú. Creo recordar que también yo te gusté.

Dios, sí, por supuesto. A Nathan le había gustado el aspecto de Victoria. El brillo de sus ojos. Su seductora sonrisa. Esa dulce inocencia mezclada con malicia revestida de delicada belleza. Su encantador parloteo nervioso, que le había llevado a silenciarla con un beso. Y también su deleitable sabor. Su delicioso contacto y el olor no menos agradable. Nada ni nadie habían logrado encenderle la sangre ni afectarle tan profundamente ni antes ni desde entonces.

—Sí, Victoria —respondió con voz queda—. Me gustaste. —Dios del cielo, todavía le gustaba. Y mucho se temía que demasiado.

Un rubor teñido de rosa manchó las mejillas de Victoria y él agarró con firmeza las riendas de Medianoche para evitar sucumbir a la tentación de tocarla.

—No sé si sabes que… esa noche… fue mi primer beso —dijo ella.

Nathan sintió que algo se expandía en su interior.

—No, no lo sabía con seguridad, aunque debo confesar que lo sospechaba.

Las mejillas de Victoria se ruborizaron aún más y su mirada terminó apartándose de la de él.

—Mi inexperiencia debe de haberte aburrido.

Nathan no pudo hacer más que clavar en ella la mirada. Debía de estar de broma. ¿Aburrirle? Ojalá. Sin embargo, el rubor y la vergüenza que evidenciaba Victoria eran un claro indicador de que hablaba en serio. Mientras que el sentido común le decía que lo más sensato era dejarla creer lo que quisiera, su conciencia no le permitió que Victoria abrigara un malentendido tan intolerable. Tendió la mano y apoyó las yemas de dos de sus dedos bajo el mentón de ella. Incluso ese ínfimo contacto con la suave piel de Victoria provocó en él una oleada de calor. Cuando las miradas de ambos se encontraron, Nathan dijo con extrema delicadeza:

—No me aburriste, Victoria. Estuviste... —Se detuvo y quiso añadir: Me embriagaste. Me embrujaste. Me encantaste. Me cautivaste. Te convertiste en alguien irrevocablemente inolvidable con solo un beso, pero solo dijo—: Estuviste encantadora.

Nathan juraría haber visto un destello de alivio en esos ojos que eran del mismo vívido azul que el del mar. El atisbo de una sonrisa tembló en los labios de Victoria.

—Quizá también yo podría decir lo mismo de ti.

—¿Podrías decirlo... o lo dices? —A pesar de su tono ligeramente burlón, Nathan fue de pronto consciente de lo mucho que anhelaba la respuesta a su pregunta.

—¿Estás seguro de que quieres oír la respuesta, Nathan? —preguntó ella empleando un tono igualmente burlón e imitando la pregunta que él le había hecho en más de una ocasión.

Nathan retiró los dedos de debajo del mentón de Victoria y sonrió.

—De hecho, siendo como soy un maestro del espionaje, conozco la respuesta. Tu entusiasta reacción fue buena prueba de que nuestro encuentro te resultó tan delicioso como a mí.

Victoria inclinó la cabeza en un gesto de asentimiento y se encogió de hombros.

—He aprendido que los hombres duchos en el arte de besar suelen estar acostumbrados a recibir entusiastas respuestas.

Nathan entrecerró los ojos, aunque ella no lo percibió porque se había vuelto a mirar a un par de pájaros que canturreaban en una rama cercana. ¿Qué demonios había querido decir Victoria con eso? Un espasmo de celos, abrasador e innegable, lo atravesó. ¿Qué sentido tenía siquiera preguntárselo? Obviamente, solo había una forma de que Victoria hubiera obtenido semejante información: besando. A Hombres. Hombres que no eran él.

Maldición. La noche anterior Nathan había sufrido horas de insomnio, atormentado por ideas de esa índole. Bueno, toda la noche no. Había dedicado parte de ella a permitirse disfrutar de fantasías eróticas en las que se imaginaba tocándola, besándola, haciéndole el amor de una docena de formas distintas, explorando cada centímetro de su piel suave y fragante con las manos, la boca y la lengua. Sin embargo, otra parte de la noche le vio sumido en un intento por apartar de su mente imágenes atormentadoras de ella compartiendo esas intimidades con otro hombre. Cuando volviera a Londres, Victoria elegiría esposo. Uno de sus malditos barones. O peor aún, a Gordon o a Colin, ambos claramente atraídos por ella. No obstante, el verdadero problema era la dolorosa, creciente y extremadamente infortunada atracción que ella despertaba en él.

Victoria se volvió a mirarle.

—¿Mi padre te consideró inocente?

—Eso dijo.

Ella asintió despacio.

—Si te sirve de algo, yo sí creo en tu inocencia.

El corazón volvió a darle en el pecho uno de sus ridículos vuelcos y, con esas simples palabras, Victoria logró tocar alguna fibra en lo más hondo de su ser. La fe que ella mostraba en él no tendría que haberle servido de nada. No quería que le sirviera de nada. Aunque… la realidad era muy distinta.

—Gracias.

—También creo que mi padre es inocente —prosiguió ella, dando clara evidencia que comprendía perfectamente lo que suponía considerar a Nathan inocente de un acto como aquel—. Tiene que haber otra explicación. Y estoy decidida a encontrarla. La respuesta está en las joyas. Bien, ¿por dónde iniciásemos la búsqueda?

—Sí —concedió Nathan, aunque estaba empezando a sospechar que ya había encontrado un tesoro cuya existencia ni siquiera había imaginado.

Después de casi tres horas registrando sin éxito una docena de formaciones rocosas enclavadas en el sector de la cuadrícula en que habían dividido el mapa de la finca, llegaron a un murmurante arroyo.

—Este arroyo marca la frontera norte de la propiedad —dijo Nathan—. Sugiero que paremos a comer aquí y dejemos beber y descansar a los caballos.

—De acuerdo —respondió ella con la esperanza de no sonar tan agradecida como se sentía en realidad. Cansada, dolorida, hambrienta y sedienta, estaba más que deseosa de poder disfrutar de un descanso.

Nathan bajó del caballo, cogió la alforja de cuero gastado donde llevaba la comida del picnic y le dio a Medianoche una suave palmada en la grupa. El castrado se dirigió de inmediato hacia el arroyo. Nathan se acercó entonces a Victoria y le tendió los brazos para ayudarla. Ella sintió un cosquilleo en el estómago, pero el contacto con Nathan fue totalmente impersonal y en cuanto sus pies tocaron el suelo, él la soltó, dejándola incómodamente desilusionada. La verdad es que él había estado prácticamente callado durante las últimas tres horas.

Victoria se llevó las manos a la zona lumbar, arqueó la espalda para estirar los músculos y no pudo evitar una mueca de dolor. Nathan levantó la mirada desde donde se había agachado junto a la alforja.

—Debería haber sugerido que paráramos antes —dijo con tono de disculpa—. ¿Por qué no has dicho nada?

—¿Y que me acuses de ser una engreída flor de invernadero? No, gracias. Y no solo eso, sino que estábamos tan cómodos en nuestro silencio que no me ha parecido oportuno interrumpir tan ejemplar concordia. Además, no quería dejar de buscar. Tenemos mucho terreno por cubrir. —Miró a su alrededor, abarcando con su gesto los altos árboles y el vasto paisaje—. No había imaginado que sería tanto.

—Es una finca enorme. —Nathan sacó dos manzanas de la alforja y se las lanzó con cuidado—. ¿Por qué no das una golosina a Miel y a Medianoche mientras yo organizo el picnic?

—De acuerdo.

Manzanas en mano, Victoria se dirigió a la orilla del arroyo, donde los dos caballos seguían bebiendo el agua cristalina. Mientras esperaba a que terminaran, se quitó los guantes de montar y supervisó los alrededores. El sol destellaba en franjas de oro entre las hojas mientras nubes esponjosas flotaban perezosamente contra un telón de fondo de un azul deslumbrante. Un exuberante verdor, salpicado de pinceladas de coloridas flores silvestres y de rocas desiguales, bordeaba las dos orillas del arroyo. El suave murmullo del agua al correr sobre las rocas pulidas por obra del tiempo proporcionaba una música de fondo al trino de los pájaros y al crujir de las hojas provocado por una brisa lo suficientemente fresca para ofrecer alivio del calor del sol sin traducirse en frío. Victoria inspiró hondo, disfrutando del débil aroma del mar que impregnaba el aire incluso a pesar de que no estaban cerca de la orilla.

Miel levantó la cabeza y Victoria dio a la yegua la golosina que tenía para ella. Medianoche la empujó suavemente, sin duda reclamando la misma atención. Con una carcajada, Victoria lo premió con su manzana y le concedió una idéntica ración de caricias y de susurros. En cuanto concluyó su tarea, se lavó las manos en el agua helada y volvió hasta donde estaba Nathan.

Él se hallaba de pie a la sombra de un olmo enorme junto a una colorida manta sobre la que había dispuesto una ingente cantidad de comida. La saludó con una exagerada reverencia y sonrió.

—Su almuerzo espera, mi señora.

—Cielos —dijo Victoria, avanzando hacia él mientras estudiaba la variedad de quesos y de tartas, carnes y galletas, fruta y pan—. ¿Cómo ha cabido todo esto en una alforja?

—La Cocinera es experta en empaquetar la comida.

Victoria bajó la mirada hacia la manta y no logró contener la risa.

—Aquí hay comida suficiente para media docena de personas. ¿Esperamos invitados?

—No. Estaremos tú y yo solos.

Victoria levantó bruscamente la cabeza y las miradas de ambos se encontraron. Sí, sin duda estaban los dos solos. El corazón le dio un vuelco.

—La Cocinera me ha informado de que tenemos que acabárnoslo todo. Y que no podemos volver hasta que no quede ni una miga.

Dios del cielo, eso podía llevar... horas. El corazón volvió a darle un vuelco. Inspiró hondo, intentando conservar la calma, y sonrió.

—En ese caso, será mejor que empecemos.

Victoria se acercó a la manta, tomó asiento en el lugar que él le indicó y se acomodó las faldas alrededor. Nathan se sentó a su lado, cruzó las largas piernas y procedió a prepararle un plato colmado de comida. Tras prepararse también uno para él, llenó de sidra dos vasos de peltre. Luego sostuvo uno de los vasos en alto y clavó en Victoria una mirada que ella no supo descifrar pero que le provocó una oleada de calor.

—Brindo porque encontremos lo que buscamos.

—Sí —murmuró ella, tocando el vaso de Nathan con el suyo. Tomó un sorbo agradecido al tiempo que su garganta, reseca y abrasada, daba la bienvenida al frescor de la sidra. La comida tenía un aspecto delicioso y, puesto que estaba hambrienta, la acometió con deleite. No le costó reparar en que Nathan hizo lo mismo, y durante varios minutos se dedicaron únicamente a comer, rodeados de la sombra salpicada de motas de sol y de los sonidos que colmaban el aire.

Después de servirse otra gruesa rebanada de pan, Nathan inspiró hondo y espiró.

—Dios, cómo me gusta este olor. Este pequeño retazo de mar que impregna siempre el aire. A pesar de lo mucho que adoro Little Longstone, no huele así. Y tampoco Londres. —La miró y le recorrió un exagerado escalofrío—. ¿Cómo soportas pasar allí tanto tiempo?

—Están las tiendas.

Nathan meneó la cabeza.

—Multitudes.

—Las fiestas fabulosas.

—Tediosa conversación con cansinos desconocidos.

—La ópera.

—Gente que entona canciones indescifrables en idiomas que no comprendo.

Victoria rió.

—Me temo que tendremos que admitir nuestro desacuerdo. ¿Y tú? ¿Cómo soportas pasar la vida enterrado en el campo? ¿No te resulta desolador?

—No. Es un lugar tranquilo.

—No hay emoción.

—Es apacible.

—No hay calles como Regent o Bond Street.

—Gracias a Dios.

—Es solitario.

Nathan guardó silencio mientras un ligero ceño asomaba entre sus cejas.

—A veces —dijo con voz queda—. Pero tengo mis libros, mis animales y mis pacientes.

—¿No hay ninguna mujer esperando ansiosa tu regreso? —Lanzó la pregunta con una despreocupación que estaba en total contraste con el fuerte tamborileo que sentía en el corazón.

—Nadie. —Una de las esquinas de su boca se curvó hacia arriba—. Al menos que yo sepa. Quizá tenga varias admiradoras secretas que suspiran por mí mientras hablamos. —Se metió un trozo de queso en la boca. Después de tragárselo, dijo—: Imagino que Branripple y Dravensby esperan ansiosos tu regreso a Londres.

Dios del cielo, a punto estuvo de preguntar a quiénes se refería antes de que la vocecilla interior le recordara justo a tiempo: «Tus barones. Uno de los cuales vas a desposar».

¿Estarían esperando ansiosos su regreso? Con toda probabilidad estarían ocupados asistiendo al torbellino de fiestas asociadas con la temporada. Y en las que, dada su idoneidad, serían objetivo de primer orden de una panda de jovencitas casaderas. Que no dudarían en adularles. Y flirtear con ellos. Y bailar con ellos. Quizá incluso compartir con ellos sus besos. Perspectiva que...

No la molestaba en lo más mínimo.

Frunció el ceño. Sin duda semejante posibilidad tendría que haberla molestado. Tendría que sentir algo al pensar en otra mujer capturando la atención de Branripple o de Dravensby. Algún atisbo de preocupación. Una punzada de fastidio. De celos. Aun así, lo que sentía era... nada.

Pero entonces se volvió a mirar a Nathan, quien la miraba a su vez con encendida intensidad, y de pronto sintió algo. Una crepitante oleada de algo que le encogió los dedos de los pies en los botines de montar. Y, en ese instante, un destello cegador le abrió violentamente los ojos a una verdad hasta entonces velada y supo que el simple hecho de imaginar a otra mujer besando a ese hombre le encogía el estómago. Le daba ganas de romper algo. De abofetear con fuerza a la otra mujer hasta que los labios que habían osado besar a Nathan se le cayeran de la cara. Al suelo. Donde pudiera entonces aplastarlos en el barro con el tacón del zapato.

—¿Estás bien, Victoria? Por tu expresión se diría que estás... furiosa.

Victoria parpadeó en un afán por deshacerse de la imagen de una mujer abofeteada y sin labios, y arremetió contra las garras de los celos, tan innegables como confusas. ¿Qué diantre le ocurría?

—Estoy bien —dijo, tomando un apresurado sorbo de sidra.

—Bien. —Nathan dejó a un lado su plato vacío y se dio una palmadita en el estómago—. Delicioso. Pero ahora es cuando viene la mejor parte de un picnic.

—¿El postre?

—Mejor aún. —Nathan se quitó la chaqueta, la dobló, aunque no con demasiada pulcritud, y a continuación se tumbó boca arriba, utilizando el amasijo de ropa como improvisada almohada—. Ahhh... —El profundo suspiro de satisfacción se abrió paso entre sus labios y sus ojos se cerraron.

Victoria siguió sentada totalmente inmóvil y fijó en él la mirada. Bueno, totalmente inmóvil con excepción de las pupilas, que recorrieron el cuerpo de Nathan comiéndoselo con los ojos y sometiéndolo a una exhaustiva... ejem... supervisión. Los rayos de sol iluminaban los bruñidos mechones de sus desordenados cabellos, sumiendo su rostro en un intrigante diseño de luz dorada y sombras humeantes. El níveo algodón, en el que la chaqueta había perfilado sus arrugas, se tensaba sobre su poderoso pecho y sus anchos hombros. Las manos descansaban sobre el abdomen y los largos dedos se entrelazaban relajadamente justo encima de la cintura de sus pantalones de color crema. Ah, sí... esos pantalones que abrazaban sus musculosas piernas de aquel modo absolutamente fascinante y arrebatador. Los pantalones desaparecían justo debajo de las rodillas en unas botas de montar negras y gastadas. La imagen de absoluta relajación se completaba con sus tobillos cruzados.

Dios del cielo, ¿había creído acaso que estaba bien? Debía de haber perdido el juicio. El hombre estaba repantigado delante de ella, dispuesto a su vista como un festín. Un festín del que Victoria deseaba desesperadamente comer y beber.

¿Cuándo, exactamente, se había vuelto tan fascinante el cuerpo masculino? Sin duda la culpa la tenían las explícitas descripciones de la anatomía del hombre que aparecían en la *Guía femenina*. Si bien es cierto que Victoria siempre había hecho gala de una curiosidad natural, nunca había sentido nada igual. Ni Branripple ni tampoco Dravensby habían inspirado jamás en ella esa desesperada compulsión por tocar. Por explorar. Por quitarles la ropa.

Sin poder apartar sus fascinados ojos de él, tuvo que tragar saliva dos veces para encontrarse la voz.

—¿Qué... qué estás haciendo?

—Disfrutar de la última fase del picnic.

—No me parece que echarte una siesta aquí sea una buena idea, Nathan. —Cielos, menuda remilgada estaba hecha. Cuánto le gustaría poder sentirse así de remilgada, y dejar de sentirse como un melocotón excesivamente maduro a punto de reventar contra la excesiva tirantez de su piel.

—No estoy echándome una siesta. Me estoy relajando. Deberías probarlo. Es muy bueno para la digestión.

—Estoy perfectamente relajada, gracias. —Sí. Y si los mentirosos estallaran en llamas, quedaría incinerada allí mismo. Un amasijo de palabras nerviosas se le arracimaron en la garganta y Victoria supo que estaba a punto de empezar a farfullar—. Dime, ¿por qué decidiste ser médico? —Las palabras salieron de sus labios en un jadeante reguero, aunque suspiró aliviada por dentro al ver que por lo menos tenían sentido.

—Siempre me atrajo poder curar, incluso cuando era niño. Pájaros con las alas rotas, perros con las patas despedazadas, ese tipo de cosas. Eso, combinado con mi amor por la ciencia y mi curiosidad por los mecanismos del cuerpo humano. Nunca tuve la menor duda del camino que seguiría.

Victoria había observado, sumida en una especie de trance, cómo la hermosa boca de Nathan formaba cada palabra y sintió cómo sus dedos hormigueaban con la abrumadora necesidad de tocarle los labios. Para evitar sucumbir a la tentación, levantó las rodillas, se abrazó con fuerza las piernas y entrelazó los dedos. Bien. Se había salvado de la tentación de ponerse en ridículo.

—¿Y si no hubieras sido médico? ¿Qué profesión habrías elegido?

—Pescador.

—Bromeas.

—¿Qué tiene de malo ser pescador?

—Nada. Es solo que no me parece... —Su voz se apagó y de pronto se sintió estúpida.

—¿No te parece qué?

—Una ocupación propia de un caballero.

—Quizá tengas razón. Aun así, es un trabajo honrado. Y sin duda más útil que las caballerescas ocupaciones del juego y de la caza del zorro. Aunque lo cierto es que siempre he fijado mis propias normas. Nunca he entendido por qué debía pasarme la vida haciendo cosas que no me gustaban simplemente porque eso era lo que se esperaba de mí. Creo que habría sido un buen pescador. Mount's Bay es una excelente zona de pesca y ofrece protección incluso cuando el mar se embravece, cosa que suele ocurrir con frecuencia. Aunque siempre me ha gustado pescar, en cualquier época del año, el verano era sin duda el mejor momento. Todos los meses de julio esperaba ansioso la excitación anual que traía consigo la gran pesca de la sardina.

—¿Qué es eso?

—La sardina de Cornwall, un pez local. Los hombres lanzan enormes redes desde sus barcos, formando un inmenso círculo alrededor del grupo de peces, que recibe el nombre de banco. El procedimiento bien podría compararse al modo en que las ovejas son conducidas a los rediles. Docenas de personas, entre quienes me incluía, esperábamos en la orilla, donde tirábamos de las tremendas redes llenas de miles de peces hasta la playa. Luego amontonábamos esos miles de peces en cualquier contenedor, cesta y cubo del que dispusiéramos. Resultaba estimulante y agotador, y era sin duda el evento más esperado de la temporada.

—¿Qué hacías durante el resto del verano?

—Pasear por las playas. Coleccionar conchas. Hacer gamberradas con Colin. Estudiar las estrellas. Disfrutar de los picnics. Coger cangrejos y langostas.

—¿Las cogías tú?

—Sí. —La miró a hurtadillas con un solo ojo y sonrió—. Rara era la vez que llegaban por su propio pie a los platos de la cena, ¿sabes?

Victoria sonrió a su vez y en su mente se materializó una imagen: la de un joven apuesto y despeinado, con la piel dorada por el sol, cogiendo cangrejos, caminando por la arena con el cabello a merced de la enérgica brisa del mar. La imagen quedó entonces reemplazada por la de sí misma de joven, y el contraste le resultó cuando menos desgarrador.

—Mientras tú te dedicabas a todas esas cosas, yo aprendía a bailar, a bordar y a hablar francés. Tú pasabas el tiempo aquí, junto al mar, mientras yo me criaba en Londres. Nuestra casa de campo queda a tres horas de viaje de la ciudad. Tú disfrutabas de la compañía de tu hermano mientras el mío se habría dejado matar antes de pasar tiempo conmigo. Tú te criaste sabiendo que querías ser médico mientras yo crecí sabiendo que tendría que hacer un buen matrimonio para asegurar mi futuro. Cuán distintas han sido nuestras vidas.

—No me cabe duda de que tanto tu padre como tu hermano se encargarán de asegurar tu futuro.

—Mi padre velará por mi seguridad económica, pero desgraciadamente no puedo depender de que mi hermano pueda hacer nada por mí. E incluso si pudiera, yo quiero tener una familia. Hijos.

Nathan rodó hasta quedar tumbado de costado, apoyó el peso de la parte superior del cuerpo en el antebrazo y la miró con unos ojos colmados de seriedad.

—Si pudieras haber sido algo distinto a la hija de un barón, ¿qué te habría gustado ser?

—Un hombre —respondió Victoria sin el menor asomo de duda.

Había esperado que su respuesta hiciera sonreír a Nathan. Sin embargo, la mirada de él permaneció firme y seria.

—¿Qué clase de hombre? ¿Un barón? ¿Un duque? ¿Un rey?

—Tan solo... un hombre. Para poder elegir. Para que mi destino no estuviera determinado por mi sexo. Para que también yo pudiera escoger si quiero ser médico, pescador o espía. No tienes ni idea de lo afortunado que eres.

La mirada de Nathan se tornó pensativa. Luego, asintió despacio.

—Nunca me lo había planteado así. ¿Cómo fue tu infancia?

Victoria apoyó la barbilla en sus rodillas dobladas y meditó su respuesta. Nadie le había preguntado antes nada semejante.

—Solitaria. Tranquila. Sobre todo a partir de la muerte de mi madre. De no haber amado tan profundamente la lectura, quizá me habría vuelto loca. No sabes cuánto te envidio por tener un hermano con el que poder hablar. Con el que compartir cosas. Edward es diez años mayor que yo. A juzgar por todo el tiempo que hemos pasado juntos, fácilmente podría haber sido hija única.

—No puedo ni imaginarme mi vida sin Colin. Aunque, debido a la diferencia de intereses que nos define (Colin cree que la ciencia es sinónimo de tortura y preferiría dejarse cortar la cabeza antes que estudiar latín, por no hablar del hecho de que tuvo que aprender las responsabilidades que conlleva el título), también yo pasé gran parte de mi tiempo solo. —La observó durante varios segundos y dijo—: Parece que quizá incluso lleguemos a tener algo en común.

Victoria fingió escandalizarse.

—Qué impropio. Aunque debo decirte que nunca quise ser pescador.

—Mejor. Esas toscas redes no harían más que arruinar tus suaves manos. —Su mirada se deslizó hasta las manos de ella, que seguían relajadamente entrelazadas alrededor de sus piernas. Victoria sintió que los dedos se le tensaban involuntariamente. Fue entonces cuando Nathan volvió a alzar los ojos hasta los de ella—. Debo decirte, Victoria, que aunque entiendo los motivos que puedan llevarte a desear ser un hombre, me alegra sobremanera que no lo seas.

—¿Y por qué? ¿Acaso temes que te ganara al billar?

—En absoluto. Soy un jugador de billar insobrepasablemente excelente.

—Creía que estábamos de acuerdo en que «insobrepasablemente» no era una palabra.

—Yo creía lo contrario. Pero da igual. El motivo por el que me alegra que no seas un hombre es que, si lo fueras, no podría hacer esto...

Tendió el brazo y le acarició el dorso de la mano con la yema del dedo, cortándole el aliento. Los dedos de Victoria se soltaron y él le tomó la mano con suavidad y se la llevó a los labios.

—Ni tampoco esto —susurró, al tiempo que su cálido aliento le acariciaba la piel. Besó con infinita suavidad el dorso de las yemas de los dedos de Victoria.

¿Cómo era posible que con todo el aire que les rodeaba los pulmones de Victoria hubieran dejado de funcionar? Antes de que pudiera encontrar una respuesta, él le soltó la mano y se incorporó hasta quedar sentado. Su rostro estaba apenas a medio metro del de ella y el calor que brillaba en sus ojos la fascinó. El olor a sándalo mezclado con el sutil aroma de la crema de afeitar burló sus sentidos, inundándola de un insoportable deseo de tocar con los labios la piel pulcramente rasurada de Nathan, que tan cálida y firme se le antojaba.

—Desde luego, ni se me pasaría por la cabeza hacer esto...

Tendió de nuevo la mano y acarició la mejilla de Victoria con la yema del pulgar para examinar cuidadosamente sus cabellos con los dedos, acariciándole la nuca hasta pegar la palma a la parte posterior de la cabeza. De algún modo, un jadeo debió de abrirse paso desde los pulmones de Victoria, porque soltó un largo suspiro de placer.

Nathan se inclinó hacia delante y tiró suavemente de ella hacia él hasta que apenas un suspiro separó los labios de ambos.

—Y esto sería totalmente impensable. —Su boca revoloteó sobre la de ella, una, dos veces, en un atisbo de caricia que no hizo más que incitarla. Sin embargo, en vez de satisfacerla, Nathan se abrió paso a besos suavemente sobre su mentón, rozándola apenas. Su lengua jugueteó con el lóbulo de la oreja, provocando un inmediato jadeo, y sus cálidos labios se arrimaron entonces a la piel sensible de detrás de la oreja—. Rosas... —Suspiró, al tiempo que esa sencilla palabra provocaba una descarga de escalofríos que recorrió la espalda de Victoria—. ¿Cómo es que siempre hueles tan maravillosamente a rosas?

Los ojos de Victoria se entrecerraron y estiró el cuello para facilitar a Nathan el acceso a él.

—Mi baño. Lo aromatizo con agua de rosas.

Nathan se echó hacia atrás y ella casi no logró reprimir un gemido de clara decepción. Abrió con esfuerzo los ojos y se quedó inmóvil al ver el fuego que ardía en los ojos de él.

—Entonces hueles a rosas... por todo el cuerpo.

No era una pregunta, sino una afirmación formulada desde una voz ronca y áspera que sofocó un gemido. Cualquiera que fuera la respuesta que Victoria había esperado dar se evaporó cuando las yemas de los dedos de Nathan trazaron suavemente sus rasgos. El fuego que encendía la mirada de él se mezclaba con una expresión desconcertada, como si estuviera intentando resolver un misterioso rompecabezas.

—Seguro que te dicen al menos una docena de veces al día lo hermosa que eres.

Una risa breve y jadeante escapó de labios de Victoria.

—No creas. Aunque no negaré que me lo han dicho alguna vez.

—¿Alguien te lo ha dicho hoy?

—Hasta ahora no.

El índice de Nathan le rozó el labio inferior.

—Eres hermosa.

—Gracias. Aunque...

—¿Qué? ¿Prefieres que emplee la palabra exquisita? Si es así, será un placer complacerte.

—No. Es solo que... en realidad no significa nada.

—¿A qué te refieres?

—A ser hermosa. O, al menos, no debería.

—¿Qué quieres decir?

—Que no es algo sobre lo que la gente tenga ningún control. Desde luego, no me parece un gran logro... como lo es ser médico. No ha requerido ningún esfuerzo ni ningún talento especial por mi parte. No es algo que te convierta en decente ni en amable. Aun así, al parecer es la razón por la que más se me admira. Quizá la única. Bueno, eso y la fortuna de mi familia... aunque tampoco eso es algo sobre lo que yo tenga el menor control, y tampoco un cumplido. No requiere ningún esfuerzo ni ningún talento especial.

La expresión de Nathan se tornó aún más desconcertada.

—Me sorprende oírte hablar así. Imaginaba que le dabas una gran importancia a la belleza.

Victoria suspiró para sus adentros ante su irrefrenable tendencia al parloteo. ¿Es que no aprendería nunca a mantener la boca cerrada? Sin embargo, y habiendo llegado tan lejos, no vio razón alguna para no proseguir.

—No negaré que disfruto de la ropa bonita y que me gusta estar hermosa, lo cual supongo es una suerte, pues, dada mi posición, es lo que se espera de mí. Sin embargo, llevo en el corazón una imagen de mi madre... Mi madre, que era tan hermosa que pocos eran los que lograban no fijar en ella la mirada. Y, sin embargo, a pesar de toda su belleza, no fue realmente feliz.

A la mente de Victoria acudió la imagen morena e imponente de su madre riéndose alegremente delante de sus invitados y llorando después en su habitación.

—Después de tenerme a mí, tuvo dos abortos. Las dos pérdidas la sumieron en un halo de melancolía del que jamás se recuperó. Cuando murió, apenas había cumplido cuarenta años. Y todavía era hermosa. Pero ¿para que le sirvió? En cuanto a mí, yo solo deseaba poder disfrutar de mi madre. Poco me importaba que fuera hermosa o una bruja. Habría dado todo lo que tenía, toda mi supuesta «belleza» por un día más con ella. Por una más de sus escasas sonrisas. —Un velo acuoso asomó a sus ojos y parpadeó para eliminarlo. Dejó escapar un suspiro cohibido—. Supongo que lo que quiero decir es que la belleza exterior es totalmente… inútil.

Nathan la miraba con una peculiar expresión en el rostro, como si fuera la primera vez que la veía, y Victoria sintió que la recorría una oleada de vergüenza. Dios del cielo, de nuevo se había ido de la lengua.

—Sigues sorprendiéndome, Victoria —dijo él despacio, buscándola con la mirada—. Y no creas que me gustan demasiado las sorpresas.

Ella parpadeó y entrecerró los ojos.

—Vaya, gracias. Te aseguro que no recuerdo haber oído jamás palabras tan gratas.

Nathan meneó la cabeza como en un intento por despejarse.

—Lo siento. No pretendía que sonara así. —Tendió de nuevo la mano y le apartó un rizo de la mejilla—. ¿Me perdonas?

Victoria vio evaporarse su irritación con la misma rapidez con la que había prendido en ella. Nathan parecía muy sincero, y mostraba una expresión decididamente seria y grave, aunque… desconcertada. Si había una mujer en algún rincón del reino capaz de resistirse a su tierna petición, sin duda esa mujer no era ella.

—Perdonado —susurró.

La mirada de Nathan se posó en sus labios y el cuerpo de Victoria se aceleró, impaciente, ante la inminencia de otro beso. En vez de besarla, él se levantó de pronto.

—Es hora de volver.

Victoria miró al suelo para que él no pudiera ver la decepción que la embargaba. Su sentido común aplaudió la decisión. Obviamente, nada tenía de prudente seguir sentada en una manta de picnic, compartiendo besos y confidencias. El corazón, no obstante, anhelaba pasar allí el resto del día.

Aunque esos sentimientos no formaran parte de su plan,

no sabía cómo frenarlos. ¿Habían pasado solo dos días desde que había creído que podía marcharse de allí, libre de Nathan e intacta tras su encuentro? Sí. Y ahí estaba, después de tan poco tiempo, definitivamente afectada y sintiendo ya algo que poco tenía que ver con la libertad. Si Nathan era capaz de desbaratar sus planes en tan solo dos días, ¿qué sería capaz de hacer en dos semanas?

Santo Dios. No supo decidir si aquella posibilidad la aterraba más que la entusiasmaba.

14

La mujer moderna actual debe comprender que los hombres a menudo dicen una cosa y piensan otra. Por ejemplo: «¿Te gustaría acompañarme a dar un paseo a la luz de la luna?» significa: «Quiero besarte». Sin embargo, cuando un hombre dice «Quiero besarte», no hay posibilidad de confundir el significado de sus palabras. La única cuestión por dilucidar es si la dama deseará corresponderle.

Guía femenina para la consecución de la felicidad personal y la satisfacción íntima
CHARLES BRIGHTMORE

Tres horas después de su regreso a Creston Manor, y tras haber dejado a Victoria en el salón con su tía, Nathan seguía paseándose por los confines de su habitación con las ideas entremezcladas como una madeja de hilo totalmente liada. Tendría que haber estado concentrándose en intentar averiguar dónde podían estar escondidas las joyas. De hecho, tendría que haber salido a buscarlas. Aun así, había dado su palabra de que no efectuaría ninguna búsqueda sin Victoria, y pasar más tiempo con ella no era en ese momento una buena idea. Menos aún cuando su capacidad de autocontrol estaba casi a punto de jugarle una mala pasada. Maldición, Victoria había prendido fuego en él. Simplemente sentándose en una manta. Verla comer había sido un ejercicio de tortura. Había requerido de un monumental esfuerzo para no apartar a un lado la comida y simplemente estrecharla entre sus brazos. Nathan había creído que tenderse boca arriba y cerrar los ojos para no verla le sería de alguna ayuda, pero al reclinarse tan solo había logrado desear con todo su ser tirar de ella y tumbarla sobre su cuerpo estirado.

Se mesó los cabellos y dejó escapar un largo suspiro. Demonios, por supuesto que había conocido antes el deseo, pero ese... ese doloroso deseo por ella, la intensa pasión que Victoria inspiraba en él, no podía compararse a nada de lo que había experimentado hasta entonces. Siempre se había considerado un hombre dotado de una gran capacidad de autocontrol, delicadeza y paciencia. Pero de algún modo Victoria le despojaba de esas tres cualidades. No quería besarla, no. Lo que deseaba era devorarla. No quería bajarle el vestido de los hombros, sino que deseaba arrancárselo del cuerpo. Con los dientes. No quería seducirla lentamente. Lo que en realidad deseaba era empujarla contra la pared más cercana y simplemente fundirse con ella. Hacerle el amor tórrida, sudorosa, desbocada y abrasadoramente. Luego, volverla de espaldas y empezar de nuevo. Si Victoria hubiera llegado a saber la mitad de las cosas que deseaba hacerle, hacer con ella, casi con toda probabilidad jamás lograría recuperarse de la conmoción.

Cuando la necesidad de sentir las manos sobre ella, de besarla, se hubo por fin convertido en algo insoportable, Nathan se había rendido al deseo aunque había hecho denodados esfuerzos por contenerse y apenas la había tocado. Si bien había salido airoso del trance, el esfuerzo le había pasado factura. A pesar de que había deseado desesperadamente seguir con ella junto al arroyo y prolongar la excursión, conocía sus limitaciones y bien sabía que las había alcanzado con creces. Una caricia más o un beso más habrían derrumbado el tenue control que todavía ejercía sobre sus actos.

Se detuvo junto a la ventana, abarcando con la mirada la vasta extensión de césped, los árboles inmensos y la lengua de aguas azules y coronadas de pequeñas orlas blancas visibles en la distancia. Esa vista siempre le había calmado. Pero ya no. Sentía tensos los nervios y los músculos, y una sensación de frustración como no la había sentido en su vida merodeaba por su ser. Y, maldición, todo eso era culpa de Victoria.

Soltó un gemido y se pasó las manos por la cara. ¿Acaso había creído que podía resistirse a ella? Sí. Y quizá podría haberlo conseguido si la atracción que sentía hacia ella no hubiera pasado de algo meramente físico. Al menos había abrigado la esperanza de poder mantenerse firme ante los encantos de una mujer que era solamente hermosa. Y la oportunidad era sin duda mayor si la mujer en cuestión resultaba ser superficial, hueca y fastidiosa, como había supuesto que ocurriría con Victoria.

Pero ¿cómo resistirse al encanto de una mujer que no era solo hermosa, sino que daba muestra de tantas otras facetas que él encontraba irresistibles? La había deseado desde el momento en que la había visto, pero cada instante que había pasado en su compañía revelaba otra inesperada faceta de su personalidad que no hacía más que aumentar el hambre que la joven despertaba en él.

Victoria había demostrado no tener miedo a hacerle frente. Era una mujer divertida. Ingeniosa. Inteligente. Le había ofrecido su compasión, su amabilidad y comprensión. Le creía inocente del delito que se le imputaba. Había intentado ganarse la amistad de sus patos. Le gustaba su gata. Su perro. Y su perro y su gata le habían tomado cariño. A pesar de todas sus posesiones, había sufrido la soledad, y el hecho de que hubiera sido capaz de renunciar a todas esas posesiones, y a su belleza, por poder pasar un día más con su madre…

Maldición, en ningún momento había esperado encontrar en ella una mujer… vulnerable. No había imaginado que Victoria pudiera tocarle el corazón. No había deseado encariñarse así con ella. Sintiendo el corazón acelerado, el estómago encogido y la mente adormecida. Una mujer que jamás sería suya. Una mujer que, en cuestión de semanas, se prometería a otro hombre.

—¡Agh! —Se apretó los párpados con la base de las manos para apartar la tortuosa imagen en la que ella levantaba el rostro para recibir el beso de otro hombre. Basta. Necesitaba desterrarla de su mente. Borrar el sabor, el olor y el contacto de Victoria. Tenía que empezar a concentrarse en las cosas en las que debería estar pensando. Las joyas. Para así poder dar con ellas o bien convencerse de que no había la menor esperanza de encontrarlas y recoger sus cosas y a sus animales y volver a su tranquila vida.

Un baño. Un largo y vigorizante baño en el agua fría le devolvería el juicio y enfriaría ese ardor indeseado.

Aliviado al saberse poseedor de un plan, salió apresuradamente de su habitación. Al entrar en el vestíbulo, preguntó a Langston en voz baja:

—¿Dónde están todos?

—Su hermano se ha ido a Penzance y ha dado instrucciones de que no le esperen hasta tarde —informó el mayordomo con voz queda—. Su padre, lady Victoria y lady Delia toman el té en la terraza.

Excelente. Podía evitar fácilmente la terraza.

—Si alguien le pregunta, no me ha visto. Estaré de vuelta para la cena.

—Sí, doctor Nathan.

Con un suspiro de alivio, salió de la casa.

Victoria removió un terrón de azúcar en su tercera taza de té y asintió con aire ausente a lo que decía tía Delia. Y no es que importara demasiado que no estuviera prestando atención a la conversación sobre una fiesta a la que tía Delia y lord Rutledge habían asistido casi una década antes, pues estaba convencida de que su presencia había quedado poco menos que olvidada. No se había producido una sola interrupción en el animado parloteo que tenía lugar entre su tía y lord Rutledge desde que una hora antes se habían sentado a tomar el té. Había pensado en disculparse y abandonar la mesa, pero no podía resistirse al delicioso clima de esa magnífica tarde. Y, si por el contrario, optaba por permanecer en la casa, tendría que vérselas a solas con sus pensamientos… una perspectiva que no deseaba contemplar. Habría tiempo de sobra para ello durante la larga noche que la esperaba.

Además, le producía un inmenso placer ver a su tía tan

animada y disfrutando de ese modo. Había algunos hombres con los que tía Delia acudía a lo ópera de vez en cuando, jamás le faltaban parejas en un baile, pero no dejaba de insistir en que se trataba de hombres a los que la unía una larga amistad.

Victoria nunca había visto sonrojarse a su tía. Un favorecedor rubor teñía el rostro de la señora al tiempo que se reía de algo que lord Rutledge, quien sin duda también disfrutaba de la conversación, había dicho.

Un apagado repiqueteo en las losas situadas tras ella llamó la atención de Victoria, que se volvió de inmediato. R. B., con la cabeza regiamente alzada, cruzaba trotando la terraza en dirección a ella. Al llegar a su lado, le estampó suavemente su enorme cabeza contra el muslo. Con una discreta risilla, le rascó detrás de las orejas mientras el animal levantaba el morro y olisqueaba el aire.

—Hueles a galletas, ¿verdad? —murmuró.

La mirada entusiasta que asomó a los inteligentes ojos oscuros de R. B. indicó claramente que así era. Victoria rompió su galleta y le ofreció un trozo al perro, que, después de dar cuenta de la golosina, apoyó la cabeza en sus rodillas y le dedicó una mirada de absoluta adoración.

—Hum. Supongo que debo pensar que semejante atención es fruto de la gratitud, aunque algo me hace sospechar que se debe a que quieres más.

Por respuesta, R. B. se cuadró, se relamió el morro y lanzó una mirada de súplica a la galleta que quedaba en el plato.

—Y supongo que esperas que comparta mi última galleta contigo.

R. B. se dejó caer sobre su trasero y levantó la pata derecha.

Victoria se echó a reír.

—Esa parece ser tu respuesta para todo. Afortunadamente para ti, resulta irresistible. —Partió entonces la galleta en varios trozos y, cuando acababa ya de ofrecer a C. B. el último, alcanzó a ver un destello blanco con el rabillo del ojo. Al volverse descubrió a un hombre que se adentraba en los bosques situados tras los establos. Aunque la figura desapareció en cuestión de segundos, no había la menor duda de que se trataba de Nathan. Victoria se levantó de la silla como si hubiera sido lanzada con una catapulta.

—Cielos, ¿estás bien, Victoria?

Apartó los ojos del punto donde el bosque se había tragado a Nathan para mirar a su tía.

—Sí, estoy bien. Me ha asustado una... ejem... una abeja. —Agitó los brazos en el aire para resultar más convincente—. Ya se ha ido. Aunque ahora que estoy de pie, creo que iré a dar un paseo, si no os importa.

—Claro que no, querida —dijo tía Delia.

—En absoluto. Disfruta de esta deliciosa tarde —dijo lord Rutledge con una sonrisa—. Aunque el sol no tardará en ponerse. No olvides regresar antes de que se haga de noche.

Después de asegurarles de que así lo haría, no dudó un segundo más. Al recordar su promesa de no vagar por ahí sola, silbó suavemente a R. B. para que la acompañara. El perro no tardó en echar a caminar junto a ella, y Victoria cruzó la terraza con paso decidido como un barco navegando a toda vela, resuelta a averiguar qué era lo que Nathan se traía entre manos. Oh, sí, quizá estuviera simplemente dando un inocente paseo por el bosque, pero lo cierto es que había observado algo decididamente furtivo en su actitud. Le había visto apresurarse cabizbajo, como si no deseara ser visto. Aunque no pensaba volver a acusarle de estar buscando las joyas solo sin tener pruebas para ello, estaba decidida a llevar a cabo cierta labor de espionaje a solas para asegurarse de que esa prueba no existiera.

Dedicó a R. B. una desolada sonrisa.

—Reza para que tu dueño no ande por ahí escondido, buscando el tesoro sin mí, porque de lo contrario... —Su voz se apagó al no ser capaz de pensar en un castigo lo suficientemente extremo—. De lo contrario, habrá demostrado ser un mentiroso. Deshonroso. Un hombre sin integridad que no mantiene su palabra.

Aun así, quizá eso fuera lo mejor. Si Nathan demostraba ser deshonroso, con ello mataría la indeseada atracción que sentía por él. Jamás podría albergar una atracción semejante por un hombre de pobre carácter, por muy apuesto o encantador que fuera. Aceleró el paso.

—Vamos, R. B. Descubramos qué es lo que trama el gran espía.

Cuando, minutos más tarde, se adentraron en el bosque, Victoria avanzó apresuradamente por el sendero perfectamente delimitado. En cuanto se acercaron a la bifurcación, aminoró la marcha y miró a R. B.

—¿Tienes idea de por dónde ha ido?

R. B. olisqueó el aire y tomó entonces el sendero que llevaba al lago. Con los labios firmemente apretados en una única línea inexorable, Victoria siguió al perro, escudriñando a derecha e izquierda, mirando, escuchando. Pero nada pudo ver salvo los árboles y el follaje; nada oyó salvo el gorjeo de los pájaros y el crujir de las hojas a merced de la brisa sobre su cabeza. Las largas sombras caían sobre el sendero, perfiladas por los rayos cada vez más pálidos, anunciando el regreso del inminente crepúsculo. Cuando se aproximaban a una curva del camino, R. B. echó a correr y desapareció por la curva. Segundos más tarde, Victoria oyó un claro crujido procedente de la maleza.

—R. B. —susurró, alzando la voz todo lo fue capaz. ¿Adónde diantre había salido corriendo así el perro? Probablemente tras un conejo o una ardilla. ¿O quizá habría encontrado a Nathan? Maldición, no tenía el menor deseo de ser descubierta por él, pues era ella la que supuestamente estaba ejerciendo la labor de espía. Obviamente, si él la encontraba, siempre podía decir que había salido a dar un paseo con el perro. Lo cual era totalmente cierto.

Al doblar la curva vio un estrecho sendero que se desviaba a la derecha. Puesto que esa era la dirección en la que había oído alejarse a R. B., siguió el sendero, intentando pisar con cuidado para pasar lo más inadvertida posible. Un minuto más tarde pudo vislumbrar el lago entre los árboles. El sendero giraba bruscamente a la izquierda y, al seguir su trazado, Victoria tropezó de pronto con R. B. que estaba sentado con la lengua fuera y agitando la cola junto a un extraño amasijo oscuro. Deseó con todas sus fuerzas que no se tratara de los restos de algún pobre animal que el perro acabara de cazar.

—Así que estabas aquí —murmuró, acercándose con suma cautela, inclinándose hacia delante y estudiando sospechosamente el amasijo de extraño contorno que no mostraba la menor señal de vida. El miedo le encogió el estómago—. Por favor, que no sea un conejo. Ni una ardilla. Ni una...

Bota.

Se enderezó como una marioneta tirada por dos hilos. Acercándose un poco más al amasijo para investigar, descubrió que no se trataba solo de una bota, sino de un par de ellas. Colocadas encima de un montón de ropa torpemente doblada. No había duda de a quién pertenecía. Podía reconocer las botas gastadas de Nathan y sus pantalones crema en cualquier parte. Y si tenía la ropa allí, eso quería decir que él estaba...

Desnudo.

Cielos... Se sintió devorada por una ráfaga de calor. Nathan le había hablado de lo mucho que disfrutaba nadando en el lago. Obviamente era eso lo que estaría haciendo, pues Victoria dudaba mucho que estuviera buscando las joyas...

Desnudo.

Se agachó y miró el lago entre el denso follaje. El agua era como una lámina de cristal azul que absorbía los brillantes reflejos naranjas y rojos del sol poniente en su prístina superficie. No había ni rastro de él. ¡Maldición! Ejem... excelente. Podría salir de allí sin ser vista. Su mirada volvió a posarse en el montón de ropa y frunció los labios. Hum...

Echó una rápida mirada a su alrededor, cerciorándose de que estaba efectivamente sola, y volvió a mirar la ropa, que parecía susurrarle: «Llévame, llévame».

Oh, pero no podía hacerlo. ¿O sí? La voz de un duendecillo en su interior le decía que por supuesto podía. Nathan estaba acostumbrado a esa clase de juegos... incluso había confesado que se había divertido con ellos durante su infancia. ¿Cuándo diantre iba Victoria a disponer de nuevo de semejante oportunidad? Nunca. Prácticamente riéndose de júbilo, recogió a toda prisa el amasijo de ropa y se puso en pie. Tras echar una última mirada al lago para cerciorarse de que Nathan no se acercaba a la orilla, dio media vuelta. Y se quedó helada.

Nathan estaba de pie ante ella. Nathan empapado, con la piel brillante y finos hilos de agua deslizándose por su cuerpo hacia el suelo...

Dios... Del... Cielo.

«Mírale a la cara. Mírale a la cara.» Pero su desobediente mirada no le hizo el menor caso, sino que quedó fascinadamente prendida en su torso con el estupefacto celo de un ladrón que se hubiera tropezado inesperadamente con un saco lleno de dinero. Perlas de humedad serpenteaban por el músculo del pecho de Nathan, aferrándose a la oscura mata de vello que se estrechaba hasta dibujar una sedosa cinta al tiempo que dividía en dos el fibrado abdomen... para luego ensancharse y acunar su...

Dios... Del... Cielo.

Victoria tan solo podía mirar y dar gracias de tener la mandíbula sujeta a la cara, de lo contrario la habría visto caer al suelo ante sus pies. Dios santo. Nathan era... magnífico. A pesar de que no tenía con quien compararle, no había duda de que estaba exquisita y... ejem... generosamente formado. Sin duda, el resto de sus miembros —sus brazos y piernas— eran igualmente exquisitos, cosa que no tardaría en verificar en cuanto sus pupilas recordaran cómo moverse. Se preguntó neciamente si el Manual Oficial del Espía hacía referencia a esa situación: ladrona de ropa paralizada, reducida a una masa babeante e insensata con un par de pupilas monstruosamente estáticas ante la visión de un exquisito y magnífico hombre desnudo.

—Vaya. Casi como en *El gato con botas*, ¿no te parece?

El sonido de su voz profunda y divertida arrancó a Victoria de su estupor. Alzó bruscamente la mirada para encontrarse con la de él. Un brillo pícaro bailaba en los ojos de Nathan. Con toda probabilidad a Victoria se le ocurriría una réplica ingeniosa en un plazo de uno o dos años. Quizá en tres o cuatro. En ese instante tan solo fue capaz de articular el único sonido que le vino a la cabeza.

—¿Eh?

—*El gato con botas*. El cuento. Con la única diferencia de que no hay aquí un rey que pueda ofrecerme su capa. Solo tú. —Arqueó una ceja oscura—. Supongo que no estarás dispuesta a quitarte el vestido.

Santo Dios, nada le habría gustado más. Sobre todo teniendo en cuenta el calor que hacía allí. Tenía la sensación de estar asándose por dentro. El buen juicio, sin embargo, prevaleció y Victoria alzó el mentón.

—Por supuesto que no. —Diantre, ¿de verdad era su voz ese estridente sonido?

—¿Ni siquiera en aras del buen espíritu deportivo? Desde luego, un gesto así equilibraría las condiciones del juego, ¿no te parece?

—No veo que el hecho de estar los dos desnudos igualara las condiciones del juego.

—¿Ah, no? Bueno, estaría encantado de enseñártelo.

—Creo haber visto… —Iba a decir: «Mucho menos de lo que querría», pero se limitó a añadir—: Bastante, gracias.

—Quizá podrías explicar qué estás haciendo aquí. Me diste tu palabra de que no vagarías por ahí sola.

—No estaba sola. Me acompañaba R. B.… —Enmudeció al darse cuenta de que el perro no estaba ya a su lado. Echó una rápida mirada a su alrededor, pero no hubo forma de dar con él. Bah. Maldito desertor. Ya podía volver a pedirle una galleta—. Que estaba aquí hace un momento, te lo aseguro. En cualquier caso, sabía que no estaría sola en cuanto te encontrara.

Una sonrisa que solo habría podido ser descrita como lobuna curvó los labios de Nathan.

—Así que has venido a buscarme. Me halaga saberlo. ¿Acaso esperabas darte un baño conmigo?

—Por supuesto que no. Te he visto adentrarte a hurtadillas en el bosque y…

—¿Y, una vez más, has vuelto a sospechar que salía a buscar las joyas sin ti?

Otra oleada de calor, en esa ocasión inducida por la culpa, trepó por su cuello.

—No exactamente. Ha sido más un deseo de probar que no habías salido a buscarlas sin mí.

—Ah, bien. Como verás, así es.

—Cierto. Estabas nadando. ¿No está fría el agua en esta época del año?

—De hecho, está muy fría.

—¿Te gusta el agua fría?

—En absoluto.

—Entonces ¿por qué nadabas?

—¿Estás segura de que quieres oír la respuesta?

Santo Dios, no estaba segura de nada, y menos aún de por qué seguía ahí de pie como si la hubieran atornillado al suelo y no dejaba de conversar con él mientras Nathan seguía desnudo. Y mojado. Y desnudo.

Tragó saliva.

—¿Por qué me preguntas continuamente si quiero oír las respuestas a mis preguntas?

—Porque sospecho que en realidad no quieres. O que no estás preparada para oírlas. Y cuando digo respuestas me refiero a las respuestas sinceras y sin adornos, y no a las tonterías edulcoradas que tus aristocráticos amigos te ofrecerían.

—Te aseguro que estoy perfectamente preparada para oír la respuesta a por qué estabas nadando.

—Muy bien. No podía dejar de pensar en ti. La idea de tocarte, de besarte, de hacerte el amor me estaba volviendo loco. Me pareció que un chapuzón en el agua fría del lago lograría calmar mi ardor. Aunque, como ya habrás visto, no ha sido así. —Bajó intencionadamente los ojos y la mirada de Victoria siguió a la suya.

Dios… Del… Cielo.

—Te estás sonrojando, Victoria.

La mirada ella volvió a clavarse en la suya.

—¿Ah, sí? Sí, supongo que así es. Es que nunca… ejem… había visto a un hombre desnudo.

—¿Y por qué iba eso a avergonzarte? Si hay alguien en esta fiesta improvisada que debería estar avergonzado, sin duda tendría que ser la persona que está desnuda.

—¿Estás avergonzado?

—No. No es vergüenza lo que siento. Obviamente.

«Obviamente.»

—Bueno, me alegra oír eso. Porque, por lo que veo, no hay nada de lo que… hum… debas avergonzarte.

—Gracias. Tampoco tú. Ya te he dicho que no tienes de qué avergonzarte conmigo, Victoria.

Sí, eso le había dicho. Sin embargo, la vergüenza que la embargaba nada tenía que ver con la reacción de Nathan y sí mucho con la suya propia. Con el hecho de que, en vez de volverse de espaldas, no pudiera dejar de mirarle. Era tanto lo que deseaba tocarle que llegaba incluso a temblar. ¿Qué sentiría al posar sus manos en esa hermosa piel de hombre? ¿Sus labios? Aunque siempre se había considerado una dama de los pies a la cabeza, no había nada que la calificara de lo contrario en lo que deseaba hacerle a Nathan. Ni en lo que deseaba que él le hiciera a ella.

Sintió la piel tensa y caliente bajo el vestido, que de pronto se le antojó exageradamente restrictivo, constriñéndole la respiración hasta que tan solo pudo respirar en leves jadeos. Los pezones se le endurecieron, convertidos ya en anhelantes puntas, y la carne oculta entre los muslos se tornó pesada, palpitando al unísono con su acelerado corazón.

—¿Estás bien, Victoria?

Ella se humedeció los labios.

—¿Lo estás tú?

—Una vez más, vuelves a responder a una pregunta con otra.

—Cosa que no suelo hacer habitualmente. Tú tienes la culpa. Me haces... —Pegó con firmeza los labios para acallar el flujo de palabras.

Nathan dio un paso hacia ella y Victoria sintió que el corazón le daba un vuelco.

—¿Te hago qué?

Temblar. Anhelar. Desear cosas que no debería, pensó Victoria.

—Decir cosas que en otras circunstancias jamás diría. Y hacer cosas que no suelo hacer —dijo, en cambio.

—Quizá eso sea bueno. Quizá estés descubriendo aspectos nuevos de tu naturaleza. O mostrando rasgos que hasta ahora habías mantenido ocultos, consciente o inconscientemente.

—¿Y por qué iba a hacer algo semejante?

—Por muchas razones. Las rígidas normas de la sociedad. Porque tus experiencias pasadas no te han proporcionado la suficiente libertad para que conozcas tu auténtica naturaleza. De ahí que hagas lo que se espera de ti y no lo que desea tu corazón. Decir lo que piensas y actuar siguiendo el dictado de tus impulsos puede resultar muy liberador.

—No podemos ir por ahí diciendo o haciendo lo que nos apetece.

—No muy a menudo —concedió Nathan—, y no con todo el mundo. Pero a veces... a veces sí podemos. —Dio un paso más hacia ella—. Quiero que te sientas libre para decirme lo que quieras. —Otro paso—. O para que hagas lo que te apetezca.

Una media docena de cosas que Victoria deseaba hacerle se arremolinaron al instante en su cabeza, encendiéndole aún más el rostro. La mirada de Nathan se paseó por sus ardientes mejillas y un destello malicioso asomó a su mirada.

—¿Hay alguna posibilidad de que me hagas una oferta similar, mi señora?

«Sí, por favor.»

—No, gracias.

—Vaya, que... desilusión. Pero mantengo mi oferta. —Dio tres pasos adelante. La distancia que les separaba era ya de apenas medio metro—. Una de las cosas que he aprendido a admirar de ti es tu valor. No hay nada que temer. Este lugar es absolutamente privado. Dime pues, Victoria... ¿qué es lo que quieres?

Dios santo, Nathan la llevaba a querer tantas cosas... Aunque lo cierto era que todas ellas bien podían resumirse en una.

—Quiero tocarte.

Las palabras fluyeron de sus labios en un apresurado torrente. Sin la menor vacilación, él le quitó de las manos el olvidado montón de ropa que ella seguía aferrando contra su pecho y lo echó a un lado. Antes de que Victoria tuviera siquiera oportunidad de tomar aliento, él la cogió de las muñecas y le colocó las manos en el centro de su pecho.

—Pues tócame.

El fuego que vio arder en los ojos de Nathan disolvió por completo sus pensamientos, fundiendo su modestia y prendiendo su valor. El calor le abrasó las palmas y bajó la mirada a sus manos, pálidas contra el dorado bronceado de la piel de Nathan. Él le soltó entonces las muñecas, relajando las manos contra los costados, y Victoria estiró los dedos para rozarlo. Templado. Nathan estaba muy templado. Y firme. Suave. Como el satén caliente sobre el hierro.

Despacio, extendió del todo las palmas, aplastando las gotas de agua que seguían aún prendidas de la piel de Nathan, al tiempo que el sedoso y áspero vello del pecho se le enredaba entre los dedos.

—Te palpita el corazón —susurró Victoria. «Casi tan deprisa y con tanta fuerza como el mío.»

—No deberían sorprenderte.

Victoria negó con la cabeza. O al menos eso creyó. Esa era su intención, pero cada gramo de su atención estaba puesto en el proceso de ver cómo sus manos volvían a deslizarse sobre el pecho de Nathan. La respiración acelerada de él era prueba manifiesta de que disfrutaba con ello, animándola para que se manejara con mayor audacia. Deslizando sus manos hacia arriba, siguió la línea de sus anchos hombros para bajar luego por sus poderosos brazos hasta los codos.

—Eres muy fuerte —murmuró.

Nathan dejó escapar un sonido ronco y carente de humor.

—Normalmente, estaría de acuerdo contigo —dijo con voz profunda, áspera y estridente a la vez—. En este momento, sin embargo, tengo la armadura decididamente... ahhh... —Las yemas de los dedos de Victoria le rozaron los pezones—. Mellada.

Los músculos de Nathan se contrajeron bajo el suave contacto de sus dedos y una oleada de satisfacción femenina como no había conocido hasta entonces la recorrió. Envalentonada, fascinada y transfigurada, Victoria deslizó despacio las manos en descendente, absorbiendo la textura de su abdomen liso y musculoso y el escalofrío que recorrió a Nathan. Desplazó entonces las manos hacia los costados, acariciando primero la uve que dibujaba su cintura y después las caderas hasta que no pudo seguir bajando sin doblar sus rígidas rodillas y posar las manos en aquellos muslos cubiertos de áspero vello. La masculinidad de Nathan se alzaba entre ambos. Fascinante. Seductora. Nathan parecía haber dejado de respirar y Victoria alzó la mirada.

La cruda intensidad que vio en los ojos de él la dejó perpleja. Cualquier duda que pudiera haber albergado sobre si afectaba a Nathan tan profundamente como él la afectaba a ella se desvaneció con esa simple mirada. Sin apartar los ojos de los de él, acarició la dureza de su excitación con el dorso de los dedos.

Los ojos de Nathan se cerraron de golpe, y se le dilataron las aletas de la nariz al tiempo que inspiraba bruscamente. De nuevo, Victoria le rozó con los dedos, maravillada al notar la calidez de su dureza. Esta vez, Nathan la recompensó con un gemido apenas perceptible. Con su propia respiración marcando una serie de irregulares jadeos entre sus labios, Victoria bajó la mirada y se observó mientras acariciaba la dura extensión de Nathan, primero con una mano y después con las dos, al tiempo que los gemidos de él se volvían más y más guturales con cada caricia de sus dedos sobre su carne caliente y suave. Él mantenía las manos cerradas en un amasijo de nudillos blancos contra los costados, y Victoria pudo verle flexionar los músculos de las piernas, los brazos, los hombros, el mentón y el cuello, tensos por el esfuerzo que empleaba en intentar seguir inmóvil. Hechizada, envolvió la firme dureza de él con los dedos y la apretó con suavidad.

—Victoria... —Su nombre se disolvió en un suave gemido. Ella volvió a apretar y rozó entonces con la yema del pulgar la aterciopelada cabeza inflamada de su miembro—. Basta. —La palabra fue apenas un gemido torturado que pareció llegar arrancado desde la garganta de Nathan. Cogió a Victoria de las muñecas y apartó sus manos de él—. Maldita sea, basta. No puedo más.

Antes de que ella tuviera siquiera oportunidad de tomar aliento, Nathan la atrajo bruscamente contra él y pegó su boca a la suya. Aun así, ningún aliento habría sido lo suficientemente profundo, ninguna preparación suficiente, para la embestida de aquel beso. Si durante el picnic Nathan apenas la había tocado, ahora parecía tocarla por todas partes, de la cabeza a los pies, estrechándola con tanta fuerza entre sus brazos que Victoria pudo sentir su calor y su fuerza a través de la ropa y hasta los mismísimos pies. Nathan la besaba como si quisiera devorarla, y ella se aferraba a sus hombros, dispuesta, ansiosa, desesperada por ser devorada, deleitándose en cada matiz de esa lengua que no dejaba de explorar su boca con enfebrecida y apasionada perfección.

Con un gemido de puro placer, Victoria le rodeó el cuello con los brazos y se aferró a él con fuerza. Él volvió a besarla una y otra vez en un arrebato de labios, aliento y lenguas, reduciéndola a un minúsculo bote a la deriva en una tormenta feroz, intentando desesperadamente mantenerse a flote en el mar de sensaciones en el que se sumergía.

Totalmente perdida, Victoria se aferró aún más a él, hundiendo los dedos en su pelo todavía mojado, pegando los anhelantes senos contra su pecho, a punto de estallar, en llamas. Necesitada. Sumida en un torbellino de deseo.

Se retorció contra él y Nathan cambió entonces el tempo, suavizando el frenético y enloquecido intercambio hasta transformarlo en una profunda y lánguida seducción que la sumió aún más en el vórtice de necesidad vertiginosa en la que braceaba. Las manos de Nathan se movieron libremente por la espalda de ella, recorriendo sus costados hasta acariciarle los pechos. Victoria arqueó la espalda entre sus palmas, una silenciosa súplica a la que él respondió al instante. Una cálida mano se introdujo en su corpiño. Los dedos de Nathan, sus dedos mágicos, acariciaron primero un anhelante pezón, luego el otro, lanzándole una descarga de fuego directamente al útero.

Nathan abandonó entonces los labios de Victoria y siguió besándole el cuello al tiempo que apartaba las manos del corpiño y las deslizaba espalda abajo. Cuando el aire frío le acarició las piernas ardientes, Victoria fue consciente de que él le había levantado la falda, arremolinándosela alrededor de la cintura. Con tan solo su ropa interior entre ambos, Nathan insinuó una rodilla entre las suyas, y Victoria separó gustosamente aún más las piernas, buscando pegar su anhelante carne femenina contra él. Cogiéndola con firmeza por las nalgas y grabando el calor que desprendían sus palmas en la piel de Victoria a través de la fina tela de la ropa interior, Nathan tiró de ella hacia arriba, apremiándola a que se pegara más a él y guiando sus caderas en lentos círculos contra la dureza de su muslo.

Victoria dejó caer la cabeza hacia atrás y un prolongado suspiro de puro placer vibró en su garganta. Era vagamente consciente de que Nathan le besaba el cuello, de las manos de él sobre sus hombros desnudos, pues toda su atención estaba puesta en la carne que palpitaba enfebrecidamente entre sus piernas. En las increíbles sensaciones que la recorrían con cada círculo que perfilaban sus caderas desde las expertas manos de Nathan. Él aceleró el ritmo y la respiración de Victoria se tornó entrecortada, abrupta, al tiempo que sus caderas se ondulaban, pegándose aún más a él, con mayor desesperación, buscando alivio, moviéndose cada vez más cerca del precipicio de algo... algo...

Y entonces fue como si saltara desde el borde del abismo y se sumergiera en un torbellino de sensaciones. Un espasmo de placer la recorrió, arrancándole un grito de sorpresa de los labios que se fundió en un profundo gruñido al tiempo que los temblores disminuían y remitían por fin. Débil y presa de una languidez deliciosa y desarticulada, se inclinó hacia delante, agradecida al sentir el soporte de los fuertes brazos de Nathan a su alrededor. Cerró los ojos, apoyó la frente en la curva donde se encontraban el cuello y el hombro de él, y dejó escapar un profundo suspiro. La cabeza se le llenó del olor de su piel de hombre, un olor cálido, delicioso y excitante que Victoria solo podría haber descrito como embriagador. Un olor que jamás olvidaría.

Cuando su respiración recuperó el ritmo habitual y se sintió capaz de moverse, levantó la cabeza. Clavó entonces la mirada en los serios ojos castaños salpicados de motas doradas de Nathan. Dios santo, lo que ese hombre le había hecho sentir... Victoria había leído sobre el placer en la *Guía femenina*, pero la descripción no hacía en absoluto justicia a lo que acababa de experimentar. Y Nathan le había proporcionado todo ese placer sin ni siquiera tocarla íntimamente. ¿Qué diantre habría sentido si él la hubiera tocado? ¿Cuán más increíble podía ser?

Sintió una apremiante necesidad de decir algo, de dar fe de lo que acababa de ocurrirle, pero fue del todo incapaz de pensar en ninguna palabra que hiciera justicia a la ocasión. Sin duda, en una o dos semanas lograría pensar en algo brillante, pero en ese momento lo único que se le ocurrió decir fue:

—Nathan.

La expresión de él se suavizó y la sombra de una sonrisa asomó a sus labios.

—Victoria. —Con infinita suavidad le pasó un rizo rebelde tras la oreja—. ¿Estás bien?

Ella cerró brevemente los ojos y soltó un prolongado y femenino suspiro.

—Me siento… fantásticamente. Salvo por las rodillas. Creo que me las he dislocado.

La sonrisa destelló en los labios de Nathan, que rozó los de ella con la yema del pulgar.

—¿No te habré hecho daño?

—No. —Posó su mano en la mejilla de él—. Me has… hechizado. Me has robado el aliento.

—Como lo has hecho tú con el mío. Hechizándome también. —Tras depositarle un breve beso en la punta de la nariz, dijo—: Voy a vestirme y así podremos ver qué les ocurre a esas rodillas.

La soltó con suavidad y las faldas que ella todavía tenía recogidas alrededor de la cintura cayeron sobre sus piernas como baja el telón sobre el escenario al término de la ópera. Cuando Nathan fue a recoger su ropa, Victoria supo que debía volverse de espaldas para concederle un poco de privacidad, pero fue del todo incapaz de apartar la mirada de él. Y aunque indudablemente tendría que haber sentido algún remordimiento, o un atisbo de vergüenza, tan solo sintió júbilo. Si algo lamentaba, era únicamente que el interludio hubiera concluido.

Mientras veía cómo Nathan se ponía los pantalones, no pudo evitar reparar en su estado de excitación mantenida. Tras aclararse la garganta, dijo:

—Me has permitido una gran libertad con tu cuerpo.

—Ha sido un verdadero placer.

—También para mí.

Nathan se encogió de hombros en su camisa y sonrió.

—Me alegro.

—Pero tú... hum... no te has tomado el mismo grado de libertades conmigo.

—Un esfuerzo que me ha costado un sentido, te lo aseguro.

—¿Puedo preguntarte por qué... has hecho semejante esfuerzo?

Nathan dejó bruscamente de abrocharse la camisa y su mirada pareció afilarse de pronto.

—¿Me estás preguntando que por qué no te he hecho el amor?

El calor tiñó las mejillas de Victoria.

—Me pregunto por qué no me has tocado como yo lo he hecho contigo.

—Es la misma pregunta. Porque si te hubiera tocado de ese modo, sin duda habríamos hecho el amor.

—Y no era eso lo que querías.

Nathan arqueó las cejas.

—Al contrario. Creo que ha resultado dolorosamente evidente que sí. Si no te hecho el amor ha sido únicamente por consideración hacia ti, no hacia mí. —Y dejándose la camisa desabrochada, borró la distancia que les separaba. Estrechándola con suavidad entre sus brazos, la buscó con la mirada—. Victoria, no olvides que si hacemos el amor, yo nada arriesgo, mientras que tú lo arriesgas todo. Independientemente de lo que puedas pensar de mí, no soy hombre dado a obtener placer sin pensar en las consecuencias de mis actos. Y, si quieres que te sea totalmente sincero, el momento de ponderar esas premisas no es cuando uno se encuentra sexualmente excitado ni durante la complacencia posterior al placer. —Flexionó los dedos sobre los brazos de ella—. Algo me ocurre cuando te toco... —Meneó la cabeza—. Demonios... algo me ocurre cuando estoy en la misma habitación que tú. Mermas mi capacidad de autocontrol. Mi buen juicio.

Un escalofrio recorrió a Victoria ante esa confesión.

—No tiene sentido negar que padezco de esa misma «cosa» que tú.

Cualquier fantasía de que su concesión complacería a Nathan se desvaneció al ver la expresión turbada que asomó a los ojos de él.

—En ese caso, mucho es lo que tienes que tener en cuenta. Y lo mejor será que regresemos a casa ahora mismo.

La soltó y se retiró unos pasos para terminar de vestirse. Sobresaltada, Victoria se dio cuenta de que se había hecho muy tarde al ver las sombras del inminente crepúsculo convertidas en un manto gris cada vez más oscuro bajo el denso follaje de los árboles. Se alisó las arrugas del vestido y reparó lo mejor que pudo el desastre que las manos de Nathan habían causado a sus cabellos. Cuando ambos terminaron, él le tendió el brazo con una cortés floritura, indicando así que debía precederle por el estrecho sendero que llevaba de regreso al camino principal. Sin embargo, cuando ella pasó por delante de él, él alargó el brazo y le tomó la mano, llevándosela a los labios. Aunque el ligero beso que depositó sobre el dorso de los dedos de Victoria podría haber sido calificado de decente, nada había de decente en el travieso destello que asomó a sus ojos.

—Para que sepas, Victoria —dijo al tiempo que su cálido aliento le acariciaba la piel—, independientemente de qué otras decisiones puedan tomarse, que tengo intención de vengarme por la dulce tortura que he soportado esta tarde en tus manos. Y que lo haré cuando menos te lo esperes.

Ufff. Santo Dios, tenía que llevar consigo un cubo de agua para apagar las llamas que ese hombre prendía en ella. Nathan echó a andar por el estrecho sendero, esperando claramente que ella le siguiera, tarea en absoluto fácil cuando acababa de reducir su mente y sus rodillas a gelatina con semejante declaración. Sin embargo, la creciente oscuridad la arrancó de su estupor y salió corriendo tras él. El sendero viró y, en cuanto torció la curva, vio a Nathan esperándola en el camino. La mirada de Victoria se concentró en su rostro y echó a andar hacia él. Bah. Obviamente, él creía que podía ir por ahí soltando afirmaciones provocativas como esa y alejarse tranquilamente. Bien, ya le enseñaría ella...

—¡Victoria!

Victoria oyó el grito de aviso de Nathan en el preciso instante en que un brazo musculoso la agarraba por detrás, inmovilizándola contra un duro torso. Vio el destello plateado de un cuchillo justo cuando sintió que le pegaban la hoja al cuello.

15

La mujer moderna actual en su búsqueda de la satisfacción y de la aventura íntima puede verse en una situación considerada peligrosa. En ese caso, debe mantener la calma y seguir centrada en su objetivo: lograr salir de dicha situación. Si fallan todos los intentos diplomáticos, una patada en el lugar oportuno suele obtener los resultados esperados.

Guía femenina para la consecución de la felicidad personal y la satisfacción íntima
CHARLES BRIGHTMORE

—Un sonido, un solo movimiento —gruñó el hombre junto al oído de Victoria— y habrá sellado su propio destino.

Aterrada, Victoria pegó los labios y cejó en su forcejeo mientras buscaba a Nathan con la mirada.

Nathan echó a andar hacia delante pero se detuvo en seco cuando el hombre apretó aún más la hoja del cuchillo contra el cuello de Victoria. Sus ojos se posaron en los de ella y le lanzó una mirada con la que le indicaba claramente que debía escuchar al loco que blandía el cuchillo.

—Un paso más y la degüello —amenazó el hombre en un tono que consiguió deslizar un latigazo de miedo por la espalda de Victoria.

—Suéltela —dijo Nathan con una voz glacial y acerada que Victoria jamás había oído de sus labios.

—Será un placer complacerle, en cuanto consiga lo que quiero.

—Le daré lo que desee. En cuanto la suelte.

—Me temo que no funcionan así las cosas, puesto que soy yo quien sostiene el cuchillo contra su cuello. Por cierto, hablando de cuchillos, quiero que coja el que lleva en la bota, despacio y con cuidado, y lo eche a los arbustos. Si hace algún movimiento rápido, doctor, la dama sufrirá por ello.

—Sabe quién soy —afirmó Nathan con voz letal.

—Quién es y quién era. —Tiró de Victoria, pegándola aún más a él—. Haga lo que le digo.

Apenas capaz de respirar con la hoja del cuchillo tan pegada al cuello, Victoria observó cómo Nathan, sin apartar ni un segundo la mirada del rostro del hombre, sacaba lentamente un cuchillo de su bota y lo lanzaba sobre los arbustos.

—Ahora, suéltela.

—En cuanto me entregue la carta.

—¿Qué carta?

Con un simple giro de su muñeca, el hombre rozó la hoja del cuchillo la piel situada bajo el mentón de Victoria, quien no pudo contener un jadeo. Una cálida humedad descendió por su cuello y se le nubló la vista en cuanto fue consciente de que se trataba de su propia sangre.

—Su estúpida pregunta ha dejado una cicatriz en la dama. Si hace otra, le costará una oreja. Si afirma no tener lo que busco, perderá la vida. ¿Entendido?

Una breve pausa.

—Sí —dijo Nathan.

—Quiero la carta que estaba en la bolsa de la dama. Ahora. Démela, despacio y con cuidado, y me marcharé.

Santo Dios. Iba a morir. Nathan no llevaba la carta encima. Victoria sabía que él intentaría salvarla, pero ¿qué podía hacer sin un arma y sin la carta? Su vida estaba a punto de terminar. Allí. En ese preciso instante. En manos de ese hombre horrible. Quien probablemente también mataría a Nathan. En cuanto fue consciente de ello, un terror espantoso le oscureció la visión.

—¿Cómo sé que la soltará cuando le dé lo que quiere?

—Supongo que tendrá que confiar en mi palabra. —La malvada risotada que Victoria oyó junto a su oreja le puso la piel de gallina—. No se preocupe, doctor. Mi palabra vale tanto como la suya. Honor entre ladrones, ya me entiende.

Victoria tomó la que sin duda sería su última bocanada de aire mientras veía que Nathan volvía a agacharse lentamente, esta vez para sacarse de la bota un pedazo de papel vitela doblado. La recorrió una sacudida de pura conmoción. La carta. La llevaba encima. Se sintió inundada por un halo de esperanza, que no tardó en apartar a un lado el terror que momentáneamente la había paralizado.

Sin embargo, Victoria estaba segura de que Nathan no pensaba darle la carta, el mapa, a ese rufián. En cualquier momento utilizaría alguna de sus ingeniosas tácticas de espía para desarmar y capturar al ladrón. No obstante, le vio incorporarse y tender el brazo con la nota entre el pulgar y el índice.

—Tíremela —gruñó el rufián—. Quiero verla caer justo a mis pies. De lo contrario, la dama pagará por ello.

La nota voló por los aires. Con el mentón apuntando al cielo, Victoria no pudo ver dónde aterrizó la carta, aunque dado que su cuello seguía intacto, dio por hecho que la puntería de Nathan había sido la esperada.

—Ahora túmbese en el suelo, boca abajo —le ordenó el hombre a Nathan.

Muy bien. En cualquier momento Nathan emplearía cualquiera de sus tretas de espía para salvarles y desarmar al hombre. Victoria mantuvo la mirada fija en su rostro, esperando alguna suerte de señal, alguna indicación de lo que Nathan quería que hiciera, pero los ojos de él en ningún momento se apartaron del hombre que la sujetaba. Victoria siguió observándole con todos los sentidos alerta. Nathan se tumbó sobre el sendero de barro como se le había ordenado.

—Las manos detrás de la cabeza, doctor.

Nathan entrelazó las manos detrás de la cabeza.

Un arranque de furia como no recordaba haber experimentado hasta entonces estalló en Victoria. Maldición, ¡aquel tipo se iba a salir con la suya!

—Y ahora, damita mía —dijo el rufián, echándole su aliento caliente al oído—, quiero verla caminar hasta donde está el doctor y tumbarse boca abajo con las manos detrás de la cabeza, exactamente como él. Si hace el menor ruido o cualquier otra cosa le clavaré la hoja de este cuchillo entre los omóplatos. Y al doctor también.

Jamás se había sentido tan impotente ni llena de rabia en toda su vida. A pesar de que deseaba con todas sus ganas chillar y forcejear, temió que el hombre cumpliera con su amenaza. De puntillas como estaba, ni siquiera podía darse un mínimo impulso para propinarle un buen pisotón. Pero algo dentro de sí la empujaba a actuar. Quizá si pudiera quitarle la nota del bolsillo al ladrón podría darle así a Nathan la oportunidad de hacer algo. En un ciego intento por conseguirlo, dio una patada a un lado.

Pero en ese preciso instante el ladrón la soltó, apartándola de él con un violento empujón. Victoria se tambaleó hacia delante, y se pisó el borde del vestido con el botín. Con un involuntario chillido, cayó bruscamente sobre sus rodillas y aterrizó sobre el vientre con un contundente golpe que le arrebató el aire de los pulmones.

Apenas había podido darse cuenta de lo ocurrido cuando unas manos la tomaron con suavidad de los hombros y la volvieron boca arriba. Vio ante sí el rostro de Nathan, cuya expresión era la viva imagen de la preocupación.

—Victoria —susurró lleno de preocupación mientras su mirada le estudiaba detenidamente el cuello y se quitaba la camisa de un tirón. Ella se llevó los dedos al punto de dolor y percibió en las yemas una sustancia caliente y pegajosa.

—Estoy sangrando.

—Sí, lo sé. Necesito ver cuánto.

—Dónde está...

—Se ha ido.

—Pero tiene...

—Chist... Eso no importa. No te preocupes.

—Pero debes...

—Cuidar de ti. No hables. Ahora vuelve un poco la cabeza hacia aquí... Eso es. —Sintió que Nathan le limpiaba el dolorido cuello con algo suave... debía de ser su camisa—.

El corte es pequeño —le oyó decir con una voz calma en la que creyó adivinar un toque de alivio—. Voy a aplicarle presión para detener la sangre. Quédate quieta y relájate.

Se quedó quieta, aunque la posibilidad de relajarse se le antojó un auténtico misterio, y vio que Nathan doblaba una parte de su camisa que luego aplicó con firmeza a la piel situada justo debajo de su barbilla. Mientras sostenía la tela con una mano, se concentró en el resto de su cuerpo, examinando los rasguños que Victoria tenía en las palmas de las manos y levantándole las faldas para explorar con suma delicadeza sus doloridas rodillas. Luego le hizo un examen general, apretando aquí y allí, preguntándole si esto o aquello le dolía. Esa era una faceta de él que Victoria no conocía... la profesional. La forma de tocarla era sin duda la de un médico a su paciente: tierna, hábil e impersonal.

—Nada serio —le informó Nathan con una tranquilizadora sonrisa—. Estarás dolorida durante un par de días, aunque tengo un bálsamo que te ayudará. —Posó la mirada en el cuello de Victoria—. Y ahora echemos otra mirada a ese corte.

Después de reducir lentamente la presión que ejercía sobre la herida, retiró el improvisado vendaje.

—Ya casi ha dejado de sangrar. —Volvió a doblar la camisa y de nuevo colocó la tela contra el cuello de Victoria. Luego le tomó la mano y la puso sobre el vendaje—. ¿Te sientes lo bastante fuerte para presionar aquí?

—Por supuesto. No soy la engreída flor de invernadero que crees. —Aunque había pretendido parecer firme en su respuesta, vio avergonzada que le temblaba el labio inferior al tiempo que una caliente humedad se abría paso tras sus ojos. La sonrisa que Nathan le dedicó no hizo más que empeorar la sensación.

—Mi querida Victoria, eres la muchacha más valiente que he conocido.

—Lo he intentado...

—Has estado maravillosa.

Una inmensa lágrima quedó prendida de sus pestañas, velándole la visión y deslizándose poco después por su mejilla.

—No sé qué me pasa. No soy de esa clase de mujeres lloronas. —Otra lágrima resbaló por su mejilla y Victoria sorbió—. De verdad, no lo soy.

Nathan le secó las lágrimas con dedos tiernos.

—No sé, cariño. Eres una guerrera. Pero hasta los guerreros sorben las lágrimas después de la batalla.

—¿De verdad?

—Naturalmente. —Y dicho esto, la levantó en brazos.

—¿Qué… qué haces?

—Llevarte a casa. —Nathan echó a andar enérgicamente por el sendero—. Agárrate bien.

Victoria le rodeó el cuello con el brazo que tenía libre, posando la mano sobre su piel cálida y desnuda.

—Puedo andar. —Se creía obligada a protestar.

—Lo sé. Pero me siento mejor si te llevo en brazos, así que compláceme. Por favor.

—Bueno, si me lo pides por favor… —Suspiró y se acurrucó aún más contra él, reposando la mejilla sobre su fuerte y cálido hombro. Entrecerró entonces los ojos y de pronto sintió como si todas sus fuerzas se evaporaran, dejándola exhausta. Aunque no tanto como para impedirle hacer una pregunta—. Ese hombre te conocía. ¿Le conocías tú a él?

—No.

—¿Cómo supones que estaba al corriente de la existencia de la carta?

—No lo sé. Y, para serte sincero, en este momento me preocupa más asegurarme de que estés bien que preguntarme sobre el maldito bastardo que te ha herido. Podemos hablar de ello en cuanto te haya tratado y estés a salvo y cómodamente instalada junto al fuego de la chimenea. Por ahora, limítate a concentrarte en mantener la presión sobre ese corte.

Victoria apenas reparó en el empleo poco caballeresco de semejante muestra de lenguaje obsceno en boca de Nathan, pero estaba tan agotada que decidió pasarlo por alto.

Cuando llegaron a la casa, fueron recibidos por un perplejo Langston. Después de tranquilizar al escandalizado mayordomo y asegurarle que Victoria no estaba herida de gravedad, Nathan dijo sin más rodeos:

—Necesito que lleven de inmediato a mi habitación agua caliente, tiras de algodón limpio y una botella de brandy. —Dicho eso, subió la escalera.

—¿A tu habitación? —dijo Victoria con un susurro escandalizado—. No puedes llevarme a tu habitación.

—Ya lo creo que puedo. Allí es donde tengo mi instrumental médico y no pienso dejarte sola para ir a por él.

—Podría perfectamente quedarme sola durante unos instantes. No me pasaría nada.

—No me cabe duda. Pero quizá a mí sí. Y no tiene sentido discutir pues ya hemos llegado.

Nathan empujó con una rodilla la puerta, que dejó abierta de par en par a propósito por respeto al decoro. Y no es que le preocupara demasiado las normas de comportamiento social, pero no quería causar ninguna preocupación gratuita a Victoria. Después de cruzar apresuradamente la alfombra Axminster marrón, se dirigió a la cama, depositándola suavemente sobre el edredón.

—Mantén la presión sobre la herida un poco más —dijo, sin alterar un ápice la expresión del rostro mientras tocaba con los dedos la mano de Victoria, quien seguía apretándose el cuello con su camisa doblada. La camisa de Nathan, teñida con las manchas carmesíes de la sangre de Victoria—. Voy a buscar mi maletín y a lavarme las manos.

Nathan se dirigió a la jofaina de cerámica colocada en el rincón junto al enorme armario de cerezo donde guardaba su maletín de trabajo. A pesar de que odiaba la idea de apartar los ojos de Victoria durante un segundo, le dio la espalda mientras vertía el agua en la palangana y se frotaba las manos con jabón. Dios bien sabía que necesitaba unos segundos para calmarse.

Maldición, por muchos años que viviera, jamás olvidaría la espantosa imagen de Victoria con ese cuchillo contra el cuello. La única vez que había sentido un temor semejante había sido cuando había encontrado a Gordon y a Colin heridos por los disparos. Y ni siquiera ese episodio podía compararse con el espantoso terror que le había embargado al ver a ese loco aparecer de la nada, despegándose de las sombras situadas detrás de Victoria, y ese destello de acero mortal al sujetarla. La sangre de Victoria deslizándose por su cuello hasta mancharle el vestido.

Era culpa suya, demonios. Se había alejado demasiado para poder protegerla. ¿Por qué la había perdido de vista aunque hubiera sido un solo instante? Creía que ella estaba exactamente detrás de él. Cuando se había vuelto y había descubierto que no era así, tendría que haber regresado a buscarla. Pero la había visto un instante después, andando hacia él, y la había visto acercarse, adorando su forma de moverse. Adorando su imagen. Y entonces la conmoción provocada por esa sombra en movimiento…

Cerró con suavidad los ojos para deshacerse de la nauseabunda imagen. Después. Ya se enfrentaría a ella después, junto con la retribución que pensaba reservarle a aquel bastardo cuando diera con él. Y estaba decidido a encontrarle. Aunque en ese momento, lo que Victoria necesitaba era un médico.

Oyó que llamaban a la puerta y vio entrar a Langston con una enorme bandeja en la que llevaba un balde de agua humeante, tiras de algodón y brandy.

—¿En la mesita de noche, doctor Nathan?

—Sí. —Y, mientras se secaba las manos, preguntó—: ¿Dónde está lady Delia?

—En el salón, con su padre.

—Bien. No deseo alarmarles, sobre todo viendo la naturaleza poco preocupante de las heridas de lady Victoria. Deme un cuarto de hora para que le limpie y le vende los cortes y bajaré a contárselo personalmente.

—Sí, doctor Nathan. —Langston se aclaró la garganta—. Quizá desee ponerse una camisa antes de hacerlo.

Perplejo, Nathan bajó la mirada hacia su pecho desnudo.

—Buena idea. Gracias.

Con una leve reverencia, el mayordomo salió de la habitación dejando la puerta abierta de par en par. Nathan abrió el armario, sacó su maletín de médico con una mano y una camisa doblada y limpia con la otra. Luego cruzó la estancia hacia la cama. Fijó entonces la mirada en el pálido semblante de Victoria y se le encogió el pecho ante lo que vieron sus ojos. Haciendo acopio de todo su aplomo profesional, dejó el maletín en el suelo junto a la cama y dedicó a Victoria su mejor sonrisa de médico.

—¿Cómo te encuentras? —preguntó, encogiéndose de hombros dentro de la camisa.

—Un poco dolorida —admitió Victoria con una pálida sonrisa—. Y sedienta.

Tras meterse apresuradamente en los pantalones los faldones de la camisa, le sirvió un generoso dedo de brandy. Luego apoyó una cadera en el borde de la cama y le acercó el vaso a los labios.

—Bébete esto.

Victoria obedeció y arrugó la nariz.

—Puaj. Qué asquerosidad.

—De hecho, y a juzgar por el refinado gusto de mi padre en lo que hace referencia al brandy y a que he encontrado... hum... varias cajas del mejor Napoleón, sospecho que es un brandy excelente.

Victoria arqueó una ceja.

—¿Encontrado, dices? ¿Y dónde encuentra uno cajas de brandy francés?

Nathan se encogió de hombros y adoptó su expresión más inocente.

—Oh, aquí y allí.

—Hum. Bueno, si esto es lo mejor que consiguió hacer Napoleón, no es de extrañar que le desterraran.

Una carcajada retumbó en la garganta de Nathan. En ella encontró un alivio más que bienvenido a la tensión que le embargaba.

—Puede que no sea de tu gusto, pero te ayudará a calmar el dolor, así que bebe.

Victoria le lanzó una potente mirada, pero obedeció. Cuando el vaso estuvo vacío, dijo:

—Esta espantosa porquería me va a abrir un agujero en el estómago.

—Qué suerte la tuya que sea médico y pueda curarte.

—Tú y solo tú eres el causante del problema por haberme obligado a tomarlo.

—Que no se diga que no pongo solución a las aflicciones que causo. —Dejó a un lado el vaso vacío y humedeció un puñado de tiras de algodón en el agua humeante—. Y ahora, si puedes cooperar y dejarme hacer mi trabajo, te lo agradeceré de corazón.

Victoria le miró con una repentina combinación de sospecha y de ansiedad.

—¿Cuánto me lo agradecerás?

—Lo suficiente para ordenar que te traigan una bandeja con la cena y te preparen un baño relajante en tu habitación. ¿Qué te parecería eso?

—Delicioso. Es solo que...

Nathan extrajo el agua de las tiras de algodón.

—¿Qué?

—No me fío mucho de los médicos. —Las palabras salieron en tropel de entre sus labios.

Nathan asintió con gesto serio.

—Oh, yo tampoco. Son una pandilla de viejos malvados con las manos frías que se dedican a manosear exactamente allí donde más duele.

—¡Exacto!

—Pues considérate afortunada de que yo no sea ni viejo ni malvado, de que no tenga nunca las manos frías y de que antes me tiraría al Támesis que hacerte daño.

Aunque la tensión que la atenazaba pareció desvanecerse ligeramente de sus ojos, Victoria todavía parecía nerviosa.

—No estoy muy segura de que eso suene demasiado reconfortante, especialmente dada tu obvia predilección por chapotear en el agua.

—En el agua del lago, sí. ¿En la del río Támesis? Desde luego que no. —Con suavidad, retiró la mano de Victoria de la tela sucia que seguía presionando contra su cuello—. ¿Qué ha sido de mi valiente y fiera guerrera del bosque?

—Quizá ella no sea tan valiente como creías.

—Bobadas. Es la personificación del valor. —Mientras hablaba, Nathan lavó suavemente la sangre seca, aliviado al ver que la herida había dejado por completo de sangrar—. Y tiene mi permiso para aporrearme con la licorera si en el curso de mis obligaciones la disgusto de algún modo.

—De acuerdo.

—Muy de acuerdo, intuyo. Sin embargo, ni se te ocurra aporrearme hasta que haya concluido con mis obligaciones. Ahora cuéntame lo que piensas sobre el rufián que ha huido con nuestra nota.

—¿Huido, dices? —exclamó Victoria—. No sé si ese es el término que mejor describe lo ocurrido. Me ha parecido que le has dado la nota de muy buena gana. —Su tono de voz sonó ligeramente acusador.

—Sin duda. Viendo que su cuchillo bien podía haberte cortado el cuello en cuestión de segundos, me pareció la mejor opción. —Tras aplicarle un bálsamo al corte, Nathan centró su atención en las rasguñadas manos de Victoria.

—No sabía que llevaras la carta encima.

—Quería mantenerla a salvo.

Victoria dejó escapar un bufido poco propio de una dama.

—Pues está claro que tendrías que haber elegido un lugar distinto.

Nathan arqueó una ceja y le dio ligeros toques en las palmas.

—¿Estás enfadada conmigo?

—¿De verdad quieres saberlo?

—Por supuesto.

—Bien, pues sí, lo estoy. O, al menos, decepcionada. ¡No hiciste nada por detener a aquel hombre! Creía que los espías conocían toda suerte de tretas y de maniobras para desarmar a sus rivales y ser más listos que ellos. Sin embargo, te limitaste a hacer lo que él te pidió y ahora el mapa obra en su poder.

—Y tu cabeza sigue sobre tus hombros. ¿Cuál de las dos opciones crees que es más importante para mí?

Victoria se mostró escarmentada al instante.

—No quiero que me tomes por una desagradecida. Simplemente me preocupa que pueda encontrar las joyas antes que nosotros.

—No creo que eso ocurra. Al menos, no con la carta y con el mapa que tiene.

—¿Qué quieres decir?

—Que la carta y que el mapa que obran en su poder le enviarán a lo que el Manual Oficial del Espía llama afectuosamente «La caza de la oca salvaje». —Le subió las faldas para lavarle las rodillas.

—Pero... ¿cómo?

—Escribí una carta falsa con información equivocada. Dibujé un mapa también falso en el que retraté las islas de Scilly, situadas a cuarenta y cinco kilómetros de la costa de Lands End. —Nathan se encogió de hombros—. Eso debería mantenerle lo bastante alejado de aquí hasta que concluyamos nuestra investigación con la nota y el mapa auténticos, que, por cierto, están a buen recaudo.

Victoria clavó en él la mirada, claramente perpleja, y su expresión cambió entonces, tiñéndose de una mezcla de admiración y humillación.

—Oh —dijo con un hilo de voz—. Al parecer, te debo una disculpa.

—Bueno, si de verdad lo crees necesario...

—Oh, sí. —Levantando los ojos hacia él, dijo con voz suave—: Lo siento, Nathan. Debería haber sabido que eres de una brillantez...« insobrepasable».

—Hum. Sí, deberías haberlo sabido. —Sonrió y dio un ligero masaje al ungüento que acababa de aplicarle sobre la palma de la mano.

—Me siento como una auténtica estúpida. Si tropecé fue porque intenté arrebatarle la nota de una patada. Creí que eso te daría la oportunidad de recuperar tu cuchillo o de reducirle de algún modo. No sabía que lo tenías todo bajo control.

Nathan apenas pudo contener la carcajada amarga que sintió ascender por su garganta. ¿Bajo control? No se había sentido tan impotente en toda su vida.

—Claro que podrías haberme contado lo de la nota en la estratagema de la bota —dijo Victoria—. Aun así, me salvaste la vida. —Se llevó la mano de Nathan a los labios y le besó los nudillos—. Mi héroe. Gracias.

Él le acarició suavemente la barbilla con las yemas de los dedos.

—De nada. Me alegra saber que no estás desilusionada al ver que he vencido al enemigo con el cerebro en vez de hacerlo con la fuerza física. Pero, acuérdate de lo que te digo: Cuando vuelva a ver a ese bastardo, pagará muy caro haberte tocado. Haberte hecho daño.

Victoria sintió que la recorría un escalofrío.

—Espero no volver a verle. Jamás había pasado tanto miedo.

«¿Así que nunca habías pasado tanto miedo? Pues ya somos dos.» Nathan volvió a bajarle las faldas para cubrirle las rodillas.

—He terminado con las curas. ¿Cómo te encuentras?

—¿Has terminado? ¿Ya? —Victoria flexionó las manos, dobló las rodillas y meneó el mentón—. Me siento mucho mejor.

—Excelente.

Aunque Victoria entrecerró los ojos, un destello divertido asomó a su mirada.

—Me has engañado.

Nathan adoptó una inocente expresión escandalizada.

—¿Yo?

—Me has distraído de tus curas haciéndome hablar.

—¿Eso he hecho? Debo confiarte que no pareces necesitar que te apremien demasiado para animarte a hablar.

—Hum. Muy listo. Y efectivo. Mi tía me había dicho que le parecía que tienes buena mano con los enfermos. No debería haber puesto en duda su opinión, pues siempre ha resultado de lo más acertada en sus afirmaciones.

—En ese caso, os doy las gracias a ambas por el cumplido —dijo despreocupadamente—. En cuanto al resto de tu tratamiento, dejaremos que el bálsamo que te he aplicado vaya penetrando en la piel las próximas dos horas, durante las cuales te quedarás acostada y cenarás. Luego podrás disfrutar del baño caliente que te he prometido, tras el cual volveré a aplicarte el bálsamo. Acto seguido te irás a dormir. ¿De acuerdo?

—Sí, doctor.

—Excelente. Una paciente dócil.

—Nada de eso. Simplemente finjo serlo para corresponder a tu amabilidad.

—Entiendo. —Nathan retiró sus útiles y cerró con firmeza el maletín. Hecho eso, tendió la mano hacia la licorera con el brandy.

Victoria negó con la cabeza.

—Oh, no. Otra vez no. No pienso volver a probar ese asqueroso brebaje.

—No tienes de qué preocuparte. Este vaso es para mí.

Se sirvió dos dedos y se los bebió de un solo trago. Cerró entonces los ojos, saboreó el fuego que se abrió paso hasta su estómago y permitió que sus tensos músculos se relajaran. Cuando volvió a abrir los ojos, dejó el vaso a un lado. Sujetó con suavidad a Victoria por los hombros y la miró fijamente a los ojos.

—Ahora que mis obligaciones como médico han concluido, quiero que sepas que no tienes que devolverme ninguna gentileza. El hecho de que hayas resultado herida es única y exclusivamente culpa mía.

—Nada de eso...

—Totalmente culpa mía, Victoria. Tu padre te ha enviado aquí para que te proteja. Hoy he fallado, pero te doy mi palabra de que no volveré a hacerlo.

La mirada de Victoria se dulcificó y acercó la palma de la mano a la mejilla de Nathan.

—No has fallado, Nathan.

—El hecho de que estés en la cama prueba lo contrario. Del mismo modo que este episodio prueba que hay alguien desesperado por encontrar esas joyas. Y que hará cualquier cosa por salirse con la suya. —Puso la mano sobre la de ella y volvió levemente la cabeza para besarle la palma irritada—. Prométeme que no saldrás de la cosa sola. —A pesar de que no era su intención sonar tan severo, todavía sentía acechante el temor que le había atenazado.

—Te lo prometo.

Nathan asintió y se levantó de la cama.

—Voy a contarles a tu tía y a mi padre lo ocurrido. Luego le diré a tu tía que suba a verte para que te acomode en tu habitación y te ayude a cambiarte.

Y, como no pudo evitarlo, se inclinó sobre ella y le rozó la frente con los labios. Salió entonces de la habitación. Mientras avanzaba por el pasillo, apretó los labios, perfilando con ellos una triste sonrisa. Aunque no sabía quién era el responsable de lo ocurrido, a diferencia de lo acontecido tres años atrás, esta vez no tenía intención de abandonar. Esta vez conseguiría respuestas. Y el responsable pagaría por lo que había hecho.

16

La mujer moderna actual debería buscar sus propias experiencias vitales en cualquier oportunidad, aunque siempre es aconsejable escuchar a las demás mujeres que, gracias a su propio arrojo, han obtenido conocimiento sobre tales cuestiones íntimas. Un tiempo dedicado a conversar con esas mujeres que están versadas sobre tales temas puede resultar reconfortante e instructivo, y ofrecerá una guía de gran utilidad. Además, siempre es más divertido poder disponer de una compañera de travesuras.

Guía femenina para la consecución
de la felicidad personal y la satisfacción íntima
CHARLES BRIGHTMORE

Victoria dejó a un lado la bandeja de la cena y recostó la espalda contra las almohadas con un suspiro satisfecho.

—La sopa de pescado estaba deliciosa.

Sonrió a su tía, quien, tras ayudarla a acomodarse y a ponerse un camisón de algodón limpio, también había ordenado que le subieran una bandeja con la cena.

—¿Crees que la cocinera estaría dispuesta a darnos la receta?

—Bueno, si no nos la da ella, sin duda el doctor Oliver podrá sacársela. —Observó a Victoria por encima del borde de su copa de vino—. Deja que te diga que de haber sido otro quien me hubiera dado la noticia de tu espantosa experiencia, a buen seguro me habría desmayado. Sin embargo, el doctor Oliver tiene… algo especial. Es un hombre muy seguro de sí mismo. Y tranquilizador.

—Sí, lo es. —Y muchas otras cosas, pensó. Cosas que la excitaban y la deleitaban. Aunque la confundían y la inquietaban a la vez.

—Y tan condenadamente atractivo... —prosiguió tía Delia—. Y fuerte. ¡Pero si te ha traído en brazos a la casa! —Fingió abanicarse con la servilleta—. Desde luego, es de un vigor admirable. Y se preocupa mucho por ti, Victoria.

Una oleada de calor trepó al rostro de Victoria desde el cuello de su camisón.

—Naturalmente que estaba preocupado. Es médico. Se preocupa por todos sus pacientes.

Tía Delia dejó su taza de té en el plato con un decidido tintineo.

—Mi querida niña, llevas toda la cena evitando con gran destreza hablar del doctor Oliver, y ya es hora de que dejes de hacerlo. —Tenía los ojos colmados de preocupación—. Querida, si de verdad crees que sus desvelos son simplemente los de un médico por su paciente, sin duda necesitas algún reconstituyente más fuerte. No me cabe duda de que te das cuenta de que siente una fuerte atracción por ti. Y hasta un ciego podría ver que tú sientes lo mismo por él.

Victoria se estremeció ante su más que evidente transparencia.

—Dado lo apuesto que es, estoy segura de que muchas mujeres le encontrarían atractivo.

—Sí. Pero eres tú la única que me preocupa. —Tía Delia se levantó del sillón y se acomodó en el borde de la cama de Victoria—. Te veo preocupada. ¿Por qué no me cuentas lo que te tiene así?

Victoria se agarró del edredón. La necesidad de compartir con alguien la plétora de sentimientos encontrados entre los que se debatía la abrumaba. Pero no podía confiar a su tía la sensual naturaleza de esos sentimientos, de su encuentro con Nathan. No podía compartir los escandalosos deseos, la torridez, las necesidades que él inspiraba en ella. Su pobre tía se desmayaría ante semejante escándalo. Peor aún, una admisión de esa naturaleza sin duda significaría que su tía no le permitiría disfrutar de un solo instante más a solas con Nathan. Mientras que su voz interior le decía que eso era lo más conveniente, su corazón se mostraba en desacuerdo. Además, ¿cómo podía esperar compartir algo que ni siquiera ella comprendía?

Forzó pues una sonrisa y dijo:

—Agradezco tu ofrecimiento, tía Delia, pero estoy bien.

—Entiendo. Crees que desfalleceré del susto, aunque te aseguro que estás muy equivocada. —Puso una mano cómplice sobre la de Victoria—. Entiendo completamente, querida. Siempre te ha gustado planearlo todo. Pero si hasta cuando eras niña planeabas tus fiestas, y de jovencita hacías lo mismo con tu ropa hasta el último detalle. Planeabas los diez próximos libros que pensabas leer. Durante la temporada, has planeado con absoluta precisión a qué fiestas deseabas asistir y qué caballero preferías para cada baile. Has planeado exactamente el tipo de hombre con el que deberías casarte y sabes exactamente la clase de anillo de boda que quieres... planes que tienes intención de poner en marcha en cuanto llegues a Londres. Viniste a Cornwall con un plan definido en mente: soportar durante el menor tiempo posible esta visita en la que tu padre tanto había insistido, para luego regresar a Londres y decidir qué marido tomar. Y ahora estás completamente perdida porque el devastador atractivo del doctor Oliver y las inesperadas emociones que inspira en ti han desbaratado del todo tus detallados planes.

La descripción que había hecho su tía de la situación era tan certera que Victoria tan solo pudo clavar en ella la mirada.

—¿Cómo sabías todo eso?

—Por dos motivos. En primer lugar, porque mi intuición es (y lo digo con la mayor de las modestias) formidable. Y, en segundo lugar, porque tú y yo somos muy parecidas, y porque así es precisamente como yo reaccionaría en tu situación. Creo que estás empezando a entender que el problema de hacer planes es que carecen de espontaneidad.

—No me gusta la espontaneidad.

—Al contrario. Creo que, muy a tu pesar, estás descubriendo que te encanta. Simplemente crees que no te gusta porque hasta ahora la desconocías. Es casi como decir que no te gusta la tarta de arándanos cuando jamás la has probado. —Su mirada estudió la de Victoria durante varios segundos—. Ni Branripple ni Dravensby te afectan de este modo.

No tenía sentido negarlo. En realidad, era un alivio poder reconocerlo.

—No. Y no entiendo por qué. Los dos son apuestos. Y sin duda son mucho más adecuados para mí que el doctor Oliver.

Las cejas de tía Delia se arquearon bruscamente.

—¿Ah, sí?

—Por supuesto. Lord Branripple y lord Dravensby no solo son candidatos socialmente superiores, sino que tengo con ellos muchas cosas en común.

—¿En serio? ¿Y no te parecen... aburridos?

Mortalmente aburridos, como bien se daba cuenta Victoria. Sin embargo, en vez de ayudar, la conversación estaba empezando a confundirla aún más.

—No entiendo. Creía que te oiría abogar en contra de un hombre como el doctor Oliver.

—¿Contra un hombre afectuoso y apuesto que está claramente prendado de ti y que hace brillar chispas en tus ojos?

—Un hombre que no posee ningún título. Que vive en una humilde casa de campo, que se gana modestamente la vida y que evita la alta sociedad.

—Nada de lo cual lo convierte en inadecuado, querida. Puede que no sea el heredero, pero aun así es hijo de barón.

—¿Y qué pasa con la seguridad de mi futuro? Una boda con Branripple o con Dravensby me convertiría en condesa. Garantizaría mi posición social. Las decisiones que tome ahora afectarán al resto de mi vida.

—Muy cierto. —Tía Delia le apretó cariñosamente la mano—. Aunque debes sin duda saber que tu padre jamás te dejaría en la miseria.

—Papá espera que haga un buen matrimonio.

—Por supuesto. Pero cuando dice «buen matrimonio» se

refiere a que quiere verte feliz. —Su tía respiró hondo y prosiguió—. ¿Y qué me dices de lord Sutton y de lord Alwyck? Tienes a un vizconde y a un barón al alcance de la mano y está claro, después de las dos noches que hemos pasado en su compañía, que ambos te encuentran sumamente atractiva. Me costaría Dios y ayuda tener que decidir cuál de los dos es más apuesto, pues ambos son extraordinariamente guapos.

—Sí, es cierto. —Pero ante ninguno de los dos el corazón le daba un vuelco ni se le detenía el pulso. Ninguno despertaba en ella el deseo de estar cerca de él para no perderse una sola de sus sonrisas ni una sola palabra de sus labios. Con ninguno sentía ese hormigueo en los dedos de puras ganas de tocarle. Nathan provocaba en ella todas esas cosas simplemente… siendo él mismo—. Pero tanto sus propiedades como sus vidas están aquí, en Cornwall. Y, a pesar de que esto no ha resultado ser el espantoso lugar que yo había imaginado, jamás podría vivir tan lejos de la ciudad. De la civilización. Además, apenas les conozco, mientras que hace años que disfruto de la compañía de Branripple y de Dravensby.

—Tampoco hace mucho que conoces al doctor Oliver —dijo tía Delia con voz queda—, lo cual no hace más que probar que la duración de una relación no es una medida precisa con la que mesurar nuestros sentimientos. —Desvió la mirada hacia el fuego de la chimenea y a sus ojos asomó la remembranza—. A veces, una persona que acabamos de conocer puede prender una chispa, un deseo y un anhelo que alguien al que conocemos desde hace años jamás ha prendido.

Parpadeó dos veces, pareció entonces volver en sí y se volvió a mirar a Victoria.

—Estoy convencida de que tanto Branripple como Dravensby serían unos maridos corteses y aceptables que te darían pocas preocupaciones. Pero escucha tu corazón, Victoria. La vida puede resultar recatada y aburrida o puede por el contrario ser una magnífica aventura. La vida con un hombre recatado y aburrido no será más que eso. Por otro lado, la vida con alguien que da alas a tu corazón… —Soltó un suspiró soñador como Victoria jamás había oído salir de sus labios—. Esa vida podría ser una gloriosa aventura.

—Quizá. Pero tenemos que comer mientras disfrutamos de esa magnífica aventura.

—Cierto. Aunque no es necesario disfrutar de la mejor de las cocinas a diario para satisfacer el apetito.

—No basta con sentirnos físicamente atraídas por alguien. No tengo nada en común con el doctor Oliver.

—¿Ah, no? Su padre me ha hablado mucho de él, y, a juzgar por lo que me ha dicho, tenéis un buen número de intereses similares.

—¿Como por ejemplo?

—El amor por la lectura. La pasión por el conocimiento. La afición por los cuentos de hadas. A ambos os gustan los animales.

Victoria puso los ojos en blanco.

—Nathan no tiene animales normales como el resto de la gente.

Su tía se encogió de hombros.

—No es un hombre como el resto de la gente. Los dos sois inteligentes, y está claro que él reconoce ese rasgo en ti y que lo admira. Una mujer lista sin duda impresionaría a un hombre como el doctor Oliver.

—Quizá no desee impresionarle.

—Bah. Cualquier mujer con un mínimo de aliento en sus pulmones desearía impresionar a un hombre tan divino como él. ¿Quieres saber lo que pienso?

Aunque no estaba segura, Victoria asintió.

—Por supuesto.

—Creo que tienes miedo de impresionarle. Que estás intentando mantener cierta distancia entre él y tú, mantener en pie las barricadas que has logrado levantar entre ambos.

—Sin duda, dada nuestra situación, es lo mejor. Cuando regrese a Londres, voy a elegir a otro hombre como esposo. Y no soy la clase de mujer que el doctor Oliver desea. Me tiene por una engreída flor de invernadero.

—Quizá no desee desearte, pero sin duda te desea con todo su ser. —Tía Delia frunció los labios y escudriñó a su sobrina durante varios segundos. Entonces, lo que pareció una chispa de satisfacción destelló en sus ojos—. Te ha besado.

El fuego abrasó las mejillas de Victoria. Antes de que pudiera dar una respuesta, su tía dijo enérgicamente:

—Ya veo que sí. Y que sabe besar a una mujer.

Divertida ante semejante muestra de franqueza por parte de su tía, Victoria negó con la cabeza.

—¿No te escandaliza? ¿Ni te sorprende?

—Querida, lo que me sorprendería es que no lo hubiera hecho. Y, francamente, sería una verdadera desilusión. Sería una auténtica pena que un hombre no fuera fiel a la promesa que se anuncia en ese malicioso brillo que asoma a sus ojos. —Pero en ese instante su mirada se tornó penetrante—. Y ahora tu curiosidad femenina ha despertado.

Victoria se mordió el labio inferior y asintió, apartando de su mente la imagen de un Nathan mojado y desnudo.

—Mucho me temo que del todo.

—¿Te ha confesado sus sentimientos por ti?

—No.

—Teniendo en cuenta que es un hombre de absoluta franqueza, está claro entonces que está tan confundido como tú.

—Seguramente porque no hay ningún sentimiento del que hablar.

Tía Delia desestimó las palabras con un gesto de la mano.

—Está enamorado de una mujer que sin duda nada tiene en común con la clase de mujer a la que está acostumbrado.

En la mente de Victoria surgió una imagen... de Nathan desnudo, excitado, bajando la cabeza para besar a una mujer. Una mujer que no era ella. Sintió que la atravesaba una abrasadora punzada de celos.

Una lenta sonrisa curvó los labios de tía Delia.

—Eso debe de molestarle muchísimo. Y la idea de que vayas a casarte con otro... no creo que le haga ninguna gracia. —Su sonrisa se desvaneció y clavó los ojos en Victoria—. La cuestión es: ¿qué piensas hacer con esta atracción? ¿Qué plan tienes?

¿Plan? No tenía ninguno. Sus planes de venganza de dar un beso a Nathan que lo atormentara y marcharse sin más se le antojaban ridículamente inocentes. Y eso la dejaba, por primera vez desde que tenía uso de razón, sin un plan. Se había convertido en una pluma a la deriva en un mar embravecido, lanzada de un lugar a otro, sumida en el abandono y sin destino a la vista.

Victoria se aclaró la garganta.

—Me temo que todavía no he hecho ningún plan. Lo cierto es que me siento... bastante perdida.

Tía Delia asintió, pensativa.

—Lo creas o no, Victoria, también yo me he visto en circunstancias idénticas. Y tienes razón: las decisiones que tomes ahora afectarán al resto de tu vida. Por eso es imprescindible que elijas acertadamente. —Se levantó—. Tengo una cosa en mi habitación que quiero mostrarte. Volveré dentro de un momento.

Salió de la habitación. Victoria ni siquiera había empezado a asimilar el asombroso giro que la conversación con su tía había experimentado ni las cosas inesperadas que tía Delia le había dicho cuando la dama regresó con una bolsa marrón cerrada con un cordón borlado.

—¿Qué es eso? —preguntó Victoria mientras la señora volvía a tomar asiento en el borde de la cama.

Como respuesta, su tía desató el lazo de cordón e introdujo la mano en la bolsa. Sacó del interior un ornado anillo de oro con diamantes incrustados.

—Mi anillo de boda.

Victoria reconoció la pieza, aunque hacía años que no la veía.

—Ya no lo llevas.

—Me lo quité el día que murió Geoffrey, y desde entonces no he vuelto a ponérmelo.

La compasión se adueñó de Victoria ante el tono poco expresivo de su tía. Tío Geoffrey había sido un hombre adusto y carente de sentido del humor, con debilidad por la bebida y, según se rumoreaba, también por los burdeles. Tía Delia en raras ocasiones le mencionaba.

Victoria miró el anillo que su tía sostenía en la palma de la mano. Supuso que a algunas mujeres les habría gustado, dado su obvio valor, aunque no era para nada una pieza de su gusto.

—¿Por qué me lo enseñas?

—Porque quiero explicarte lo que representa para mí. Es un símbolo contradictorio que encarna todo lo que creí desear y todo lo que llegué a deplorar. Cuando vuelvo la vista atrás, cuando me doy cuenta de lo absolutamente inocente que fui al casarme con Geoffrey... —Meneó la cabeza—. No sabía nada de nada. Nada del mundo. Y, como no tardé en descubrir, nada sobre mí. Era del todo inocente, y cuando accedí a un matrimonio que, según me pareció, respondía a mis intereses, creí que mi inocencia me sería de gran ayuda.

Miró a Victoria dando muestras de experiencia y de tristeza en sus ojos azules.

—Pero no, de nada me sirvió. Cuando ahora pienso en mi matrimonio, lo único que se me ocurre es: «Si hubiera sabido entonces lo que sé ahora...».

—¿Qué? —preguntó por fin Victoria en voz baja al ver que el silencio se prolongaba, interrumpido tan solo por el tictac del reloj colocado en la repisa de la chimenea. Contuvo el aliento, temerosa de decir algo más, de romper con sus palabras la atmósfera de intimidad y que su tía decidiera no compartir con ella esas confidencias profundamente personales.

La expresión de su tía dejó de ser desapacible para tornarse feroz.

—No habría elegido como lo hice, Victoria. Habría optado por escuchar el dictado de mi corazón, de mi alma, y determinar así cuáles eran mis verdaderos deseos... no solo los que creía atesorar únicamente porque mis planes, mis gustos, jamás se habían visto desafiados. Entonces, cuando hubiera decidido lo que quería en verdad, lo que realmente era importante para mí y para mi felicidad, habría elegido en función de lo que deseaba. Y no de lo que los demás esperaban de mí. En función de lo que me complacería a mí... y solo a mí. E, independientemente de la batalla que eligiera lidiar, me habría asegurado de ir bien armada y de saber lo que podía esperar. Thomas Gray propugna en su poesía la idea de que «la ignorancia es la dicha», a lo que simplemente puedo responder que ese hombre era un estúpido. En lo que a mí respecta, la falta de conocimiento no es ninguna fuente de dicha... sino el caldo de cultivo del desastre. —Entregó la bolsa de seda a Victoria—. Quiero que te lo quedes.

Confusa y curiosa, Victoria metió la mano en la bolsa y sacó de ella un libro delgado. Lo miró durante unos segundos y se quedó inmóvil. No estaba segura de si le sorprendía más que su tía tuviera aquel ejemplar o que hubiera decidido dárselo. Pasó unos dedos vacilantes por las discretas letras doradas de la cubierta de cuero marrón. *Guía femenina para la consecución de la felicidad personal y la satisfacción íntima,* de Charles Brightmore.

—Lo conoces, naturalmente —dijo tía Delia—. Quién no. Es la comidilla de Londres desde hace meses. Y con razón, pues su provocativo consejo va mucho más allá de lo que cualquiera calificaría de decente. Pero ofrece instrucciones e información que me habría encantado tener a mi disposición cuando era joven. Está lleno de información que quiero que tengas, Victoria. Que necesitas tener. Para que no cometas los mismos errores que yo cometí. Para que dispongas del conocimiento necesario que te permita elegir sabiamente. Este viaje a Cornwall te ha proporcionado la posibilidad de aprender sobre ti misma, lejos de los ojos curiosos de la sociedad. Es una oportunidad que me habría encantado tener y que me niego en redondo a negarte.

Victoria apartó la mirada del libro y levantó la mirada. Los ojos azules de tía Delia estaban colmados de amor y de preocupación. Entendió en ese momento por qué su tía no se había mostrado más diligente en sus tareas de acompañante.

Sin una sola palabra, metió el libro en la bolsa de seda y se lo devolvió a su tía.

—No puedo aceptarlo.

El sonrojo tiñó las mejillas de tía Delia.

—Te he escandalizado. Lo siento. Es solo que…

—Porque no podría bajo ningún concepto privarte de tu ejemplar cuando ya tengo el mío. —Se aclaró la garganta—. Un ejemplar que he releído en varias ocasiones.

Tía Delia parpadeó y rápidamente recuperó el aplomo. Dedicó a Victoria una amable sonrisa llena de una muestra tal de comprensión que la joven sintió al verla un nudo en la garganta.

—Entonces, vive tu aventura, querida. Disfruta de tu vida al máximo. No dejes que tu sexo determine tu destino. Deja mejor que la mano de este te acaricie. Deja algo a la suerte. Sigue los dictados de tu corazón, a ver adónde te conducen. Siempre contarás con mi apoyo incondicional. —Se llevó al pecho la bolsa de seda que contenía el libro y una expresión decidida se apoderó de sus rasgos—. Sigue a tu corazón —reiteró en voz baja—. Es lo que pienso hacer yo.

—¿A qué te refieres?

—A que quiero oír cantar mi corazón y mi alma. Merezco vivir una gran pasión, la felicidad que se me negó en mi juventud, y si tengo la oportunidad, no dejaré que nada me impida hacerlo. También tú te mereces esa pasión y esa felicidad, querida.

Victoria apenas podía creer lo que oía. No podía ser que tía Delia estuviera sugiriendo que… Aunque sin duda daba la sensación de que la estuviera animando a que…

Tomara a Nathan como amante.

Cielos. La simple idea la envolvió en una oleada de calor que amenazó con convertir en cenizas sus buenas intenciones. No había permitido que esa posibilidad tomara forma en su mente por temor a que la arrollara. Pero en ese momento sintió la idea firmemente arraigada. Y creciendo a un ritmo alarmante.

Llamaron a la puerta y ambas se sobresaltaron.

—Pase —dijo Victoria.

La puerta se abrió para revelar la presencia de Nathan. El corazón de Victoria empezó a latir a un ritmo distinto. Más potente, más rápido. La mirada de él la recorrió, intensa, penetrante, dejándola sin aliento. Con unos pantalones negros, camisa blanca y chaleco de color marfil, tenía un aspecto fuerte y masculino. Y absolutamente apuesto. Una mata de pelo oscuro que como ella bien sabía era como la seda entre los dedos le caía sobre la frente, cosa que habría resultado infantil en otro hombre. Pero es que nada en el ser que en aquel instante cruzaba la habitación podría haber sido descrito como infantil.

—Buenas noches, señoras —dijo, abarcándolas a ambas con la mirada. A continuación su atención se centró exclusivamente en Victoria—. ¿Cómo te encuentras?

Sin aliento, pensó Victoria. Y todo por culpa tuya.

—Mucho mejor —dijo en cambio—. La cena estaba deliciosa.

Nathan sonrió.

—Me alegro de que te haya gustado. Confieso que esta no es una visita de orden estrictamente social... Estoy aquí en calidad de tu médico.

Tía Delia se puso en pie.

—¿Debo marcharme?

—En absoluto. Su presencia servirá como distracción para mi paciente, que ha expresado una clara aversión a los médicos. Por favor, prosigan con su conversación.

La mirada de Victoria voló hasta la de su tía, en cuyos ojos vio brillar una risa y una picardía del todo inconfundibles.

—Muy bien. ¿De qué estábamos hablando, Victoria? —Adoptó una expresión confundida y se golpeó levemente el mentón con el dedo—. Ah, sí. De los libros que hemos leído últimamente. ¿Cuál era el título que acababas de recomendarme?

Victoria tosió para disimular el estallido de risa escandalizada que sintió ascender por su garganta. Cielos, ¿cuándo se había convertido tía Delia en semejante fresca? Rezando para que el calor que notaba en las mejillas no resultara tan visible como ella lo sentía, respondió con tono represivo:

—*Hamlet.*

Tía Delia fue la cara misma del desconcierto.

—¿Estás segura? Creía que habías dicho...

—*Hamlet* —la interrumpió Victoria apresuradamente, debatiéndose entre el horror y la diversión—. *Hamlet*, sin duda.

Tía Delia parpadeó tras la ancha espalda de Nathan.

—Y yo que creía que era *El sueño de una noche de verano.*

Nathan levantó una de las manos de Victoria y examinó con suavidad la palma rasguñada.

—¿Así que es de eso de lo que hablan las damas cuando están solas? —preguntó con voz divertida—. ¿De Shakespeare?

—Sí —se apresuró a responder Victoria antes de que tía Delia pudiera hacer nada por borrar el travieso brillo que había asomado a sus ojos.

Nathan sonrió.

—Y yo que creía que hablaban de hombres.

—Shakespeare era un hombre —dijo Victoria con aspereza, intentando ser valiente y hacer caso omiso del hormigueo de placer que el contacto con Nathan invocaba en ella mientras él le alzaba la cabeza para examinarle el corte.

—Me refiero a los hombres vivos, a los que respiran.

—Oh, también hablamos de ellos —exclamó tía Delia.

—Entre otras cosas —dijo Victoria lanzando a su tía una mirada contenida.

—Mi padre y yo las hemos echado en falta durante la cena —dijo Nathan, apartando el edredón y levantándole el camisón lo suficiente para examinarle las rodillas. Su forma de tocarla y su comportamiento eran del todo impersonales, pero no había nada de impersonal en el calor que el roce de sus manos prendía en la piel de Victoria.

—¿Tu hermano no ha cenado con vosotros? —preguntó Victoria, espantada al reparar en lo jadeante que sonó su voz al hablar.

—No. Se ha ido a Penzance esta mañana temprano y no volverá hasta tarde. —Le bajó el camisón y volvió a taparla con la sábana. Luego se levantó y le sonrió—. Tus golpes, los cortes y los rasguños tienen buen aspecto. Y ya has recuperado el color. —Su mirada tocó las mejillas de Victoria y le arrugó el ceño—. De hecho, te encuentro bastante acalorada.

Tendió la mano para posarla sobre su frente. Dios del cielo, ¿cómo podía decirle ella que tocándola no conseguiría otra cosa que acalorarla aún más?

—No tienes fiebre —dijo Nathan, inconfundiblemente aliviado, retirando la mano.

—Me encuentro bien. De verdad. Creo que el bálsamo que me has puesto ha calmado el dolor.

—Bien. Aun así, mañana seguirás un poco dolorida. Aunque un baño caliente ayudará a mitigar el dolor. —Su mirada deambuló por la habitación hasta la gran bañera de latón que dos lacayos habían colocado hacía un rato junto a la chimenea—. Mandaré que suban el agua. Y cuando hayas terminado de bañarte, deberás acostarte. Necesitas descansar.

Se volvió hacia tía Delia.

—¿Puedo acompañarla abajo, lady Delia? Mi padre está en el salón y espera poder contar con alguien para su partida de backgammon. —Se inclinó sobre ella y dijo con un teatral susurro—: No le gusta jugar contra mí porque siempre le gano.

—También yo estaría encantada de ganarle —dijo tía Delia entre risas. Se inclinó a su vez sobre Victoria y le dio en beso en la mejilla—. Piensa en lo que te he dicho, querida —le susurró al oído.

Nathan acompañó a la tía de Victoria hasta la puerta. Antes de cerrarla tras de sí, se volvió y sus ojos buscaron los de ella. Una larga mirada se cruzó entre ambos y Victoria oyó palpitar su corazón al tiempo que se preguntaba lo que podría estar pensando Nathan. Algo brilló en los ojos de él cuando le dijo en voz baja:

—Disfruta del baño.

Acto seguido, desapareció.

Aunque resultó del todo imposible olvidarle.

17

La mujer moderna actual que decida tomar las riendas del destino y decirle al blanco de sus afectos «Te deseo» (y, sin duda, se le apremia desde aquí a que dé semejante paso) será mejor que esté muy segura de ello, porque es muy poco probable que el caballero decline su invitación.

Guía femenina para la consecución
de la felicidad personal y la satisfacción íntima
CHARLES BRIGHTMORE

Con la gracia felina que tan bien le había servido durante su servicio a la Corona, Nathan se soltó del alféizar de la habitación en desuso situada justo encima del dormitorio de Victoria. Aterrizó suavemente en el balcón de la joven, se escondió rápidamente en las sombras, allí donde no llegaba la luz de la luna, y atisbó por los ventanales. Y se quedó de piedra ante la visión que apareció ante sus ojos.

Victoria reclinada en la bañera de latón, con su silueta velada por el halo dorado del crepitante fuego que ardía en la chimenea. Se había recogido el oscuro y brillante cabello sobre la cabeza en una muestra de artístico desorden mientras varios bucles caían sobre su cuello y sus mejillas. Rizos de vapor se elevaban dibujando espirales a su alrededor, perlándole los pómulos con su húmedo calor.

Sostenía un libro ante los ojos y parecía profundamente absorta en la lectura mientras no dejaba de mordisquearse el labio inferior. Al tiempo que él la observaba, una intrigante sonrisa que pareció colmada de secretos curvó los labios de Victoria, y Nathan se sorprendió deseando que fueran imágenes de él las que estuvieran inspirando semejante expresión.

Victoria cerró despacio el libro y lo dejó en la pequeña

mesita redonda colocada junto a la bañera para dar cabida a un par de gruesas y níveas toallas. Entonces, sus párpados se cerraron.

Con una facilidad resultante de la práctica constante, Nathan abrió los ventanales sin hacer el menor ruido y se adentró sigilosamente en la habitación llevando en la mano una rosa roja de largo tallo. Cuando llegó junto a la bañera, bajó la mirada. La cabeza de Victoria reposaba contra el pulimentado borde de latón, dejando a la vista su cuello húmedo y elegante. La mirada de Nathan quedó fascinada por la roja señal donde el cuchillo la había rozado y se le tensó la mandíbula. Apartó la atención del corte y prosiguió con su examen. El agua humeante lamía los hombros de Victoria, formando pequeños charcos en las delicadas concavidades dibujadas por la clavícula. Bajo la superficie del agua, que se mecía suavemente con la respiración de Victoria, brillaban unos pechos generosos coronados de unos pezones rosados. La mirada de Nathan se paseó por el vientre de la joven, por el triángulo de oscuros rizos enmarcado en el vértice de sus muslos y a lo largo de la línea de sus contorneadas piernas. Dado que la bañera medía menos que ella, para compensar la falta de espacio, Victoria había apoyado sus finos tobillos cruzados en el borde opuesto, dejando al aire las pantorrillas y los pies. Tenía unos pies pequeños, con un empeine claramente pronunciado que los dedos de Nathan anhelaron acariciar.

—¿Disfrutando del baño, Victoria?

Ella abrió los ojos de golpe y contuvo el aliento. El agua se derramó por uno de los laterales de la bañera cuando sus pies se sumergieron bajo la superficie al tiempo que cerraba las piernas y se cruzaba de brazos.

—¿Qué... qué estás haciendo aquí?

—He venido a ver si estabas disfrutando del baño —respondió, tendiéndole la rosa—. Para ti.

La mirada sobresaltada de Victoria se posó primero en él y luego en la rosa que le ofrecía. Al fin alargó la mano y tomó la rosa por el tallo, llevándose el capullo al rostro y hundiendo la nariz en sus aterciopelados pétalos. Mirándole por encima de la flor, estudió el atuendo de Nathan.

—¿Por qué te has vestido de negro?

—Para evitar que, mientras bajaba a tu balcón, cualquiera que pudiera estar al acecho pudiera detectar mi presencia.

Victoria se volvió a mirar de pronto los ventanales. Luego volvió a fijar en él la mirada. A pesar de que seguía pareciendo perpleja, el destello de interés que revelaban sus ojos era del todo incuestionable.

—¿Has entrado aquí por el balcón? ¿Cómo?

—Saltando desde la ventana del piso de arriba.

Victoria lo miró con los ojos desorbitados.

—No habrás sido capaz.

—Ya lo creo.

—Pero ¿te has vuelto loco? Si te hubieras caído podrías haber quedado muy malherido.

—Casi con toda probabilidad habría perdido la vida —la corrigió con una grave inclinación de cabeza—. Pero tengo la gran fortuna de gozar de un perfecto equilibrio.

—¿Alguna vez has oído hablar de la palabra «puerta»?

—Demasiado predecible, sobre todo teniendo en cuenta que deseaba tener a mi favor el factor sorpresa. Además, corría mayor riesgo de ser descubierto si entraba en tu habitación desde el pasillo. ¿Y si me hubiera encontrado la puerta cerrada con llave? Aunque podría haber hecho saltar la cerradura, me arriesgaba a ser descubierto. Tampoco me apetecía llamar, pues de haberlo hecho tendrías que haber salido de la bañera y cubrirte para abrir la puerta. En ese caso, no habría podido verte en el baño, y, mi querida Victoria, permite que te diga que es una visión de la que jamás me perdonaría no haber podido disfrutar.

Una sombra carmesí que rivalizó al instante con el color de la rosa que Nathan le había regalado tiñó las mejillas de Victoria.

—Por eso has saltado a mi balcón desde una ventana.

Nathan se encogió de hombros.

—Así somos los espías. Aunque reconozco que no tengo herida en ninguna parte del cuerpo, me temo que he perdido un poco la práctica con la maniobra.

—¿Y dices que has venido para examinarme los rasguños?

—No exactamente.

Nathan cruzó la habitación y al llegar a la puerta hizo girar la llave en la cerradura. El suave chasquido pareció reverberar en el aire. Mientras regresaba despacio hasta ella, se enrolló las mangas hasta los codos al tiempo que la veía observarle detenidamente y se fijaba en el recelo y en el estado claramente alerta que bullía en sus ojos. Cuando llegó a la bañera, se arrodilló y apoyó los antebrazos en el borde. Con las puntas de los dedos removió suavemente el agua.

—Por supuesto, estaría encantado de examinarte las heridas —dijo, clavando una fascinada mirada en la de ella—. Sin embargo, y en aras del juego limpio, debo advertirte que no he venido en calidad de médico sino de hombre. Un hombre decidido a... —Su voz se apagó y bajó la mano hasta pasar lentamente la yema del dedo sobre la delicada línea de la clavícula de Victoria.

Ella le miró con los ojos muy abiertos y brillantes.

—¿A qué? —preguntó con voz jadeante—. ¿A seducirme?

—A seducirte —repitió él despacio, saboreando la palabra como lo habría hecho con un delicado y delicioso clarete—. Me parece una idea excitante y tentadora. Una idea que sin duda tendré en cuenta. La próxima vez.

La confusión destelló en los ojos de ella.

—¿La próxima vez?

—Sí. —Logró encajar la expresión de su rostro en una máscara de pesar—. Por muy agradable que pueda antojársele la idea de seducirte, me temo que esta visita responde tan solo a mi voluntad de venganza.

Y, sin darle oportunidad de que respondiera, se levantó y se llevó con gesto suave y apresurado las toallas de Victoria de la mesita adjunta. Luego se dirigió al extremo más alejado de la habitación, junto a la chimenea, donde Victoria no pudiera alcanzarle, y apoyó despreocupadamente los hombros en la repisa de mármol blanco.

Victoria apartó la mirada de la mesita vacía para posarse en las toallas que él sostenía en las manos. Luego barrió la habitación con la mirada. Vio el camisón y el salto de cama a los pies del lecho. Lo más cercano que tenía para taparse eran las toallas que obraban en poder de Nathan. Le miró y frunció los labios.

—Ya entiendo —dijo, asintiendo—. Esta es tu venganza por lo que ocurrió en el lago. Te vi desnudo y mojado, y ahora quieres verme desnuda y mojada.

—Es lo justo. Y te advertí que me tomaría mi venganza. Aunque el hecho de verme desnudo y mojado no es lo único que ocurrió en el lago. —Una lenta sonrisa asomó a sus labios—. Y tengo intención de tomar mis represalias por ello.

Se sintió profundamente gratificado por el inconfundible chispazo de interés que vio perfilarse en la mirada de Victoria. Sin poner fin al contacto visual entre ambos, Victoria se inclinó hacia delante, apoyó los brazos cruzados en el borde de la bañera y apoyó la barbilla sobre sus manos entrelazadas.

—¿Y si decido no salir de la bañera?

—En algún momento tendrás que hacerlo. —Nathan sonrió y cruzó los pies—. Estoy dispuesto a esperar lo que haga falta.

—Hum. ¿Y si me niego?

—En ese caso, supongo que me veré obligado a meterme en la bañera contigo.

—¿De verdad lo harías?

—¿Es una invitación?

Los labios de Victoria se contrajeron.

—No. Es una pregunta. Estoy sopesando mis opciones y necesito una respuesta.

—Es ese caso, mi respuesta es «sí», lo haría. Sin dudarlo.

—Entiendo. Bueno, necesitaré un instante para meditarlo. Para decidir qué hacer.

—Tómate el tiempo que necesites —dijo Nathan con un magnánimo ademán. Se agachó para dejar las toallas al borde de la alfombra colocada junto al hogar y se dio cuenta entonces de que con ellas se había llevado el libro de Victoria. Lo cogió de encima del montón de toallas, leyó el título y arqueó las cejas.

—Ah, la infame *Guía femenina* —dijo, incorporándose. Abrió una página al azar y leyó:

> La mujer moderna actual puede seducir de incontables formas al caballero al que desea. Tan solo la refrena su propia imaginación. Ella podría sugerirle un paseo a la luz de la luna con la intención de perderse con él por un sendero privado buscando una cita al aire libre. Él no podrá resistirse a una nota, anónima pero perfumada con su fragancia, en la que ella solo habrá escrito una hora y un lugar.

Nathan levantó los ojos y asintió con gesto aprobador.

—Sí, cualquiera de esas estratagemas funcionaría a la perfección conmigo. ¿Continúo?

—Si quieres. Creo que la siguiente sugerencia invita a que la dama acaricie discretamente a su caballero por encima de los pantalones.

Nathan volvió a bajar la mirada y leyó en silencio las dos líneas siguientes.

—Así es. —No logró decidir si la elección del material de lectura de Victoria le intrigaba o le inquietaba. Le pareció sumamente excitante la idea de que ella utilizara con él cualquier conocimiento obtenido gracias a la lectura del libro. Pero la idea de que lo utilizara con otro hombre se tradujo al instante en un abrasador ataque de celos. Cerró el libro y lo dejó encima de la repisa, reparando en que ella le observaba con una expresión inescrutable.

—¿Qué estás pensando?

—¿De verdad quieres saberlo?

—Sí.

—Me pregunto cómo te las ingenias para lograr excitarme de este modo estando a casi diez metros de aquí y además sumergida en el agua.

Antes de que Nathan pudiera decidir qué era lo que más le sorprendía, si la respuesta de Victoria o la voz velada con la que había librado su confesión, ella abortó cualquier esperanza de que pudiera decir algo levantándose despacio en la bañera. El agua se deslizó sobre su cuerpo en una brillante cascada envuelta en oro por el resplandor procedente del fuego de la chimenea. La mirada de Nathan serpenteó a lo largo de todo su cuerpo y el deseo le golpeó con toda su fuerza.

Tuvo que tragar saliva dos veces para encontrarse la voz.

—No estoy seguro de si «levantarte de un estanque humeante como una encantadora ninfa de agua» aparece en tu *Guía femenina* como método de seducción, pero si es así, te felicito, pues has logrado representarlo con auténtica maestría.

—No, no está en la lista, pero escribiré una anotación en el margen.

Salió elegantemente de la bañera y se acercó muy despacio a él, ondulando con suavidad las caderas, hechizándole con cada paso y con esa mirada entre descarada y tímida que brillaba en sus ojos. Cada una de las células de Nathan anheló estrecharla contra él, aplastarla contra su cuerpo con todo el tórrido fervor de un chiquillo primerizo. Inspiró despacio y hondo para calmar los ensordecedores latidos que le golpeaban en el pecho, aunque con ello solo logró que el delicado aroma a rosas de Victoria le embotara los sentidos.

—Creía que habías dicho que debía acostarme —susurró ella—. Que necesito descansar.

—Y así es. Aunque todavía no. —Su mirada se movió por ella con una avidez que luchó con todas sus armas por mitigar. Los ojos de ambos se encontraron y el corazón de Nathan se encogió ante la excitación que pudo ver en los de ella. Un toque de timidez, sí, pero su Victoria no era ninguna cobarde.

«Su Victoria...»

Peligrosas e inquietantes palabras. Pues Victoria no le pertenecía. Jamás sería suya durante más de unos pocos momentos robados. Aunque sí lo era durante los breves y robados segundos que tenía ante él, de modo que decidió preocuparse de eso más adelante.

—«La venganza es dulce», afirma el proverbio —dijo con un ronco susurro—. Veamos si es cierto.

Tomándola de la mano, la condujo hasta el rincón más alejado de la estancia, deteniéndose ante el espejo ovalado de cuerpo entero. Se colocó entre ella y el espejo, y le acarició la suave y sonrojada mejilla con los dedos.

—Quiero tocarte, Victoria. —Incluso mientras pronunciaba esas palabras, le sorprendió reparar en que esa salvaje y urgente turbulencia que rugía en su interior era algo más que un simple «deseo» de tocarla. Era una necesidad. Que iba más allá de todo lo que hasta entonces había experimentado.

La rodeó hasta quedar directamente delante de ella.

—Quiero ver cómo me tocas —dijo. Y pensó: Para que puedas ver lo mucho que te deseo. Para que yo pueda ver que me deseas.

Victoria se quedó totalmente inmóvil, apenas atreviéndose a respirar mientras se observaba, desnuda, y a Nathan de pie tras ella. La visión la escandalizó y la excitó a la par. Hizo un movimiento inconsciente para cubrirse, pero él le tomó las manos desde atrás y meneó la cabeza.

—No —susurró contra su sien—. No te ocultes de mí. Ni de ti.

Un sonrojo integral la envolvió y tuvo que tensar las rodillas para mantener el equilibrio. Había estado desnuda delante del espejo de su habitación antes en numerosas ocasiones, estudiando su cuerpo, acariciándolo con manos inexpertas y ardiente curiosidad. ¿Cómo sería la sensación de que un hombre la tocara? Y no un hombre cualquiera. Ese hombre. Que había cautivado su imaginación desde la primera vez que se había fijado en él, tres años atrás. El corazón le dio un vuelco de pura ansiedad ante la inminente posibilidad de descubrir la respuesta a esa pregunta.

Nathan levantó las manos y con infinita suavidad fue quitándole las horquillas del pelo, dejándolas caer sobre la alfombra. Su desordenada mata de rizos se liberó, cayendo sobre las manos de Nathan y sobre sus hombros, cubriéndole en cascada la espalda hasta la cintura. Agarrándola delicadamente de los antebrazos, Nathan se inclinó hacia delante y hundió el rostro en su pelo.

—Rosas —murmuró.

De algún modo Victoria logró encontrarse la voz.

—Es mi olor favorito.

La mirada de Nathan se clavó en la de ella en el espejo.

—Ahora también es el mío.

La calidez de las manos de él sobre su piel, el calor de su cuerpo, la envolvieron como una capa de terciopelo. Con el corazón desbocado y pequeños jadeos entrecortados dando forma a su respiración, se debatió por mantener cierto semblante de calma externa, aunque sus esfuerzos resultaron de todo inútiles. Dios santo, la forma en que Nathan la miraba... ningún hombre la había mirado jamás de ese modo. Suponía que eso se debía a que pasaba su tiempo rodeada de la sociedad cortés, y no había nada de cortés en el deseo intensamente carnal que refulgía en los ojos de Nathan.

Vestido completamente de negro y con el rostro sumido en un mar de crudos contrastes de luces y sombras a causa del fuego de la chimenea, Nathan era la viva imagen del intrépido pirata en cuyo personaje ella le había imaginado: devastadoramente atractivo, absolutamente masculino y tan solo un poco peligroso. Santo Dios. No podía esperar a ver, a sentir, qué era lo que él planeaba hacer a continuación.

Nathan le apartó el pelo con una mano, revelando su nuca, mientras deslizaba la otra alrededor de la cintura y tiraba con suavidad de ella hacia él, salvando así cualquier distancia que hubiera podido existir entre ambos. Su cuerpo tocó el de ella del hombro a la rodilla al tiempo que la dura rugosidad de su erección se abría paso contra sus nalgas. El calor manaba de él, infundiendo en ella una oleada de calidez. Inclinó entonces la cabeza y la besó en la nuca.

Victoria vio, transpuesta, cómo las yemas de los dedos de Nathan se posaban en su cuello para deslizarse al instante hacia abajo, sumergiéndose en el leve hueco de la base del cuello, que se estremecía, desvelando su pulso acelerado. Nathan apenas acababa de empezar y ella estaba ya perdida.

Nathan le puso las palmas en los hombros y deslizó sus manos hasta las de ella, entrelazando los dedos de ambos. Luego levantó las manos de Victoria, pasándoselas por detrás del cuello.

—No las muevas —dijo con la voz como un susurro de tosco terciopelo. Victoria obedeció, entrelazando los dedos tras la nuca y agradecida de poder tener algo a lo que agarrarse.

Él posó sus cálidos labios contra su sien y muy despacio deslizó los dedos por sus brazos levantados. Un millar de placenteros hormigueos le recorrieron la piel, llevándola a echar atrás la cabeza hasta apoyarla contra el hombro de él, observando cómo sus inteligentes manos de dedos largos, tan oscuras contra su piel mucho más pálida, se embarcaban en una exploración agonizantemente lenta, como si deseara memorizar cada poro, cada lunar, creando en ella un deseo insoportable.

Colocó una mano en el pecho de Victoria y le susurró contra la sien:

—Te palpita el corazón.

A Victoria no le costó recordar que eran las mismas palabras que ella le había dicho a él.

—No debería sorprenderte —dijo, imitando la respuesta que él le había dado.

Aun a pesar de que percibió la sonrisa de Nathan, su atención seguía fascinada por la visión y el contacto de sus manos, que habían empezado a deslizarse hacia abajo, rozándole apenas los pechos. Contuvo el aliento y cerró los ojos.

—No cierres los ojos —dijo Nathan, rozándole la oreja con la calidez de su aliento—. Quiero que veas lo hermosa que eres.

Victoria vio cómo las grandes manos de él se cerraban sobre sus pechos, jugueteando con sus pezones hasta convertirlos en dos puntos de puro deseo, haciendo girar lentamente los excitados picos entre los dedos. Un largo ronroneo de placer vibró en su garganta. Soltándose las manos, pasó los dedos por el sedoso, abundante y oscuro cabello de Nathan. Luego arqueó la espalda, ofreciéndose aún más, una invitación de la que él inmediatamente se aprovechó.

Los labios de Nathan se pasearon por su cuello, alternando perezosos besos con aterciopelados embistes propinados con la lengua. Sin duda todas sus caricias eran lánguidas e indolentes, en sorprendente contraste con el afilado deseo que la recorría.

—Nathan... —Jadeó su nombre acompañándolo de un prolongado suspiro y se retorció contra él, impaciente, ávida. Nathan contuvo bruscamente el aliento y se pegó aún más contra la espalda de ella, encajándole la enhiesta longitud de su erección más firmemente entre las nalgas.

—Paciencia, mi amor —le susurró al oído.

Mientras con una mano seguía acariciándole los pechos, la otra continuaba su arrebatador descenso por el vientre de ella, aprendiendo la curva de su cintura, rodeándola para hundirse instantes después en el sensible hueco de su ombligo. Y más abajo, hasta que las yemas de los dedos rozaron el triángulo de rizos oscuros enmarcado por el vértice de sus muslos.

—Separa las piernas, Victoria.

Victoria obedeció y vio, sin aliento y fascinada, cómo los dedos de él se sumergían aún más abajo hasta acariciar sus pliegues femeninos. Aunque ese primer contacto la paralizó, después fue como si las compuertas de la sensación se abrieran, saturándola en la conciencia de su propio cuerpo al tiempo que sus músculos se empeñaban en aproximarse más a él y sus caderas se ondulaban contra su mano. Los dedos de Nathan se deslizaron sobre un punto exquisitamente sensible, arrancándole un profundo gemido de las profundidades de la garganta. Victoria no reconoció a la mujer del espejo que la miraba desde unos párpados semicerrados bajo el peso del deseo y cuya pálida piel estaba rodeaba por unos fuertes, nudosos y dorados antebrazos y por unos dedos implacables y mágicos. La mujer parecía lujuriosa y carnal. Voluptuosa. Traviesa.

Los dedos de Nathan se sumergieron aún más, acariciándola con un movimiento lento y circular que amenazó con volverla loca.

—Ya te dije —empezó él con un ronco susurro contra su cuello— que jamás me verías arrodillarme ante ti. ¿Lo recuerdas?

Dios santo, ¿no esperaría que fuera capaz de responder a ninguna pregunta en ese estado?

—Sí —logró responder. La afirmación concluyó con un jadeante susurro de placer.

—Dijiste: «No digas nunca de este agua no beberé», y tenías razón.

Apartó las manos del cuerpo de Victoria y un gemido de protesta surgió de las profundidades de la garganta de ella. Pero el gemido se transformó en gimoteo cuando Nathan se colocó delante de ella. Los labios de ambos se encontraron en un lujurioso beso de bocas abiertas y las lenguas se unieron mientras las manos de él bajaban primero por la espalda de ella y se cerraban después sobre sus pechos. Tras interrumpir el beso, los labios de Nathan trazaron un rastro abrasador por el cuello de Victoria para descender luego hasta sus senos. Envolvió un pezón en el aterciopelado calor de su boca, un delicioso tirón que despertó un estremecimiento de respuesta en las profundidades del útero de Victoria. Sumergida en sensaciones, se aferró a los hombros de Nathan, buscando un ancla, y dejó caer la cabeza lánguidamente hacia atrás.

Tras dispensar idéntica atención al otro pecho, Nathan

cayó lentamente de rodillas mientras su lengua iba trazando una línea por el centro del vientre de Victoria hasta hundirse en el ombligo. Se abrió paso por el estómago a besos, y Victoria le oyó inspirar hondo y decir con un hilo de voz:

—Rosas.

Las manos de Nathan le rodearon los tobillos y ascendieron despacio por sus piernas, acariciándole los muslos, cerrándose sobre las nalgas, amasándole suavemente la carne. Fue depositando besos sobre el abdomen en claro descenso hasta que sus labios y su lengua la acariciaron como ya lo habían hecho sus dedos. Las manos de Victoria se cerraron sobre sus hombros, cada vez más conforme la debilidad se adueñaba de sus rodillas. Dejó escapar un jadeo ante la inesperada punzada de placer que la envolvió. Nathan introdujo el hombro entre los muslos de ella y los separó. Las piernas de Victoria temblaron, pero las fuertes manos de él la sujetaron por el trasero, apremiándola para que moviera las caderas contra él. El placer alcanzó una cota insoportable y entonces estalló, arrancando un grito de labios de Victoria al tiempo que una sacudida de temblores la envolvía. A medida que los estremecimientos fueron desapareciendo, la dejaron sin fuerzas, saciada, satisfecha y presa de una total languidez.

Sin decir una palabra, Nathan se levantó y la tomó en brazos. La llevó a la cama y la depositó en el lecho, rebotando ligeramente al dejarla sobre la ropa de cama ya desplegada. Victoria le miró, esperando encontrar picardía en su mirada, pero Nathan la miraba con ojos muy serios. Después de taparla con la sábana, acomodó la cadera sobre el colchón y le sujetó un rizo detrás de la oreja con dedos que a Victoria no le parecieron demasiado firmes.

—La venganza es sin duda dulce —murmuró Nathan.

A Victoria el corazón le dio un vuelco. Hubo algo en el tono de voz de él, en el modo de taparla, que parecía anunciar su intención de poner fin al interludio. Armándose de valor, dijo:

—Aunque sin duda inconclusa.

Algo brilló en los ojos de Nathan.

—¿Deseas continuar?

—¿Tú no?

—Estás respondiendo a una pregunta con otra pregunta. ¿Has pensado en ello?

—Profundamente. Y no cuando estaba, como tú dirías, sexualmente excitada ni deleitándome en la complacencia posterior al placer.

—¿Te has planteado las posibles consecuencias?

—Sí. En circunstancias normales, quizá no accedería a empezar un romance. Sin embargo, aquí existen factores atenuantes.

—¿Como por ejemplo?

—La ubicación. Resultaría difícil mantener la discreción en Londres, pero aquí nadie me conoce. No tengo la menor intención de regresar, y tampoco creo que ninguno de mis conocidos de la alta sociedad esté en la zona.

—Si nos descubrieran, ninguna distancia bastaría para protegerte del escándalo. Además, está la cuestión del embarazo.

—Existen métodos para prevenir que eso ocurra —dijo Victoria—. Sin duda, siendo médico debes de saberlo.

—Por supuesto que lo sé. —Entrecerró los ojos—. Aunque no sabía que tú también lo supieras.

—He extraído una enorme cantidad de conocimiento de mis lecturas de la *Guía femenina.*

—Ah, sí, la *Guía femenina*. Al parecer, es una inagotable fuente de información. Debo admitir que el fragmento que he leído me ha parecido realmente excitante.

—No es solo eso —dijo Victoria, presa del impulso de defender el libro que tanto significaba para ella—. Proporciona información a mujeres que de otro modo casi con toda probabilidad se verían privadas de ella.

—¿Como la de cómo tocar a un hombre? ¿O seducirle?

Victoria alzó el mentón.

—Sí, entre otras cosas.

—Hum. En cualquier caso, creo que debo al autor una nota de agradecimiento. Sin embargo, hay otras cosas a considerar. Aunque aquí no llegara a descubrirse un romance ahora, el hecho de que te vieras envuelta en él no pasaría desapercibido en tu noche de bodas, y las consecuencias serían previsiblemente negativas, pues sospecho que ni a Branripple ni a Dravensby les haría demasiada gracia descubrir que su esposa había tenido un amante.

—La *Guía femenina* sugiere varias formas para poner solución a esa situación, una situación que, por cierto, según afirma el autor, no es asunto del caballero. Ni que decir tiene que no se espera de los caballeros que lleguen vírgenes al matrimonio.

—Quizá no. Pero soy todo curiosidad. ¿Cómo sugiere el autor lidiar con la situación?

—Mi elección personal es el entusiasmo. La *Guía* afirma que si la novia se muestra como una participante activa y dispuesta en la actividad amatoria de la noche de bodas en vez de limitarse a ser un cuerpo inerte, el novio quedará tan embelesado que no tendrá el aplomo suficiente para preguntar los... ejem... detalles.

Aunque la expresión de Nathan era del todo ilegible, un músculo se contrajo en su mentón.

—Comprendo —dijo con tono neutro.

—Además, no entiendo por qué te preocupa lo que pueda ocurrir en mi noche de bodas.

Algo destelló en los ojos de él, aunque desapareció antes de que Victoria pudiera llegar a descifrarlo.

—Me preocupa porque no quiero que sufras. De ningún modo.

Un ceño se dibujó entre las cejas de Victoria.

—Gracias. Aprecio tu interés, pero...

—Pero ¿qué?

Victoria soltó un bufido.

—Bueno, para ser un hombre que afirma desearme, te veo frustrantemente reticente a convertirte en mi amante. Y, por desgracia, en mis numerosas lecturas de la *Guía femenina*, no recuerdo que se haga mención a cómo lidiar con un caballero poco dispuesto.

—¿Poco dispuesto? —Los ojos de Nathan se oscurecieron y se levantó. Clavándola a la cama con la mirada, se quitó lentamente la camisa—. Mi querida Victoria, te aseguro que mi disposición es plena. Tan solo quería asegurarme de que eras perfectamente consciente de lo que te espera.

Terminó de quitarse la camisa y la dejó caer descuidadamente al suelo. La mirada de ella se paseó por su pecho, posándose por fin en los sedosos rizos de vello oscuro que se estrechaban hasta perfilar la cinta de ébano que dividía en dos el pecho y el vientre plano y musculoso. La erección de Nathan quedaba claramente perfilada bajo los ajustados pantalones. Oh, Dios. No había nada en ese hombre que denotara la más mínima falta de disposición.

—¿Y qué es lo que me espera? —preguntó Victoria, notando que se le aceleraba el pulso.

—Un amante que no estará satisfecho simplemente con tenerte una vez. Desearé que nuestro romance continúe durante el tiempo de tu estancia en Cornwall.

—Entiendo. —Victoria se incorporó, apartando la sábana a un lado y rodando hasta quedar de rodillas. Alargó entonces la mano y trazó con la yema del dedo esa mata de pelo que tanto la fascinaba—. En ese caso, y en nombre del juego limpio, será mejor que también yo te advierta de que estarás tomando a una amante que no se contentará con poseerte una vez. Espero también que nuestro romance prosiga durante el tiempo que dure mi estancia en Cornwall.

Trazó con el dedo la franja de piel situada justo encima de la cintura del pantalón. Los músculos de Nathan se erizaron bajo el suave contacto de la yema.

—Un infortunio que me comprometo a soportar con una sonrisa.

—Naturalmente, si no crees ser lo bastante resistente...

Una ceja oscura se arqueó de pronto.

—¿Dudas de mi vigor?

—Si respondo que sí, ¿me demostrarás cuán equivocada estoy?

—Me temo que eso me obligaría a estar a la altura de las circunstancias.

—Sí —dijo Victoria, sin el menor asomo de vacilación.

18

La mujer moderna actual debería elegir a un caballero que sea un amante generoso y considerado, un hombre que le garantice placer. Es igualmente importante que ella se ocupe también de darle placer a él. Y que sea consciente de que con ello no hará más que aumentar el propio.

Guía femenina para la consecución de la felicidad personal y la satisfacción íntima
CHARLES BRIGHTMORE

Nathan no vaciló un segundo. Ya sentía como si llevara esperando toda la vida para estrecharla piel contra piel. Los treinta segundos que tardó en despojarse del resto de la ropa fueron un auténtico ejercicio de frustración, un paréntesis interminable en el que sus manos no dejaban de temblar y sus dedos de avanzar a tientas. No recordaba haberse visto nunca tan poco dueño de sí. Totalmente incapaz de controlar sus pasiones.

En cuanto se quitó los pantalones, se reunió con Victoria en la cama, empujándola boca arriba contra el colchón y cubriéndola con su cuerpo. Absorbiendo la exquisita sensación de tenerla debajo, hundió los dedos en el satén de sus cabellos y la besó despacio y profundamente, al tiempo que su lengua buscaba la entrada a la tórrida seda de su boca. Su autocontrol, que menguaba por segundos, recibió un golpe a traición cuando ella le rodeó el cuello con los brazos y recibió la exigente embestida de su lengua con idéntica reacción.

El deseo bombeó en su interior y luchó por recuperar el control de sí mismo del que aquella mujer le despojaba con una sola mirada. Con su simple contacto. Despacio. Tenía que actuar despacio la primera vez. Pero, maldición, casi le resultaba imposible con el sabor de ella en la boca, sintiéndola retorcerse bajo su peso. Se le tensó el cuerpo y su erección, apremiante contra el blando vientre de Victoria, se endureció, alerta. Con un agónico gemido, se retiró hacia atrás y se arrodilló entre los muslos de ella.

Victoria tendió las manos hacia él, pero Nathan meneó la cabeza, incapaz de articular palabra. Engarzando las manos bajo los muslos de ella, le levantó las rodillas y le separó las piernas de par en par. La visión de su sexo reluciente arrancó un entrecortado gemido de su tensa garganta. Alargó la mano y jugueteó con los pliegues sedosos, aterciopelados e inflamados. Victoria tensó los músculos de las piernas, pero Nathan la acarició suavemente, excitándola. Cuando las caderas de ella empezaron a moverse en círculos, silenciosamente suplicantes, Nathan introdujo primero uno y después dos dedos en su interior. La encontró cerrada. Húmeda y caliente. Y a punto. Y, que Dios le asistiera, no podía esperar más.

Descendió con su cuerpo sobre el de ella, apoyando todo su peso en los antebrazos, y mirándola mientras la penetraba lentamente. Ella le miraba con sus ojos azules preñados de fascinación y un ligero atisbo de ansiedad.

—Dame las manos —dijo él con la voz ronca de deseo.

Victoria deslizó sus manos en las de Nathan, quien las agarró con fuerza, entrelazando sus dedos a los de ella. Luego, sin apartar la mirada de ella, Nathan la penetró.

Los ojos de Victoria se abrieron aún más y sus dedos se cerraron sobre los de él. Nathan luchó entonces por quedarse quieto.

—¿Te he hecho daño?

Victoria negó lentamente con la cabeza. El sedoso calor húmedo de su cuerpo envolvió a Nathan en un puño aterciopelado y él tuvo que apretar los dientes contra la oleada de placer, contra la desesperada necesidad de embestirla.

El medio minuto que transcurrió se le antojó un siglo entero. Luego, los párpados de Victoria se cerraron y sus labios se abrieron en un jadeante suspiro.

—Tu cuerpo sobre el mío... en el mío... es una sensación... deliciosa.

Alzó las caderas, adaptándose aún más a Nathan, cuya guerra por mantener el control sobre sus actos quedó perdida al instante. Con un gemido, se retiró casi del todo del cuerpo de Victoria para adentrarse despacio en ella. Una vez. Y otra. Una y otra vez, más y más rápido, sintiendo que la respiración le desgarraba los pulmones al tiempo que el deseo le espoleaba con talones cada vez más afilados. Victoria cerró los ojos y arqueó la espalda, levantando las caderas para responder a cada embestida. Su respiración se volvió entrecortada y sus manos se cerraron aún más sobre las de él. Soltó un grito y Nathan sintió que el clímax la envolvía, palpitando a su alrededor. En cuanto notó que se relajaba debajo de él, salió de ella y hundió el rostro en la cálida curva de su cuello, al tiempo que su erección quedaba estrechamente presionada entre ambos cuerpos. Su descarga le sacudió por entero, arrancándole el nombre de Victoria de la garganta en un ronquido gutural.

Durante varios segundos de prolongado silencio, Nathan se mantuvo totalmente inmóvil, aspirando la delicada fragancia a rosas mezclada con el almizcle de su excitación. Luego levantó la cabeza y miró el hermoso rostro de Victoria. Tenía la piel sonrojada con la complacencia del placer, los labios húmedos inflamados y rojos tras los apasionados besos, los ojos inundados del descubrimiento sexual. Victoria retiró la mano de la suya, cuyos dedos se habían relajado ya del todo, y la llevó hasta la mejilla de Nathan.

Una tímida sonrisa tembló en sus labios. Luego susurró:

—Nathan.

Una calidez, una ternura como jamás había conocido cayó sobre él como una emboscada. Sin apartar la mirada de ella, le besó con suavidad la palma rasguñada.

—Victoria.

La sonrisa de Victoria floreció del todo al tiempo que cerraba los ojos y se tumbaba debajo de él. La mirada de Nathan siguió la elegante línea de su mejilla y se heló al ver la señal roja que deslucía la pálida piel bajo el mentón. En su mente estalló una imagen: el cuchillo contra ese cuello, rozándole la piel. Podrían haberla matado. Podría haberla perdido. Una sensación de furia y de pérdida ardió en su interior, dejando en su estela una única conciencia que refulgió con innegable claridad.

La amaba.

La comprensión de esa verdad le golpeó como un puñetazo en la sien y meneó la cabeza como en un afán por deshacerse de esa idea. Sin embargo, ahora que la idea había enraizado en su mente, ya no había forma de acallarla.

Maldición. No podía ser tan estúpido. Enamorarse de una mujer que era del todo inadecuada para él. Una mujer que planeaba elegir pronto marido… un hombre que jamás sería él. Victoria deseaba a un dandi con un título, dinero, propiedades y amante de la vida en la ciudad. La clase de hombre que la acompañara a la ópera y a las fiestas y que pudiera permitirse cubrirla de joyas. Y ese hombre sin duda no era él.

Oh, y no es que fuera un hombre pobre. Aunque tampoco era rico, ni aspiraba a serlo. Tres años antes le había importado el dinero tanto como para arriesgarlo todo, y el resultado le había costado muy caro. A punto había estado de perder a Colin y a Gordon. Ahora su riqueza se traducía en la vida modesta y tranquila que llevaba en Little Longstone. El mundo de Victoria existía en una órbita situada muy por encima de la suya, más allá, una órbita que en ningún punto entroncaba con la propia. Aun así, las palabras seguían reverberando en su mente y en su corazón: «La amo».

Maldita sea… La amaba. Amaba su ingenio y su encanto. Su sonrisa y su determinación. Su valor, inteligencia y amabilidad. El modo en que le desafiaba. Cómo le hacía sentirse. Le había cautivado en el mismo instante en que la había visto tres años antes y desde entonces no había hecho más que intentar convencerse de que solo era una engreída flor de invernadero. Que la química que había sentido entre los dos había sido únicamente un producto de su imaginación. Y ahora, apenas dos días después, Victoria había dado al traste con todas sus percepciones, demostrando no solo que había en ella mucho más de lo que él creía, sino que la química que él había imaginado entre ambos no había sido un error. Si podía causar en él ese efecto en tan solo unos días, ¿qué estragos podría causarle en unas semanas?

Santo Dios. Eso no tendría que haber ocurrido. Supuestamente, tendría que haberse enamorado de una recatada joven de campo que disfrutara de las mismas cosas que él, de su mismo estilo de vida modesto. No de una jovencita de clase alta acostumbrada a brillar en el resplandeciente mundo que él detestaba. Una mujer que volvería a su elegante vida de Londres y le dejaría con poco más que algunos recuerdos y un corazón partido.

Seguramente había perdido el juicio de forma temporal. Se animó ante la idea. Sí, una aberración, a eso se reducía toda esa locura. A un capricho poscoital que se desvanecería en cuanto pusiera un poco de distancia entre ambos.

—Nathan... ¿estás bien?

La suave voz de Victoria le arrancó de improviso de sus cavilaciones. Le miraba con una expresión confusa y preocupada.

«No.»

—Sí, estoy bien. —Nada más lejos. Y tú eres la única culpable, pensó. Se apartó de ella y se acercó al hogar a grandes zancadas para coger las toallas olvidadas. Se aseó en el lavabo, dándole la espalda. Les separaban unos metros. Nathan inspiró hondo, aliviado al sentir que recuperaba el autocontrol. Excelente. Como había sospechado, lo único que necesitaba era poner un poco de distancia entre ambos. ¿Cómo se podía esperar de él que pensara adecuadamente teniéndola desnuda debajo? No, no podía. Aunque por fin sí lo logro. Una distracción... eso era ella. Una hermosa distracción con olor a rosas. Le inundó una oleada de alivio. A Dios gracias, todo estaba de nuevo en orden.

Después de escurrir el exceso de agua de la toalla, se volvió. Sus ojos se encontraron con los de Victoria, que le miraban desde el otro extremo de la habitación, y el alivio y supuesto orden se desvanecieron como una nube de humo en un vendaval.

La amaba.

Maldición.

Dando muestras de una calma que no sentía, volvió a la cama con la toalla humedecida. Apoyó una cadera en el colchón y limpió suavemente la prueba de la agotada pasión que ambos habían compartido. Se obligó a concentrarse en la labor, evitando en todo momento mirar a Victoria por miedo a que ella leyera en sus ojos sus sentimientos, a que descubriera lo que su corazón anhelaba proclamar pero no podía: «Te amo».

Una griega de enfado consigo mismo se abrió en él. Demonios, durante los años que había prestado sus servicios a la Corona, se había convertido en un experto en el arte de la mentira. Había aprendido a ocultar sus emociones tras una máscara inexcrutable. No sería difícil volver a hacer uso de esas habilidades. «Ya no eres ese hombre», susurró su voz interior. No, no lo era. Y tampoco deseaba serlo. Sin embargo, durante el tiempo que se prolongara su estancia en Cornwall, tendría que fingir serlo.

Dejando a un lado la toalla usada, tapó a Victoria con la sábana. Solo cuando la pálida y desnuda belleza de ella quedó por fin cubierta se atrevió a mirarla. Y sintió paralizarse su interior.

Victoria tenía los ojos muy abiertos de puro desconsuelo y colmados de lágrimas no vertidas. Le temblaba el labio inferior; una visión que golpeó a Nathan en pleno corazón.

—Te he disgustado —susurró.

Nathan entrelazó suavemente los dedos, impidiéndoles moverse con gesto nervioso sobre el edredón y se maldijo por haber causado en Victoria una impresión equivocada.

—No, Dios. No.

Victoria levantó la cabeza de aquel modo que a él le resultaba tan atrayente. No obstante, ni siquiera esa muestra de valor pudo ocultar el dolor y la confusión que asomaron a su mirada.

—No estoy ciega, Nathan. Si he hecho algo que te haya decepcionado, quiero que me lo digas.

—Nada —dijo él, llevándose sus manos a los labios y posando en el dorso de sus dedos un ferviente beso—. Lo juro. Si algo has hecho ha sido complacerme demasiado. —Se obligó a esbozar una sonrisa torcida—. Me has descolocado por completo, querida, cosa que, me temo, me ha sorprendido.

Parte de la preocupación se desvaneció de los ojos de Victoria con un atisbo de comprensión.

—Y no te gustan las sorpresas.

—Confieso que me resultan... inquietantes. Aunque, en este caso en particular, la he encontrado encantadora.

El alivio que embargó a Victoria no dejó lugar a dudas.

—Podría decir lo mismo.

—¿Podrías... o lo dices? —bromeó.

Ella rió y sintió como si el sol asomara tras las nubes.

—¿No te parece una vergonzante oferta por un cumplido?

Nathan soltó un suspiro exageradamente victimista.

—Estoy dispuesto a escuchar cualquier elogio con el que desees regalarme el oído.

—Muy bien. Creo que por fin sé qué es lo que haces mejor.

—¿Ah, sí?

—Sí. Y me encantaría que volvieras a mostrármelo.

Nathan hizo girar la mano de Victoria y le besó la palma.

—¿Y si te dijera que todavía no te mostrado lo que mejor hago?

Una oleada de calor le recorrió al ver que los ojos de Victoria se oscurecían, dilatándose. Ella se sentó en la cama y la sábana que la cubría se deslizó sobre el lecho, revelando sus pechos.

—En ese caso, estoy más que ansiosa por descubrir qué es lo que mejor haces.

Nathan alargó la mano y frotó con los dedos los rosados pezones de Victoria, viendo cómo se endurecían al tiempo que su cuerpo experimentaba el mismo arrebato de deseo.

—Sé con certeza lo que tú mejor haces, Victoria.

Victoria arqueó la espalda bajo el poder de su mano y suspiró.

—¿Y qué es?

—Cautivas simplemente entrando en una habitación. Fascinas... con tus inesperadas facetas. Hechizas... con una simple sonrisa. Seduces... con poco más que una mirada.

—Eso son cuatro cosas —dijo ella con un jadeante suspiro.

—Y sobresales en todas ellas.

Victoria le pasó los dedos por el cabello y tiró de su cabeza hacia ella.

—Bésame —dijo con cierto deje de impaciencia en la voz.

Conteniendo una sonrisa, Nathan le permitió que tirara de él hacia ella. Frotó sus labios contra los de Victoria y trazó la carnosidad de su labio inferior con la lengua.

—Eres muy exigente, ¿sabes?

—He decidido que resulta mucho más efectivo que ser recatada.

Al instante Nathan recordó el primer beso que habían compartido y las impacientes palabras que Victoria le había devuelto como respuesta: «Otra vez».

—Pero ¿alguna vez fuiste recatada?

Victoria se inclinó hacia atrás y una expresión confusa asomó a sus rasgos.

—No lo sé. Lo que sé es que eso es lo que se espera de mí. Aunque reconozco que me gusta... mostrarme exigente cuando la situación lo requiere. Antes de que empezara a hacerlo, lo único que conseguía eran unas palmaditas en la cabeza y verme relegada al rincón como un objeto de adorno. —Su mirada quedó prendida en la boca de Nathan y se inclinó entonces hacia delante—. Otra vez.

—Será un placer. —Pero incluso cuando sus labios se fundían con los de Victoria y la empujaba de nuevo contra el colchón y cubría su cuerpo con el suyo, Nathan supo que el placer que compartirían en los días venideros le dejaría con el dolor de un corazón roto.

19

La mujer moderna actual que se encuentre en una situación en la que deba elegir entre dos o más caballeros probablemente se debatirá entre la naturaleza práctica de su mente y la naturaleza emocional de su corazón. En tales casos, debería preguntarse si es mejor elegir en función a las consideraciones sociales y económicas o seguir los dictados de su corazón.

Guía femenina para la consecución
de la felicidad personal y la satisfacción íntima
CHARLES BRIGHTMORE

Victoria corrió por el pasillo hacia su habitación, colmada de una vertiginosa y excitante sensación de anticipación. Siguiendo un acuerdo previo, Nathan se había retirado poco después de cenar mientras ella se quedaba un cuarto de hora más en el salón con tía Delia y con el padre de Nathan, tras lo cual también ella se retiró a su habitación. Sin embargo, el sueño no tenía cabida en sus planes.

Nathan... ¿De verdad había transcurrido una semana entera desde la primera noche en que él había acudido a su habitación? Parecía que el tiempo hubiera volado... un tiempo que, a pesar de no haber sido testimonio del hallazgo de las joyas, había resultado pleno en el resto de los sentidos como Victoria jamás se habría atrevido a soñar.

Haciendo uso del mapa cuadriculado que Nathan había dibujado, pasaban los días inspeccionando sistemáticamente cada área, explorando docenas de afloramientos de rocas, registrando grietas y pequeñas cuevas, buscando una forma que se asemejara a la imagen que Victoria había perfilado. A medida que cada uno de los cuadrados del mapa quedaba eliminado, las esperanzas de Victoria de lograr dar con la valija oculta se desvanecían poco a poco. Para dificultar aún más sus intentos, no habían recibido todavía ninguna respuesta por parte de su padre a la carta de Nathan, aunque teniendo en cuenta la distancia que separa Cornwall de Londres, no era de extrañar.

Nathan en ningún momento se alejaba de su lado durante las salidas, siempre recelando de que pudieran volver a ser víctimas de un ataque. Había insistido en ocultar una pequeña pistola en la bolsa de las herramientas, que contenía los martillos y los cinceles, para asegurar la protección de Victoria. El optimismo de ambos no tardó en renovarse al no sufrir ningún otro incidente violento, llevándoles a pensar que el rufián que había robado la nota y el mapa falsos estaba lejos de allí, sin duda tras la pista equivocada, y todavía no había llegado a deducir que se hallaba sobre una información errónea.

Esas horas dedicadas a la búsqueda de las joyas fueron también horas que Victoria pasó junto a Nathan. Riendo, aprendiendo, hablando, descubriendo nuevas facetas de él y también de sí misma. Victoria le llevó a los jardines y le enseñó a hacer pasteles de barro... Luego le condujo a un oscuro rincón del invernadero y jugó a ser una traviesa muchacha con él. Nathan la llevó a la playa y le enseñó a hacer castillos de arena... y la condujo luego a la Cueva de Cristal y se transformó con ella en su travieso amante. La llevó a dar una vuelta en bote por el lago y le enseñó a remar. Victoria aprendió no solo a manejar los remos, sino también que ponerse de pie en un bote pequeño no era una sabia decisión si lo que pretendía era evitar que la embarcación volcara. Eso la llevó directamente a descubrir que la gélida temperatura del agua queda gloriosamente olvidada cuando se hace el amor en un lago... y que se recuerda al instante en cuanto el calor de la pasión se desvanece.

Nathan le enseñó a coger cangrejos, le besó el dedo cuando uno le pellizcó con sus pinzas y aplaudió cuando Victoria logró coger una docena de combativos crustáceos sin la ayuda de nadie. Orgullosos, hicieron entrega del botín a la Cocinera, que se los preparó para la cena esa misma noche, una comida que compartieron con tía Delia y con el padre de Nathan, quienes a todas luces se llevaban a la perfección. Durante los últimos siete días, habían estado los cuatro solos compartiendo las comidas y retirándose al salón al finalizar la cena. El hermano de Nathan no había regresado de su viaje a Penzance y había enviado una nota diciendo que los negocios requerían su presencia. Lord Alwyck, por su parte, no les había devuelto la visita.

Una mañana, para deleite de Victoria, Nathan la llevó a la cocina y la ayudó a hacer realidad su sueño de infancia, consiguiendo que la Cocinera le enseñara a hornear un pastel. Victoria lo quemó por fuera, pero Nathan se lo comió de todos modos, declarándolo delicioso. Esa noche, después de la cena, mientras su tía y lord Rutledge jugaban al backgammon, Nathan la condujo al salón del billar y la enseñó a jugar... o, mejor dicho, lo intentó, pues Victoria resultó ser inútil para el juego, de lo que ella culpó al hecho de que su instructor la volvía loca. Luego se retiraron al salón de música, donde ella intentó enseñar a Nathan a interpretar un tema en el pianoforte. Para ser un hombre con unas manos tan hábiles carecía de la menor aptitud para la música... aunque sí poseía una habilidad increíble para adentrarlas por debajo de su falda.

Sin embargo, y aunque Victoria se deleitaba con los descubrimientos y delicias sensuales que compartían, disfrutaba igualmente de la compañía de Nathan cuando se limitaban a hacer juntos algo tan excitante como podía ser tomar el té. Lo que más la cautivaba era el modo en que él se dirigía a ella. Su forma de escucharla. Cómo buscaba su opinión sobre un amplio espectro de cuestiones. El hecho de que no la hiciera sentirse una estúpida si había algo que ella no sabía, y la intensa atención que le prestaba cuando ocurría lo contrario. El cariño que demostraba cuando bromeaba con ella, cuando la desafiaba, cuando la animaba a plantearse cosas a las que hasta entonces había prestado poca atención, como la política.

Nathan la fascinaba con sus teorías personales sobre medicina y sobre la sanación, muchas de las cuales estaban en directa oposición a los métodos aceptados en la época. Se pasaban las horas debatiendo sobre las obras de Shakespeare y Chaucer, la poesía de Byron y la *Ilíada* de Homero. Cada día que pasaba parecían estar más unidos, y Victoria se daba cuenta de que, además de ser su amante, Nathan también era su amigo. Un amigo que podía encenderle la sangre con una simple mirada.

Y estaban además las siete noches gloriosas que había pasado en brazos de él. Haciendo el amor, explorando el uno el cuerpo del otro, disfrutando de las innumerables intimidades que comparten los amantes. A veces, se amaban ejecutando una danza suave y lenta; otras, se entregaban a una rauda y furiosa carrera. Nathan la ayudó a descubrir lo que la complacía y la apremió para que también ella descubriera lo que a él le gustaba, aunque por lo que ella pudo ver, él era fácil de complacer. En ese instante, recorriendo apresuradamente los últimos pasos que la separaban de su habitación, donde sabía que él la esperaba ya, el corazón le dio un vuelco en el pecho al anticipar las delicias sensuales que auguraba la noche.

Jadeante a causa de una combinación de su paso apresurado y de la idea de lo que la esperaba, abrió la puerta de su habitación. Se quedó de piedra en el umbral ante la visión que abarcaron sus ojos. Como si estuviera sumida en un profundo trance, se apoyó contra el panel de caoba y clavó la mirada ante el espectáculo que tenía delante. La habitación estaba cubierta de rosas. Docenas de capullos que iban desde el blanco más puro hasta el más intenso escarlata derramándose desde un cuenco de plata colocado en la cómoda. Un rastro de pétalos llevaba de la puerta al centro de la habitación, donde el sendero se dividía en dos bifurcaciones. Una terminaba junto a la chimenea, donde esperaban una manta salpicada de pétalos y una cesta de picnic. La otra giraba hacia la cama, cuyo edredón marfileño estaba salpicado a su vez de capullos de un rojo carmesí. Nathan estaba de pie justo en el origen de ambas, con una sola rosa de largo tallo en la mano.

La mirada que Victoria adivinó en sus ojos, esa embriagadora concentración de calor, de deseo y necesidad, la dejó sin aliento. Se acercó a él lentamente, deteniéndose cuando apenas medio metro les separaba. Nathan tendió hacia ella la mano y le acarició el mentón con los aterciopelados pétalos de la flor.

—Te ofrezco una elección, Victoria —dijo con voz queda y ojos serios, clavando en los de ella una intensa mirada—. ¿Cuál quieres?

—Los dos —respondió ella sin la menor vacilación.

La mañana siguiente, Victoria estaba de pie frente a la ventana de su habitación, mirando al jardín y a las extensiones de césped bañadas en un difuso halo del primer sol de la mañana. Había llovido casi toda la noche, pero el cielo azul, salpicado de algodonosas nubes blancas, prometía un día de buen tiempo. Un día de aventura, al tiempo que la búsqueda de las joyas seguía su curso. Otro día glorioso que pasaría con Nathan.

Sus ojos se cerraron suavemente y recordó la noche anterior. Cómo, tras responder a Nathan que elegía los dos senderos, él la había complacido al instante, levantándola en sus fuertes brazos y llevándola a la cama, donde se habían amado en un salvaje frenesí, como si llevaran meses sin tocarse. Luego, después de un ligero tentempié a base de pan, vino y queso, habían hecho el amor despacio y lujuriosamente en la manta, delante del fuego.

El recuerdo se desvaneció y Victoria abrió los ojos. Bajando la mirada hacia el sol que brillaba en la hierba cubierta de rocío, se hizo la pregunta que invadía su mente con creciente frecuencia a medida que pasaban los días: ¿Cómo iba a decir adiós a Nathan cuando llegara el momento de marcharse y volver a su vida cotidiana? Y, como le ocurría cada vez, la mera idea le provocó un nudo en la garganta y un extraño e incómodo vacío en el pecho. Pues bien, como había hecho hasta entonces, apartó la pregunta de su cabeza. Cuando llegara el momento de marcharse, simplemente... se marcharía. Y seguiría adelante con su vida. Del mismo modo que él lo haría con la suya.

Se apartó de la ventana y su mirada se paseó por la habitación hasta la cama para quedar prendida en la rosa roja que él había dejado sobre la almohada junto a la suya. Cuál fue su desconsuelo cuando sintió que la humedad le velaba los ojos. Una hermosa flor de mano de un hombre hermoso que, mucho se temía, estaba empezando a significar demasiado para ella. Un hombre que, a pesar de todos sus esfuerzos por mantenerle a una distancia emocional apropiada, estaba abriéndose paso hacia su corazón. Cuando despertó esa mañana, estaba sola y cualquier evidencia de su sensual picnic salpicado de pétalos había desaparecido salvo por aquel solitario capullo.

Caminó hasta la cama, cogió la rosa y hundió la nariz en su suave centro. Una vez más, las vívidas imágenes de la noche anterior coparon su mente. Nathan cerniéndose sobre ella, hundido en las profundidades de su cuerpo; luego ella a horcajadas sobre él, las manos de Nathan por todas partes mientras hacían el amor en el refugio perfumado con el aroma a rosas que él había creado para ella. Victoria no podría jamás separar el olor a rosas de las sensuales imágenes, lo cual resultaba problemático, pues no recordaba un solo día desde que era niña en que no se hubiera envuelto en la fragancia de su flor favorita.

Aunque no iba a preocuparse por eso en ese momento. Ya tendría tiempo para encerrar bajo llave sus recuerdos cuando el interludio concluyera. Hasta entonces, consideraría que cada día era un regalo y disfrutaría al máximo de su apasionada aventura.

Con esa idea en mente, tiró del llamador para avisar a Winifred. Luego se dirigió al armario para escoger el vestido que se pondría. Pero antes de elegir, sacó el ejemplar de la

Guía femenina del bolso de viaje y, con exquisito cuidado, introdujo entre sus páginas la rosa que Nathan le había dejado.

Tras vaciar un saco de despojos de la cocina en el comedero del establo, para deleite de Margarita, Reginald y Petunia, Nathan cogió los huevos que sus gallinas habían puesto esa mañana. Se los dio a Hopkins, quien, con una leve inclinación de agradecimiento, cruzó el césped hacia la cocina con su premio. Luego, con R. B. pegado a los talones, Nathan recorrió la escasa distancia que le separaba del bosquecillo de olmos situado junto al establo, el rincón favorito de su infancia. Se sentó en el suelo, se apoyó contra la tosca corteza del firme tronco, estiró las piernas y las cruzó ante sí. R. B. se dejó caer a su lado, apoyó la enorme cabeza sobre sus botas y soltó un suspiro de satisfacción canina.

—Ni se te ocurra convertir las botas en uno de tus tentempiés —dijo Nathan, rascando al perro tras las orejas—. Son mi par favorito.

R. B. le dedicó una mirada de reproche, como diciendo que jamás haría algo así con las botas favoritas de Nathan... aunque cualquier otro par no correría la misma suerte.

Volviendo a apoyar la espalda contra el árbol, Nathan se recreó en la tranquila serenidad de la primera hora de la mañana y vio a sus animales disfrutar de su comida. Cuánto lamentaba que sus pensamientos no fueran tan serenos como aquel entorno...

Reginald salió del establo y, en cuanto vio a Nathan sentado bajo el árbol, el cerdo se acercó trotando hacia él. R. B. levantó la cabeza y, después de que los dos animales, totalmente acostumbrados a la presencia del otro, hubieron intercambiado un amistoso olfateo de alientos, Reginald se dejó caer también al otro lado de Nathan y apoyó la cabeza sobre su rodilla.

—Al parecer, esta mañana estamos solos —dijo Nathan—. Nada de mujeres. —Soltó un suspiro—. Haceos un favor, mis buenos chicos, y no os enamoréis. Pero, al menos, si vais a enamoraros, aseguraos de hacerlo de alguien a quien podáis tener. —R. B. se lamió las patas y le lanzó una mirada desolada. Nathan asintió, agradecido ante la obvia muestra de compasión canina—. Sí, así es precisamente como me siento. Sería como si te enamoraras de una gata en vez de enamorarte de una perra, R. B. Claro que podrías amar a la gata, pero con eso solo conseguirías sufrir. Sois demasiado distintos, vivís en dos mundos demasiado diferentes para que funcione. Créeme si te digo que enamorarte es un fastidio. Además de que te destroza el corazón.

—Buenos días, Nathan —dijo una voz conocida a su espalda.

Nathan se volvió y vio acercarse a su padre desde la casa.

—Buenos días, padre.

—Sabía que te encontraría aquí.

Durante la última semana, parte de la tensión que existía entre ambos se había disipado. Naturalmente, Nathan creía que eso se debía a que en ningún momento habían estado a solas. La presencia de lady Delia y de lady Victoria durante las comidas, los juegos de sobremesa y la conversación habían ayudado indudablemente a derretir un poco el hielo.

—¿Me buscabas?

—Sí. ¿Te importa si me siento contigo?

—En absoluto. R. B., Reginald y yo estábamos teniendo una pequeña conversación entre hombres.

Su padre asintió.

—Siempre te gustó hablar con tus mascotas.

Lord Rutledge supervisó la zona que rodeaba el árbol con expresión ceñuda y sacó un níveo pañuelo del bolsillo, que depositó en el suelo. Nathan vio, entre perplejo y divertido, cómo su padre acomodaba con mucho tiento el trasero sobre el cuadrado de algodón. La operación requirió cierto movimiento, pero finalmente encontró lo que obviamente le pareció un lugar confortable y apoyó la espalda contra el árbol.

Tras varios segundos de agradable silencio, lord Rutledge preguntó:

—¿Vais a continuar hoy con la búsqueda de las joyas? —Nathan había informado concisamente a su padre de que albergaba la esperanza de recuperar la valija perdida.

—Inmediatamente después del desayuno, sí.

—Te ofrecería mi ayuda —dijo su padre, al parecer incómodo—, pero no puedo dejar a lady Delia sola todo el día, como tampoco me parece adecuado someterla a salidas tan arduas.

—Lo entiendo perfectamente. —De hecho, Nathan agradecía la decisión de su padre, pues no tenía el menor deseo de incluir a nadie en esas preciosas horas que pasaba a solas con Victoria.

—Naturalmente, que lady Victoria te acompañe sin la presencia de su acompañanta...

—Prometí a su padre que la protegería. No puedo hacerlo si la dejo aquí.

—Supongo que no. Y, además, estáis al aire libre... no es como si estuvierais juntos en un carruaje cerrado.

—Exacto. —Nathan reparó en que su padre no había sugerido que Victoria se quedara en casa con él y con la tía de ella, cosa que despertó su curiosidad, llevándole a preguntarse qué era exactamente lo que hacían durante las horas que Victoria y él se ausentaban de la casa. Se había dado cuenta de que parecían llevarse muy bien.

—¿Qué planes tienes para hoy? —preguntó a su padre.

—Le he prometido a Delia... quiero decir, a lady Delia... una visita a Penzance.

—Una excursión de la que sin duda disfrutará. Es una mujer encantadora. Inteligente. Divertida y vivaz.

Con el rabillo del ojo percibió que una sombra rojiza teñía el rostro de su padre.

—Sí. Es todo eso. Me atrevería a decir que su sobrina se parece mucho a ella en esos aspectos.

—Estoy de acuerdo contigo. —Cierto, Victoria era todo eso y mucho más. Una mujer poco común. Extraordinaria. Que en nada se parecía a nadie. Todos los días, Nathan aprendía algo nuevo sobre ella, y cada nueva faceta de ella que descubría servía tan solo para aumentar el amor y la admiración que le profesaba. Demonios, pero si hasta sus faltas se le antojaban atractivas. Su modo de balbucear cuando se ponía nerviosa. Su vena testaruda. Su modo de insistir en volver a contar los relatos más oscuros de Shakespeare para darles un final de cuento de hadas. De nada servía que él le recordara que los títulos eran *La tragedia de Hamlet* y *La tragedia de Romeo y Julieta*. Todas las cosas que hacían de ella una mujer imperfecta lograban en cierto modo hacerla parecer aún más perfecta.

El silencio se alargó entre ambos hasta que su padre dijo:

—La quieres.

—Hemos construido una buena amistad.

—Tus sentimientos son más profundos que los que pueda dar cabida una simple amistad, Nathan.

—¿Qué te hace decir eso?

—Ya no soy exactamente un niño. Y me doy cuenta de cómo la miras.

Nathan se obligó a responder con un despreocupado encogimiento de hombros.

—Si mis sentimientos son más profundos, no veo que eso sea cosa tuya. Soy más que capaz de seguir mi propio consejo.

—Y eso es precisamente lo que me preocupa.

—¿Por qué? ¿Acaso temes que me comporte como un idiota? —preguntó, incapaz de disimular el deje de amargura que contenían sus palabras.

—No. Lo que temo es que te rompan el corazón. Es un dolor como ningún otro y un destino que no le deseo a ningún hombre, y menos que a nadie a mi hijo.

Un pesado silencio los engulló durante varios segundos mientras Nathan luchaba por ocultar su sorpresa ante las palabras de su padre. Al parecer, no tuvo el éxito que esperaba, pues su padre añadió con delicadeza:

—Ya veo que crees que no sé de lo que hablo, pero te aseguro que hablo por experiencia propia. —Se volvió a mirar brevemente a los jardines y enseguida miró a Nathan de nuevo—. Si crees que la muerte de tu madre no me rompió el corazón, estás muy equivocado. La amaba con toda mi alma. Me cautivó desde el primer instante en que la vi.

Un sentimiento que, gracias a Victoria, Nathan podía comprender a la perfección.

—Mucho me temo que cuando mamá murió yo estaba tan inmerso en mi propio dolor que apenas reparé en tu pérdida. Lo siento.

Su padre asintió.

—Lo que quiero decirte es que un corazón roto es un dolor que no puede compararse a ningún otro. Por eso te animo a que hagas lo que creas necesario para que eso no te ocurra.

La confusión asaltó a Nathan. Jamás había tenido una conversación remotamente semejante a esa con su padre, y lo cierto es que estaba del todo confundido. Por fin dijo, con sumo cuidado:

—¿Estás sugiriendo que si existiera una mujer a la que yo amara, debería considerar la posibilidad de hacerla partícipe de mis sentimientos?

—Demonios, Nathan, como des más vueltas al asunto terminarás haciendo piruetas en el césped. Tengo una edad en la que ya no estoy para perder el tiempo. No te sugiero nada sobre ninguna hipotética mujer. Te digo, claramente, que si amas a lady Victoria, se lo digas.

Las cejas de Nathan se arquearon bruscamente.

—¿No eres el mismo hombre que hace una semana afirmaba que mi hermano, Gordon o esos dos dandis de Londres... o, demonios, cualquiera que tenga un título y una propiedad... eran mejores partidos para ella?

—De hecho, no. No soy el mismo hombre que hace una semana.

—¿Qué quiere decir eso?

—Eso quiere decir que durante la semana pasada he llegado a importantes y, si he de serte franco, inesperadas conclusiones sobre mí. Sobre mi vida. Y sobre lo que quiero. Por primera vez en mucho tiempo me siento... estimulado. Rejuvenecido.

Y, de pronto, Nathan se dio cuenta de que había visto claras pruebas de lo que su padre acababa de decirle durante la última semana. Su padre le había parecido más relajado. Reía, sonreía y contaba historias divertidas, y Nathan había disfrutado viendo remitir el malestar que existía entre ambos. Aunque había sido consciente de los cambios, con la atención centrada como la tenía en Victoria, no se había detenido a pensar en ellos.

—¿A qué atribuyes este rejuvenecimiento?

—A una gran dosis de introspección, que es el resultado de la amistad que he entablado con lady Delia. Tener de nuevo a gente en casa me ha llevado a darme cuenta de lo... solo que he estado, y he disfrutado enormemente teniendo a alguien de mi edad con quien hablar. Lady Delia conoce a todo el mundo, y resulta que tenemos en común un buen número de amistades. Tú sabes que no estoy al corriente de lo que acontece en la ciudad, y lady Delia me ha puesto al día de las vidas de las personas que no he visto y de las que no sé nada desde hace años. Me he quedado perplejo al saber cuántos de mis pares que conozco, de mi edad o más jóvenes, no gozan de buena salud. O han muerto.

El padre de Nathan meneó la cabeza.

—Tengo que reconocer que eso me ha dado una escalofriante conciencia de mi propia mortalidad y me ha llevado a apreciar lo que tengo, incluida mi salud. La vida es demasiado preciosa y demasiado corta para desperdiciar las oportunidades que nos ofrece. O para permitir que los errores queden sin corregir.

Inspiró hondo y prosiguió:

—Quiero terminar de una vez con las diferencias que nos separan, Nathan. Me doy cuenta ahora de que nunca te permití que me dieras una explicación por tus actos la noche en que dispararon a Colin y Gordon. En vez de eso, no hice más que lanzarte preguntas y acusaciones. En mi defensa tan solo puedo decir que estaba conmocionado, y no solo por los disparos sino al descubrir que mis hijos eran espías de la Corona. No mostré ninguna fe en ti y, aunque no siempre hemos estado de acuerdo, sabiendo la clase de hombre que eras, jamás tendría que haber pensado que actuarías de forma deshonrosa.

Esas palabras pronunciadas con voz calma impactaron a Nathan con fuerza, y, por vez primera en tres años, el dolor y la sensación de traición que le habían constreñido el corazón parecieron relajarse. Miró a su padre, quien le observó con ojos graves y prosiguió:

—Intenté disculparme por carta, pero reconozco que fue un esfuerzo poco entusiasta. Así que ahora, aun a pesar de que hayan pasado tres años de lo ocurrido, quiero manifestarte mi más sincera disculpa y pedir tu perdón. —Le tendió la mano.

Un nudo se alojó en la garganta de Nathan, y tragó saliva para deshacerlo. También él alargó el brazo y estrechó con firmeza la mano de su padre.

—Yo también te debo una disculpa, padre, por haber permitido que la brecha que se abrió entre nosotros se haya ensanchado como lo ha hecho. No negaré que fue un golpe tremendo darme cuenta de que mi padre, mi hermano y mi mejor amigo dudaban de mí. En ese momento, estaba atado de pies y manos por un juramento de silencio y no podía dar ninguna explicación.

—No debería haber necesitado ninguna.

La admisión templó cualquier resto de frialdad que Nathan pudiera haber albergado.

—Me temo que el orgullo me ha impedido ofrecerte alguna explicación tras mi regreso... un error de juicio que me gustaría corregir si deseas escucharme.

—Me encantaría.

Tras tomar una tonificante bocanada de aire, Nathan repitió la misma historia que le había contado a Victoria.

—La ironía de todo ello —concluyó— es que pretendía

que las joyas fueran mi última misión... la que me ofrecería seguridad económica. En vez de eso, me arrebató todo lo que me era más querido... mi reputación, mi familia, mi casa.

—No tenías ninguna necesidad de salir a buscar por ahí la seguridad económica, Nathan. Te habría dado todo el dinero que me hubieras pedido.

—Sí, lo sé. Y, aunque aprecio tu generosidad, no me gusta que me regalen nada. Prefiero ganarme las cosas.

—Un aspecto de tu carácter que jamás comprendí —dijo su padre, meneando la cabeza—. Si alguna vez necesitas cualquier cosa...

—Te lo diré. Créeme, no tengo el menor deseo de vivir en la pobreza, y aunque sé que crees que vivo en esas condiciones, te aseguro que no es así. Quizá mi casa no sea un magnífico palacio, pero vivo muy cómodamente. Y, a pesar de la ocasional compensación no monetaria que acepto por mis servicios, estoy bien pagado.

—¿Qué ocurrirá si no encuentras las joyas?

—No tendré más remedio que seguir con mi vida. Pero estoy decidido a encontrarlas. Hace tres años no me quedé a luchar por limpiar mi nombre. Esta vez no pienso darme por vencido tan fácilmente. Alguien traicionó la misión, y quiero saber quién fue. Alguien le ha hecho daño a Victoria, y quiero saber quién ha sido. Quiero recuperar las joyas y devolvérselas a la Corona para borrar así la marca que pesa sobre mi reputación. —Cerró los dedos sobre el hombro de su padre—. Pero, pase lo que pase, saber que me crees inocente de cualquier acción deshonesta significa mucho para mí.

—Qué lástima que Colin no esté aquí para este encuentro —dijo su padre.

—Sí, lo es —dijo Nathan pensativo.

—El instinto me dice que no tardará en volver. Lo más seguro es que su «negocio» sea una belleza llena de curvas de la que pronto se cansará.

—Sí, seguramente tengas razón —dijo Nathan. Desgraciadamente, no era eso lo que le decía su instinto.

A última hora de esa misma tarde, tras otro fallido registro de una nueva y escarpada formación rocosa, Nathan se apoyó contra el tronco de un majestuoso olmo, consultó el mapa cuadriculado y trazó una X sobre otro cuadrado. Tan solo quedaban cinco más. ¿Tendrían que registrar las cinco zonas restantes... o quizá encontraran las joyas al día siguiente? ¿O al siguiente? Incluso aunque resultara necesario registrar los cinco cuadrados, Nathan sentía todavía sobre él la presión del tiempo. En cuanto la búsqueda tocara a su fin, ya fuera después de haber encontrado las joyas o admitiendo la derrota, su tiempo en Cornwall habría concluido.

Sin duda tendría noticias del padre de Victoria durante la semana siguiente en relación a su carta, con suerte proporcionándole información adicional que podría serle de ayuda en la búsqueda de las joyas. Aunque ¿le pediría también lord Wexhall que enviara a su hija de regreso a Londres?

Lo mirara como lo mirase, sentía que sus mágicos momentos con Victoria tenían las horas contadas, como los granos de arena que inexorablemente se colaban entre sus puños cerrados.

Tras volver a doblar el mapa y metérselo en la bota, miró a Victoria, que en ese momento estaba agachada a escasos tres metros de él, cogiendo un pequeño ramo de flores silvestres de color violeta. El sol quedó prendido en sus cabellos, lanzando ardientes reflejos desde sus sedosos mechones. Demonios, qué hermosa era. Y cuánto la amaba. No menos de lo que la deseaba. El consejo que le había dado su padre reverberó en su cabeza y se dio cuenta de que tenía razón. Tenía que decirle a Victoria lo que sentía. Pero ¿cómo? ¿Cuándo? «Espera», le advirtió su voz interior. «Dale más tiempo. Es obvio que siente algo por ti... quizá se enamorará de ti.» De sus labios escapó un sonido carente del menor asomo de humor. O quizá Victoria le partiría el corazón en pedazos.

Victoria se levantó y le miró. El deseo que embargaba a Nathan debió de quedar reflejado en sus ojos porque un calor semejante ardió en la mirada de ella. Con una sonrisa de sirena jugueteando en sus labios, se acercó despacio a él.

—Pareces pensativo —dijo.

—Simplemente admiraba las vistas.

La mirada de Victoria le recorrió con descaro, posándose sin ambages en su entrepierna antes de volver a encontrarse con la de él.

—Sí, las vistas son fascinantes.

Nathan se tragó la risotada arrepentida que sintió ascender por su garganta al ser consciente de la facilidad con la que Victoria le excitaba. Ella se detuvo a medio metro de él y le tendió el ramo.

—Para ti —dijo.

Emocionado ante la sencillez del gesto, aceptó las flores, rozando los dedos de ella con los suyos.

—Nunca me habían regalado flores.

Ella sonrió.

—Ni yo las había regalado. Ya sé que parecen pálidas en comparación con las magníficas rosas que me diste, pero...

—No, no es cierto. Lo que importa no es la clase de flores que recibes, sino quién te las dé. —Acarició la suave mejilla de Victoria con los labios—. Gracias.

—De nada.

—De hecho, también yo tengo un regalo para ti. Ahora vuelvo.

Se dio impulso contra el árbol para apartarse de él y se dirigió al lugar donde habían atado a Medianoche y a Miel, a la sombra de un enorme sauce llorón. Después de poner sus flores en la silla de Medianoche, sacó una pequeña bolsa de cuero y volvió a reunirse con Victoria

—Para ti —dijo, dándole el pequeño regalo.

El placer sorprendido que vio en Victoria fue del todo evidente.

—¿Qué es?

—Solo hay una forma de saberlo.

Nathan la vio tirar del cordón que cerraba la bolsa y depositar el contenido en la palma de su mano. Era un fino cordón de terciopelo negro con una nacarada concha marina. De pronto, le asaltó la duda. ¿Qué diantre estaba haciendo, dándole algo de tan poco valor cuando Victoria estaba acostumbrada y merecía las joyas más caras y extravagantes?

Victoria estudió la concha durante varios segundos.

—Reconozco esta concha. La encontraste junto a la orilla el primer día que me llevaste a la playa. —Apartó la mirada del colgante para posarla en Nathan—. El primer día que me mostraste la Cueva de Cristal.

—Sí —respondió él, incapaz de ocultar su complacida sorpresa al ver que ella lo recordaba—. ¿Cómo lo has sabido?

Una inconfundible ternura llenó los ojos de Victoria antes de responder.

—Nathan, no creo que vaya a olvidar jamás nada de lo que ocurrió ese día. —Y tras dejar en el suelo la bolsa de cuero, levantó los brazos y se pasó el cordón de terciopelo por la cabeza. Luego sostuvo la delicada concha al sol y la examinó—. ¿Cómo has conseguido que brille tanto?

—Con una docena de capas de laca transparente. Le da brillo y la fortalece. —Se aclaró la garganta—. Quería que tuvieras algo que te recordara el tiempo que has pasado aquí. Ya sé que no es mucho, pero...

Victoria le tocó los labios con los dedos, silenciando sus palabras.

—Te equivocas, Nathan. Este colgante es... precioso. Y valioso. En todos los sentidos. Como el hombre que me lo ha regalado. Gracias. Siempre lo atesoraré.

Él le tomó la mano y retrocedió unos pasos, tirando con suavidad de ella hasta que su espalda volvió a descansar contra el tronco. Separó entonces las piernas y la atrajo lentamente hacia él hasta que ella apoyó el cuerpo contra el vértice de sus muslos.

—Me alegra que te guste —dijo, inclinando la cabeza para

tocar con los labios el sensible suspiro de piel impregnada de olor a rosas situada justo detrás de la oreja de Victoria.

Un delicado escalofrío la recorrió y sus brazos se cerraron alrededor del cuello de Nathan. Inclinándose hacia atrás para mirarle, envuelta como estaba en el círculo de sus brazos, dijo:

—Hablando de lo que nos gusta... creo que a mi tía le gusta tu padre.

—Excelentes noticias, pues creo que a mi padre le gusta tu tía. —Pasó los dedos por la aterciopelada mejilla de Victoria—. Y creo que a su hijo le gusta su sobrina.

Victoria arqueó las cejas.

—¿Ah, sí? ¿A qué hijo te refieres? Tiene dos.

Nathan sabía que Victoria bromeaba. Aun así, sintió celos.

—Me refería a mí.

—Ah. ¿Así que ella le gusta, hum...? ¿Significa eso que él quiere que sean amigos?

—No.

—¿No? ¿Por qué no?

—Porque los amigos no hacen esto. —Nathan posó las palmas sobre sus pechos, excitándole los pezones a través de la delicada tela del traje de montar—. Ni esto. —Inclinándose hacia delante, la besó ardientemente en el cuello.

Victoria dejó caer lánguidamente hacia atrás la cabeza, y de sus labios escapó un suspiro colmado de placer. Colocó entonces su mano entre las piernas de Nathan y acarició con la palma su erección, arrancándole un gemido.

—¿Sospecho que los amigos tampoco hacen esto? —preguntó con voz velada.

Los dedos de Nathan se pusieron manos a la obra y empezaron a desabrocharle los botones del vestido.

—No estoy seguro... vuelve a hacerlo y te lo diré.

Victoria le acarició de nuevo y a continuación dejó que las yemas de sus dedos juguetearan con su erección.

—No —dijo Nathan con un ronco gemido—. Tampoco hacen eso.

—¿Ni siquiera si son amigos íntimos?

—Ni siquiera. —Terminó de desabrocharle los botones y le bajó el vestido y la camisa por los brazos en un solo gesto.

—¿Qué otra cosa no hacen los amigos?

Nathan pasó la perezosa yema de uno de sus dedos alrededor del endurecido pezón de Victoria.

—¿Estás segura de que quieres saberlo?

—Sí.

La palabra concluyó en un siseo de placer cuando Nathan agachó la cabeza y se llevó el pezón a la boca. Victoria inspiró su nombre y toda la frustración reprimida que provocaba en él el hecho de desearla tanto, de amar a una mujer a la que temía no poder tener jamás, estalló, inundándole con una desesperación como jamás la había sentido. Le bajó el vestido, la camisa y la ropa interior sin miramientos por debajo de las caderas y simplemente la levantó y pateó las prendas a un lado, dejándola solo con las medias y los botines de montar. Con los jadeos bombeando desde sus pulmones como fuelles, le pasó una mano por debajo del muslo y le levantó la pierna por encima de su propia cadera mientras deslizaba la otra mano por la espalda desnuda primero y por las redondas nalgas después, para bajar más aún y acariciar los henchidos pliegues de su sexo. Comprobar que Victoria estaba ya húmeda para él le arrebató los últimos vestigios de autocontrol.

La besó profundamente al tiempo que deslizaba dos dedos en su húmedo calor mientras la acariciaba con la lengua, siguiendo el mismo ritmo suave que marcaban sus dedos dentro de ella. Los brazos de Victoria se cerraron aún más alrededor de su cuello, y Nathan la sintió pegarse con más fuerza a él. Interrumpió entonces el beso, acariciándole implacablemente el cuerpo y viendo cómo el placer la abrumaba mientras palpitaba alrededor de sus dedos.

En cuanto los temblores de Victoria remitieron, la tomó en brazos y la sentó sobre el vestido que había quedado en el suelo. Cayó de rodillas entre los muslos abiertos de ella, se desabrochó los pantalones con manos impacientes y temblorosas y liberó su erección. Ahora, maldición. La necesitaba ahora. Se sentó sobre los talones, la agarró con firmeza de las caderas y la colocó encima de él sobre sus muslos. Victoria se aferró a sus hombros y se deslizó hacia abajo al tiempo que él embestía hacia arriba. Nathan intentó ir despacio y saborear así la exquisita entrada al aterciopelado calor de ella, disfrutando del erótico apretón que imprimía sobre él el estrecho pasadizo de Victoria, pero la lentitud estaba más allá de sus posibilidades. Agarrándola de las caderas como si del torno de un banco se tratara, apretó los dientes y embistió fuerte, deprisa, mientras el sudor le perlaba la frente. Y, como sus embestidas, la descarga le llegó con fuerza y deprisa. Con un gemido gutural que pareció más doloroso que placentero, se retiró de ella y la aplastó contra él, hundiendo la cabeza en el cálido y fragante valle que dibujaban sus pechos. En cuanto la neblina inducida por la pasión se desvaneció de su mente una oleada de culpa arremetió contra él. Maldición, ¿qué demonios le había ocurrido? Jamás perdía el control de ese modo. La había tomado sin tan siquiera pensar en el placer de ella. Levantó la cabeza, dispuesto a disculparse y a pedirle perdón, pero la encontró mirándole con una expresión encendida, saciada y somnolienta.

—Oh… Dios —la oyó susurrar, apoyando la frente sobre la de él—. Justo cuando creo que por fin he descubierto qué es lo que haces mejor, me demuestras que estoy equivocada.

Aliviado al ver que ella había sentido tanto placer como él, depositó un beso en su nariz.

—Todavía no lo has descubierto.

—Oh… Dios —volvió a suspirar. Bajó los ojos y se miró los senos desnudos apretados contra el pecho de Nathan—. ¿Sospecho que los amigos tampoco hacen esto?

—¿Somos amigos, Victoria? —Aunque Nathan lanzó la pregunta a la ligera, se sorprendió tenso en espera de la respuesta.

—Me gustaría pensar que sí.

—Bueno, en ese caso, supongo que los amigos sí hacen esto.

—Hum. ¿Cuánto crees que dos amigos tardarían en volver a hacer esto?

Nathan sonrió.

—Averigüémoslo.

20

La mujer moderna actual que esté en situación de tener que poner fin a un romance, deberá hacerlo de una manera limpia y rápida. Por descontado, eso es algo que se consigue más fácilmente si su corazón no está implicado en el lance.

Guía femenina para la consecución de la felicidad personal y la satisfacción íntima
CHARLES BRIGHTMORE

Más tarde, esa misma noche, Nathan se paseaba una y otra vez por los confines de su habitación. Cuando se acercó a la chimenea, echó una mirada al reloj colocado encima de la repisa. Había pasado menos de un minuto desde la última vez que había lanzado una mirada asesina a aquel reloj esmaltado, lo cual significaba que no solo su ceño más potente no bastaba para que el tiempo pasara más deprisa, sino que todavía tenía que sufrir durante otro cuarto de hora para que llegara la medianoche. Hasta que saliera de su habitación y se reuniera con Victoria en la de ella.

Pasándose las manos por el pelo, volvió dando grandes zancadas a la ventana al tiempo que la seda del batín aleteaba contra sus piernas desnudas. ¿En qué demonios había estado pensando cuando se había mostrado de acuerdo en esperar hasta la medianoche para reunirse con ella? Se había retirado hacía veinte minutos, dejando a Victoria, a lady Delia y a su padre en el salón. Le había llevado unos buenos diez minutos desvestirse, lavarse y ponerse el batín. A partir de entonces había empezado a pasearse por la habitación, frustrado ante su falta de sangre fría, pues hasta el momento se había tenido siempre por un hombre muy paciente. Pero no había nada de paciente en la necesidad, en ese deseo de estar junto a ella, tocándola, que clavaba sus garras en él.

Se detuvo en la ventana y miró al jardín bañado en un halo plateado de luz de luna. Cuando a punto estaba de volverse, un movimiento captó su atención. Mientras seguía observando la escena, una figura vestida de oscuro con una bolsa al hombro emergió de las sombras y se alejó sigilosamente por el césped hacia la espesura del bosque. Durante un instante, la luna brilló directamente sobre la figura y Nathan se quedó de una pieza al reconocerla. Segundos más tarde, la oscuridad se tragó la silueta furtiva y Nathan, con la mente transformada en un torbellino de preguntas, siguió con la mirada fija en el lugar donde la figura había desaparecido.

¿Qué demonios tramaba Colin?

No tenía sentido salir tras él... jamás lograría dar con su hermano en el bosque con esa oscuridad. Sin embargo, eso no significaba que no tuviera intención de buscar respuestas. Cogió la lámpara de aceite de la mesilla, salió de la habitación y echó a andar por el pasillo. Cuando llegó a la habitación de Colin, entró y cerró la puerta tras de sí.

Sostuvo la lámpara en alto y se paseó despacio por la habitación a oscuras, supervisando la zona con ojos atentos. Poco era lo que había cambiado desde la última vez que Nathan había visto la habitación, tres años atrás. Los mismos muebles de madera de cerezo, la misma alfombra Axminster de diseños en tonos verdes oscuros y los mismos cortinajes de pesado terciopelo. A primera vista, todo parecía en perfecto orden, pero en una segunda inspección Nathan se dio cuenta de que uno de los extremos de la alfombra situada delante del hogar estaba ligeramente arrugado, una falta que la criada en ningún caso habría dejado de corregir.

Se acercó a la mesa redonda de caoba que estaba junto al armario, donde vio una licorera de brandy y una copa de cristal sobre una bandeja de plata. Se llevó la copa a la nariz e inspiró. El olor a potente licor seguía todavía impregnando el cristal. Sostuvo entonces la copa contra la luz y percibió las gotas de pálido oro que quedaban en el fondo. ¿Un rápido estimulante para tu carrera por el césped, Colin?, pensó.

Cruzó la estancia hasta los ventanales y reparó con una triste sonrisa en que estaban cerrados por dentro.

—Pero si eres todo un experto en cerrar las puertas por el otro lado —murmuró—. Y en abrirlas, claro, pues sospecho que no habrás entrado alegremente por la puerta principal y habrás subido hasta aquí por la escalera.

Abrió los ventanales y salió al balcón. Se dirigió a la balaustrada de piedra y levantó la linterna para examinar detenidamente la piedra. Directamente en el centro de la barandilla encontró lo que buscaba: trozos de fibra de cuerda.

—Ahora sé cómo has entrado... pero ¿qué buscabas?

Bajó la lámpara y barrió con la mirada el balcón de piedra hasta detenerla en el pálido objeto que tenía junto a los pies. Se agachó y cogió la marfileña hoja de papel vitela doblado. Una sensación de espanto le recorrió al tiempo que desplegaba lentamente el papel con la esperanza de no ver lo que sospechaba que estaba a punto de contemplar. Segundos más tarde, sus peores sospechas quedaron confirmadas.

Era la carta y el mapa falsos que Nathan había dibujado en su momento. Los mismos que le habían robado.

Demonios. Presa del más absoluto desasosiego, regresó apresuradamente a su propia habitación. Después de entrar en ella, se dirigió al armario y cogió el par de botas de montar que tenía en el rincón más alejado de la puerta. Hizo girar con destreza el talón de la bota izquierda y palpó el compartimiento oculto. Como había sospechado, estaba vacío.

—Me han robado la carta y el mapa —dijo Nathan en cuanto cerró tras de sí la puerta de la habitación de Victoria—. También nuestro mapa cuadriculado.

Victoria clavó la mirada en la expresión adusta de Nathan y el corazón se le encogió al ser partícipe de la noticia.

—¿Cuándo?

—Debe de haber sido esta noche durante la cena. —Se mesó los cabellos—. Debería haberlo sospechado, tendría que haber imaginado que haría algo así, pero no quería creer que pudiera ser tan estúpido.

—¿Quién?

Victoria se quedó inmóvil ante la mirada torturada que vio en los ojos de Nathan.

—Colin —respondió él con la voz impregnada de angustia—. Ha estado aquí. Esta noche. Le he visto en el césped, yendo hacia el bosque. Cuando he registrado su habitación, he encontrado esto.

Victoria cogió el papel vitela que él le ofrecía y frunció el ceño al ver las palabras y el dibujo que no logró reconocer.

—¿Qué es esto?

—El mapa y la nota falsos que nos robaron.

Victoria sintió que se le desorbitaban los ojos al ser consciente de lo que aquello quería decir.

—Eso significa que Colin…

—Está implicado. Solo hay dos maneras de que haya podido hacerse con la nota. Una, que contratara a aquel bastardo para que la robara. O dos que se la robara a aquel bastardo.

Victoria escudriñó su mirada.

—¿Y cuál crees tú que es la acertada?

—Que Colin se la robó a nuestro ladrón —dijo sin dudarlo—. Mi hermano, entre sus múltiples talentos, es un formidable ladrón. Muy útil durante nuestra época de espías. Y, al parecer, todavía lo es.

Victoria daba vueltas a aquellos retazos de información mientras seguía mirando el papel vitela.

—Es decir, que crees —dijo despacio— que Colin se cruzó con nuestro ladrón, le robó la carta y el mapa y ha estado desde entonces intentando encontrar las joyas… aunque empleando para ello la información incorrecta… —Levantó los ojos y su mirada y la de Nathan se encontraron—. Ahora no solo tiene la carta y el mapa auténticos, y por consiguiente la información correcta, sino también nuestro mapa cuadriculado en el que aparecen señaladas todas las zonas que ya hemos cubierto.

Los rasgos tensos de Nathan se relajaron un poco y una inconfundible admiración brilló en sus ojos. Extendió el brazo, tomó la mano de Victoria y se la llevó a los labios, depositando un cálido beso en sus dedos.

—Mi querida Victoria, ¿te he dicho alguna vez que adoro tu capacidad para abrirte paso entre la niebla más espesa e ir directamente al meollo de la cuestión?

Victoria contuvo el aliento al ver la intensidad que hervía en la mirada de él y negó con la cabeza.

—No creo haberte oído mencionarlo.

—Pues dalo por mencionado. —Tras depositar otro breve beso en sus dedos, le soltó la mano y empezó a pasearse delante de ella.

Victoria le observó en silencio durante un minuto entero. Era tanta la preocupación que vio en la expresión de Nathan que no pudo por menos que sufrir por él. La siguiente vez que él pasó por delante de ella, tendió la mano y se la puso en el brazo, deteniéndole.

—Estás pensando que Colin tuvo algo que ver con el fracaso de la misión hace tres años —dijo con delicadeza. Le apretó suavemente el brazo en un gesto de compasión—. Lo siento.

Nathan negó con la cabeza, ligeramente sorprendido.

—De hecho, no, no es eso lo que pienso. Cualesquiera que sean las faltas que Colin pueda cometer, es un hombre de honor e integridad. Desgraciadamente, también tiene tendencia a ser muy audaz. Lo que creo es que, de algún modo, se habrá enterado de la verdad sobre lo que ocurrió hace tres años y, en vez de contármela, ha decidido solucionar las cosas sin ayuda de nadie.

—Pero ¿por qué no iba a explicártela? ¿Por qué no contar con tu ayuda?

Un músculo se contrajo en la mandíbula de Nathan.

—Tan solo puedo aventurarme a imaginar, pero diría que

es porque hace tres años dudó de mí. Creo que, durante estos últimos tres años, por mucho que él quisiera creer en mi inocencia de cualquier fechoría, seguía manteniendo esa sombra de duda. Cuando descubrió lo que de verdad había ocurrido, y se dio cuenta de que yo no había traicionado la misión... —Dejó escapar un largo suspiro—. Estoy seguro de que le pudo el sentimiento de culpa. Conociéndole como le conozco, creo que está actuando por cuenta propia respondiendo a una especie de penitencia autoimpuesta. Es una forma de compensarme por su falta de fe en mí. Quiere encontrar las joyas, descubrir al traidor y limpiar mi nombre.

Victoria escrutó su mirada.

—Eso es lo que sientes porque es eso exactamente lo que tú harías por él.

—Sí. Lo haría.

—Apenas conozco a tu hermano, de modo que en calidad de observadora objetiva me siento en la necesidad de apuntar que, aunque podrías estar en lo cierto... es igualmente posible que estés equivocado. Puede que Colin sea el responsable de todo lo ocurrido.

—Cabe la posibilidad de que tengas razón, pero no me equivoco. Y eso significa que Colin podría estar en un grave peligro. —La tomó de la mano y la condujo hacia el escritorio de cubierta inclinada de caoba situado junto a la ventana—. Voy a reproducir la carta descifrada y la cuadrícula, y quiero que tú vuelvas a dibujar el mapa. Luego los estudiaremos hasta que descubramos lo que se nos ha escapado. Hasta que averigüemos cuál es el mejor lugar donde buscar. El instinto me advierte de que no tenemos mucho tiempo. No creo que podamos registrar las cinco cuadrículas que todavía nos quedan en el mapa.

Durante los treinta minutos siguientes, el único sonido que se oyó en la habitación, además del crepitar de la madera que ardía en la chimenea, era el rasgar de las plumas sobre el papel vitela. Victoria ocupó las dos horas siguientes en estudiar al detalle la serie de garabatos que había dibujado. Parecían un auténtico galimatías. Hizo girar despacio el papel vitela, mirando las líneas desde todos los ángulos hasta que se le irritaron los ojos.

—He intentado una docena de códigos distintos, pero no logro descifrar nada más —dijo Nathan con la voz cargada de frustración—. ¿Has encontrado algo en el mapa?

—No... aunque acaba de ocurrírseme una idea. —Victoria irguió aún más la espalda y miró fijamente las líneas—. Hasta ahora hemos dado por hecho que, por las palabras «formación rocosa» que aparecen en la carta, este dibujo describía la formación particular en la que estaban escondidas las joyas. Pero ¿y si en realidad describe otra cosa?

—¿Como qué?

—No lo sé. ¿Quizá un montículo cubierto de vegetación en la costa?

Nathan acercó su silla a la de ella y miró el dibujo con atención.

—En tal caso, o bien hemos pasado por alto las joyas o la información de Baylor era errónea. —Deslizó hacia ellos el mapa cuadriculado que había reproducido y señaló las zonas todavía inexploradas—. Todos los sectores restantes están situados en el interior, demasiado alejados del mar. Aunque creo que quizá tengas razón cuando dices que puede que esto no sea un dibujo que refleje la formación rocosa en sí.

Ambos estudiaron las líneas con atención, y Victoria musitó:

—¿Y si se trata de una serie de caminos, o de senderos?

Nathan asintió y señaló luego un punto donde las líneas se encontraban.

—Podrían ser tres caminos que convergieran aquí.

Victoria le miró con una creciente sensación de excitación.

—¿Conoces algún lugar así en la propiedad? ¿Donde converjan tres caminos junto a una formación rocosa?

Nathan se levantó y se paseó por la habitación con las cejas unidas en un profundo ceño. Obligándose a guardar silencio para no interrumpir sus pensamientos, Victoria casi podía ver cómo giraban las tuercas en su cabeza mientras él escudriñaba mentalmente la vasta extensión de terreno de la finca.

—Cerca de la zona situada más al norte —mascullò Nathan. Acto seguido, meneó la cabeza—. No, allí no hay rocas. —Se detuvo junto al escritorio y volvió a estudiar el mapa cuadriculado—. Hay tantos caminos... —Sacudió la cabeza en una clara muestra de frustración—. Pero no se me ocurre nada. Tendría que pensarlo con detenimiento... —Se detuvo de pronto y volvió la vista a los garabatos que Victoria había dibujado—. Agua —dijo—. No son caminos de barro, sino agua. Arroyos. —Repitió la palabra «arroyos» en media docena de ocasiones, cada vez más y más excitado. Luego señaló en el mapa cuadriculado uno de los sectores que todavía no habían registrado y que cubría el extremo noroeste más alejado de la finca.

—Aquí. Hay tres arroyos que convergen aquí. Esto señala la frontera entre la propiedad de mi familia y la finca de Alwyck.

—¿Hay alguna formación rocosa allí?

La mirada de Nathan buscó la de Victoria.

—Están las ruinas de una pequeña casa de campo de piedra. Apenas tres paredes semiderruidas, sin techo... Por Dios, ¡creo que tiene que ser aquí! —El entusiasmo que revelaba su voz y sus ojos era del todo inconfundible. Tomó el rostro de Victoria entre sus manos y le plantó en los labios un beso raudo y apasionado para luego soltar una carcajada breve y triunfal—. Eres un genio.

—¿Yo? Pero si lo has descubierto tú.

—Pero tú me has dado la idea. La inspiración. —Le acarició las mejillas con las yemas de los pulgares—. Diría que hacemos un equipo «insobrepasablemente» maravilloso.

Hubo algo en su tono de voz, en la repentina seriedad de su mirada, que prendió en Victoria una serpenteante oleada de calor, robándole todo pensamiento. Tardaría una semana en dar con una respuesta a la altura del comentario, pero por el instante se limitó a asentir. «La semana siguiente lo más probable es que estés de regreso en Londres», le susurró su voz interior. Ante aquel indeseado recordatorio, todo su cuerpo se tensó.

Se aclaró la garganta.

—¿Salimos de inmediato hacia la casa abandonada o prefieres esperar al amanecer?

Nathan frunció el ceño.

—Victoria, quiero que te quedes aquí.

Ella retrocedió y las manos de Nathan se despegaron de sus mejillas. Victoria se plantó las manos en la cintura y le lanzó una mirada airada.

—¿Que me quede aquí? ¿Mientras tú recuperas las joyas? Me temo que no.

Él tendió los brazos hacia ella, pero Victoria volvió a dar un paso atrás, esquivando sus manos.

—Victoria, necesito estar seguro de que estás a salvo...

—Y yo necesito saber que tú también lo estás.

—Ahora que ni la carta ni el mapa auténticos están en mis manos, podría pasar cualquier cosa. No me arriesgaré a ponerte en una situación potencialmente peligrosa. —Esta vez, cuando tendió las manos hacia ella, la tomó por los hombros—. Después de lo ocurrido con el bastardo aquel del cuchillo... —Cerró brevemente los ojos con fuerza y tragó saliva—. Tu padre me encargó que te protegiera y no pienso volver a fallar.

Victoria alzó las manos y las cerró alrededor de los fuertes antebrazos de Nathan.

—No fallaste la primera vez, Nathan. En lo que a mí respecta, donde más a salvo estoy es contigo. He llegado hasta aquí en la búsqueda y me niego a que se me impida seguir en ella hasta su final. Hemos sido compañeros desde el principio y seguiremos siéndolo. Además, si buscamos juntos, terminaremos mucho antes. —Al ver que Nathan estaba a punto de seguir discutiendo, añadió—: Y será mejor que estés de acuerdo, porque de lo contrario me limitaré a seguirte. De modo que la única cuestión que queda por resolver es si crees que es mejor que salgamos ahora y efectuemos nuestra búsqueda al amparo de la oscuridad o que esperemos hasta el amanecer.

—Me sorprende que accedas a dejarme a mí esa decisión —mascculló Nathan en un tono disgustado.

Victoria bajó la mirada con actitud recatada.

—Tienes mucha más experiencia en esto que yo.

—Cierto. Precisamente por eso...

—Elegirás cuándo es el momento más adecuado para que ambos emprendamos la búsqueda.

Un músculo se contrajo en la mejilla de Nathan.

—¿Siempre has sido tan testaruda?

—Creo que sí, aunque hasta hace poco lo he mantenido en secreto.

—Pues creo que deberías haberlo mantenido oculto un poco más.

—No es cierto. Me dijiste que era positivo descubrir nuevos aspectos de mi naturaleza. Me acuerdo perfectamente de que dijiste que mis experiencias pasadas no me han permitido la libertad suficiente para conocer mi auténtica naturaleza. Que siempre he hecho lo que se esperaba de mí, en vez de lo que mi corazón deseaba. Que expresar mi voluntad, ser fiel a mis impulsos, puede resultar muy liberador. Y que debería ser libre de decirte todo lo que me apetezca.

Nathan masculló algo, y Victoria, quien creyó entender que decía: «... piedras sobre mi propio tejados, se mordió el interior de los carrillos para no sonreír ante la expresión disgustada que vio en él.

—Bajo ningún concepto te alejarás de mí.

—Lo juro, Nathan. Y no olvidemos incluir la pequeña pistola en la bolsa de las herramientas. No dudaría en utilizarla si se da la ocasión —dijo, rezando para que sus palabras fueran ciertas.

Las palabras de Victoria no animaron a Nathan tanto como ella había imaginado. Lo cierto es que el ceño de él se perfiló aún más.

—Pero quizá no estés a tiempo de coger la pistola, y no quiero que la lleves encima. Puede que dispares a alguien.

—¿Y no sería esa la idea?

—Me refiero a ti. O a mí.

—Oh. En ese caso me limitaré a llenar mi bolso de piedras y a tenerlo a mano.

Nathan se pellizcó el puente de la nariz y meneó la cabeza.

—¿Un bolso? ¿Lleno de piedras?

Victoria alzó el mentón.

—Sí. Seguro que dice algo de eso en tu Manual Oficial del Espía.

—Te aseguro que no.

—Pues debería. Un bolso es pequeño y de fácil manejo, y no parece un arma. Y no dudaré ni un instante en aporrear a cualquier rufián, créeme. —Arqueó una ceja—. Espero que no me obligues a empezar por ti.

Creyó oír rechinar los dientes de Nathan de puro fastidio.

—Saldremos al amanecer —dijo él con una voz semejante a un gruñido.

—Esa habría sido también mi elección.

—Qué maravilla que esta noche podamos ponernos de acuerdo en algo.

—Apuesto a que podríamos ponernos de acuerdo en algo más.

—No estés tan segura. No puedo decir que esté de buen humor.

Victoria le rodeó el cuello con los brazos. Poniéndose de puntillas, se pegó a él y le mordió levemente a un lado del cuello.

—Apuesto a que podríamos ponernos de acuerdo en que hay formas más interesantes de pasar las horas antes del amanecer que dedicándonos a discutir. ¿No te parece?

Las manos de Nathan se deslizaron alrededor de su cintura al tiempo que el calor que desprendían sus palmas le caldeaban la piel a través del fino satén del camisón.

—No sé. —Un gemido sordo rugió en su garganta cuando Victoria empezó a mordisquearle el lóbulo de la oreja—. Voy a necesitar que me convenzas un poco más.

Victoria deslizó una mano por su pecho, pasando por el abdomen y descendiendo aún más hasta toquetearle descaradamente sobre el batín de seda. Nathan inspiró brevemente mientras sus ojos brillaban como un par de braseros.

—¿Mejor que discutir? —susurró Victoria, acariciando la prolongada dureza de su miembro.

—Estoy convencido —respondió Nathan, aplastándola contra su cuerpo.

Salieron de la casa en silencio justo cuando las primeras pinceladas malvas teñían el cielo. Con el corazón palpitándole de ansiedad, Victoria avanzaba apresuradamente junto a Nathan, quien la portaba de la mano en un gesto cálido y reconfortante. En la otra mano, ella llevaba su bolso de terciopelo azul marino... lleno de piedras.

—Prefiero caminar que coger los caballos —dijo Nathan con voz queda en el momento en que dejaban a un lado los establos—. Eso nos permitirá examinar más fácilmente la zona que rodea las ruinas sin arriesgarnos a que nos descubran.

Victoria asintió en señal de acuerdo y se concentró luego en el sendero que tenía delante. Se movieron apresuradamente, pasando junto al lago y siguiendo después por un camino que se desviaba a la derecha. Victoria estimó que habría pasado una media hora hasta que Nathan aminoró la marcha. Una hosca pátina de gris veteaba el cielo, y el aire fresco y pesado anunciaba la llegada de la lluvia, cada vez más próxima. Pudo oír el gorgoteo del agua sobre las rocas, indicando un arroyo cercano. Nathan tiró de ella y la ocultó tras un olmo inmenso. Rodeándole los hombros firmemente con el brazo, señaló.

—Las ruinas —le susurró al oído.

Al mirar con atención entre los árboles, Victoria vio el trío semiderruido de paredes sin techo. Notó la tensión de

Nathan y supo que todos y cada uno de sus sentidos estaban alerta mientras su mirada escudriñaba cuidadosamente la zona. Por fin, a todas luces satisfecho y convencido de que estaban solos, la guió hacia la casa.

Se adentraron en la U formada por los tres muros de la ruina. Nathan supervisó lentamente la zona y señaló entonces los restos de la chimenea situada en el muro central.

—Empecemos por aquí —dijo, sacando los cinceles y martillos de la bolsa de las herramientas—. Las piedras están colocadas en un diseño más irregular, con lo cual resulta más fácil disimular que alguna esté fuera de su sitio. —Le dio las herramientas a Victoria con una sonrisa desolada—. Tú empieza por la derecha y yo me ocuparé de la izquierda... y buena suerte.

Durante más de una hora, los únicos sonidos además de los habituales trinos de los pájaros y del murmullo del arroyo fueron los chasquidos de los martillos al golpear los cinceles. Una densa niebla gris saturaba el aire, empapándoles la ropa. Victoria reparó en que Nathan había dejado de martillear y le miró. Se había vuelto de espaldas a la chimenea. Su mirada, entrecerrada y alerta, escudriñaba la zona que les rodeaba. A Victoria se le encogió el estómago al ver la tensa expresión en su rostro.

—¿Ocurre algo?

—No. Es solo que no me gusta esta niebla tan espesa. No creo que la lluvia tarde en caer. Una o dos horas como mucho.

—No me da miedo mojarme, Nathan.

Él la miró y esbozó una pequeña sonrisa.

—Lo sé, mi valiente guerrera. Pero la lluvia nos volvería vulnerables. Facilitaría que cualquiera nos sorprendiera.

—Bueno, en ese caso, encontremos las joyas de una vez y salgamos de aquí antes de que lo hagan.

Sin esperar la respuesta de Nathan, se volvió de cara a la chimenea. Un cuarto de hora más tarde, arrodillada en el suelo, dio con el cincel en un fragmento de argamasa que rodeaba una piedra colocada cerca del suelo y el yeso se deshizo de forma distinta a como lo había hecho hasta entonces.

—Nathan —dijo con un susurro excitado—. Creo que he encontrado algo. La argamasa que rodea esta piedra me parece más blanda.

Nathan se arrodilló junto a ella y miró la piedra que le indicaba.

—Y la argamasa tiene un color ligeramente distinto —observó él.

Juntos cincelaron la zona que rodeaba la piedra. Cuando por fin la aflojaron, Nathan metió los dedos en las estrechas aberturas laterales y tiró, moviendo la piedra adelante y atrás, arriba y abajo. Despacio, muy despacio, fue tirando de la pesada piedra hacia él hasta que cayó al suelo con un golpe sordo. Introdujo entonces la mano en la oscura abertura y Victoria contuvo el aliento. Cuando Nathan sacó la mano, sostenía una valija de cuero gastado y cubierta de barro.

Victoria, que había contenido hasta entonces la respiración, dejó escapar un jadeo sobrecogido.

—¿Están las joyas dentro?

Nathan abrió la valija y las cabezas de ambos se toparon al mirar el contenido. Ni siquiera la niebla gris podía deslucir su reluciente brillo. Introduciendo en ella una mano vacilante, Victoria sacó con gesto reverente el primer objeto que encontraron sus dedos: un exquisito collar de perlas. Volvió entonces a introducir la mano y saco un collar de esmeraldas enredado con un brazalete de zafiros.

Inclinó la mano para que las joyas volvieran a deslizarse al interior de la valija y se volvió a mirar a Nathan.

—Aunque lo estoy viendo con mis propios ojos, no puedo creerlo.

—Yo tampoco. Pero ya nos ocuparemos de eso más tarde. —Cerró la valija y se la colocó debajo del brazo—. Recojamos nuestras cosas y larguémonos de aquí.

Mientras Nathan metía a toda prisa los martillos y los cinceles en la bolsa de las herramientas, Victoria buscaba su bolso lleno de piedras en el suelo. Lo localizó a unos metros de ella. Cuando estaba a punto de ir a por él, una voz situada a su espalda dijo:

—Victoria.

Antes de que pudiera ni siquiera parpadear, se vio empujada tras Nathan, que sostenía su pequeña pistola delante de él.

—Detente, Nathan —gritó Victoria, rodeándole apresuradamente—. Padre —dijo, mirando presa de una absoluta perplejidad al hombre de cabellos grises que estaba de pie a unos seis metros de ella. Y antes de poder proferir un solo sonido más, un disparo rasgó el aire.

Victoria vio horrorizada como su padre se desplomaba boca abajo en el suelo.

21

La mujer moderna actual debe ser consciente de que no todos los romances tienen un final feliz.

Guía femenina para la consecución
de la felicidad personal y la satisfacción íntima
CHARLES BRIGHTMORE

A pesar de que Nathan era plenamente consciente de que Victoria salía corriendo hacia donde estaba su padre y caía de rodillas junto a él, su atención estaba totalmente concentrada en la zona boscosa situada al otro lado de la casa en ruinas. Le alertó un leve movimiento procedente de detrás del grueso tronco de un árbol. Se arrodilló entonces para convertirse en un blanco más dificultoso y apuntó al árbol con la pistola.

—No te levantes, Victoria —le ordenó con voz queda.

—Suelta el arma, Nathan. —La orden procedía de algún punto situado detrás del árbol. Durante un instante, Nathan se quedó helado al oír esa voz conocida. Luego un fulgurante arrebato de ira le recorrió de la cabeza a los pies. «Bastardo...» Antes de que pudiera dar una respuesta, la voz prosiguió—: Tengo una pistola con la que estoy apuntando a Victoria a la cabeza. Si ella se mueve, la mato. Si no sigues mis indicaciones al pie de la letra, la mataré. Ahora deja la pistola en el suelo y empújala lejos de ti.

La mirada de Nathan se posó en Victoria, quien en ese momento apretaba la herida sangrante de su padre con el dobladillo de su vestido. Miró a Nathan con ojos húmedos y horrorizados.

—Mantén toda la presión que puedas sobre la herida —dijo Nathan hablando en voz baja y firme—, pero no te muevas.

Despacio, para no dar en ningún momento la sensación de estar actuando con brusquedad, Nathan dejó la pistola en el suelo y la apartó luego a un lado.

—Bien —dijo la voz—. Ahora haz lo mismo con el cuchillo que llevas en la bota. Y no te molestes en fingir que no lo llevas, sobre todo porque fui yo quien te lo regaló. Por tu cumpleaños, hace cinco años, si mal no recuerdo.

Nathan se quitó el cuchillo de la bota y lo apartó también a un lado.

—Ahora levántate y ponte las manos sobre la cabeza.

Nathan permaneció inmóvil como una estatua al tiempo que su mirada abrasaba al hombre que emergió de detrás del árbol. Con una pistola en una mano y la otra sobre la empuñadura de un cuchillo envainado y metido en la cintura de los pantalones, Gordon se acercó.

—Muy amable de tu parte encontrar las joyas por mí, Nathan —dijo Gordon empleando un tono coloquial al tiempo que su mirada terminaba deslizándose hasta la valija de cuero gastado que estaba a los pies de Nathan—. Sabía que si te seguía, tarde o temprano me llevarías hasta las joyas. No puedes ni imaginar lo dificultoso que ha resultado intentar encontrarlas durante los últimos tres años.

A Nathan la cabeza le daba vueltas. Maldición, necesitaba tiempo, una distracción. Sin embargo, si existía alguna esperanza de poder salvar a lord Wexhall, no podía andarse con evasivas durante mucho tiempo.

—Nos traicionaste hace tres años —dijo Nathan con una mueca de desprecio—. ¿Por qué? ¿Por qué arriesgarte cuando ya lo tenías todo?

Un odio feroz ardió en los ojos de Gordon.

—¿Todo? No tenía nada. Mi padre había dilapidado en las mesas de juego toda mi herencia, salvo las propiedades del legado. Me dejó media docena de casas que yo no podía mantener y que tampoco podía vender debido a las obligaciones implícitas en el legado. Necesitaba dinero, mucho dinero, y urgentemente.

—Mi hermano podría haber muerto por culpa de tu codicia.

Gordon hizo una mueca.

—Supuestamente, tu hermano debería haber muerto. Y supuestamente yo solo tendría que haber recibido un mero rasguño.

Nathan comprendió entonces y entrecerró los ojos.

—Y supuestamente yo tendría que haber resultado ileso, haciendo caer sobre mí todo el peso de la culpa. ¿Cuánto pagaste a Baylor para que traicionara la misión?

—Demasiado. Y el maldito bastardo lo echó todo a perder. Se largó con mi dinero y con las joyas. En cuanto me recuperé de la herida de bala, le busqué por todas partes. Y cuando ya había perdido la esperanza de encontrarle, a él o a las joyas, apareciste tú. En cuanto me enteré de que Wexhall enviaba a su hija a Cornwall, supe que algo estaba en marcha.

—Fuiste tú quien registró las pertenencias de lady Victoria.

—Sí. Desgraciadamente, no encontré lo que buscaba.

—Y tú quien contrató a aquel rufián que nos robó en los bosques.

Gordon rió entre dientes.

—Qué inteligente de tu parte llevar encima una nota falsa, Nathan. Inteligente, pero exageradamente molesto. Desperdicié toda una semana yendo tras las pistas falsas.

La mirada de Nathan se desvió brevemente hacia Victoria, quien le miraba con ojos solemnes.

—El bastardo al que contrataste a punto estuvo de matar a lady Victoria.

Desafortunadamente, Gordon no siguió la dirección de su mirada, tal y como Nathan había esperado.

—Si eso te hace sentir mejor, debes saber que nunca volverá a hacer daño a nadie.

—Me quitas un tremendo peso de encima —murmuró Nathan—. No es posible que esperes salirte con la tuya.

—Al contrario. Estoy convencido de que así será. Nadie contradecirá la palabra del barón de Alwyck.

—Yo lo haré.

Una desagradable sonrisa curvó los labios de Gordon.

—Los hombres muertos no pueden contar historias, Nathan. Ahora dame las joyas.

—Si vas a matarme de todos modos, ¿por qué debería hacerlo?

—Porque si haces lo que te digo, dejaré vivir a tu padre. Si no, me temo que le espera un trágico accidente. Ahora coge las joyas muy despacio y tíramelas. Después, vuelve a ponerte las manos sobre la cabeza. Tendrás una sola oportunidad de ejecutar un suave y certero lanzamiento que me llegue a las manos sin problemas. Si fracasas en el intento, lady Victoria habrá espirado su último aliento.

Nathan cogió del suelo la valija de cuero y se la lanzó ágilmente a Gordon, quien la atrapó con la mano que tenía libre. Levantó la valija arriba y abajo varias veces, comprobando su peso, y una lenta sonrisa le curvó los labios.

—Por fin —dijo—. Y ahora…

—No había necesidad de disparar a lord Wexhall —se apresuró a decir Nathan, agarrándose las manos sobre la cabeza.

Una mirada de absoluto fastidio asomó a los rasgos de Gordon.

—Tiene exactamente lo que se merece. Sabe Dios lo que estaría haciendo hoy aquí. Buscándote, sin duda. De los tres, tú siempre fuiste su favorito. Nunca comprendí por qué. Nunca comprendí por qué te dio a ti la oportunidad de recuperar las joyas.

Nathan se encogió de hombros.

—Porque creyó que yo necesitaba el dinero. De haber estado al corriente de tus dificultades económicas, estoy seguro de que te habría dado a ti esa oportunidad.

—Ahora ya no importa. Tengo las joyas.

Nathan bajó la mirada.

—Hum, sí. Sí, es cierto. —Dio una ligera patada a un lado con la punta de la bota.

Gordon bajó también la mirada y sus ojos quedaron prendidos en la sucia bolsa de terciopelo azul que Nathan tenía junto a la bota.

—¿Qué es eso?

—Nada —respondió, apresurándose un poco demasiado en la respuesta.

Un jadeo escapó de labios de Victoria.

—No, Nathan —dijo en un siseo apenas audible—. Esas no.

Los ojos de Gordon se entrecerraron sobre Nathan.

—¿Así que ocultándome algo, Nathan?

—No.

—¿Otra bolsa de gemas?

—Estas piedras son mías —dijo Victoria con voz temblorosa.

—Qué codiciosa es usted, lady Victoria —dijo Gordon, chasqueando la lengua. Se colocó la valija de cuero bajo el brazo y señaló a la bolsa de terciopelo azul—. También me llevo esas, Nathan. Despacio y con suavidad, como antes.

Nathan dobló lentamente las rodillas, estirando el brazo hacia el suelo sin apartar en ningún momento la mirada de Gordon. Cuando se levantó, un espeluznante alarido de angustia salió de labios de Victoria. Distraído durante una décima de segundo, la mirada de Gordon se desvió hacia ella. Eso fue todo lo que Nathan necesitaba. Con la velocidad del rayo, lanzó el bolso de terciopelo azul lleno de piedras contra Gordon. La pesada bolsa le acertó en la sien con un repugnante golpe sordo y Gordon se desplomó. Nathan echó a correr, arrancándose el pañuelo del cuello.

—Mantén la presión sobre la herida, Victoria. Ahora mismo voy.

Ató con fuerza las manos de Gordon a su espalda con el pañuelo por si recuperaba la conciencia. Luego, después de quitarle la pistola, se volvió hacia Victoria y su padre.

—¿Estás bien? —preguntó a Victoria, arrodillándose a su lado.

—Yo sí. Pero papá…

—Déjame ver. —Nathan apartó con suavidad las manos con las que Victoria seguía presionando el hombro de su padre—. Necesito que me traigas mi cuchillo. Luego quiero que recojas las joyas y nuestras herramientas.

Victoria, aunque tambaleándose, se levantó rápidamente y segundos después regresó con el cuchillo de Nathan, quien colocó a su padre boca arriba y le tomó el pulso. Fuerte y firme. Utilizó el cuchillo para desgarrar la chaqueta y la manga de la camisa ensangrentadas. Examinó a continuación la herida rezumante que tenía en el hombro y dejó escapar un suspiro de alivio.

—Es una herida superficial. —Miró el cardenal violáceo que lord Wexhall tenía en la frente—. Al parecer ha perdido el conocimiento al golpearse la cabeza contra el suelo.

—¿Se pondrá bien? —preguntó Victoria, arrodillándose a su lado con los brazos llenos de las pertenencias de ambos.

—Sí. La herida no es más que un simple rasguño, y tiene la cabeza más dura que conozco. Sospecho que va a tener una espantosa jaqueca durante las próximas veinticuatro o cuarenta y ocho horas.

Como dando fe a sus palabras, Wexhall soltó un gemido. Victoria y Nathan bajaron la mirada.

—Ohhh, tengo un espantoso dolor de cabeza —murmuró lord Wexhall. —Parpadeó varias veces e intentó después esbozar una sonrisa a su hija—. Victoria —susurró.

—Estoy aquí, papá —dijo ella con voz contenida.

Nathan oyó entonces el sonido de cascos de caballos. Volvió a empuñar el arma y se asomó a mirar por la esquina del muro semiderruido. Segundos más tarde, Colin apareció a lomos de su caballo, seguido por un hombre al que Nathan identificó como el magistrado local.

—¿Llego demasiado tarde? —preguntó su hermano, desmontando antes incluso de haber detenido del todo su caballo.

Nathan sonrió.

—Justo a tiempo.

Varias horas después, Victoria estaba de pie junto a la cama de su padre, tomándole la mano. Lord Wexhall, apoyado en un montón de mullidas almohadas, lanzaba miradas asesinas al grupo que estaba alrededor de la cama.

—Os agradecería que dejarais de mirarme así —gruñó—. Estoy perfectamente. —Más que sus palabras, fue la impaciencia contenida en su voz la que permitió a Victoria asegurarse de que decía la verdad—. Si no me creéis, preguntádselo a mi médico —prosiguió, señalando a Nathan con la barbilla—. Me han bañado y vendado como a una momia, y me han dicho que tengo que echarme una siesta. Mis heridas solo parecen graves por culpa de estos malditos vendajes que me han puesto. Un cabestrillo para el brazo, vendas de algodón alrededor de la cabeza... menuda ridiculez. Pero si solo tengo un rasguño en el hombro y un golpe en la cabeza.

—Pues a mí me parece que con las vendas estás imponentemente guapo —bromeó Victoria—. Y del todo... indefenso.

—Justo como me gusta que me vean —gruñó su padre.

—Considérate afortunado, no sea que me vea tentada a darte tu merecido por haberle ocultado a tu hija tu vida secreta de espía.

—O a tu hermana —se quejó tía Delia.

—Victoria, Delia, no podía en ninguno de los casos contaros algo así. Era imperativo que mi identidad permaneciera en el más absoluto de los secretos. —Suspiró—. Naturalmente, ahora ya lo sabéis todo. Y eso me hace pensar que voy a jubilarme.

—Entiendo que no pudieras contarlo, papá —dijo Victoria, inclinándose para besarle la mejilla—. Estoy muy orgullosa de ti.

El color tiñó las pálidas mejillas de lord Wexhall.

—Gracias, querida. Y yo de ti. Ningún padre podría desear una hija mejor. —Cuando tía Delia se aclaró la garganta, el padre de Victoria añadió apresuradamente—: Ni una hermana mejor.

Todos rieron entre dientes y el padre de Nathan dijo:

—Bueno, yo personalmente estoy ansioso por saber exactamente cómo ha ocurrido todo esto.

—Creo que quizá debería empezar Colin —dijo Nathan—. Me interesa sobremanera saber los detalles de cómo encontró esto. —Sacó una hoja de amarfilado papel vitela del bolsillo del chaleco y tentó con ella a su hermano.

Las cejas de lord Sutton se arquearon bruscamente.

—¿Dónde has encontrado esto?

—En el balcón de tu habitación. Debiste de perderlo durante tu visita nocturna de anoche.

Una mirada avergonzada cruzó el rostro de lord Sutton. Luego sonrió.

—Menudo descuido por mi parte.

—Sí. ¿A quién se lo robaste?

Nathan y su hermano intercambiaron una larga mirada. Luego lord Sutton dijo, bajando la voz:

—¿Nunca has dudado de que se lo haya robado a alguien? ¿Nunca has creído que ordené que te lo robaran a ti?

—No.

—Tu fe en mí es más de lo que merezco.

—No estoy de acuerdo, pero podremos discutir eso después. Ahora, dime: ¿a quién se lo robaste?

—A un tipo llamado Oscar Dempsy. Hace una semana estuve en una taberna de Penzance donde oí a un bruto sentado a la mesa contigua que fanfarroneaba de haber robado a un «medico y a una damita» un mapa del tesoro que planeaba vender por un buen precio. Por ser el caballero increíblemente inteligente que soy, sospeché que se refería a Nathan y a lady Victoria. Invité al tipo a varias rondas, dejé que me contara la historia de cómo los había acorralado en los bosques y de cómo había hecho a la damisela un pequeño corte con su cuchillo como recuerdo. Durante el relato, decidí liberarle de su mal adquirido botín. Me ausenté brevemente, atribuyendo mi ausencia a... hum... necesidades personales, y rápidamente copié la nota y el mapa. Cuando volví a reunirme con él, volví a meterle la nota en el bolsillo sin que se diera ni cuenta.

—Muy ingenioso —murmuró Nathan.

—Eso me pareció. Tenía intención de seguir a Dempsy para ver a quién le vendía la carta y el mapa, pero desgraciadamente estalló uno de esos alborotos típicos de las tabernas y en el barullo perdí al tipo. Prácticamente no me ausenté de la taberna durante los cuatro días siguientes, pero el hombre jamás regresó.

—Está muerto —dijo Nathan con una voz fría y monótona—. Gordon le mató. Probablemente ni diez segundos después de que el tipo le diera la carta. —Miró a su hermano—. ¿Por qué no acudiste a mí con esta información?

Lord Sutton se enfrentó a la mirada de su hermano.

—En cuanto me enteré de que de verdad eras tú a quien Dempsy había robado y lady Victoria a quien había herido, me di cuenta de que había cometido un error terrible al dudar de ti. ¿Por qué ibas a contratar a alguien para que te robara? Y supe, sin ninguna duda, que jamás harías nada que pudiera poner en peligro a lady Victoria. Decidí entonces que tenía que reparar la terrible injusticia que había cometido contigo.

Nathan miró a Victoria, quien asintió. Había estado del todo acertado sobre los motivos que habían llevado a su hermano a actuar como lo había hecho.

—Prosigue —dijo Nathan.

—Cuando decidí que Dempsy no iba a volver, a partir de la información que encontré en la carta y en el mapa que había copiado, cogí un barco que me llevó a las islas de Scilly e hice allí algunas investigaciones, aunque sin resultado. Me sorprendió encontrar allí a Gordon, sobre todo sabiendo como sé que se marea cuando viaja por mar y que odia el trayecto a las islas. Charlamos, pero lo encontré evasivo y, por supuesto, también yo lo estuve. Él regresó a Penzance conmigo y, aunque nos despedimos amigablemente, había levantado mis sospechas. Decidí regresar a casa anoche y dedicarme a escuchar un poco en secreto a ver de qué me enteraba. Quería saber si habías encontrado las joyas o si estabas cerca de lograrlo.

—Sin duda te enteraste de algo que te llevó a registrar mi habitación —dijo Nathan.

—Sí. Te oí mencionar el mapa cuadriculado. Cuando lo descubrí en el talón de tu bota (un buen escondite, por cierto), junto con la carta y el mapa, supe que había estado tras la pista equivocada.

—¿Qué había en la bolsa que llevabas cuando saliste a hurtadillas de la casa? —preguntó Nathan.

Lord Sutton sonrió de oreja a oreja.

—Ropa limpia.

—Hum. ¿Y qué ocurrió después de que escucharas en secreto y de que robaras mis pertenencias?

—Volví a la posada de Penzance y me pasé toda la noche estudiando ese dibujo, aunque no logré descubrir dónde buscar. Pero entonces el destino decidió actuar en la persona de lord Wexhall. Esta mañana, justo después de desayunar, entró paseándose en el comedor. Se sorprendió tanto de verme como yo de verle a él.

El padre de Victoria retomó entonces el relato.

—Llegué anoche a Penzance con la idea de fisgonear por la zona antes de darme a conocer.

—Quien ha sido espía... —dijo Nathan con una sonrisa.

El padre de Victoria sonrió.

—Sí, es difícil cambiar los viejos hábitos. En cualquier caso, después de una breve discusión, Sutton me habló de su plan para recuperar las joyas y limpiar el nombre de Nathan. Saqué entonces la réplica del mapa que había escondido en el equipaje de Victoria... —Levantó la mirada hacia ella y esbozó una sonrisa avergonzada—. Lo siento, querida mía. —Tras aclararse la garganta, prosiguió—: Sutton me mostró la carta, el mapa y la cuadrícula que se había llevado de la habitación de Nathan. Enseguida quedó claro que, por alguna razón, su mapa era indudablemente distinto del mío.

La mirada de Nathan se clavó en Victoria, por cuyo rostro ascendió una oleada de calor.

—Ya te dije que no era buena pintora —dijo en defensa propia—. Y fue tu cabra la que se comió el original.

—¿Una cabra? —preguntó su padre, arqueando una ceja.

—Te lo explicaré después —dijo Victoria—. Prosigue.

—Sutton estudió mi mapa —prosiguió su padre— y el de Nathan. Con el dibujo adecuado, no le llevó mucho tiempo adivinar que el bosquejo describía tres arroyos. Y que conocía ese lugar que todavía no había sido marcado en el mapa cuadriculado. Comparamos ideas y teorías y nos dimos cuenta de que, puesto que ni él ni yo habíamos traicionado la misión y ninguno de los dos creíamos que Nathan lo hubiera hecho, solo quedaba una persona que pudiera haber sido capaz... Gordon.

—En cuanto nos dimos cuenta, pasamos a la acción —dijo lord Sutton—. Vinimos a caballo para decirles a Nathan y a lady Victoria lo que sabíamos, pero ya no estaban aquí. Comprendimos que debían de estar buscando las joyas y, dado que al parecer habían salido de la casa muy temprano, supusimos que probablemente habrían descubierto el lugar correcto donde buscar. Como no sabíamos dónde estaba Gordon y teníamos que encontrar enseguida a lady Victoria y a Nathan para avisarles, lord Wexhall y yo nos separamos. Yo fui a Alwyck Manor para enfrentarme a Gordon y le indiqué a lord Wexhall cómo llegar a las ruinas situadas junto al arroyo. Al ver que Gordon no estaba en casa, fui de inmediato a buscar al magistrado y de allí a las ruinas. Cuando casi habíamos llegado a las ruinas, oímos un alarido espantoso y sobrecogedor. —Miró a Victoria y le guiñó el ojo—. Buen trabajo.

—Gracias. —Victoria se volvió a mirar a Nathan—. Y un diestro lanzamiento de mi bolso lleno de piedras.

Con una mirada avergonzada, Nathan inclinó la cabeza en señal de agradecimiento.

—Me encargaré personalmente de escribir un añadido al capítulo de «armas útiles» del Manual Oficial del Espía. Sin duda eres un genio. —Tosió modestamente—. Aunque debo reconocer que tengo una puntería «insobrepasablemente» excelente.

—Estoy de acuerdo. Y no se merecía menos. Ya le dije que esas piedras eran mías.

Nathan le sonrió.

—Cierto es. Y debo felicitarte por tu magnífica representación. Entendiste mi ardid a la perfección.

—¿Dónde está ahora lord Alwyck? —preguntó tía Delia.

—El magistrado se lo llevó —dijo Nathan—. No volverá a ver la luz fuera de la celda de una cárcel. —Miró al padre de Victoria—. Y ahora, puesto que ya lo sabe usted todo, y como médico, debo insistir en que descanse.

—Está bien… —dijo el padre de Victoria a regañadientes—. Estoy de acuerdo en que necesito descansar, sobre todo si quiero marcharme mañana.

Sus palabras parecieron aspirar todo el aire de la habitación.

—¿Mañana? —repitió débilmente Victoria.

—¿Mañana? —dijeron al unísono tía Delia y lord Rutledge.

—Mañana —repitió con firmeza lord Wexhall—. Mi médico me ha dado permiso para viajar.

La mirada de Victoria voló hacia Nathan, quien la miró con una expresión del todo indescifrable.

—¿Es eso cierto? —preguntó—. ¿De verdad puede viajar en su estado? Estoy segura de que sería mejor que esperáramos un poco.

—Yo también opino que sería mejor —dijo Nathan—, pero sus heridas son tan superficiales que viajar no le supondrá ningún peligro.

—Tengo que volver a Londres cuanto antes y entregar las joyas a Su Majestad —dijo lord Wexhall. Alternó su mirada entre Victoria y tía Delia—. Saldremos inmediatamente después de desayunar, ¿de acuerdo?

—De acuerdo —susurró tía Delia.

Incapaz de confiar en su propia voz, Victoria se limitó a asentir.

—Bien, ahora que eso está ya decidido —dijo Nathan— debo pedirles a todos que salgan para que mi paciente pueda descansar.

—Desearía hablar en privado con mi hija, Nathan.

Las miradas de Nathan y de Victoria se cruzaron y, una vez más, ella fue incapaz de leerle el pensamiento.

—Por supuesto. —Nathan fue el último en salir de la habitación, y cerró despacio la puerta tras de sí.

Lord Wexhall volvió la cabeza sobre la almohada y estudió la mirada de su hija.

—¿Has disfrutado de tu estancia aquí?

Al instante, el calor inundó las mejillas de Victoria.

—Sí.

—A pesar de que no lo esperabas.

—Para serte sincera, no. Pero me he llevado una agradable sorpresa.

—Eso sospechaba. Siempre va bien cambiar de aires antes de tomar decisiones importantes.

—¿Decisiones importantes?

—Como por ejemplo, con quién casarte. Vi a Branripple y a Dravensby la noche antes de salir de Londres. Ambos me pidieron que te diera recuerdos.

Lord Branripple y lord Dravensby. Dios del cielo, hacía días que no se acordaba de ellos.

—Pareces haber forjado una gran amistad con Nathan —dijo su padre.

Victoria lo observó con atención, pero los ojos de lord Wexhall eran tan inocentes como su tono de voz.

—Sí.

—Me alegro. Es uno de los mejores hombres que conozco. Y también uno de los más valientes. De una gran brillantez a la hora de descifrar códigos. Me impresionó la primera vez que me fijé en él.

«Sé exactamente a lo que te refieres», pensó Victoria.

—Ha sido muy amable conmigo —dijo en cambio, encogiéndose por dentro ante palabras tan absolutamente insuficientes.

—¿Y qué me dices de su hermano, lord Sutton? Otro gran hombre. Tiene la presencia de un caballero y las manos de un ladrón. Excelente combinación para un espía.

—Lord Sutton ha estado ausente durante gran parte de mi visita, pero he disfrutado de su compañía mientras estaba aquí.

—Bien, me alegro. Sé que no querías venir, querida, pero sabía que te haría bien. —Le dio unas palmaditas en la mano—. Un padre siempre sabe lo que es mejor en este orden de cosas.

Antes de que ella pudiera preguntar a qué se refería lord Wexhall con «este orden de cosas», él añadió:

—Me alegro de que hayas disfrutado de tu visita, aunque imagino que estarás ansiosa por regresar a Londres. Volver a la temporada y concentrarte en considerar las ofertas de matrimonio.

—Yo...Sí, naturalmente.

—Apuesto a que veré a mi hija casada antes de fin de mes.

A Victoria el estómago le dio un vuelco. Incapaz de dar voz a su acuerdo, se limitó a asentir.

—Excelente. Bueno, que duermas bien, querida. Te veré durante el desayuno.

Sintiéndose como aturdida, Victoria se inclinó y besó la mejilla de su padre. Tras darle las buenas noches, salió de la habitación.

Se dirigió apresuradamente a su dormitorio, acelerando el paso hasta que echó a correr por el pasillo. Después de cerrar tras de sí la puerta, apoyó la espalda contra el panel de roble. Con el pecho constreñido y respirando laboriosamente, cerró los ojos.

Se marchaba al día siguiente. Para volver a su vida de Londres. A sus pretendientes. A sus veladas y a las tiendas. A elegir marido. Tendría que estar colmada de felicidad. De impaciencia. De alivio. En cambio, se sentía presa de una horrible sensación de pérdida. Un sentimiento de espanto enfermizo. Un dolor desesperado ante el que tuvo que llevarse la mano al punto repentinamente hueco donde solía morar su corazón.

Las confusas emociones que bullían a fuego lento bajo la superficie que había ignorado despiadadamente y que había apartado a un lado durante la última semana la oprimieron con una intensidad tan abrumadora que Victoria no pudo seguir ignorándolas. La sensación de desolación que la embargó nada tenía que ver con dónde estaba, sino con la idea de marcharse. Y de dejar a Nathan.

La toma de conciencia de que no deseaba marcharse de ese lugar donde se había negado a ir de forma tan vehemente la aturdió. E inmediatamente tropezó con la verdad que su corazón no podía seguir negando.

Se había enamorado de Nathan.

22

La mujer moderna actual debería abstenerse de tomar decisiones que podrían alterar el curso de su vida «en el calor del momento». Debería mediar distancias y darse sobrada oportunidad de ponderar la situación cuidadosamente desde todos los ángulos para tomar así una decisión que no lamentara más adelante.

Guía femenina para la consecución
de la felicidad personal y la satisfacción íntima
CHARLES BRIGHTMORE

Esa noche la hora de la cena resultó para Victoria sombría y tensa, aunque no estaba segura de si lo era en realidad o de si simplemente era un reflejo de su propio estado de ánimo. Ciertamente, hubo poca charla. Solo lord Sutton parecía animado, y no tardó en guardar silencio al ver que todos sus intentos de entablar conversación quedaban en nada. En cuanto la interminable cena tocó a su fin, Victoria se retiró con la excusa de que tenía que acabar de hacer el equipaje. Pocos instantes después de llegar a su cuarto, llamaron a la puerta. ¿Sería Nathan? Con el corazón en un puño, dijo:

—Entre.

Pero era su criada que acudía a ayudarla.

Cuando todo, excepto el camisón y la ropa que llevaría al día siguiente, estuvo metido en las maletas, Winifred se marchó. Victoria se acercó a la ventana y miró al césped iluminado por el halo blanco de la luna. Sus dedos se cerraron sobre la concha lacada que colgaba de su cuello. No había tenido oportunidad de hablar en privado con Nathan, aunque sin duda él acudiría a verla esa noche. Su última noche.

Llamaron suavemente a la puerta y el corazón le dio un

vuelco. Cruzó la estancia casi a la carrera y abrió la puerta de un tirón. Tía Delia estaba en el pasillo.

—¿Puedo hablar contigo, Victoria?

—Por supuesto —dijo con una punzada de culpa por la desilusión que apenas pudo ocultar—. Por favor, pasa. —Después de cerrar la puerta, preguntó—: ¿Estás bien? Pareces... acalorada.

—Estoy bien. Absolutamente. Maravillosamente bien. Y sin duda estoy acalorada. De pura felicidad. —Tendió los brazos y tomó a Victoria de las manos—. Quiero que seas la primera que lo sepa, cariño. Lord Rutledge me ha pedido que me case con él y he aceptado.

Victoria miró a su tía presa de un estado de total perplejidad.

—Yo... no sé qué decir.

—Di que te alegras por mí. Di que me deseas años de felicidad.

—Y así es. Por supuesto que así es. Es solo que estoy sorprendida. No hace mucho que os conocéis.

—Cierto, pero sé todo lo que necesito saber. Sé que es honorable y gentil. Generoso y cariñoso. Me hace reír. Me ama. Y yo le amo. Es todo lo que no tuve en mi primer marido, y doy gracias por poder disfrutar de esta oportunidad de felicidad y de compañerismo a estas alturas de mi vida. —Apretó las manos de Victoria—. Quizá parezca que hace poco que nos conocemos, pero, querida mía, el corazón solo necesita de un latido para saber lo que quiere.

Victoria sintió que se le velaban los ojos y estrechó a su tía en un cálido abrazo.

—Querida tía Delia. Estoy encantada por los dos. —Separándose de ella, preguntó entonces—: ¿Habéis decidido ya la fecha?

—Sí. Dentro de un mes. Aquí, en la parroquia de Rutledge.

—Pero eso supone que tendrás que viajar muchísimo... —Sus palabras se apagaron cuando de pronto comprendió—. Te quedas. No vienes conmigo y con papá mañana.

—No. Quiero quedarme aquí. Familiarizarme más con esta encantadora casa, esta pintoresca zona que va a convertirse en mi nuevo hogar.

Victoria parpadeó.

—Pero ¿qué pasa con tu amor por los acontecimientos sociales y por Londres? ¿Con la vida que tienes allí?

Tía Delia se echó a reír.

—No te aflijas, querida. Rutledge ha accedido a pasar la temporada en la ciudad si ese es mi deseo. —Su expresión se tornó cavilosa—. Y, en cuanto a mi amor por los acontecimientos sociales y por Londres, tan solo te diré que mi amor por Rutledge excede con mucho cualquier apego que pueda sentir por la vida de la ciudad. —Echó a Victoria una mirada penetrante—. ¿Has hablado con el doctor Oliver esta noche?

—No en privado. —Para su vergüenza, unas lágrimas ardientes intentaron abrirse paso tras sus ojos—. No sé cómo voy a despedirme de él —susurró.

Una sombra de preocupación tiñó los ojos de su tía.

—El corazón te dirá lo que debes decirle, Victoria. Lo que debes hacer. Escucha su voz. —Pareció querer decir algo más, pero se limitó a besar apresuradamente a Victoria en la mejilla—. Ahora debo dejarte, querida mía. Te veré por la mañana antes de vuestra partida. —Y, sin más explicación, salió de la habitación.

Victoria se quedó donde estaba con la mirada clavada en la puerta cerrada. Una miríada de emociones la embargó por sorpresa, golpeándola con tanta fuerza que tuvo que acercarse tambaleándose hasta el asiento más próximo, un sofá de zaraza exageradamente mullido colocado delante de la chimenea, en el que se dejó caer con un gesto poco digno de una dama.

El anuncio de la decisión de tía Delia de casarse con lord Rutledge la había dejado perpleja. Literalmente sin aliento. Aturdida. Feliz. Pero debajo de todo eso, había algo más. Algo que temía observar con demasiada atención porque se le antojaba sospechosamente parecido a la…

Envidia.

Sonó un único golpe en la puerta. Antes de que pudiera animarse a contestar, la puerta se abrió y Nathan entró en la habitación. Las miradas de ambos se encontraron y la garganta de Victoria se inflamó de emoción. Santo Dios, le amaba tanto que llegaba a doler. ¿Cómo había permitido que eso ocurriera? ¿Había alguna posibilidad de que él sintiera lo mismo por ella? Jamás lo había dicho. Aunque ¿qué más daba si lo hacía? Las vidas de ambos eran drásticamente distintas.

Pero ¿y si Nathan se había enamorado de ella? ¿Y si tenía intención de pedirle en matrimonio como lo había hecho lord Rutledge con su tía? La mera posibilidad provocó en ella una sensación que fue incapaz de definir. ¿Era regocijo? ¿O miedo? Nada de todo eso —ni Nathan, ni haberse enamorado de él— formaba parte de sus planes. ¿Cómo podía plantearse renunciar a todo lo que llevaba la vida entera planeando por un simple romance de una semana?

Un romance surgido de una chispa que prendió hace ya tres años, susurró ladinamente su voz interior. Aunque quizá no tenía de qué preocuparse. Nathan no había dicho que la amaba. Ni que la deseara más allá de lo que ya habían compartido. De haber sido capaz, se habría reído de su propia vanidad. Ahí estaba ella, preocupada por una propuesta que él no parecía tener la menor intención de hacerle, Aun así, si ella se atragantaba con tan solo mirarle, ¿cómo iba a ser capaz de despedirse de él al día siguiente?

Tras cerrar con llave la puerta tras de sí, Nathan se acercó despacio a ella con la mirada prendida de la suya. Llevaba en una mano un paquete envuelto y en la otra una rosa. Rodeó el sofá, se sentó junto a ella y dejó el paquete en el suelo. Le ofreció la rosa.

—Para ti.

Victoria tocó los aterciopelados pétalos.

—Gracias.

—He pasado a ver a tu padre. Está bien. Excelentemente, si juzgamos la salud según el nivel de quejas emitidas por el paciente.

Ella sonrió débilmente.

—Odia estar inactivo.

—¿Ah, sí? No me había dado cuenta. También he hablado con mi padre y con tu tía. ¿Te han dado la noticia?

—Sí.

Nathan escudriñó el rostro de Victoria.

—¿No estás contenta?

—Sí, claro que lo estoy. Nadie merece más la felicidad que tía Delia. Es solo que...

—¿Qué?

Que envidio su felicidad. Y su valor, pensó decir.

—Que estoy sorprendida —concluyó de forma poco convincente—. ¿Tú no?

—De hecho, no. Tuve con mi padre una conversación en la que me dejó bien claro que amaba profundamente a tu tía. Me alegra verle tan feliz. Verles a ambos tan felices. —Su mirada escrutó la de ella—. Cuando he abierto la puerta, me ha parecido notarte pensativa. ¿En qué estabas pensando?

—¿Estás seguro de que quieres saberlo?

Una leve sonrisa asomó a labios de Nathan.

—Sí.

—Me preguntaba cómo iba a despedirme de ti.

La mirada de él se tornó preocupada.

—A mí me ocurre lo mismo.

Victoria tuvo que apretar los labios para no preguntarle si había dado con alguna solución. Nathan se agachó a coger el paquete que había dejado en el suelo y se lo dio.

—Después de mucho pensarlo, he decidido que esta es la mejor despedida que podía ofrecerte.

Victoria dejó la rosa sobre la mesilla de caoba, se colocó el paquete sobre las rodillas y con sumo cuidado desenvolvió las capas de papel tisú. Cuando bajó la mirada y vio el libro que encerraba el envoltorio, se quedó sin aliento. Con absoluta reverencia, acarició el título con la yema del dedo.

—*Histories ou contes du temps passé, avec des moralités: Contes de ma mère l'Oye* —susurró—. *Cuentos de Mamá*

Oca. Abrió el ejemplar por la primera página y vio el año de publicación: mil seiscientos noventa y siete—. Es una primera edición —dijo, maravillada—. ¿Dónde lo has encontrado?

—No he tenido que buscar muy lejos, pues estaba en mi baúl de viaje. Es mi ejemplar.

Victoria levantó bruscamente la cabeza y dejó de admirar el libro para fijar en él los ojos.

—¿El ejemplar que me dijiste que no venderías jamás, te ofrecieran lo que te ofrecieran? ¿El último regalo que recibiste de tu madre antes de su muerte?

—Sí.

El corazón de Victoria inició un lento y pesado latido.

—¿Por qué ibas a regalarme algo que es tan valioso para ti?

—Quería que tuvieras algo que te recordara a mí.

La diminuta llama de una esperanza ridícula e imposible que albergaba en su interior y que había estado luchando por seguir prendida se extinguió de pronto. Sin duda Nathan tenía intención de despedirse de ella.

Debería alegrarse. Sentir alivio. Era lo mejor. Y, sin duda, en cuanto dejara de sentirse tan enervada y aturdida, sentiría todas esas cosas.

«Quería que tuvieras algo que te recordara a mí.» Dios santo, como si existiera la más mínima posibilidad de que algún día llegara a olvidarle.

—Yo no... no sé qué decir.

—¿Te gusta?

Le miró a los ojos, esos ojos tan serios, tan hermosos, y sintió que un sollozo se abría paso por su garganta. Intentó disimularlo con una carcajada, pero el esfuerzo fracasó miserablemente, y para su vergüenza, unas lágrimas calientes pujaron por salir de sus ojos.

—Me encanta —dijo. Aunque calló: «Y te amo. Y deseo desesperadamente que no fuera así, porque nada en el mundo me ha dolido nunca tanto».

¿Debía decírselo? ¿Decirle que su corazón no tenía otro dueño y que se le partía en pedazos ante la idea de separarse de él? «¡No!», chilló su voz interior, y se dio cuenta de que sería una estúpida si optaba por confesar su amor a un hombre claramente decidido a decirle adiós.

Parpadeó para contener las lágrimas, irguió la espalda y sonrió.

—Gracias, Nathan. Siempre lo atesoraré.

—Me alegro. Puesto que no puedo darte el final de cuento de hadas que siempre planeaste, al menos quería darte el cuento de hadas.

—¿Volveré a verte? —preguntó con voz temblorosa y convertida en poco más que un mero susurro.

Nathan enmarcó el rostro de Victoria entre sus manos y la miró con ojos serios. Por fin dijo:

—No lo sé. Eso depende del... destino. Lo único que puedo decirte es que tan solo nos queda esta noche juntos. Y que quiero que sea inolvidable.

Nathan se inclinó hacia delante y con extrema suavidad le rozó los labios con los suyos. Cuando empezó a echarse hacia atrás de nuevo, una sensación de desesperación como jamás había sentido hasta entonces inundó a Victoria. Rodeó el cuello de Nathan con los brazos y tiró de él hacia ella.

—Otra vez —susurró contra su boca—. Otra vez.

Y, como lo hiciera tres años antes, la primera vez que Victoria le hizo esa demanda, él la complació.

Y cuando, la mañana siguiente, Victoria despertó, estaba sola.

—¿Te encuentras bien, Victoria?

La voz de su padre penetró la neblina de desesperación que la envolvía. Apartó la mirada de la ventanilla del carruaje que, con cada una de las vueltas de sus ruedas, la alejaba más y más de Nathan.

—Estoy... —Al fijar la mirada en los ojos colmados de preocupación de su padre no fue capaz de mentir y decir que estaba bien—. Cansada. —Dios bien sabía que era cierto.

Su padre frunció el ceño y movió la mandíbula adelante y atrás, como solía hacerlo siempre que intentaba descifrar algo. Ofreciéndole la mejor de sus sonrisas, dadas las circunstancias, Victoria volvió a mirar por la ventanilla. ¿Cuánto tiempo hacía que habían salido de Creston Manor? ¿Una hora? Parecía toda una vida. Y, por mucho que quisiera a su padre, habría deseado con toda su alma poder estar sola. Para llorar el fin de su romance en la intimidad. Para verter las lágrimas que asomaban a sus ojos. Para sostener contra su corazón el libro que Nathan le había regalado.

Dios santo, ¿cómo era posible sentir tanto dolor cuando se sentía tan absolutamente muerta por dentro? Sus párpados se cerraron y de inmediato una docena de imágenes se arrremolinaron en su mente: Nathan bailando. Riendo. Haciéndole el amor. Diciéndole adiós junto al carruaje esa misma mañana como si no fueran más que simples conocidos...

—Maldición. Estás llorando. Basta ya.

Victoria abrió de golpe los ojos ante las encendidas palabras de su padre. Su vergüenza fue mayúscula en cuanto se dio cuenta de que las lágrimas se habían deslizado silenciosamente por sus mejillas. Antes de poder coger su pañuelo, su padre le puso el suyo en la mano. Luego, con un ceño feroz, se llevó la mano al bolsillo del chaleco y sacó una hoja doblada de papel vitela.

—Me han dado instrucciones de que no te entregue esto hasta después de nuestra llegada a Londres, pero como de hecho no llegué a dar mi palabra de que esperaría, no voy a hacerlo. —Sostuvo el papel vitela en el aire, que estaba sellado con una gota de lacre rojo.

—¿Quién te ha dado instrucciones?

—Nathan. Me lo dio anoche y me pidió que lo guardara hasta que estuviéramos de nuevo instalados en Londres. Para darte tiempo a pensar. Y reflexionar. Sobre lo que quieres. Pero hasta un ciego se daría cuenta de que estás desconsolada y de que tienes el corazón partido, y no soporto seguir siendo testigo de ello un minuto más. Si existe la menor posibilidad de que lo que te haya escrito puede hacerte sentir mejor, me arriesgo a contrariarle.

Victoria tendió una mano temblorosa y cogió el papel vitela. Tras romper el sello, desplegó despacio el grueso papel amarfilado y, con el corazón acelerado, leyó las palabras pulcramente garabateadas:

> Mi querida Victoria:
>
> He aquí un relato que debería ser incluido en los *Cuentos de Mamá Oca*, titulado «El hombre normal que amaba a una princesa».
>
> Érase una vez un hombre normal que vivía en una pequeña casa de campo. El hombre pasaba sus días convencido de que gozaba de una vida agradable y satisfactoria hasta que un día conoció a una hermosa princesa de la ciudad a la que robó un beso. En cuanto lo hizo, lo lamentó porque desde ese momento ningún otro beso salvo los de ella le colmarían, lo cual era un mal asunto porque los hombres tan normales como él no tienen nada que ofrecer a las princesas.
>
> El recuerdo de ese beso pervivió en el corazón del hombre, ardiendo como una llama que no lograba extinguir. Entonces, tres años después, volvió a ver a la princesa. Estaba aun más hermosa de lo que él recordaba. Pero, para entonces, la princesa estaba destinada a contraer matrimonio con un rico príncipe. Sin embargo, aunque sabía que una princesa jamás se casaría con un hombre normal y aunque sabía que le partirían el corazón, el hombre no pudo evitar enamorarse de ella, pues no era solo hermosa, sino también cariñosa y dueña de un gran corazón. Y valiente. Leal. Inteligente. Y le hacía reír. Pues bien, a pesar de que era demasiado normal para una princesa, el hombre tuvo que intentar ganarse su amor, pues no podía renunciar a ella sin luchar por lo que deseaba. Y así le ofreció lo único que tenía: su corazón. Su devoción. Su honor y su respeto. Y todo su amor. Y después rezó para que la moraleja de la historia fuera que incluso un hombre normal puede conquistar a una princesa con las riquezas del amor.
>
> Mi corazón es tuyo, ahora y siempre,
>
> NATHAN

A Victoria se le veló la visión y parpadeó para contener las lágrimas que se cernían ya sobre sus pestañas. Entonces levantó los ojos para mirar a su padre, quien la observaba con una expresión interrogante.

—¿Y bien? —preguntó.

Una especie de sonido entre la risa y el llanto brotó de ella.

—Que el carruaje dé media vuelta.

Nathan estaba de pie en la orilla con la mirada perdida en las blancas coronas de las olas que batían incansablemente contra las rocas y la arena. El viento arreciaba, advirtiendo de una tormenta cercana, y el sombrío cielo gris era la viva imagen de su estado de ánimo.

¿De verdad habían pasado tan solo dos horas desde que ella se había marchado? ¿Solo ciento veinte breves minutos desde el momento en que había sentido como si le desgarraran el alma? Maldición. Sentía el corazón... vacío. Como si lo único que siguiera en él con vida fueran los pulmones... y dolían.

Se pasó las manos por la cara. Maldición, había hecho lo correcto dejándola marchar. Aunque con eso no conseguía que doliera menos.

—Nathan.

Se volvió bruscamente al oír la voz de Victoria y clavó en ella la mirada, mudo de asombro. Estaba a poco más de tres metros de donde él se encontraba, sosteniendo contra su pecho una hoja de marfileño papel vitela doblado con su sello de lacre rojo. Pero fue la mirada que vio en sus ojos lo que a la vez le paralizó y desató una oleada de esperanza que le recorrió de la cabeza a los pies. Una mirada llena de tanto deseo y amor que Nathan temió parpadear por si con ello descubría que estaba viviendo una alucinación.

Sin poder tan siquiera moverse, la vio acercarse. Cuando apenas les separaban unos centímetros, Victoria tendió la mano y posó la palma contra su mejilla.

—No hay absolutamente nada de normal en ti, Nathan —dijo con un tembloroso susurro—. Eres extraordinario en todos los sentidos. Y lo sé desde el momento en que te vi, hace tres años.

Él volvió la cara y le besó la palma, luego le tomó la mano y la estrechó entre las suyas.

—Tu padre te ha dado la nota.

Sin soltar el papel vitela, Victoria le rodeó el cuello con los brazos.

—Podrás darle las gracias después.

—Quería darte tiempo para que pudieras pensar...

—He tenido el tiempo suficiente. No he hecho más que pensar. Sé lo que quiero.

—¿Y qué es?

—¿Estás seguro de que quieres saberlo?

—Completamente.

—A ti —susurró, sin apartar la mirada de la de él—. A ti.

Todos los espacios de su interior, que menos de un minuto antes Nathan había sentido tan desolados y vacíos, se colmaron hasta rebosar. Tomó las manos de Victoria, las retiró de su cuello y las sostuvo entre las suyas.

—Una vez te dije que solo me casaría por amor.

—Lo recuerdo.

Apoyó una rodilla en el suelo delante de ella.

—Cásate conmigo.

A Victoria empezó a temblarle la barbilla al tiempo que sentía que se le humedecían los ojos. Las lágrimas resbalaron silenciosamente por sus mejillas hasta caer sobre las manos entrelazadas de ambos.

Nathan se levantó y se palpó frenéticamente el chaleco en busca de su pañuelo. Por fin encontró el pequeño cuadrado de algodón blanco y secó sus mejillas mojadas.

—No llores. Dios, por favor, no llores. No puedo soportarlo. —Maldijo en voz baja y siguió secándole las mejillas, pues nada parecía capaz de contener sus lágrimas. Finalmente, se rindió y se limitó a acariciar con los pulgares las mejillas mojadas—. No soy un hombre rico, pero haré todo lo que esté en mi mano por asegurarme de que vivas siempre cómodamente —prometió, con la esperanza de que sus palabras la confortaran—. Pasaremos parte del tiempo en Londres. Me llenará de orgullo acompañarte a la ópera, aun a pesar de que estoy seguro de que «ópera» es el término en latín que designa «muerte por obra de música ininteligible». Asistiré a todas las veladas que desees y te haré el amor en el carruaje durante el trayecto de regreso a casa. Y volveré a hacerlo cuando lleguemos. No tengo mucho que ofrecer, pero lo que tengo te lo ofrezco. Y te amaré todos los días mientras viva.

Victoria le miró a los ojos y vio en ellos todo lo que jamás había sido consciente de que quería. Probablemente tardaría una semana en dar con una respuesta brillante a las preciosas palabras de Nathan, pero de momento se contentó con dar voz a su corazón.

—Me he dado cuenta de que no importa dónde esté, siempre que esté contigo. Y hasta he llegado a tomarle cariño a tu colección de animales. Adoro a R. B. y a Botas, y estoy segura de que Petunia y yo podremos llegar a un acuerdo sobre lo que puede comer y lo que no. —Parpadeó para contener una nueva oleada de lágrimas—. Yo también te amo. Mucho. Sería para mí un honor ser tu esposa.

—Gracias a Dios —murmuró Nathan, atrayéndola hacia él. Sus labios capturaron los de ella en un largo, profundo y lujurioso beso al que Victoria se entregó con todo su ser.

Cuando él por fin levantó la cabeza, Victoria dijo con voz entrecortada:

—¿Sabes? Llego al matrimonio con una dote.

—¿Ah, sí? Lo había olvidado.

Y ese, decidió Victoria, fue el regalo más maravilloso que una mujer que siempre había sabido que se casarían con ella por su dinero podía haber recibido.

EPÍLOGO

Aunque bien es cierto que la mujer moderna actual debería abstenerse de tomar decisiones que podrían alterar el curso de su vida «en el calor del momento», debería también reconocer que algunas decisiones no requieren ser meditadas porque existe claramente para ellas una sola respuesta.

Guía femenina para la consecución de la felicidad personal y la satisfacción íntima
CHARLES BRIGHTMORE

Seis semanas después

Nathan estaba de pie ante el altar de la pequeña parroquia a la que su familia había asistido durante generaciones mientras miraba cómo su hermosa novia caminaba lentamente hacia él. Con un sencillo vestido azul celeste de modesto cuello cuadrado y mangas ablusadas, llevando un ramo de rosas de color pastel, Victoria le dejó sin aliento. Cuando llegó a su lado, Nathan sonrió.

—Estás preciosa —susurró.

—Tú también —le susurró ella a su vez, acompañando sus palabras con una sonrisa.

El vicario se aclaró la garganta y les miró, ceñudo. La ceremonia prosiguió sin incidentes hasta que el sacerdote dijo:

—Si alguno de los presentes sabe de alguna razón por la que estas dos personas no puedan unirse en santo matrimonio, que hable ahora o que calle para siempre.

Nathan carraspeó.

—Tengo que decir algo.

Las cejas del vicario se arquearon hasta casi tocarle el nacimiento del cabello.

—¿Ah, sí?

—Sí. —Se volvió a mirar a Victoria—. Tengo que decirte algo.

Victoria palideció.

—Dios santo —susurró—. No puede ser nada bueno.

—Me parece obvio que estás totalmente convencida de llevar esta ceremonia a su conclusión —dijo.

—Esos eran mis planes, sí.

—Excelente. En ese caso, y deseoso de hacer una auténtica revelación antes de que seamos oficialmente marido y mujer, quiero que sepas que... hum... ya no soy un hombre de posibilidades modestas.

—¿Qué quieres decir?

—Lo que quiero decir es que Su Majestad me ha dado una cuantiosa recompensa por la devolución de las joyas.

—¿Cuán cuantiosa?

Nathan se inclinó hacia ella y le susurró al oído:

—Cien mil libras. —Se apartó de ella, disfrutando de su mirada absolutamente conmocionada—. Y además está la casa.

—¿La casa? —repitió Victoria débilmente.

—En Kent. A unas tres horas de Londres. Según Su Majestad, se trata de una finca modesta. Probablemente de no más de treinta habitaciones. Mucho espacio para tus veladas y muchas hectáreas para mis animales.

Ella le miró, boquiabierta.

—¿Cuánto tiempo hace que lo sabes?

—Tu padre me lo ha dicho hace apenas unos momentos... justo antes de que te acompañara hasta el altar.

La boca de Victoria se abrió y se cerró dos veces sin que de ella saliera sonido alguno. Por fin, dijo:

—¿Hace seis minutos que has tenido noticia de este dinero caído del cielo?

—Aproximadamente.

—¿Y no me lo has dicho?

Nathan se encogió de hombros y sonrió.

—Quería estar seguro de que no te casabas conmigo por mi dinero.

Victoria no dijo nada durante varios segundos y a continuación soltó una breve carcajada.

—Debo reconocer que es una noticia «insobrepasablemente» buena.

—No existe la palabra «insobrepasablemente».

—Ahora sí. —Y entonces empezó a hablar tan deprisa que él apenas pudo entenderla. Se arriesgó a lanzar una mirada al vicario, que parecía estar a punto de sufrir una apoplejía.

—Victoria —susurró Nathan. Al ver que ella no interrumpía su parloteo, la hizo callar del único modo que conocía. Estrechándola entre sus brazos, la besó.

—Dios del cielo —exclamó el vicario con voz indignada—. ¡Todavía no! ¡Aún no os he declarado marido y mujer!

Nathan interrumpió el beso y se volvió a mirar al hombre de rostro escarlata.

—Créame, padre, si no la hubiera besado, jamás habría tenido la oportunidad de hacerlo.

Volvió entonces su atención a Victoria, que parecía acalorada y satisfecha con sus besos.

—Cielos —dijo—, me has besado para hacerme callar... así es como empezamos.

—Cierto.

—Y ahora supongo que esto marca el fin del cortejo.

Nathan se llevó la mano enguantada de Victoria a la boca y depositó un beso en sus dedos.

—No, mi amor. En todos los sentidos, este es solo el principio.

Impreso en Talleres Gráficos
LIBERDÚPLEX, S.L.U.
Pol. Ind. Torrentfondo
Ctra. Gelida BV-2249 Km. 7,4
08791 Sant Llorenç d'Hortons (Barcelona)

2.9.